STEFAN KUHLMANN

Herr Winter
taut auf

ROMAN

ROWOHLT TASCHENBUCH VERLAG

2. Auflage Januar 2024
Originalausgabe
Veröffentlicht im Rowohlt Taschenbuch Verlag,
Hamburg, September 2023
Copyright © 2023 by Rowohlt Verlag GmbH, Hamburg
Redaktion Hanne Reinhardt
Covergestaltung Hafen Werbeagentur, Hamburg
Coverabbildung Kai Pannen
Satz aus der Calluna
Gesamtherstellung CPI books GmbH, Leck
ISBN 978-3-499-01223-5

MIX
Papier | Fördert
gute Waldnutzung
FSC
www.fsc.org
FSC® C083411

Ich setzte den Fuß
in die Luft, und sie trug.

Hilde Domin

ICH WOLLTE CHAMPAGNER

M ein Mann konnte die ersten Wochen im Ruhestand rein gar nichts mit sich anfangen. Ein unerträgliches Ekelpaket war er», sagte Frau Kramer, während Sophia ihr die Kosmetikartikel einpackte, die sie soeben bei ihr erstanden hatte.

«Malen Sie den Teufel nicht an die Wand», entgegnete Sophia mit einem Stoßseufzer. Sie dachte an Robert. Die Vorstellung, dass er ab dem folgenden Tag, dem ersten seines Daseins als Rentner, rund um die Uhr zu Hause sein würde, löste nicht ausschließlich Begeisterung in ihr aus.

«Irgendwann geht die schlechte Laune vorüber», tröstete Frau Kramer, die ihren skeptischen Blick bemerkt haben musste. «Jetzt singt mein Mann im Chor. Und einmal die Woche geht er als Vorleser in den Kindergarten. Die suchen immer wieder Ehrenamtliche, vielleicht wäre das auch was für Ihren.»

«Vielleicht», sagte Sophia und lächelte verlegen, als sie hörte, wie die Haustür geöffnet wurde. Sie blickte auf die Uhr. Warum kam er so früh nach Hause?

«Robert, bist du's?»

«Ja. Enttäuscht?», rief er zurück, und während Frau Kramer lächeln musste, löste seine Anwesenheit bei Sophia schlagartig Unruhe aus: Es war ihre stille Vereinbarung gewesen, dass sie ihre Kunden nicht zu Hause empfing. Aber was hätte sie tun sollen, als Frau Kramer unangemeldet vor der Tür stand? Sie war nicht irgendeine Kundin, sie war eine ihrer besten. Ihr Mann allerdings war kein Typ für Small Talk und nettes Geplänkel. Er hatte aus seinem Herzen noch nie eine Mördergrube gemacht und sprach die Dinge genauso aus, wie sie ihm in den Sinn kamen. Sophia war immer sicher gewesen, dass keine Absicht dahintersteckte. Die Sätze fielen ihm einfach so aus dem Mund. Er meinte es nicht böse. Meistens jedenfalls ... Was passieren würde, wenn Frau Kramer sich mit ihren Ideen für den Ruhestand ihres Mannes direkt an ihn wandte, konnte Sophia nur schwer abschätzen. Es war eindeutig besser, ihre Kundin zügig aus der Gefahrenzone zu bringen.

«Wir rechnen einfach beim nächsten Mal ab», sagte sie, hielt Frau Kramer die Tüte hin und dirigierte sie sanft in Richtung Tür.

Doch Frau Kramer ließ sich nicht beirren und zückte ihr Portemonnaie. «Ach was, ich hab's sicher passend.»

Und gerade als Sophia dem Rausschmiss ein wenig Nachdruck verleihen wollte, trat Robert auch schon ins Wohnzimmer, seine Aktentasche in der einen und die Flasche Champagner, die sie sich für den Abend gewünscht hatte, in der anderen Hand.

«Tag», sagte er und schaute fragend zwischen Sophia und Frau Kramer hin und her.

«Da bist du ja schon», flötete Sophia und überlegte verzweifelt, wie sie Robert aus dem Zimmer bugsieren konnte. «Du könntest den Champagner kalt stellen, bis ich hier fertig bin.»

Robert schien jetzt erst zu bemerken, dass er die Flasche

noch in der Hand hielt. Als ob sie ihn bei etwas ertappt hätte, versteckte er sie hinter seinem Rücken. Trotzdem rührte er sich nicht vom Fleck. «Der ist kalt.»

Er bewegte sich auch nicht, als sie ihm direkt in die Augen sah und ihm mit einem Kopfnicken bedeutete, dass er sie bitte mit ihrer Kundin alleine lassen solle. Er tat vielmehr so, als ob er nicht verstand, was sie von ihm wollte.

«Sei ein Schatz und tu's einfach», sagte sie, und tatsächlich war Robert im Begriff, ihrem Wunsch ohne Murren nachzukommen, als ausgerechnet Frau Kramer ihr einen Strich durch die Rechnung machte.

«Seien Sie nicht so streng mit Ihrem Mann, jetzt, wo er im Ruhestand ist», mischte sich ihre Kundin plötzlich ein, indem sie Robert freundlich anlächelte. «Ein Leben ohne Wecker. Ist das eine herrliche Aussicht?»

Sophia hakte sich bei ihr unter und zog sie mit sich zur Tür. «Eine gute Reise wünsche ich. Sie müssen sicher noch eine Menge vorbereiten», sagte sie und hoffte, dass sie die Einzige war, der die leise Verzweiflung in ihrer Stimme auffiel.

Frau Kramer bekam tatsächlich nichts von Sophias wachsender Unruhe mit und ließ sich nicht drängen. Sie war neugierig auf Robert. Kein Wunder: Die stille Vereinbarung zwischen Sophia und Robert hatte dafür gesorgt, dass ihn nie jemand aus ihrem Kundenstamm zu Gesicht bekam – was bei einigen der Damen zu einer gewissen Legendenbildung geführt hatte.

Frau Kramer ergriff die einmalige Chance, baute sich vor Robert auf und musterte ihn wie das letzte Exemplar einer aussterbenden Tierrasse. Und obwohl Robert sie mit komplettem Desinteresse strafte, holte sie tief Luft und erklärte ebenso stolz wie ungefragt: «Wir fliegen auf die Seychellen. Unsere Tochter hat dort eine Tauchschule. Wir haben noch mit fünfundsechzig den Tauchschein gemacht.»

Robert musterte sie skeptisch. «In Ihrem Alter sollte man sich bestenfalls noch eine Sauerstoffflasche anlegen lassen, wenn man im Koma liegt.»

Sophia schloss die Augen. Am liebsten wäre sie vor Scham im Boden versunken, aber zu ihrer Überraschung begann Frau Kramer, herzhaft zu lachen. «Mein Mann hat auch so einen trockenen Humor. Sie würden sich gut verstehen.»

«Das bezweifle ich», stellte Robert klar und brachte Frau Kramer damit erneut zum Lachen – was ihn deutlich irritierte.

«Im nächsten Frühjahr machen Martin und ich eine Kreuzfahrt», sagte Frau Kramer fröhlich und stieß Robert verschwörerisch in die Seite. «Ihre Frau hat mir erzählt, dass Sie beide auch bald eine machen werden.»

Sophia spürte Roberts bohrenden Blick. «Wir diskutieren das noch», warf sie eilig ein, um ihm den Wind aus den Segeln zu nehmen.

«Warum fahren wir nicht zusammen? Ich könnte das Reisebüro anrufen und fragen, ob noch Kabinen frei sind», fuhr Frau Kramer fort.

«Bevor ich mich auf so einem Dampfer einsperren lasse, beschmiere ich mich lieber mit Leberwurst und gehe freiwillig in einen Löwenkäfig», brummte Robert.

Doch Frau Kramer ließ sich nicht beirren, sondern prustete vor Vergnügen los. Sie konnte sich kaum noch halten. Zweimal war es gut gegangen, dachte Sophia, doch spätestens beim nächsten Mal würde selbst eine Frohnatur wie

Frau Kramer es begreifen: Robert war keineswegs ein Meister der Ironie, sondern meinte jedes einzelne Wort genau so, wie er es sagte.

Frau Kramer erkannte die Gefahr nicht und redete munter weiter. Sophia musste handeln. «Denken Sie daran, Sie haben mir Fotos versprochen», sagte sie, während sie ihre Kundin energisch zur Tür schob und sich dabei fast ein wenig übergriffig vorkam.

«Herr Winter, schön, dass wir uns endlich kennengelernt haben», rief Frau Kramer Robert aus dem Flur zu. «Warum kommen Sie beide nicht mal zu uns zum Essen?»

Sophia lächelte verlegen. «Mein Mann geht nicht gerne aus, er ist mehr so der häusliche Typ.»

Frau Kramer nahm ihre Erklärung mit wissendem Blick an. «Ach, verstehe. Mein Mann war am Anfang auch so. Aber das wird sich schneller ändern, als Sie denken. Manche Menschen entwickeln im Ruhestand mehr Aktivität als im Berufsleben.»

Sophia seufzte. Nun befürchtete sie endgültig, dass die Situation aus dem Ruder laufen könnte. Ohne es zu ahnen, hatte Frau Kramer einen Finger in eine tiefe Wunde gelegt. Und da kam Robert auch schon in den Flur. «Was wollen Sie damit sagen?»

«Ganz sicher nichts gegen deinen Beruf, Robert», flötete Sophia in dem Versuch, die Eskalation zu vermeiden. Obwohl ihn die Meinung anderer Leute normalerweise nicht sonderlich interessierte, sah das völlig anders aus, wenn er sich mit dem Klischee des faulen Beamten konfrontiert sah.

«Wir alle wissen, dass ohne euch Finanzbeamte die Welt im Chaos versinken würde, nicht wahr, Frau Kramer?»

Frau Kramer schien kein Wort zu verstehen. Aber sie lenkte ein – wahrscheinlich hatte sie intuitiv doch begriffen, dass es Zeit war zu gehen. «Ja, wahrscheinlich …», stammelte sie und ließ sich bereitwillig von Sophia zur Tür hinausschieben.

Als ihre Kundin endlich gegangen war, baute sich Sophia vor Robert auf. Sie war verärgert. Mehr als das. «Dir ist schon klar, dass du auf diese Weise mein Geschäft ruinierst, oder?» Sie seufzte und versuchte, sich zu beruhigen. «Was hast du überhaupt für eine Laune? Ist irgendwas passiert?»

«Nein», raunte Robert leise.

Sie sah ihn auffordernd an.

«Es ist nichts», beteuerte er.

Sie sah die leise Spur eines schlechten Gewissens in seinem Gesicht. Immerhin. Dann fiel ihr Blick auf seine Hand, und sie sah sich die Flasche, die er mitgebracht hatte, genauer an.

«Schaumwein? Heute? Ich dachte, wir trinken Champagner?!»

«Den gab's nicht im Tank-Shop», antwortete er kleinlaut und bemüht, der Sache nicht zu viel Bedeutung beizumessen.

«Im Tank-Shop?!»

«Im Supermarkt werden sie in Zukunft auf uns verzichten müssen.»

«Hast du dich wieder mit dem Filialleiter angelegt?»

Ertappt blickte Robert zu Boden.

«Das ist nicht dein Ernst.» Sophia nahm ihm die Flasche aus der Hand, stellte sie recht unsanft auf den Tisch und wandte sich zum Gehen.

Robert sah sie irritiert an. «Wo willst du hin?»

«Räum schon mal die Küche auf und sieh nach dem Braten.»

«Jetzt lass gut sein. Ich meine ... Hauptsache, es sprudelt, oder?»

Sophia verschwand ohne ein weiteres Wort.

Robert hörte das Geklimper des Schlüssels, den sie vom Schlüsselbrett zog, und dann die Tür, die geöffnet wurde und wieder ins Schloss fiel. Er blickte ihr nach und ärgerte sich über sich selbst. Er hätte wissen müssen, dass genau das passierte. Er war ein sturer Hund, aber wenn's drauf ankam, war Sophia sturer. Wenn sie Champagner wollte, wollte sie Champagner. Basta.

Aus der Ferne drang ein Donnern an sein Ohr. Er drehte sich zum Fenster. Draußen wurde es dunkler, Wolken schoben sich vor die Sonne. Hoffentlich war sie zurück, bevor das Gewitter losging.

ACHT WOCHEN SPÄTER

KAPITEL 1

Robert wusste nicht, wie lange er schon wach war oder ob er überhaupt geschlafen hatte. Von draußen drang Sonnenlicht durch die Vorhänge, und die Vögel veranstalteten jede Menge Krach. Er starrte auf die chromglänzende Lampe, die wie ein Satellit über dem Bett hing und die er die ganze Nacht hatte brennen lassen. Ein Designteil aus den Siebzigern, das Sophia vor ein paar Jahren auf dem Flohmarkt zu einem Spottpreis ergattert hatte. Da er jedoch keinen Sinn für Design besaß, hatte für ihn immer im Vordergrund gestanden, dass dieses angebliche Schnäppchen mit seinen unzähligen Glühbirnen sich als wahrer Energiefresser entpuppte, der für mindestens die Hälfte ihrer Stromrechnung verantwortlich war. Aber Sophia liebte es nun einmal, stundenlang im Bett zu lesen, und dafür musste es richtig schön hell sein.

Für einen Moment war er überzeugt davon, dass Sophia tatsächlich neben ihm im Bett lag und sich weigerte, das Licht zu löschen. Er war kurz davor, aus dem Bett zu springen, sich Kissen und Decke zu schnappen und stinksauer aufs Sofa im Wohnzimmer umzuziehen. So wie er das immer tat, wenn sie einfach nicht nachgab. Doch dann fiel ihm wieder ein, was passiert war. Dass nichts mehr einen Sinn ergab. Sophia war nicht mehr da, und er würde von nun an jeden verdammten Morgen bis ans Ende seiner Tage vergeblich darauf warten, dass sie mit einem Kaffeebecher in der Hand vor dem Wohnzimmersofa stand, ihn mit einem Versöhnungskuss weckte und ohne große Worte wieder Harmonie zwischen ihnen herrschte.

Er schloss die Augen und drehte seinen Kopf auf die andere Seite. Mit jeder Faser seines Wesens hoffte er, dass das alles nur ein nicht enden wollender Albtraum war und er sich nur genug anstrengen musste, um endlich daraus zu erwachen. Er stellte sich vor, dass er die Augen öffnete und den Abdruck von Sophias Kopf in ihrem Kissen sah. Dass er, wenn er mit der Hand darüberfuhr, noch ihre Wärme spüren würde. Dass vielleicht sogar noch ein, zwei ihrer Haare darauf lagen. Und dass von unten aus der Küche Geschirrgeklapper und leise Musik an sein Ohr drangen. Tränen drängten sich unter seinen Lidern hervor.

Als er sich etwas später im Badezimmer wiederfand, konnte er sich nicht erinnern, wie er den Weg dorthin bewältigt hatte. Geschweige denn, wie er in den Bademantel und die Pantoffeln gekommen war. Er drehte den Hahn auf und erfrischte sich mit kaltem Wasser. Sein Blick blieb an seinem Spiegelbild hängen. Seine Haut war grau und fahl wie die eines Seemanns mit Skorbut. Sein Kinn hatte hier und da ein paar Kratzer, auf denen noch Blutschorf klebte, weil er in den letzten Wochen darauf verzichtet hatte, Rasierschaum zu benutzen. Er gurgelte mit dem letzten Rest Mundwasser und spuckte aus. Dann nahm er das Frotteehandtuch und trocknete sich ab. Ein muffiger Geruch erinnerte ihn daran, dass er das Handtuch schon lange hatte austauschen wollen, und als er es in den Korb für die

Schmutzwäsche werfen wollte, bemerkte er einen weiteren intensiven Duft. Er hob den Arm und kontrollierte, wie es um seinen Achselgeruch stand. Er hatte ganz eindeutig die Quelle ausgemacht. Aber wen interessierte das schon? Ihn jedenfalls nicht.

In der Küche stellte er die Kaffeemaschine an, die er am Abend zuvor vorbereitet hatte, und spürte die unwillkürliche Entspannung, als die ersten Tropfen durch den Filter in die Glaskanne fielen. Nachdem er durch die Zeitung geblättert und seine zwei Tassen Kaffee getrunken hatte, begann er damit, Ordnung zu schaffen. Sein Morgenritual. Er legte die Zeitung in den Eimer für Altpapier und Pappe, entsorgte den Filter mit dem Kaffeesatz im Restmüll, stellte die Kaffeetasse in den Geschirrspüler und wischte mit dem Lappen ein paar Tropfen von der Arbeitsplatte. Aus dem Flur hörte er das Klingeln des Telefons, das er nur seiner Tochter zuliebe nicht längst aus der Buchse gezogen hatte. Zwar wollte er mit niemandem sprechen, aber wenn Miriam anrief, musste er rangehen, weil sie damit gedroht hatte, ihm andernfalls die Polizei nach Hause zu schicken. Robert war nicht sicher, ob sie das wirklich ernst meinte. Andererseits wollte er kein Risiko eingehen. Das fehlte ihm gerade noch, dass irgendwelche Gesetzeshüter vor seiner Tür auftauchten und sich nach seinem Befinden erkundigten.

«Sophia, was ist los?», hörte er eine weibliche Stimme, die eindeutig nicht die seiner Tochter war, auf den Anrufbeantworter sprechen. Robert kannte diese Frau nicht persönlich, aber sie verfolgte ihn schon seit Wochen mit ihren Anrufen. Heute übertrieb sie es endgültig, dachte er mit einem Blick auf die Uhr. Es war gerade einmal kurz nach acht.

«Wir sitzen auf dem Trockenen. Seit Wochen. Warum rufst du nicht …?» Weiter kam sie nicht. Robert nahm den Hörer ab und legte innerhalb von Sekundenbruchteilen wieder auf. Diese Sprache würde sie verstehen.

Anschließend ging er nach oben ins Schlafzimmer, zog die Vorhänge zurück, schüttelte sein Kopfkissen auf und strich seine Bettdecke glatt. Das Gleiche machte er mit dem Bettzeug von Sophia. Der Anblick des gemachten Bettes hatte etwas Beruhigendes. Sophia hatte sich abends am liebsten in das noch von der vergangenen Nacht zerwühlte Bett gelegt. Ungemachte Betten seien besser gegen Milben, hatte sie immer behauptet, weil die Tierchen kein trockenes Klima mögen. Er hatte es für eine billige Ausrede gehalten, bis er recherchiert und herausgefunden hatte, dass da tatsächlich was dran war.

Als Nächstes befüllte er die Waschmaschine mit der Wäsche aus dem Wäschekorb. Da nicht wirklich viel zusammenkam, entschied er, dass es sich noch nicht lohnen würde, die Maschine laufen zu lassen. Auch ansonsten gab es im Badezimmer nicht viel zu tun, wie er feststellen musste. Genau wie der Rest des Hauses war auch das kleine Bad in die Jahre gekommen. Eigentlich hatte er sich fest vorgenommen, sich in seinem Ruhestand darum zu kümmern. Vor allem diese großen bunt gemusterten Fliesen konnte er nicht mehr sehen und hatte sie schon lange gegen schlichte weiße austauschen wollen. Am liebsten hätte er auch die Wanne zugunsten einer Dusche herausgerissen. Aus Platzgründen. Und weil er ein überzeugter Duscher war. Aber Sophia war strikt dagegen gewesen. Sie hatte nicht im Traum daran gedacht, auf ihre kleinen Wellness-Einheiten zu verzichten, wie sie ihre geliebten Vollbäder nannte. Aus diesem Grund stand immer ein ganzes Sortiment von Schaumbädern mit verschiedenen Duftnoten auf dem Wannenrand.

Sein Blick fiel auf das Fläschchen mit einer Lavendelblüte drauf, das Sophia ihm vor Jahren geschenkt hatte, weil das Aroma den Badenden entspannen sollte. Er hatte es nie angerührt. Vollbäder waren für ihn immer schon eine Verschwendung von Wasser, Energie und Zeit gewesen.

Mit dem Ärmel seines Bademantels wischte er ein paar Wasserflecken vom Spiegel und war schon fast aus dem Zimmer, als sein Blick auf den bunten Seidenkimono fiel, der am Haken an der Tür hing. Er zuckte unwillkürlich zusammen. So war sein Leben jetzt. Der Schmerz kam ohne Vorwarnung. Als würde eine höhere Macht einen Spaß mit ihm treiben und nach Lust und Laune einen Schalter umlegen. Er nahm den Kimono vom Haken, strich sanft über den seidig glänzenden Stoff, presste ihn an sein Gesicht und spürte, wie die Trauer in ihm aufstieg. Seine Beine wurden weich wie Gelee. Er suchte nach Halt, ließ sich kraftlos auf dem Rand der Badewanne nieder und roch noch einmal. Panik ergriff ihn: Sophias Duft schien sich langsam zu verflüchtigen.

Robert hatte sich vom oberen Stockwerk räumend und wischend bis in die Küche vorgearbeitet und mühte sich jetzt an den Kalkflecken im Spülbecken ab. Mit mäßigem Erfolg. Egal mit wie viel Kraft er auch scheuerte, die Flecken wollten nicht verschwinden. Er gab eine weitere Dosis Putzmittel auf den Schwamm, als ihm ein unerwarteter Duft in die Nase stieg. Ein Blick auf das Etikett der Flasche enthüllte, dass er statt Scheuermilch Möbelpolitur benutzt hatte.

Als er schließlich am Schreibtisch vor dem Computer saß, um eine Lebensmittelbestellung im Online-Supermarkt aufzugeben, hatte ihn das Bild von Sophias Kimono noch immer nicht losgelassen. Robert versuchte, das Gefühl, das es bei ihm auslöste, zu unterdrücken, und starrte angestrengt auf den Monitor. Es erschien ihm wie eine Ewigkeit, bis der Computer hochgefahren war und endlich das Startbild erschien, das Sophia installiert hatte. Ein gemeinsames Urlaubsfoto von ihnen beiden auf Sizilien, das vor vielen Jahren entstanden war. Er hatte sich einen höllischen Sonnenbrand geholt, war am ganzen Körper rot wie ein Krebs gewesen, und seine Haut hatte bei der kleinsten Berührung gebrannt wie Feuer. Robert konnte seinen Blick nicht von dem Foto abwenden, plötzlich kam es ihm vor, als höre er die Wellen des Mittelmeeres rauschen. Als wärme die Sonne sein Gesicht, als spüre er Sophias Hand in seiner. Wenn er sich jetzt umdrehte, dann würde sie durch die Tür kommen und ihm einen Kuss geben. Sie würde ihm sagen, dass er den Computer ausstellen sollte, weil sie stattdessen zusammen einkaufen gingen. Robert hörte sie die Treppe hochkommen. Ganz deutlich nahm er das Geräusch wahr, das ihre Füße auf den Stufen verursachten. Doch als er sich umdrehte und zur offenen Tür sah, klaffte da nur ein riesiges schwarzes Loch, das alles in sich aufzusaugen schien. Und in diesem Moment wusste er: Es reichte. So konnte es nicht weitergehen.

Während die Wanne sich füllte, dachte Robert darüber nach, wie gut es war, dass er noch nicht zum Renovieren gekommen war. Aus der hintersten Ecke des Unterschranks kramte er Sophias Föhn hervor, und als er das Kabel abwickelte, sah er gleich, dass es viel zu kurz war. Es würde nie und nimmer bis zur Badewanne reichen, er würde improvisieren müssen.

Wenige Minuten später koppelte er den Föhn mit einem Verlängerungskabel, das er aus dem Keller geholt hatte, und steckte das andere Ende in die Steckdose am Spiegelschrank über dem Waschbecken. Dann machte er einen Testlauf und schaltete den Föhn ein. Anschließend legte er ihn griffbereit auf die flauschige Badematte direkt vor der Wanne und streifte seinen Bademantel ab. Als er sich auch seiner Unterwäsche entledigen wollte, schoss ihm ein Gedanke durch den Kopf: Nackt hatte er sich noch nie wohlgefühlt. Wollte er tatsächlich so gefunden werden? Andererseits barg Kleidung ein gewisses Risiko. Weder war er Elektriker, noch kannte er sich mit Suizid aus. Aber eine innere Stimme sagte ihm, dass Strom besser durch einen unbekleideten Körper leitete, und Vorsicht war die Mutter der Porzellankiste. Er musste Prioritäten setzen, Restwürde hin oder her. Also streifte er auch sein Unterhemd ab, zog die Socken aus und entschied sich nach kurzem Zögern, zumindest die Unterhose anzubehalten. Mit einem Mal durchströmte ihn ein Gefühl der Befreiung. Nichts und niemand hielt ihn mehr davon ab, sein Schicksal in die eigene Hand zu nehmen. Keinen einzigen verfluchten Tag länger würde er der Tennisball auf einer Monsterwelle im Atlantik sein. Er setzte einen Fuß ins Wasser, das sich angenehm warm anfühlte. Es gab schlimmere Arten zu sterben.

Gerade als er den zweiten Fuß nachziehen wollte, klingelte es an der Haustür. Ungläubig stöhnte er auf und beschloss, so zu tun, als hätte er nichts gehört. Doch als er endlich mit beiden Beinen im Wasser stand und sich setzen wollte, klingelte es wieder. Erneut versuchte er, die Störung zu ignorieren. Gleichzeitig kamen ihm Zweifel. Was, wenn er nicht sofort tot war? Wenn es zu einem Kurzschluss kam, die Sicherung mit Getöse herausknallte und er bewusstlos im Wasser lag, ihm jedoch nicht genügend Zeit blieb, langsam zu ertrinken, weil jemand, aufgeschreckt von dem ungewöhnlichen Lärm, die Polizei oder die Feuerwehr alarmierte? Im schlimmsten Fall fand man ihn zu früh, und er schaffte es womöglich nur ins Koma statt in die ewigen Jagdgründe.

«Behalten Sie Ihren Wachtturm für sich», rief Robert, als er bloß Augenblicke später die Haustür aufriss. Er schaute auf eine Frau hinab, deren Alter man auf den ersten Blick schwer schätzen konnte. Wirklich jung war sie nicht mehr, richtig alt aber auch noch nicht. Ihre Kleidung, ihre Frisur und die großen, geometrischen Plastik-Ohrringe erinnerten ihn irgendwie an die Kindheit seiner Tochter.

«Ich bin keine Zeugin Jehovas. Außerdem kommen die immer zu zweit», entgegnete die Frau so energisch, dass er unwillkürlich schwieg. Außerdem fiel Robert plötzlich ein, wie lächerlich er aussehen musste. Unter dem Bademantel war er bis auf die Unterhose nackt. Nicht mal in seine Pantoffeln war er auf die Schnelle geschlüpft.

«Es tut mir leid, dass ich störe», sagte sie, während sie ihn von oben bis unten musterte. «Aber es ist dringend. Ich bin Lilli. Lilli Fischer.»

Robert verzog das Gesicht. Er kannte den Namen. Und der löste keine Begeisterung in ihm aus. «Sie sind diese Frau, die hier ständig anruft?»

«Genau die.» Lilli lachte laut und lugte neugierig an ihm vorbei ins Haus. «Ist Sophia da?»

«Nein. Und jetzt verschwinden Sie.»

«Ich denke nicht dran», sagte Lilli Fischer unbeeindruckt. Sie kam noch einen Schritt näher und baute sich vor ihm auf wie ein Chihuahua vor einem Rottweiler. «Seit vier Wochen rufe ich jeden Tag an. Auf dem Handy, dem Festnetz, ich schicke Mails. Die anderen Frauen aus der Gruppe sitzen auch auf dem Trockenen. Und bevor mir Sophia nicht persönlich erklärt, warum sie uns im Stich ...» Sie brach unvermittelt ab. Sie hatte sich so in Rage geredet, dass ihre Worte ihre Gedanken überholt hatten. «Ich brauche meine Mascara», presste sie schließlich heraus.

Er sah sie an, als hätte er eine Wahnsinnige vor sich, und wollte die Tür ins Schloss werfen. Aber sie stellte reflexartig ihren Fuß in den Rahmen. «Au», schrie sie, als sie die volle Wucht der Tür zu spüren bekam.

«Sind Sie verrückt geworden? Nehmen Sie gefälligst Ihren Fuß da weg!»

«Sagen Sie mir erst, wo Sophia ist. Oder muss ich die Polizei rufen?» Lilli sah ihn durchdringend an, und Robert war nicht sicher, ob das ein Scherz war oder ob sie es ernst meinte. Dafür war ihm etwas anderes umso klarer, nämlich dass sich diese Frau nicht ohne Weiteres abschütteln ließ. Er musste härtere Geschütze auffahren.

«Meine Frau ist tot.»

Lilli sah ihn verständnislos an. Seine Worte brauchten

einen Moment, bis sie in die entscheidenden Windungen ihres Gehirns vorgedrungen waren. Dann schlug sie die Hände vor den Mund.

«Wie ...?»

Robert wartete nicht, bis sie ihre Frage zu Ende gestellt hatte. «Ein Unfall. Würden Sie mich jetzt bitte zufriedenlassen?»

Lilli kramte ein Papiertaschentuch aus ihrer großen Umhängetasche und schnäuzte sich die Nase. Ungläubig starrte sie ihn an, während die Tränen ihr unaufhaltsam die Wangen hinunterliefen.

«Ich wäre jetzt gerne wieder allein», bekräftigte Robert, denn ihr Fuß stand immer noch in der Tür.

Lilli nickte. «Natürlich», sagte sie und schob sich an ihm vorbei ins Haus.

«Dürfte ich nur kurz Ihr Bad benutzen?»

Robert stand im Keller vor den Regalen, in denen noch immer Unmengen von den Kosmetikprodukten lagerten, die Sophia als AVON-Beraterin vertrieben hatte. Als Lilli Fischer im Bad verschwunden war, hatte er den Entschluss gefasst, sie mit dem zu versorgen, wofür sie gekommen war. Das schien ihm die sicherste Art, sie loszuwerden.

Es war einige Wochen her, seit er das letzte Mal in diesem Teil des Kellers gewesen war. Damals hatte Sophia mal wieder eine Großlieferung bekommen, und er hatte ihr die Sachen in diesen Raum getragen, den sie als Lager nutzte. Er sah Sophia vor sich. Ihr Strahlen, wenn sie sich vollbepackt mit neuer Ware auf den Weg machte. Und wie aufgekratzt und fröhlich sie wenige Stunden später nach Hause kam. Vor allem, wenn sie ein gutes Geschäft gemacht hatte. Das war nicht selten der Fall gewesen, denn zu Roberts großer Überraschung hatte sie sich als echtes Verkaufstalent entpuppt.

«Mir geht's nicht ums Geld. Im Gegensatz zu dir bin ich gerne unter Menschen», hatte sie immer gesagt. «Aber wenn ich nebenbei noch was verdienen kann, umso besser.» Insgeheim war ihm immer klar gewesen, wie sehr sie darunter gelitten hatte, dass sich ihr gemeinsamer Freundes- und Bekanntenkreis im Laufe der Jahre allmählich aufgelöst hatte – was natürlich allein seine Schuld gewesen war. Er wusste genau, dass diese Verkaufstreffen mehr für sie waren als nur ein Job. Sie waren auch eine Flucht aus der ständigen Zweisamkeit mit ihm. Weil er nicht kompatibel mit anderen Menschen war, hatte sie sich einen Bekanntenkreis ohne ihn aufgebaut. Er seufzte. Gerade als er den Ordner mit Kundenadressen aufschlug und nach dem Namen seines ungebetenen Gastes suchte, hörte er Lilli Fischer von oben rufen.

«Im Keller», rief er zurück, als sie auch schon die Treppe herunterkam. Man sah ihr an, dass sie die Nachricht von Sophias Tod noch nicht verdaut hatte. Aber gleichzeitig strahlte sie eine Entschlossenheit aus, die Robert nicht einordnen konnte.

«Wow», sagte Lilli, als sie unten angekommen war.

Er folgte ihrem Blick zu dem Regal im hinteren Teil des Kellerraums, der seine Sammlung alter Vinyl-Single-Schallplatten beherbergte, deren Cover ziemlich abgestoßen waren.

«Ich habe alle meine Platten verkauft, als die ersten CDs rauskamen. Ich könnte mir heute noch in den Arsch beißen.» Staunend trat sie näher an das Regal heran und entdeckte den alten Kofferplattenspieler aus den Sechzigern. «Funktioniert der noch?»

«Selbstverständlich.»

«So was Schönes lassen Sie hier unten vergammeln?»

«Hier vergammelt nichts.»

Robert hatte inzwischen im Ordner gefunden, was er gesucht hatte, und wandte sich den Kosmetikprodukten zu. Nicht lange, und er zog triumphierend einen Karton aus dem Regal und reichte ihn Lilli.

«Volumen Mascara mit schwarzem Diamantstaub. Korrekt? Brauchen Sie eine Tüte?» Er öffnete eine Schublade, in der sich eine Menge kleiner, beschrifteter Tüten befanden. Zum Glück kannte er sich hier unten so gut aus. Schließlich war er es gewesen, der immer für Sophia aufräumen musste. So gut sie auch das Menschliche beherrscht hatte – Ordnung halten hatte nicht zu ihren Stärken gehört.

«Nein, keine Tüte, aber ...» Sie deutete auf den Karton und wirkte verlegen. «So viel Geld habe ich jetzt gar nicht dabei.»

Robert schüttelte ungläubig den Kopf. «Ich denke, Sie sind hier, um endlich Ihre Kosmetik zu kaufen?»

«Ich bin vor allem hier, weil ich Sophia sehen wollte.»

Für einen Augenblick herrschte betretenes Schweigen. Keiner wusste, was er sagen sollte. Robert wollte diese Stille so schnell wie möglich durchbrechen und hielt ihr den ganzen Karton hin.

«Ist ein Geschenk.»

Sie sah ihn überrascht an. «Danke.»

«Aber für die Zukunft suchen Sie sich jemand anderen», sagte Robert, während er den Ordner an seinen Platz zurückstellte.

Lilli musterte erst ihn, dann das Regal. «Was machen Sie nun mit den ganzen Sachen?»

Er drehte sich zu ihr um und schaute sie baff an. «Hören Sie, ich denke, das war großzügig genug.»

«Nein, nein, so war das nicht gemeint», sagte sie eilig, das Missverständnis schien ihr peinlich zu sein. «Ich meine – ich könnte den anderen Bescheid geben. Die könnten ihre Kosmetik genauso gut bei Ihnen ...»

«Wagen Sie es ja nicht, ich will hier niemanden sehen», fiel Robert ihr eilig ins Wort.

«Wollen Sie das alles wegschmeißen?»

«Das lassen Sie mal meine Sorge sein.»

«Ich meine ja nur ... Warum verkaufen Sie das nicht?»

«Sehe ich aus wie ein Verkäufer?»

«Nein. Eher wie ein Exhibitionist, der mal dringend duschen sollte.»

Plötzlich war sich Robert wieder seines merkwürdigen Aufzugs bewusst, den er kurz vergessen hatte. «Ich habe Sie nicht eingeladen, und außerdem wollte ich gerade ein Bad nehmen», sagte er halbherzig und zog verlegen den Gürtel des Bademantels enger. Doch Lilli Fischer interessierte sich schon gar nicht mehr für die Kosmetikprodukte im Regal oder seine nicht vorhandene Kleidung, sie wollte etwas ganz anderes wissen.

Sie sah ihm in die Augen, zögerte kurz und fragte dann mit einfühlsamer Stimme: «Wo ist Sophia beerdigt? Ich würde sie gerne besuchen.»

Darauf war Robert nicht vorbereitet. Wieder hatte sie ihn auf dem falschen Fuß erwischt. Was wollte diese Frau noch alles von ihm?

«Hören Sie. Sie war nicht nur unsere AVON-Beraterin.

In all den Jahren ist sie so etwas wie eine Freundin geworden.»

«Lassen Sie uns das hier jetzt einfach beenden», sagte Robert, aber sie ließ sich nicht beirren.

«Warum fahren wir nicht zusammen zu ihr?»

Er schüttelte den Kopf. «Vergessen Sie das gleich wieder.»

«Jedenfalls lasse ich Sie hier nicht allein.»

Lilli Fischers Ton hatte sich verändert, und das ließ Robert aufmerken. Und da sah er, wie sie einen Föhn aus ihrer Handtasche kramte: seinen Föhn.

«Entweder kommen Sie mit, oder ich rufe den psychologischen Dienst», sagte sie sehr bestimmt.

Ungläubig schüttelte Robert den Kopf. Mit gutem Zureden allein bekam er diese Frau jedenfalls nicht dazu, seine Privatsphäre zu respektieren. Genauso gut hätte er auf einen Hund ohne Beißhemmung einreden können, der sich in der Wade eines Joggers verbissen hatte.

«Sie kennen mich doch gar nicht. Haben Sie überhaupt keine Angst? So ganz allein im Keller eines fremden Mannes, der nichts mehr zu verlieren hat?»

Lilli lachte herzhaft auf. «Sie kommen mir nicht vor wie ein Mörder.»

«Wenn Ihre Menschenkenntnis Sie mal da nicht täuscht», grummelte Robert, dem längst klar war, wie wenig glaubwürdig er rüberkam.

«Es standen schon genug vor mir», konterte sie.

Robert zog seine Stirn in Falten und überlegte, was sie damit jetzt schon wieder meinte.

Lilli strahlte ihn an. «Fahren wir?»

KAPITEL 2

Die Sonne schien ihm ins Gesicht, als er mit Lilli aus dem Haus trat. In der absurden Hoffnung, dass sie es sich noch einmal anders überlegte, hatte er sich vehement geweigert, sich etwas Vernünftiges anzuziehen. Doch da sie sich davon nicht hatte beeindrucken lassen und um nicht vollends wie ein Penner auszusehen, trug er zumindest wieder sein Unterhemd unter dem Bademantel und feste Schuhe.

Er richtete den Funkschlüssel auf sein Auto und wollte gerade einsteigen, als Lilli ihn kurzerhand unterhakte.

«Nichts für ungut. Aber ich fühle mich nicht wohl bei dem Gedanken, in das Auto eines Mannes zu steigen, der eben noch darüber nachgedacht hat, aus dem Leben zu scheiden.»

Robert überlegte kurz, ob er protestieren sollte, gab sich dann aber geschlagen, als Lilli ihn entschlossen zu ihrem Auto zog. Sie kamen vor dem schwarzen Mini zum Stehen. Oder war er dunkelgrau? Es war schwer zu erkennen, da eine klebrige Dreckschicht die gesamte Karosserie überzog.

«Ich wohne in der Lindenstraße. Schöne Bäume, machen aber viel Dreck», sagte Lilli entschuldigend, als sie seinen Blick bemerkte. Robert deutete auf den eingetrockneten Vogeldreck auf dem Dach des Mini. «Scheißen können Ihre Linden auch?»

Lilli lachte laut, während sie die Autotür öffnete und schwungvoll ihre Handtasche auf die Rückbank warf.

«Eigentlich wollte ich in die Waschanlage, aber es soll heute sowieso noch regnen.»

Robert warf einen skeptischen Blick in den strahlend blauen Himmel und entschloss sich, ohne einen weiteren Kommentar einzusteigen.

«Moment, ich mach schnell Platz», sagte Lilli. Sie schob ihn kurzerhand zur Seite und schaufelte das Chaos aus Fast-Food-Verpackungen, alten Parkscheinen, Pappbechern und CDs, das den Beifahrersitz bedeckte, nach hinten auf die Rückbank. Dann wischte sie ein paarmal mit der Hand über die Sitzfläche und bedeutete ihm schließlich lächelnd einzusteigen. Robert quetschte sich auf die Beifahrerseite, und obwohl er den Sitz komplett nach hinten schob, stießen seine Knie gegen das Handschuhfach. Unter seinen Pantoffeln knirschten zwei CDs im Fußraum. Er bückte sich ächzend und warf sie nach hinten zu dem anderen Müll, während Lilli den Motor startete, die Automatik einrasten ließ und das Gaspedal durchdrückte. Mit einem mächtigen Satz schoss der Wagen los und drückte seine beiden Insassen in ihre Sitze. Robert griff reflexartig zum Haltegriff und sah Lilli prüfend an. Das mit der Badewanne hatte zwar nicht funktioniert, aber womöglich würde es auf diese Weise klappen.

Lilli lenkte den Wagen über eine dicht befahrene Straße, während sie ohne Unterlass redete und gleichzeitig am Autoradio hantierte.

«Ihre Frau und ich kennen uns jetzt schon fünf Jahre. Oder sind es sechs? Eigentlich bin ich an dem Abend nur aus Langeweile mit einer Freundin mitgekommen. Ich kannte AVON von früher. Meine Mutter hat das benutzt, ich wäre von selbst nie auf die Idee gekommen. Aber Ihre Frau hatte recht: Die Sachen sind richtig gut.»

Robert wunderte sich über sich selbst. Für jemanden, der eben noch mit dem Leben abgeschlossen hatte, machte ihn Lilli Fischers Fahrstil überraschend nervös. Sämtliche Kurven nahm sie einhändig, weil die andere Hand ständig am Autoradio klebte, um einen passenden Sender zu finden. Er sah den Wagen vor ihnen bedrohlich nahe kommen und bereitete sich schon darauf vor, dass die beiden Stoßstangen sich gleich unsanft berühren würden.

Lilli drückte mehrmals entschieden die Hupe. «Fahr endlich, du Lahmarsch.»

Robert sah auf den Tacho, dessen Nadel sich bei sechzig eingependelt hatte. «Geschlossene Ortschaft», raunte er. Aber davon ließ sie sich nicht aus der Ruhe bringen.

Lilli lächelte ihn unschuldig an. «Bei den Blitzern gibt's immer eine Toleranz.»

«Bei Rot nicht», sagte Robert und deutete auf die Ampel vor ihnen, die gerade auf Gelb sprang.

«Schaffen wir noch.» Lilli trat das Gaspedal durch. In dem Moment, in dem die Ampel auf Rot schaltete, brauste der Mini über die Kreuzung. Sie lächelte ihn triumphierend an, um sich gleich darauf wieder dem Radio zu widmen und einen weiteren Senderdurchlauf zu starten.

«Könnten Sie sich bitte auf den Verkehr konzentrieren?», rief Robert nervös.

«Verstehe. Sie sind einer von denen, die auch vom Beifahrersitz aus immer bremsen müssen, was?»

«Einer von uns beiden sollte das tun, wenn wir das hier überleben wollen.»

Robert bemerkte das zufriedene kleine Lächeln, das sie ihm schenkte, und konnte sich denken, was ihr durch den Kopf ging. Wenn sie glaubte, dass er so einfach von seinem Vorhaben abzubringen wäre, dann täuschte sie sich jedoch. Ja, er hatte zugestimmt, mit ihr zum Friedhof zu fahren, aber nur, um sie loszuwerden. Anschließend würde er sich seinen Föhn schnappen und da weitermachen, wo er aufgehört hatte.

«Da vorne rechts. Sie können schon mal rüber», sagte er im Ton eines Fahrlehrers.

«Aye, aye, Sir.»

Lilli setzte den Blinker und zog den Mini auf die rechte Fahrspur, ohne auf den Wagen neben ihnen Rücksicht zu nehmen. Der Fahrer hupte aufgebracht.

«Vorsicht», mahnte Robert.

Lilli zog den Mini zurück nach links. Als der Wagen sie passierte, sah Robert, wie der Fahrer eindeutige Gesten in seine Richtung machte. Ihm reichte es endgültig. «Halten Sie an!»

«Jetzt? Hier?»

«Sofort!»

Lilli bremste den Mini mitten auf der Straße und provozierte damit ein Hupkonzert, dessen Lautstärke nur von Roberts sich überschlagender Stimme übertroffen wurde. Er fühlte, wie sein ganzer Körper bebte.

«Wissen Sie was? Mir ist völlig egal, ob ich das hier überlebe. Wenn ich großes Glück habe, eher nicht. Aber was die anderen betrifft ...» Er spürte, wie seine Verzweiflung und Hilflosigkeit in Wut umschlagen wollten. Nicht auf Lilli persönlich. Sondern auf alle Idioten, die sich auf den Straßen tummelten. Die nur das eigene Ziel im Blick hatten, ohne Rücksicht auf Verluste. Wie dieser Lastwagenfahrer, der nicht aufpassen konnte und ihm die Liebe seines Lebens genommen hatte.

Robert hatte das nervtötende Hupen und das wütende Gebell der anderen Autofahrer noch immer im Ohr, als sie wenige Minuten später durch eine ruhige Siedlung am Stadtrand fuhren. Während Robert durchs Seitenfenster eine Gruppe betagter Nordic Walker beobachtete, die ohne Mühe an ihnen vorbeizogen, lenkte Lilli Fischer den Wagen in halber Schrittgeschwindigkeit durch das Wohnviertel. Anscheinend kannte diese Frau nur Extreme.

Schon von Weitem sah man die Mauern, die den Friedhof umgaben, und die mächtigen Bäume dahinter. Je näher sie kamen, desto deutlicher spürte Robert sein Herz schlagen. Es fühlte sich an, als wolle es in seiner Brust zerspringen. Seit Sophias Beerdigung war er nicht mehr hier gewesen. Er konnte nicht verstehen, dass andere Menschen an Gräbern standen und Zwiesprache hielten. Der Friedhof war nicht der Ort, an dem er sich Sophia besonders nah fühlte. Er spürte ihre Anwesenheit jeden Tag, ab dem Augenblick, in dem er alleine in ihrem gemeinsamen Zimmer erwachte. Für ihn war sie immer noch sein Zuhause.

Der Mini näherte sich dem Eingang mit dem großen schmiedeeisernen Tor, neben dem sich ein Blumenladen befand. Trotz des schönen Wetters schien nicht viel los zu sein. Es standen kaum Autos auf dem Parkplatz. Lilli Fischer steuerte auf eine Parklücke zu, in die sie ihren Mini würde quer einparken können. Doch anstatt das Tempo zu drosseln und hineinzufahren, fuhr sie vorbei, bremste plötzlich scharf ab und legte den Rückwärtsgang ein. «Ich kann nur rückwärts einparken», erklärte sie beflissen, während sie den Wagen schwungvoll zurücksetzte und den Motor ausschaltete.

Robert blickte sie ungläubig an. Trotz der riesigen Lücke hatte sie es geschafft, ihren winzigen Wagen so zu parken, dass weder rechts noch links ein weiteres Auto Platz finden würde. Aber noch bevor er sie darauf hinweisen konnte, schnappte sie sich ihre Handtasche von der Rückbank und riss die Fahrertür auf. «Ich besorg schnell ein paar Blumen.»

Während sie federnd aus dem Auto sprang, bereitete es ihm deutlich mehr Mühe, sich aus dem Beifahrersitz zu stemmen. Der Mini war einfach eine Nummer zu klein für ihn.

«Wollen Sie nicht abschließen?», rief er ihr noch hinterher, als er es endlich geschafft hatte. Aber Lilli war bereits im Blumenladen verschwunden. Er warf die Autotür zu und wischte seine klebrigen Finger am Bademantel ab. Als er ihr folgte und auf das Eingangstor des Friedhofes zulief, bemerkte er, dass seine Hände zu zittern begonnen hatten.

Sie standen vor einem Grabstein aus rot leuchtendem Granit, auf dem in goldenen Lettern Sophias Name sowie das Jahr ihrer Geburt und das ihres Todes geschrieben waren. Es war bestimmt nicht das, was Robert für sich selbst ausgesucht hätte, aber für Sophia war es das Richtige, da war er sicher.

Während er sich im Hintergrund hielt, beobachtete er

Lilli, die fassungslos am Grab stand und den Stein sanft mit der Hand berührte.

«Sophia, was machst du denn für Sachen?»

Lilli platzierte den Strauß, den sie gekauft hatte, in der Grabvase. Die Sonne ließ die Blumen in allen nur erdenklichen Farben erstrahlen. Der Anblick bewegte Robert. Er wusste, dass Sophia diesen Strauß geliebt hätte. Blumen mussten für sie vor allem eins sein: bunt. Während er Wert auf möglichst pflegeleichte Grünpflanzen legte, hatte sie Mohn, Pfingstrosen, Zinnien und Löwenmäulchen im Garten angepflanzt und alles, was die Farbpalette sonst noch so hergab. Hortensien hatte Sophia besonders gemocht, weil deren Blüten sogar noch im Spätherbst, im trockenen Zustand, schön anzusehen waren. Sie hatte auch die Angewohnheit gehabt, überall im Haus frische Schnittblumen aufzustellen. Sogar im Schlafzimmer, wogegen Robert regelmäßig protestiert hatte. Vor allem, wenn Sophia Lilien besorgt hatte, die ebenfalls zu ihren Lieblingsblumen gehörten, deren durchdringender Geruch Robert jedoch beim Schlafen störte. Aber das ließ Sophia nicht gelten.

Der Anblick ihres Namens auf dem Grabstein löste ein Gefühl der Beklemmung in ihm aus. Er konnte nichts dagegen tun. Sein Atem verkrampfte sich. Es war, als würde jemand Felsbrocken auf seiner Brust ablegen, und er fürchtete, dass seine Beine unter der Last zusammenbrechen würden. Er kam ins Straucheln, hielt panisch Ausschau nach einem Halt, als Lilli sich zu ihm umdrehte und sofort den Ernst der Lage erkannte. Robert streckte ihr seine zitternde Hand entgegen, und sie ergriff sie. Er bebte am ganzen Leib. Und als sie ihn fest in die Arme schloss, ließ er es zu.

Sie saßen auf einer Parkbank in der Nähe der Grabstelle. Robert schnäuzte sich in ein Papiertaschentuch und ließ es in der Tasche seines Bademantels verschwinden, die vor lauter benutzter Taschentücher schon ganz ausgebeult war.

«Brauchen Sie noch eins?», fragt Lilli.

«Wie viele haben Sie noch in Ihrer Tasche?»

«Davon kann man nie genug haben.»

«Wieso? Trösten Sie öfter so altersmüde Säcke wie mich?»

«In meinem Beruf wird viel geweint. Selbst die härtesten Brocken verlieren vor mir die Fassung», sagte sie mit einem Lächeln.

Robert schaute sie an und fragte sich, welcher Beruf das wohl sein konnte. War sie Pflegerin auf einer Krebsstation? Oder Pfarrerin? Oder eine alternde Hostess? Er wurde nicht schlau aus dieser Frau. Aber irgendwie brachte er es nicht über sich, sie einfach zu fragen. Es war ja letztlich auch egal. Sie würden sich sowieso nach diesem Ausflug nicht wiedersehen.

Stumm blickten sie über das Friedhofsgelände und beobachteten die Spatzen, die aufgeregt krakeelend zwischen den hohen Kastanienbäumen hin und her flogen oder sich vor ihnen auf dem Boden einen Kampf um ein paar Brötchenkrümel lieferten. Vereinzelt sah man Menschen, die sich um die Gräber ihrer Liebsten kümmerten, Unkraut zupften oder am Wassertrog die großen Plastikgießkannen befüllten. Eine betagte Dame polierte einen Grabstein mit einem Tuch. Friedhofsangestellte hoben ein neues Grab aus. Auch eine Art von Alltag.

«Sie haben eine Tochter und einen Enkel, oder?», nahm Lilli Fischer das Gespräch irgendwann wieder auf.

Er nickte schweigend.

«Und dann kommen Sie auf eine so verrückte Idee?»

«Was ist daran so verrückt, wenn man sein Leben nicht mehr erträgt?» Er merkte, dass sie widersprechen wollte, und kam ihr eilig zuvor. «Kommen Sie mir jetzt bloß nicht mit diesem Spruch. Die Zeit heilt alle Wunden und so.»

Lilli sah ihn an. «Tut sie nicht. Zumindest nie ganz. Irgendwas bleibt immer zurück.»

Ein trauriger Unterton in ihrer Stimme ließ Robert hellhörig werden. Lilli starrte ins Leere und wirkte für einen kurzen Moment abwesend. Robert war mit einem Mal klar, dass auch sie ihr Päckchen zu tragen hatte. Andererseits, wer hatte das nicht?

Doch schon war ihr Lächeln zurück. «Was machen wir jetzt? Trinken wir noch irgendwo einen Kaffee zusammen?»

Er deutete an sich herunter. «Sicher. Und wenn man mich nicht gleich im Café verhaftet, gehen wir noch auf den Spielplatz und verteilen Schokolade an die Kinder.»

«Vielleicht ein Spaziergang», insistierte Lilli.

«Ich will nur eins. Nach Hause», sagte Robert kraftlos.

Sie musterte ihn prüfend. «Erst müssen Sie mir etwas versprechen.»

Er wusste genau, was sie meinte. Er erwiderte ihren Blick, schwieg und seufzte resigniert. Das musste reichen.

Als Robert aus Lillis Auto stieg, war es bereits Nachmittag. Die ersten Nachbarn hatten Feierabend und werkelten in ihren Gärten oder hielten ein Schwätzchen über den Zaun.

«War mir ein Vergnügen, vielleicht wiederholen wir das bald mal», rief Lilli für alle hörbar, noch bevor er die

Beifahrertür zumachen konnte. Und als sie mit Vollgas davonfuhr, drückte sie zum Abschied noch zweimal kurz die Hupe. Während Robert durch seinen Vorgarten schritt, spürte er die interessierten Blicke der Nachbarn. Eilig zog er sich in seine vier Wände zurück und warf krachend die Tür ins Schloss.

Robert hängte den Schlüssel ans Schlüsselbrettchen, zog die Straßenschuhe aus und schlüpfte in seine Pantoffeln. Obwohl er sich völlig erschöpft fühlte, schlug sein Herz schnell und heftig in seiner Brust. Er atmete tief durch und versuchte, seinen Körper zur Ruhe zu zwingen. Da hörte er ein leises Plätschern, und dann sah er auch schon das Rinnsal, das sich die Treppen herunterschlängelte. Am Treppenabsatz hatte sich bereits eine Pfütze gebildet, und seine Pantoffeln verursachten auf dem nassen Teppichboden ein schmatzendes Geräusch. Robert schüttelte fassungslos den Kopf. «Den Föhn hat sie ausgesteckt, aber das Wasser lässt sie laufen.»

KAPITEL 3

Die Uhr zeigte 03:26 Uhr, und Robert bekam immer noch kein Auge zu. Schuld daran war auch Lilli Fischer. Geschlagene zwei Stunden hatte er damit verbracht, die Überschwemmung zu beseitigen, die sie verursacht hatte. Das Wasser war bis ins Wohnzimmer vorgedrungen, der Teppich hatte sich vollgesogen wie ein Schwamm. Mühsam hatte er die Feuchtigkeit mit Frotteehandtüchern aufgenommen, die er über einem Eimer auswrang. Am Ende hatte er es geschafft, den größten Schaden zu beseitigen, aber der Teppich würde Tage brauchen, bis er wieder vollkommen trocken war. Im schlimmsten Fall würde er müffeln und müsste komplett ausgetauscht werden. Robert kam ins Grübeln. Im Grunde waren sie beide für das Desaster verantwortlich. Also müsste Lilli sich auch an den Kosten beteiligen. Fifty-fifty wäre nur fair. Was musste sie auch unbedingt anderer Menschen Leben retten?

Robert hatte gegen die Decke gestarrt und war so wach gewesen, dass er schließlich aufgestanden war und sich an den Computer gesetzt hatte. Eigentlich hatte er nur endlich seine Lebensmittel-Bestellung beim Online-Lieferdienst abschließen wollen. Aber dann war ihm aufgefallen, dass das Icon von Sophias Mail-Programm eine unheimlich große Anzahl von ungelesenen Nachrichten anzeigte. Obwohl er anfangs mit dem Gedanken gespielt hatte, das gesamte Programm komplett zu löschen, hatte er sich dann doch entschieden, einen Blick zu riskieren. Seitdem arbeitete er sich zunehmend konzentrierter durch die Berge von E-Mails. Wie zu erwarten, war vieles Junk oder Werbung. Rechnungen von Sophias Telefonanbieter erinnerten ihn daran, dass er ihren Mobilfunkvertrag immer noch nicht gekündigt hatte. Einen Stich versetzten ihm die Mails, die ihr Freunde oder Bekannte kurz vor ihrem Tod geschrieben hatten und die sie nun nicht mehr beantworten konnte. Die meisten Nachrichten waren jedoch Bestellungen von Kunden, und während er sich nach unten scrollte, wurde ihm wieder klar, wie sehr Sophias Geschäft floriert hatte. Auch ein paar Beschwerden fanden sich. Von Kunden, die keine Ahnung hatten, was ihr zugestoßen war, und sich wunderten, warum sie nicht zurückrief. Und es überraschte ihn nicht, dass ein paar Nachrichten von Lilli Fischer darunter waren.

Taschenspray Far Away Rebel, *Mascara mit Multitasking-Bürstchen*, *Luxe Make-up mit Extrakt von weißem Saphir*, *Liquid Lipstick mit Glanzeffekt* ... Robert konnte sich beim besten Willen nicht vorstellen, wozu man dieses Zeug brauchte. Dafür wusste er umso genauer, wo er es finden konnte. Unten im Keller, wo es darauf wartete, an Kunden ausgeliefert zu werden. Seit Lilli Fischer ihm diesen Floh ins Ohr gesetzt hatte, arbeitete der Gedanke in seinem Hinterkopf – das war ihm gerade erst klar geworden. So absurd die Idee ihm anfangs auch vorgekommen war, plötzlich ließ sie ihm keine Ruhe mehr. Natürlich könnte er auch einfach alles wegschmeißen. Aber Dinge im Wert von

Hunderten, vielleicht sogar Tausenden von Euro einfach im Mülleimer versenken? Sophia hätte ihm, ohne mit der Wimper zu zucken, beide Ohren gleichzeitig abgerissen.

Nein, sie wäre nicht wütend geworden, sondern traurig. Diese ganze AVON-Sache war ihr Leben gewesen. Robert kam sich fast ein wenig fremdgesteuert vor. Er konnte nichts dagegen tun: Mit einem Mal sah er sich geradezu in der Pflicht, die Sache für Sophia zu Ende und die Kosmetika, die unten im Keller warteten, doch noch an die Frau zu bringen. Oder an den Mann. Es war eine wirklich überraschende Erkenntnis für ihn, dass auch Männer sich von AVON beliefern ließen. Er erinnerte sich daran, wie Sophia ihn einmal dazu hatte überreden wollen, Werbung für sie zu machen und den Männer-Katalog unter seinen Kollegen in der Finanzbehörde zu verteilen. Es verstand sich von selbst, dass er damals nicht mehr als ein Kopfschütteln für diesen Vorschlag übriggehabt hatte.

Seufzend machte er sich daran, jede einzelne Bestellung auszudrucken. Dann heftete er die Ausdrucke zusammen, absteigend nach Datum, und markierte den Namen des Kunden, die Telefonnummer und das gewünschte Produkt mit einem leuchtend gelben Marker. Schließlich hatte er sich bis zur letzten Mail durchgearbeitet und eine auf Zeitschriftendicke angewachsene Sammlung von Ausdrucken vor sich. Die ältesten Bestellungen waren drei Tage vor Sophias Tod eingegangen, und er hielt es nur für gerecht, dass er die Kunden, die bereits am längsten warteten, auch als erste belieferte. Er fühlte sich gut vorbereitet. Es konnte losgehen. Und trotzdem war da immer noch dieser innere Widerstand, der ihn unsicher werden ließ. Vielleicht war das doch eine Schnapsidee, dachte er, als sein Blick auf eine von Sophias personalisierten AVON-Bonuskarten fiel, auf die sie ein kleines Foto von sich hatte drucken lassen. Für jede Bestellung erhielt der Kunde einen Stempel, und bei zehn Stempeln winkte eine kleine Überraschung. Die Bonuskarte war ihre Idee gewesen, sie hatte sie auf eigene Kosten herstellen lassen. Während er sanft mit dem Finger über das Foto auf der Karte streichelte und in ihr freundlich lächelndes Gesicht schaute, kam es ihm vor, als würde ihr Bild lebendig, als bewegten sich ihre Augen, ihr Mund und ihre Wangen, als würde ihr Lächeln noch ein ganz klein wenig strahlender.

«Ja?», hörte Robert eine müde Stimme am anderen Ende der Leitung.

«Frau Rothschild?», fragte er, um sich zu vergewissern, dass er sich nicht verwählt hatte, und ärgerte sich über die Unsitte gewisser Leute, sich am Telefon nicht korrekt mit ihrem Namen zu melden. Was zum Teufel war so schwer daran?

«Ja? Was ist denn ... mein Gott. Ist was passiert?» Mit einem Mal klang die Frau am anderen Ende der Leitung nicht nur hellwach, sondern auch zu Tode erschrocken.

«Sie haben eine Ultimate-Multi-Performance Tagescreme mit LSF 25 bestellt.» Robert las die Worte von Sophias Liste ab und hatte Mühe, sie richtig auszusprechen.

«Wer sind Sie? Wovon reden Sie überhaupt?»

«Wie ich schon sagte. Ihre Bestellung.»

«Ist das ein Scherz?»

«Nein. Kein Scherz. Was ist jetzt?»

«Sind Sie so ein Witzbold aus dem Radio?», blaffte die Frau ihn nun völlig entrüstet an.

44

Robert ließ die Finger seiner linken Hand nervös über die ausgedruckte E-Mail tanzen, während sich die rechte um den Telefonhörer krampfte. Musste er sich diesen Ton bieten lassen? Schließlich wollte sie etwas von ihm. Ihre dämliche Creme nämlich. Er verspürte den Drang, ihr eine klare Ansage zu machen, biss sich dann aber auf die Zunge.

«Wann kann ich die bestellte Ware vorbeibringen?», fragte er, um Sachlichkeit bemüht, aber er konnte einen genervten Unterton in seiner Stimme nicht ganz unterdrücken.

«Wissen Sie, wie spät es ist?», brüllte die Frau, und dann hörte er nur noch ein Klicken in der Leitung. Sie hatte aufgelegt.

Robert stöhnte angestrengt. Eigentlich hatte er Dankbarkeit erwartet, stattdessen musste er sich beschimpfen lassen. Aber so waren die Menschen nun mal, das würde sich nie ändern, dachte er, als er flüchtig auf seine Uhr sah. Die Tatsache, dass sie 05:17 Uhr zeigte, ließ ihn sein harsches Urteil noch mal überdenken. Eine gewisse Teilschuld lag sicher auch bei ihm, und wahrscheinlich war es besser, mit dem nächsten Anruf noch ein, zwei Stündchen zu warten. Oder drei. Er entschied, diese Zeit sinnvoll zu nutzen, und setzte sich mit seinen Ausdrucken auf die Bettkante, um die Bestellungen für diesen Tag nach Postleitzahlen zu sortieren. Schließlich wollte er später nicht kreuz und quer durch die ganze Stadt fahren.

Als Robert einige Stunden später mit verdrehten Gliedern aufwachte, taten ihm sämtliche Knochen weh. Er konnte sich nicht erinnern, wann er das letzte Mal so fest geschlafen hatte. Sein Blick streifte den Stapel von Mails, der neben ihm lag, und da fiel ihm wieder ein, was er sich vorgenommen hatte. Er zog den Gürtel seines Bademantels enger und stieg wieder in den Keller, um den Bestand der AVON-Produkte mit den Bestellungen abzugleichen. Doch er kam nicht weit. Schon auf der Kellertreppe bemerkte er, dass ihn die Kraft und die Entschlossenheit verlassen hatten, die er in der Nacht gefühlt hatte. Anstatt Regale zu inspizieren, schleppte er sich ins Wohnzimmer und ließ sich in den Sessel fallen.

Während er dasaß, spürte er, wie das Leid der ganzen Welt sich zu einer Monsterwelle aufbäumte, die sich mit lautem Getöse wie ein dunkler Schatten vor das Wohnzimmerfenster schob. Doch dann stellte er verwundert fest, dass es gar keine Welle war, die das Zimmer verdunkelte, sondern ein riesiger Lkw mit der Aufschrift «Hollaender-Umzüge», der direkt vor seiner Einfahrt geparkt hatte. Zwei Typen stiegen aus, und er beobachtete, wie der eine sich eine Dose Energydrink öffnete, während der andere sich eine Zigarette anzündete. Robert wusste jetzt schon, wie das enden würde. Mit Zigarettenstummeln und leeren Getränkedosen direkt vor seinem Gartenzaun. Gleichzeitig spürte er, wie das Leid der Welt wieder von ihm abrückte und seine Trauer sich verflüchtigte. Zumindest für den Moment hatte er einen Grund gefunden, sich mit etwas anderem zu befassen als mit Sophia und ihren AVON-Produkten. Doch gerade als er sich auf den Weg nach draußen machen wollte, um den beiden Typen eine deutliche Ansage zu machen, klingelte es an seiner Tür. Was wollten die denn jetzt von ihm?

«Ich bin nicht taub», rief Robert, während er die Tür

aufriss. Ein beleibter Kerl, der vielleicht in seinen Dreißigern sein mochte, wich erschrocken zurück und lächelte ihn gequält an. Sein Kopf wies nur noch einen leichten Flaum auf, dafür quollen ihm reichlich Haare aus dem Ausschnitt seines T-Shirts. Neben ihm stand das exakte Gegenteil. Etwa genauso alt, aber deutlich größer, mit voller Mähne und spindeldürr. Seine Storchenbeinchen steckten in so engen Hosen, dass Robert nicht sicher war, ob es sich tatsächlich um Beinkleider handelte oder er sich der Einfachheit halber die Jeansstruktur auf seine Beine hatte tätowieren lassen.

Noch während Robert auf eine Erklärung für die Störung wartete, spürte er plötzlich eine Gänsehaut über seinen Rücken laufen. Wie hatte er das nur vergessen können? Der neue Mieter, seine Tochter hatte ihm doch Bescheid gegeben. Robert war kurz aus dem Konzept gebracht, trotzdem beschloss er, dass Angriff die beste Verteidigung war.

«Ihre Tochter meinte, Sie würden uns ...», setzte der Dicke an.

Robert ließ ihn nicht ausreden. «Sorgen Sie dafür, dass der Lkw vernünftig parkt. Und wehe, hier liegt nachher Dreck in meinem Vorgarten», sagte er und bemühte sich, der Glaubwürdigkeit halber, um einen strengen und entschiedenen Ton.

«Willkommen in der Spießerhölle», murmelte der Dünne und ließ einen Stoßseufzer folgen.

Robert blickte irritiert zwischen den beiden hin und her. «Wer von Ihnen zieht denn jetzt ein?»

Der Dicke schaute aus der Wäsche, als würde er die Frage nicht verstehen. Er schenkte dem Dünnen einen knappen Blick, aber der hatte nur noch Augen für Robert. «Wir beide», antwortet der Dünne mit einem Unterton, den Robert nicht entschlüsseln konnte.

Robert war kurz irritiert. «Beide?»

«Ein Problem für Sie?», fragte der Dünne und sah Robert herausfordernd an.

«Ist gut jetzt», sagte der Dicke ebenso eilig wie beschwichtigend, als wollte er einen Funken austreten, bevor der einen Flächenbrand auslösen konnte. Ohne Erfolg. Der Dünne schien sich bereits auf Robert eingeschossen zu haben. «Wir sind verheiratet», sagte er und musterte Robert dabei prüfend.

«Gratuliere», sagte Robert. «Damit wäre das geklärt.» Als ob ihn das interessierte. Er fummelte einen Schlüsselbund vom Brett, das direkt neben der Tür hing, und drückte ihn dem Dicken in die Hand. Dann machte er auf dem Absatz kehrt, um wieder im Haus zu verschwinden. Das Einzige, was er wollte, war: seine Ruhe.

«Unhöflich, unverschämt, unmöglich – und homophob sind Sie auch noch», murmelte der Dünne.

Robert hielt inne und drehte sich wieder um. «Homo-was?»

«Schwulenfeindlich.»

«Bilden Sie sich nichts darauf ein. Normale Menschen kann ich auch nicht ausstehen.»

«Norma-?!» Der Dünne japste nach Luft und suchte nach den richtigen Worten. Robert starrte in seinen offenen Mund und wartete, aber es kam nichts mehr heraus. Also nutzte er die kleine Pause, um selbst die Initiative zu ergreifen.

«Klären wir das hier und jetzt. Ich bin nicht der Nachbar,

den Sie sich erträumt haben, und das hier wird unsere einzige Unterhaltung bleiben. Zwischen 13 Uhr und 14:30 Uhr und am Abend nach 22 Uhr will ich keinen Mucks von Ihnen hören. Rasenmähen und Heckeschneiden sind sonntags tabu, wie auch alle anderen Arbeiten, die mit Krach verbunden sind. Wenn Sie eine Tasse Mehl oder Salz oder sonst was brauchen, der Supermarkt ist gleich um die Ecke, und der Tank-Shop hat rund um die Uhr geöffnet. Und falls Sie mal einen dringenden Notfall haben und es um Leben und Tod geht, wählen Sie die 112!»

Sie starrten ihn fassungslos an. Seine Tirade schien ihren Zweck erfüllt zu haben. Dieser Eindruck wurde dadurch verstärkt, dass der Dünne Robert den Rücken zukehrte und sich an den Dicken wandte.

«Du wolltest ja unbedingt in dieses Provinznest ziehen.»

Der Dicke zog ein beleidigtes Gesicht. «*Wir* wollten das.»

«Es war *deine* Idee.»

«Und die haben wir lange genug diskutiert.»

«Mit dir kann man gar nicht diskutieren.»

Robert war eigentlich zufrieden mit dem Verlauf des Gespräches. Sie schienen das Interesse an ihm verloren zu haben und kümmerten sich wieder um sich selbst. Jetzt musste er sie nur noch dazu kriegen zu verschwinden. Schließlich hatten sie mit dem Haus seiner Tochter ja ihre eigenen vier Wände.

«Jetzt aber husch, husch an die Arbeit. Es gibt sicher viel zu tun», sagte Robert auffordernd und wedelte mit den Händen, als versuchte er, ein paar streunende Katzen zu verscheuchen. Doch die beiden stritten unbeirrt weiter, als sei er Luft.

«Und was war mit dieser süßen kleinen Wohnung in der City?»

«Hätten wir nie bekommen.»

«Wir hätten es wenigstens versuchen können. Jetzt hocken wir in dieser Reihenhaushölle.»

Staunend sah Robert zu, wie sie mit Sätzen aufeinander schossen wie Kinder mit Spielzeugpistolen. Hätte er Waffen und scharfe Munition im Haus gehabt, er hätte nicht gezögert, ihnen beides auszuhändigen.

«Und deine ganzen Klamotten?»

«Hätte ich schon untergebracht.»

«Wie denn?»

«Du kannst mich mal.»

«Du mich erst.»

Robert beschloss, dass er nicht weiter Teil dieses erbärmlichen Schauspiels sein wollte. Gerade war ihm eingefallen, dass er seine neu erwachte Energie viel besser nutzen konnte, um sich wieder den AVON-Bestellungen zuzuwenden. Er warf den Männern die Tür vor der Nase zu, was sie allerdings nicht mitzubekommen schienen. Er hörte, wie sie draußen immer weiterkeiften, als seien sie Duracell-Häschen, denen gerade neue Batterien eingesetzt worden waren.

Robert machte einen Umweg in die Küche, weil er plötzlich Hunger verspürte. Er schaute in den Kühlschrank, aber dort sah es ziemlich traurig aus. Viel mehr als eine Dose Kondensmilch für den Kaffee, eine aufgerissene Packung Wurst, die bereits trockene Ränder hatte, und ranzige Butter war darin nicht zu finden. Und als er die Tüte mit dem restlichen Graubrot herausholte, fiel ihm sofort der grünliche Schimmel auf, der die Scheiben überzog. Er warf die

Brotscheiben in den Müll und durchsuchte den Vorrats-schrank. Hinter den Reis- und Nudelpackungen und einer Handvoll Konserven entdeckte er noch eine Packung Cra-cker. Draußen war es inzwischen ruhig geworden. Er schob sich den ersten Cracker in den Mund und spürte, wie der Druck in seinem Kopf ein wenig nachließ. Nun fühlte er sich fast wieder imstande, sich Sophias AVON-Produkten zu widmen. Doch als er ins Wohnzimmer gehen wollte, um sich die Bestellungen zu holen, klingelte es schon wieder an der Haustür.

KAPITEL 4

Wir haben keinen Strom», sagte der Dünne, der diesmal ohne Verstärkung vor Roberts Tür stand.

«Und?!»

«Ihre Tochter meinte, Sie würden sich kümmern.»

Robert erinnerte sich, dass er mit Miriam tatsächlich darüber gesprochen, aber anschließend vergessen hatte, bei den Stadtwerken Bescheid zu geben.

«Was machen wir jetzt?», fragte der Dünne nun fordernder.

Robert blickte an ihm vorbei und sah, dass der Lkw umgeparkt worden war. Wenigstens hörten sie auf ihn, was ihn ein klein wenig besänftigte. Er würde sich keinen Zacken aus der Krone brechen, wenn er ihnen ein wenig entgegenkäme.

«Ich ruf da gleich an. Bis morgen klappt das sicher.»

Robert sah seinem Gegenüber sofort an, dass die Sache damit nicht erledigt war.

«Wir sind mitten im Umzug!»

«Und den kriegen Sie nicht ohne Strom hin?»

«Bilder, Spiegel ... Wie sollen wir Sachen aufhängen?»

Robert sah ihn durchdringend an. «Jetzt tragen Sie erst mal Ihre Möbel ins Haus.»

«Wir können uns nicht mal was zu essen machen.»

«Bestellen Sie 'ne Pizza», sagte Robert kühl und fand, dass er nun langsam genug konstruktive Ratschläge erteilt hatte.

«Pizza?!»

«Diese italienische Spezialität. Ist schnell gemacht und äußerst nahrhaft. Da haben Sie bis morgen keinen Hunger mehr», entgegnete Robert.

«Pizza geht gar nicht. Ich mache gerade Low Carb.»

Robert verstand nur Bahnhof. «Was bitte ist Low …?» Da fiel ihm wieder ein, dass ihn das alles nicht zu interessieren brauchte. «Ach, vergessen Sie's. Schönen Tag noch», sagte er, winkte ab und wandte sich zum Gehen.

«Ich bleibe so lange vor Ihrer Tür stehen, bis wir Strom haben», rief ihm der Dünne hinterher.

Robert drehte sich noch einmal um und musterte den Dünnen, der nun mit verschränkten Armen vor ihm stand, auf denen er ungeduldig seine Finger tanzen ließ. Wahrscheinlich war tatsächlich Gefahr im Verzug. Dieser Typ war ganz eindeutig unzurechnungsfähig. Einfach ignorieren und die Türklingel abstellen würde bei dem nicht funktionieren. Er seufzte. Strom. Also gut.

Nachdem er die Trommel mit dem extralangen Verlängerungskabel, das er für gewöhnlich zum Rasenmähen brauchte, aus dem Gartenhäuschen geholt hatte, ging er zum Carport, um es in die Außensteckdose zu stecken. Anschließend hievte er die Trommel über den Zaun, stellte sie auf der anderen Seite ab und machte sich auf den Weg nach nebenan.

«Machen Sie auf», rief er, während er seine Kabeltrommel aufnahm und sich unters Küchenfenster stellte.

«Ist auf», hörte er den Dünnen zurückrufen.

Robert schüttelte ungläubig den Kopf. «Nicht die Tür! Das Fenster!»

Wenige Sekunden später öffnete sich das Küchenfenster, und der Dünne starrte ihn fragend an.

«Wollen Sie Strom oder nicht?», fragte Robert, während er die Kabeltrommel hochhielt.

Der Mann verzog das Gesicht und hob sie in die Küche. Doch das Kabel spannte bereits.

«Reicht nicht.»

Robert zog vorsichtig an dem Kabel, aber da war nichts zu machen. Noch ein Zentimeter, und er würde es aus der Außensteckdose seines Hauses ziehen.

«Muss reichen.»

«Tut's aber nicht.»

«Dann stellen Sie die Trommel auf die Fensterbank.»

«Auf der Fensterbank brauche ich keinen Strom.»

«Haben Sie kein Verlängerungskabel?»

«Wie soll ich in dem Chaos irgendwas finden?»

Robert zwang sich, ruhig zu bleiben, und atmete tief durch. «Sie haben die Kartons doch sicher beschriftet?»

«Wozu?»

«Damit Sie die Sachen finden, die Sie beim Umzug als Erstes brauchen.»

«Wer kommt denn darauf, dass man als Erstes ein Verlängerungskabel braucht?»

Robert spürte, wie der Dünne an seinen Nerven zerrte. Etwas braute sich in ihm zusammen, und er wollte die Sache hier so schnell wie möglich hinter sich bringen.

«Hätten wir Strom, wäre das alles gar nicht nötig gewesen», rief der Dünne vorwurfsvoll.

Robert sah ihn an und dachte an das ultrastarke Universalklebeband in seinem Werkzeugschrank. Damit könnte er ihn zumindest für eine Weile zum Schweigen bringen. Andererseits musste er zugeben, dass der Dünne in diesem Fall ausnahmsweise recht hatte. Das mit dem Strom hatte er verbockt. Er seufzte und ging zurück ins Haus, um passende Kabel zu holen.

Im Haus seiner neuen Nachbarn standen überall Kisten herum. Eine Ordnung oder irgendeine Art von System konnte Robert nicht erkennen, stattdessen bauten die beiden Umzugshelfer einfach alles zu. In gewisser Weise konnte er sie sogar verstehen. Die wollten sicherlich so schnell wie möglich fertig werden, um wieder aus diesem Irrenhaus herauszukommen. Auch in der Küche stapelten sich Kartons. Die Türen der Einbauschränke standen offen, aber es war noch nicht ein einziger Teller eingeräumt.

Der Dünne wühlte in einem Karton mit Kleidungsstücken. «Guckt doch mal nach, ob ihr einen mit Küchensachen findet», rief er den Umzugshelfern zu.

Am liebsten hätte Robert noch mal auf seinen Tipp mit der Beschriftung hingewiesen, aber er biss sich auf die Zunge. Er stellte die Kiste mit den Kabeln ab. «Nur für das Nötigste. Ich will hier keinen Kurzschluss.»

«Das bedeutet?»

«Das Nötigste halt. Eine Lampe. Die Bohrmaschine, wenn Sie unbedingt müssen.»

«Und die Umzugshelfer? Ich muss doch wenigstens Kaffee anbieten», quengelte der Dünne.

«Kaffeemaschine ist in Ordnung», sagte Robert gnädig.

Er konnte diese Sorge gut nachempfinden. Sein Kaffee war ihm auch heilig.

Der Dicke erschien in der Tür. «Schatz, bist du sicher, dass du die richtige Anleitung runtergeladen hast?»

«Natürlich», antwortete der Dünne spitz.

«Irgendwie passt das nicht», murmelte der Dicke, während er hilflos durch die Montageanleitung blätterte und sich am Kopf kratzte.

«Hat doch vorher auch gepasst», antwortete der Dünne teilnahmslos.

«Aber jetzt nicht mehr.»

«Dann liegt das vielleicht an dir.»

Robert war längst klar, dass sich in diesem Moment der Vorhang zum nächsten Akt hob.

«Ich frag ja nur», sagte der Dicke beleidigt.

«Ich hab die richtige runtergeladen.» Der Dünne verschärfte seinen Ton.

«Aber diese Schrauben hier, die haben wir gar nicht.» Er hielt dem Dünnen die Montageanleitung hin, aber der ignorierte sie einfach.

«Dann such sie halt.»

«Und wo?»

«In den Kisten?»

«Soll ich die jetzt etwa alle ausräumen?»

«Brauchst du diese Schrauben oder nicht?»

Robert hatte das Gefühl, dass er dringend verschwinden musste. Aber etwas hielt ihn fest. Er konnte nicht wegsehen. Es war wie bei einem schrecklichen Unfall, an dem man langsam vorbeifuhr.

«Jetzt lass mich damit zufrieden. Ich hab genug zu tun», sagte der Dünne, während er Roberts Kabelkiste mit spitzen Fingern durchwühlte. «Ich bin übrigens Basti», sagte er an Robert gerichtet.

«Schön für Sie», entgegnete Robert knapp.

«Das ist Dennis», setzte Basti fort und deutete zu dem Dicken.

«Ich kann mich selber vorstellen.»

«Und warum tust du's nicht?»

«Wollte ich ja.»

«Und wann?»

«Bei dir kommt man ja nie zum Reden.»

Robert stöhnte auf. Das würde ewig so weitergehen. Er musste handeln. «Hab verstanden, Basti und Dennis», sagte er, um weitere Diskussionen im Keim zu ersticken.

Dennis seufzte und zog sich mit seiner Montageanleitung zurück, während Robert beobachtete, wie Basti das Ende eines Verlängerungskabels in die Kabeltrommel auf der Fensterbank steckte. Man würde ihn hier nicht mehr brauchen.

«Wiedersehen macht Freude», sagte er noch und wollte schon gehen, als er sah, wie Basti das andere Ende des Kabels mit dem Kühlschrank verbinden wollte.

«Sind Sie verrückt geworden?»

«Was ist jetzt schon wieder?»

«Wollen Sie, dass hier alle Sicherungen rausfliegen?»

«Der Kühlschrank auch nicht?»

«Nein!»

«Und was mache ich damit? Das können wir doch unmöglich heute Abend aufessen», sagte er und deutete auf die Plastikkiste mit Lebensmitteln, die auf der Arbeitsfläche stand.

Robert verdrehte die Augen, dann hörte er Sophias

Stimme. Sie hatten beide immer streng darauf geachtet, keine Lebensmittel zu verschwenden.

«Geben Sie her», hörte er sich sagen. «Ich verstau das Zeug bei mir drüben.» Gleichzeitig fragte er sich, was gerade mit ihm geschah. Wie kriegten die beiden das hin, ihre Probleme zu seinem Problem zu machen?

Nachdem Robert die Plastikkiste neben den Messerblock auf seiner Küchenanrichte gestellt und die verderblichen Lebensmittel seiner neuen Nachbarn ordentlich in den Kühlschrank sortiert hatte, erklang von nebenan erst ohrenbetäubender Krach und anschließend ein spitzer Schrei. Für einen Moment herrschte absolute Stille, und während Robert gebannt lauschte und sich auszumalen versuchte, was passiert war, hörte er wieder Stimmen. Er seufzte. Er kannte diese beiden Typen zwar erst wenige Stunden, aber eins hatte er in dieser kurzen Zeit bereits gelernt: Ignorieren war keine Option. Es sei denn, er wollte, dass das den ganzen Tag so weiterging. Also stiefelte er erneut in seinen Keller und zog den Karton mit dem Akkuschrauber und eine Kiste mit Schrauben in allen möglichen Größen aus dem Regal.

Wenig später trat er mit seinem Werkzeug zum zweiten Mal durch die Tür ins Nachbarhaus. Der Flur war mittlerweile komplett zugebaut, und er musste sich an Türmen aus Umzugskisten vorbeischlängeln, um ins Wohnzimmer gelangen, in dem Basti und Dennis sich inmitten eines Trümmerfeldes aus Schrankteilen anschrien.

«Ich sag doch, das ist die falsche Anleitung!»

«Nur, weil du zu blöd bist.»

«Wenn du alles besser weißt, mach du doch.»

«Mach ich auch.»

Robert versuchte, sich in Geduld zu üben, aber diese beiden schafften es, seinen Puls langsam in Frequenzbereiche zu treiben, die eindeutig ungesund waren. Er konnte das alles keine Sekunde länger ertragen. «Ruhe jetzt!»

Die beiden starrten ihn erschrocken an. «Sie. Raus hier», sagte Robert entschieden, während er mit dem Finger auf Dennis zeigte. «Und Sie helfen mir», fügte er an Basti gewandt hinzu.

«Dann macht mal», presste Dennis schmallippig hervor und rauschte beleidigt ab.

Basti sah Robert unschlüssig an, der sich wortlos an die Arbeit machte. Er packte den Akkuschrauber aus und lupfte den Deckel der Schraubenkiste an, als wäre es eine Schmuckschatulle voller wertvoller Stücke. Der Akku war bei 100 %, es konnte losgehen. Da war nur noch eine Sache, die Robert regeln musste. Er baute sich vor Basti auf und richtete den Akkuschrauber auf ihn wie eine Pistole. «Bis dieser Schrank steht, tun Sie nur das, was ich sage. Ansonsten gilt Klappe halten.»

Basti rollte mit den Augen. Aber unter Roberts strengem Blick gab er schließlich nach. Er nickte gnädig, als hätte er einem Friedensvertrag zwischen zwei Weltmächten zugestimmt, während Robert damit begann, sämtliche Regalteile nach Größe zu sortieren. Er stellte Regalboden zu Regalboden, Tür zu Tür und Wand zu Wand. Es dauerte nur ein paar Minuten, und schon hatte er im Wohnzimmer Ordnung geschaffen. Auch ohne Montageanleitung wusste er genau, welches Teil er wie mit welchem zu verbinden hatte. Für ihn war das wie ein einfaches Puzzle. Solche Dinge waren ihm immer leicht von der Hand gegangen.

Mehr noch – bei einer Arbeit wie dieser konnte er mit jeder Faser seines Körpers entspannen. Er sah Basti an, wie schwer es ihm fiel, sein Schweigeversprechen einzuhalten. Aber er hielt sich daran und half wie befohlen. Schweigend. Er reichte ihm die passenden Bretter oder suchte die richtige Schraube aus der Schraubenkiste, während Robert ruhig und konzentriert seiner Arbeit nachging. Nach einer guten Stunde stand der Schrank fertig aufgebaut an der Wand. Und Basti lief gleich wieder zu Hochform auf.

«Die Tür läuft nicht rund», sagte er, während er die Schiebetür des Kleiderschrankes prüfend hin und her schob.

«Sie waren so nah dran. Fast hätten Sie einen ersten Pluspunkt bei mir gesammelt», entgegnete Robert, der dabei war, seine Sachen zusammenzupacken.

«Bis der Schrank steht, hatten Sie gesagt.»

Robert schüttelte grummelnd den Kopf. Er musste zugeben, dass Basti recht hatte. Er hatte seinen Teil der Abmachung eingehalten. Und dass die Tür schwerfällig lief, war ihm auch aufgefallen. Aber für heute hatte er genug Nachbarschaftshilfe geleistet. Die Tür würde er sich ein anderes Mal vornehmen. Solche Details ließen ihm keine Ruhe.

«Und was machen wir da jetzt?», insistierte Basti.

«Heute gar nichts.» Robert klappte seinen Werkzeugkoffer zu und war schon fast durch die Tür, als Basti ihm noch etwas hinterherrief.

«Danke.»

Robert drehte sich noch einmal zu ihm um und sah den Anflug eines Lächelns in Bastis Gesicht. Aber auch wenn sein nervender Nachbar zumindest die grundlegenden

Höflichkeitsformeln beherrschte, was Robert durchaus wohlwollend zur Kenntnis nahm, mussten sie nicht gleich Freunde werden. Robert wollte gesunde Distanz wahren. Er nickte Basti stumm zu und stiefelte endgültig nach Hause.

Als er sich auf dem Sessel im Wohnzimmer niederließ, fühlte er sich wie eine Zitrone, aus der man den letzten Tropfen Saft gepresst hatte. Er schaltete den Fernseher ein. Nicht, weil er irgendetwas Bestimmtes sehen wollte. Es gab schon lange kein Programm mehr, das ihn interessierte. Aber das Zappen entspannte ihn. Er begann, darüber nachzudenken, dass er eigentlich schon immer gerne mit Holz gearbeitet hatte. Schon als Kind hatte er den Geruch geliebt, und er erinnerte sich daran, wie er seinem Großvater gesagt hatte, dass er Tischler werden wollte. Der war natürlich strikt dagegen gewesen. Wie gegen alles, was er sich gewünscht hatte. Sein Großvater war Finanzbeamter gewesen und bestand darauf, dass Robert in seine Fußstapfen trat. Doch im Grunde seines Herzens hätte er viel lieber mit Material gearbeitet, statt sich als Finanzbeamter mit Menschen abgeben zu müssen.

Er schaltete sich weiter durch die Kanäle, blieb mal hier, mal da hängen. Und landete am Ende bei einer Tiersendung. Die Mitarbeiter eines Zoos machten sich Sorgen um Erdferkel Elvis, das wegen einer Zahn-OP in Vollnarkose versetzt werden musste. Offenbar war das mit größeren Risiken verbunden, weil das Erdferkel schon sehr betagt war. Der Bericht hatte eine wohltuende Wirkung auf ihn. Gerade stellte sich wieder so etwas wie Entspannung bei ihm ein, da gab es einen Knall, und der Fernseher ging aus.

«Wir haben keinen Strom», hörte er nur Sekunden später Basti nebenan rufen.

Für den Bruchteil eines Augenblicks dachte Robert an den Messerblock auf der Arbeitsplatte in der Küche. Dann verwarf er den Gedanken wieder. Er stöhnte auf und entschied sich, zum Sicherungskasten zu gehen. Als er die kleine Tür öffnete, sah er sofort, dass die Hauptsicherung rausgesprungen war. Offenbar hatten seine neuen Nachbarn es trotz seiner Warnung übertrieben und ein paar Steckdosen zu viel benutzt. Robert kippte den Schalter zurück nach oben.

«Geht wieder», hörte er von nebenan. Er war noch nicht ins Wohnzimmer zurückgekehrt, da hörte er, wie die Sicherung erneut heraussprang.

«Nein, doch nicht», rief Basti.

Als Robert zum dritten Mal an diesem Tag die Küche seiner Nachbarn betrat, fiel sein Blick sofort auf ein gigantisches Etwas, das er aus besseren italienischen Restaurants kannte. Während Basti immer wieder den Netzschalter des Gerätes drückte, fingerte Dennis hilflos an der Kabeltrommel für den Notstrom herum.

«Was zum Teufel ...», entfuhr es Robert, dem langsam die Worte ausgingen.

«Haben Sie auch keinen Strom?», fragte Basti unschuldig.

«Ich hab gesagt, nur das Nötigste.»

«Die Kaffeemaschine ist okay, haben Sie gesagt.»

«Das ist doch keine Kaffeemaschine!»

Robert schob Dennis beiseite und zog so entschieden das Kabel der gigantischen chromglänzenden Espressomaschine aus dem Mehrfachstecker, dass selbst Basti es nicht wagte, Widerstand zu leisten. Die beiden Männer tauschten einen verunsicherten Blick aus, während er davoneilte.

Er rannte die Stufen zu seiner Eingangstür hoch, warf sie hinter sich zu und schloss zur Sicherheit ab. In diesem Augenblick klingelte das Telefon, das direkt neben ihm auf dem Tischchen stand. Er packte das Gerät samt Ladestation und riss es mit einem kräftigen Ruck aus der Wand.

KAPITEL 5

Robert kniete vor der Telefonbuchse, die er tags zuvor aus der Wand gerissen hatte und die nur noch von zwei dünnen Kabeln gehalten herabbaumelte. Er hatte eine weitere unruhige Nacht hinter sich. Die Begegnung mit seinen neuen Nachbarn hatte ihn zusätzlich aufgewühlt. Seit dem Aufstehen zermarterte er sich das Gehirn darüber, wie er sich die beiden in Zukunft vom Leib halten konnte.

Robert seufzte. Die Plastikverschalung der Telefondose konnte er vergessen, die lag in Einzelteile zersprungen vor ihm und war nicht zu retten. Aber das war nebensächlich. Viel größere Sorgen bereitete ihm der DSL-Router, an dem das entscheidende grüne Lämpchen nicht leuchtete. Etwas, das ihn noch vor wenigen Wochen nicht die Bohne interessiert hätte. Er hatte immer die Meinung vertreten, dass sich die Welt auch ohne Internet drehen würde, und selbst Sophia hatte ihn nicht dazu bringen können, sich so ein Smartphone anzuschaffen. Sein Leben würde nicht reicher dadurch werden, dass er permanent und überall in der Lage wäre, unwichtiges Zeug zu lesen oder sogar selbst abzusondern. Überhaupt hielt er es für eine absolute Unsitte, dass in der Öffentlichkeit ständig jemand neben ihm telefonierte und er in irgendwelche Privatgespräche oder Jobdetails hineingezogen wurde.

Doch seine Idee, Sophias Werk fortzuführen und die verbliebenen Lagerbestände zu verkaufen, hatte die Karten neu gemischt. Er war nun auf eine Verbindung zur Außenwelt angewiesen. Und dummerweise hatte er diese in seiner blinden Wut gestern gekappt.

Während Robert zum wiederholten Male vergeblich versuchte, mithilfe des Polprüfers das entscheidende dünne Kabel zurück in die Platine zu schieben, spürte er seine zunehmende Ungeduld. Er war zwar ein guter Heimwerker, aber seine Fähigkeiten beschränkten sich auf gröbere Sachen. Ein Regal zu reparieren, eine Schiebetür zum Laufen zu bringen oder auch Malern gingen ihm leicht von der Hand. Filigrane Aufgaben lagen ihm weniger. Erschwerend kam hinzu, dass seine neuen Nachbarn, kaum aufgestanden, nichts Besseres zu tun hatten, als schon wieder zu streiten. Irgendwann hörte er nebenan die Haustür knallen. Jemand stieg in ein Auto und fuhr davon. Er hatte keine Ahnung, wer von beiden. Es war ihm auch völlig egal. Hauptsache, er hatte für ein paar Stunden seine Ruhe.

Endlich gelang es ihm, das Kabel zu fixieren. Er startete den Router und wartete gebannt. Tatsächlich sprang das grüne Lämpchen an. Um sich zu vergewissern, dass der Anschluss wirklich wieder funktionierte, nahm er den Telefonhörer in die Hand und drückte die Wahltaste. Er hörte ein Freizeichen. Ein triumphierendes Lächeln huschte über sein Gesicht.

Robert setzte sich an den Tisch und breitete die Bestellungen vor sich aus, die er tags zuvor zusammengestellt hatte. Es war mehr als nur Ablenkung oder die verzweifelte Suche nach einer Aufgabe: Zum ersten Mal seit Sophias Tod hatte er das Gefühl, etwas Sinnvolles zu tun. Weil er es für sie tat. Beim ersten Anlauf hatte ihn der Mut verlassen, doch so leicht wollte er nicht aufgeben. Er nahm noch einen Schluck Kaffee. Dann griff er zum Telefon.

«Berger?», meldete sich eine männliche Stimme.

«Tag, Winter mein Name. Ist Ihre Frau zu sprechen?»

«Verraten Sie mir auch, was Sie von ihr wollen?», fragte der Mann mit einem misstrauischen Unterton, für den Robert volles Verständnis hatte. Über den Anruf eines wildfremden Mannes, der nach Sophia fragte, hätte er sich bestimmt auch gewundert.

«Firma AVON. Es geht um eine Bestellung. Feuchtigkeitsspendende Nachtcreme mit Q10», sagte er eilig, um jeglichen Verdacht auszuräumen. Vom anderen Ende der Leitung tönte ein resignierter Stoßseufzer an sein Ohr. «Verstehe. Na ja … Die nützt auch nichts mehr. Kim, für dich», hörte er den Mann noch rufen, und gleich darauf war Kim selbst am Telefon.

«Hallo?»

«Winter hier. Ich wollte Ihre Bestellung vorbeibringen. Nachtcreme Lady Lux mit Q10.»

«Frau Winter? Ist was mit Ihrer Stimme?»

«Ich bin HERR Winter!»

«Sie haben ja Nerven. Wissen Sie, wie lange das her ist? Wieso ruft Ihre Frau nicht selbst an?»

«Es gab Lieferschwierigkeiten», antwortete Robert, dem auf die Schnelle keine bessere Ausrede einfiel. Wobei das streng genommen nicht mal eine Lüge war.

«Bei Frau Sangthong nicht», keifte die Frau zurück.

«Ich kenne keine Frau Sangthong», sagte er verwirrt

und bemühte sich, das Gespräch wieder auf seinen Kern zurückzubringen. «Was ist jetzt mit Ihrer Creme?»

«Wissen Sie was? Die können Sie sich sonst wo hinschmieren», entgegnete die Frau unbeeindruckt und legte auf. Robert ärgerte sich. Gleichzeitig musste er zugeben, dass die Frau in einem Punkt recht hatte: Sein Auftreten war bestenfalls suboptimal. Er musste sich dringend einen verkaufsfördernden Ton zulegen. Er straffte die Schultern und setzte ein Lächeln auf, bevor er die nächste Nummer von der Liste wählte.

«Schönen guten Tag, Robert Winter. Ich habe wunderbare Nachrichten. Ihre Bestellung ist eingetroffen und kann ausgeliefert werden», säuselte er mit der Überzeugungskraft eines Serienmörders, der sein nächstes Opfer in seinen Wagen zu locken versuchte. Er hätte sich nicht gewundert, wenn sein Gegenüber vor Schreck aufgelegt und die Polizei alarmiert hätte.

«Herr Winter?»

Er hörte das ungläubige Staunen in der Stimme der Frau, und wenn er sich nicht täuschte, schluchzte sie sogar.

«Ich habe das mit Ihrer Frau gehört.»

Robert erstarrte und wunderte sich, dass er ausgerechnet darauf nicht vorbereitet war. Es hätte ihm doch klar sein müssen, dass er früher oder später an Kunden geriet, die erfahren hatten, was Sophia zugestoßen war. Obwohl er ganz bewusst von einer Todesanzeige abgesehen hatte. Mitleidsbekundungen und ein Briefkasten voller Kondolenzkarten? Nein danke, darauf konnte er verzichten.

«Ich konnte es nicht fassen. Die arme Sophia. Das alles ist so ...»

Robert konnte keine weitere Silbe ertragen. Er beendete

das Telefonat und warf den Hörer von sich wie eine heiße Kartoffel. So schlimm es für ihn war, all das allein durchstehen zu müssen: auch noch mit der Trauer anderer konfrontiert zu werden, konnte er noch weniger ertragen. Eine Böe fegte durch seinen Magen. Ein erstes Anzeichen für den Sturm, der gleich toben sollte. Doch zugleich spürte er, wie sich heftiger Widerstand in ihm regte. So einfach wollte er nicht aufgeben. Schon gar nicht, bevor er es ernsthaft versucht hatte. Drei Anrufe, drei Pleiten? Was für eine miese Quote. Das konnte er nicht auf sich sitzen lassen. Er atmete tief durch und ging an die Kaffeemaschine, um erneut eine seiner Regeln zu brechen. Aber heute musste es einfach ein Tässchen mehr sein. Dann griff er wieder zum Telefon.

«Guten Morgen. Winter hier, von AVON. Ich rufe an wegen Ihrer Bestellung.» Schweigen. Robert hörte förmlich, wie sein Gegenüber nachdachte, und er rechnete bereits mit der nächsten Abfuhr. Diesmal wollte er sich nicht so einfach geschlagen geben.

«Ich weiß, Sie haben meine Frau erwartet, aber leider ist sie … verhindert», fügte er vorsorglich hinzu.

«Ich hatte mich schon gewundert.»

«Wenn Sie wollen, kann ich noch heute ausliefern.»

«Gerne. Wann passt es Ihnen?», fragte die Frau, und die Begeisterung in ihrer Stimme ließ ihn fast ein wenig stutzig werden.

«Äh … Wann es mir … Ich dachte, Sie …», stammelte er überrumpelt und überlegte fieberhaft, was für eine Uhrzeit er vorschlagen sollte.

«Am Nachmittag? So gegen drei?», kam sie ihm zuvor, und obwohl er keinen einzigen Termin hatte, der dem im

Wege stand, hatte er das Gefühl, es wäre professioneller, wenn er in seinen Unterlagen blättern und sie ein wenig zappeln lassen würde.

«Ja, das sollten wir hinkriegen», meinte Robert beinahe ein wenig gönnerhaft.

«Wunderbar. Dann bis nachher. Ich freue mich.» Sie legte auf.

Robert nahm noch einmal Sophias Bonuskarte in die Hand und betrachtete stolz lächelnd ihr Antlitz. «Sag noch einmal, ich kann nicht mit Menschen.»

Nach ein paar mal mehr, mal weniger erfolgreich verlaufenen Kundentelefonaten machte Robert sich auf den Weg ins Badezimmer. In den letzten Wochen war es ihm völlig egal gewesen, wie er aussah. Seine Körperpflege hatte er auf ein Minimum reduziert. Für mehr als eine Katzenwäsche hatte ihm seit Sophias Tod die Kraft gefehlt. Das letzte Mal, als seine Tochter Miriam mit seinem Enkel Jonas bei ihm gewesen war, hatte der Junge sich demonstrativ die Nase zugehalten.

«Iiiihhh, du müffelst wie Benji», hatte Jonas angewidert gesagt, und als Miriam ihrem Vater erklärt hatte, dass Benji der steinalte, schwerhörige und inkontinente Golden Retriever ihrer Nachbarn war, der regelmäßig kleine Pfützen im Treppenhaus hinterließ, konnte er sich ungefähr vorstellen, was für einen Geruch er verströmte. Das musste er für die Auslieferung natürlich ändern, so viel war klar.

Robert duschte gründlich und reinigte danach ebenso sorgfältig die Glastür der Duschkabine mit dem Abzieher. Dann schäumte er sein Gesicht mit Rasierschaum ein und wechselte noch schnell die stumpfe Klinge gegen eine neue aus. Was würde das für einen Eindruck auf die Kunden machen, wenn sie in ein Gesicht voller Schnittwunden starren müssten? Danach stutzte er sich die Nasen- und Ohrenhaare mit dem kleinen Trimmer, den Sophia ihm geschenkt hatte. Das einzige Produkt aus ihrem Sortiment, das ihm bislang sinnvoll erschienen war. Mit diesen ganzen Cremes, Wässerchen, Deos und sonst was, zu denen sie ihn überreden wollte, hatte er nie etwas anfangen können. Genauso wenig hatte er sich überreden lassen, als Versuchskaninchen für ihre Männerlinie zur Verfügung zu stehen. Schon gar nicht, wenn Sophia irgendwas von «neuer verbesserter Formel» erzählt hatte. Was sollte das überhaupt heißen?, war seine Antwort regelmäßig gewesen. Hatten sich die Kunden all die Jahre zuvor ein unausgereiftes und schlechtes Produkt ins Gesicht geschmiert?

Als er fertig war, betrachtete er sich halbwegs zufrieden im Spiegel. Nur die Frisur ließ noch zu wünschen übrig. Das Haar stand in alle Richtungen ab und ließ sich einfach nicht bändigen. Im Gegensatz zu den meisten Männern seines Alters verfügte er noch immer über einen dichten Haarwuchs. Das hatte ihm seine Mutter schon als Kind prophezeit, als sie ihm immer wieder gesagt hatte, dass er das gute Aussehen und das volle Haar seines Großvaters geerbt habe. Tatsächlich hatte Robert irgendwo gelesen, dass Haarausfall immer eine Generation überspränge. Er wusste nicht, wie es um das Haupthaar seines leiblichen Vaters stand, den hatte er nie kennengelernt. Zu seinem vor vielen Jahren verstorbenen Großvater hatte er zeit seines Lebens ein schwieriges Verhältnis gehabt. Aber in diesem einen Punkt musste er ihm dankbar sein. Eine Glatze war ihm bisher erspart geblieben.

Er feuchtete seine Haare nochmals an und versuchte es mit dem Föhn. So wie sein alter Herrenfriseur es immer getan hatte, mit dem er sich vor fünfzehn Jahren heillos zerstritten hatte, weil er, ohne ihn zu fragen, etwas mehr «Pfiff» und «Volumen» in seine Frisur hatte bringen wollen. Robert hatte nie wieder einen Fuß in das Friseurgeschäft gesetzt und Sophia von da an das Haareschneiden überlassen. Obwohl sie keine Friseurin war, hatte sie mit der Zeit ein gewisses Geschick entwickelt, und er sah anschließend meistens ganz passabel aus. Nach ihrem Tod hatte er seine Tochter Miriam einmal darum gebeten, ihm die Haare zu schneiden, und obwohl sie sich zuerst geweigert hatte, gab sie schließlich doch klein bei. Mit mittelprächtigem Erfolg, wie er fand. An das Talent ihrer Mutter reichte sie nicht heran.

Als er an Miriam dachte, fiel ihm unweigerlich wieder der Nachbarshund Benji ein. Und um auf Nummer sicher zu gehen, griff er spontan zu Sophias Eau de Toilette, das auf der Ablage des Spiegels stand.

«*My Morning Melody*», las er leise und sprühte es großzügig auf seinen Oberkörper.

Wenig später stand Robert vor dem Kleiderschrank. Für gewöhnlich fiel ihm die Auswahl eines Anzugs leicht. Die Farbpalette changierte zwischen einem legeren Mittel- und einem seriösen Dunkelgrau. Nur ein Anzug, es war der, den Sophia ihm gekauft hatte, fiel mit seinem Royalblau aus der Reihe. Sie hatte ihn unbedingt dazu bringen wollen, etwas Neues auszuprobieren und ein wenig Pep in seine Garderobe zu bringen. Sie fand, dass der Anzug etwas Frisches hatte und ihm fantastisch stand. Er sah das nach wie vor anders.

Wenig später trat Robert aus dem Haus. Er hatte sich für einen mittelgrauen Anzug entschieden. Nachdem er den kleinen Trolley mit den Kosmetikprodukten im Kofferraum seines Autos verstaut hatte, setzte er sich hinters Lenkrad und überflog noch einmal die Adressliste. Die meisten Straßen waren ihm bekannt. Einige hatte er im Internet suchen müssen. Aber am Ende hatte er einen ausgeklügelten Streckenplan erstellt, der ihm viel Zeit sparen würde. Obwohl rund die Hälfte aller Bestellungen storniert wurden und die ein oder andere Kundin nach einem hitzigen Gespräch endgültig zur Ex-Kundin geworden war, blieben immer noch fünfzehn Frauen und zwei Männer, die er allein an diesem Tag beliefern musste.

KAPITEL 6

Robert schaute auf die Uhr. Zehn Minuten waren vergangen, seit er den Wagen vor dem Reihenhaus seiner ersten Kundin geparkt hatte, und immer noch sträubte sich alles in ihm dagegen, auszusteigen und das zu erledigen, wofür er hergekommen war. Warum hatte er die Konsequenzen seines Handelns nicht zu Ende gedacht und eine entscheidende Sache komplett ausgeblendet? Listen zu erstellen und Telefonate zu führen, war das eine, aber die Kunden dann persönlich zu treffen, etwas ganz anderes.

Er sah zu der kleinen AVON-Tüte, die er auf dem Beifahrersitz bereitgelegt hatte. Und dann wieder zum Eingang. Fieberhaft suchte sein Gehirn nach Auswegen. Und überhaupt: War diese Idee nicht von Anfang an idiotisch gewesen? Zudem war es noch nicht mal seine eigene, fiel ihm wieder ein, und Lilly Fischer erschien vor seinem inneren Auge. Aber noch war ja zum Glück nichts passiert. Er könnte die Sache hier und jetzt beenden, nach Hause fahren und alles wieder in den Keller tragen. Es würde sich eine andere Lösung finden, um das Zeug loszuwerden. Er könnte die Kosmetikprodukte zum Beispiel für einen guten Zweck spenden, ein Gedanke, der spontan Euphorie in ihm aufkommen ließ. Doch je länger er darüber nachdachte, desto mehr löste sich seine Begeisterung wieder in Luft auf. Die Welt hatte dringlichere Probleme als einen Mangel an Schminke.

Immer und immer wieder spielte Robert seine Möglichkeiten durch. Da ihm nach dem gescheiterten Versuch, seinem Leben ein Ende zu setzen, die Lust auf weitere Experimente mit Badewanne und Föhn vergangen war, blieben am Ende nur zwei Varianten übrig. Er könnte in sein altes, gewohntes Leben zurückkehren, sich in seinen Sessel setzen und in Dunkelheit und Schmerz gehüllt seinen krakeelenden Nachbarn zuhören. Oder er würde über seinen Schatten springen, seinen Plan durchziehen und die bestellte Ware ausliefern. Er malte sich aus, wie Sophia reagiert hätte. Sie hätte sich kaum eingekriegt vor Begeisterung. Und sie wäre stolz auf ihn gewesen, da war er sicher. Plötzlich spürte Robert eine Entschlossenheit wie lange nicht. Sein Blick wanderte von der AVON-Tüte auf dem Beifahrersitz zum Eingang des Reihenhauses. Und dann zum Briefkasten, der neben der Haustür hing. Ob die Tüte wohl durch den Schlitz ...

Nachdem er zunächst noch stolz auf seine Lösung des Problems gewesen war, schämte sich Robert kurze Zeit später dafür, dass er es nicht geschafft hatte, die erste Lieferung persönlich auszuhändigen. Dass er, anstatt zu klingeln, seine Kontonummer mit der Bitte um Überweisung auf die Tüte gekritzelt und sie in den Briefkasten gesteckt hatte, widersprach nun wirklich seinen Überzeugungen. Was war mit ihm los? Wie hatte er seine Prinzipien derart verraten können? Problemen ging man nicht aus dem Weg, man stellte sich ihnen – so hatte er es immer gehandhabt, und so würde er es ab jetzt auch wieder halten. Außerdem wusste er als ehemaliger Finanzbeamter, wie es um die Zahlungsmoral der Leute bestellt war: katastrophal! Wahrscheinlich würde er das Geld von der Briefkastenlieferung nie sehen.

Trotzdem – auch der Weg zur nächsten Kundin hatte ihn einige Überwindung gekostet, Prinzipien hin oder her. Und als er schließlich vor der Tür des Einfamilienhauses stand, konnte er sich zunächst nicht entschließen zu klingeln: Den Namen auf dem Türschild hatte er noch nie gehört – da war er sich plötzlich vollkommen sicher. Er musste sich in der Adresse geirrt haben. Und wenn nicht – wahrscheinlich war niemand zu Hause um diese Uhrzeit. Oder die Klingel war kaputt. Oder …

Gerade als er sich umdrehen und wieder gehen wollte, öffnete sich die Tür mit einem Ruck, und Robert starrte erschrocken in die Augen einer Frau, deren Gesichtsfarbe ihn stark an den orangefarbenen Kürbis erinnerte, den Sophia im Herbst zu Suppe verarbeitet hatte.

«Sind Sie krank?», entfuhr es ihm, als er instinktiv einen Schritt zurückwich. Er war kein Hypochonder, aber durchaus vorsichtig, was Viren und Keime betraf.

Die Frau sah ihn irritiert an. «Wie kommen Sie darauf?»

«Haben Sie in letzter Zeit mal in den Spiegel gesehen?»

«Ja? Wieso?» Jetzt klang sie beunruhigt.

«Ich würde mich dringend auf Hepatitis untersuchen lassen», riet Robert.

Nun geriet die Frau endgültig in Panik. «Hepatitis?!»

«Eine Infektion der Leber, die dafür sorgt, dass die Haut sich …»

«Ich weiß, was Hepatitis ist», fiel die Frau ihm ins Wort. «Aber ich bin nicht krank!»

«Und warum ist Ihre Haut so gelb?»

«Meine Haut ist *gebräunt*.»

Robert legte die Stirn in Falten. Farbenblind war sie auch noch. Er überlegte, ob er widersprechen oder einfach den Mund halten sollte. Was ging ihn die Gesundheit anderer Leute überhaupt an?

«Ich benutze seit Kurzem Selbstbräunungscreme», sagte die Frau, inzwischen offenbar doch etwas verunsichert.

Robert beschloss, kein weiteres Öl ins Feuer zu gießen. Schließlich wollte er das hier auf keinen Fall unnötig in die Länge ziehen. «Ach so. Na dann», sagte er ausweichend, stellte sich vor und hielt ihr die AVON-Tüte hin. «Vielleicht hilft ja die Gesichtsmaske, die Sie bestellt haben.»

Sie nahm ihm die Tüte ab, machte aber keinerlei Anstalten, ihr Portemonnaie zu zücken. «Sehe ich wirklich so schlimm aus?»

Robert hätte sich am liebsten nachträglich die Zunge abgebissen. Er hatte mit seiner Bemerkung in ein Wespennest gestochen. Warum konnte er auch nie seinen Mund halten? Wenn er hier ohne weitere Verzögerung rauskommen wollte, musste er schnell gut Wetter machen. Die Frau hatte zwar schon ihre Gesichtsmaske, aber er noch nicht sein Geld. Was es also jetzt brauchte, war eine originelle Abmoderation.

«Das Wichtigste ist doch, dass Sie gesund sind», versuchte er es. Doch im gleichen Moment war ihm klar, dass dies nicht die gesuchte besonders einfallsreiche Beruhigungsformel war. Jedenfalls sah er der Frau an, dass die Angelegenheit für sie noch nicht erledigt war.

«Sagen Sie schon», insistierte sie in einem Ton, der Robert an Sophia erinnerte. Er musste daran denken, wie

Sophia ihm einmal voller Stolz eine neue Bluse präsentiert hatte. Robert hatte sie abscheulich gefunden, mit seiner Meinung jedoch hinterm Berg gehalten, weil er sie nicht verletzen wollte. Aber Sophia war sein Unterton nicht entgangen, sie hatte ihn so lange gelöchert, bis er ihr am Ende doch seine ehrliche Meinung gesagt hatte. Und dann war sie sauer auf ihn gewesen, weil er ihr das nicht gleich gesagt hatte.

«Warum versuchen Sie es nicht mal mit echter Sonne?», fragte Robert beschwichtigend.

«Meine Haut ist sehr empfindlich. Ich kriege schnell Sonnenbrand.»

«Gegen vornehme Blässe ist nichts einzuwenden.»

Die Frau sackte förmlich in sich zusammen und sah Robert mit einer Mischung aus Resignation und Verzweiflung an. Er ahnte, was jetzt kommen würde, und dachte fieberhaft über einen Rückzugsplan nach.

«Sie haben so recht. In letzter Zeit ... Mein Mann ... er sieht mich überhaupt nicht mehr an», stammelte sie.

«Ich habe nichts dergleichen gesagt», antwortete Robert abwiegelnd. Panik machte sich in ihm breit. Was er ganz sicher nicht wollte, war, in eine Ehekrise von wildfremden Menschen hineingezogen zu werden.

«Ihr Mann würde Sie sicher nicht wegen einer solchen Äußerlichkeit meiden.»

Die Frau im Hauseingang schluchzte auf. Robert fürchtete, dass sie sich gleich an seiner Schulter ausweinen würde. Wäre er doch nur bei der Einwurfmethode geblieben, die ihm auf einmal gar nicht mehr wie Drückebergerei, sondern wie eine höchst vernünftige Vorgehensweise erschien.

«Das stimmt. Er liebt mich einfach nicht mehr.»

Robert stieß einen Stoßseufzer aus. Wieder einmal hatte er es geschafft, immer tiefer ins Fettnäpfchen zu steigen. Nun hatte er keine andere Wahl: Wollte er nicht die Verantwortung für eine Scheidung tragen, musste er sie irgendwie wieder aufbauen. Zumindest für den Moment. Was sie und ihr Mann trieben, wenn er sich aus dem Staub gemacht hatte, konnte ihm egal sein.

Er überlegte kurz. Eine von Sophias Weisheiten war gewesen, dass Kunden wiederkommen, wenn sie wissen, dass sie wirklich das richtige Produkt empfohlen bekommen. «Und richtig ist nur, was wirklich passt», hatte sie immer gesagt. Deshalb hatte sie sich gerade bei den ersten Treffen besonders viel Zeit für ihre Kunden genommen, um herauszufinden, mit was für einem Typ Mensch sie es zu tun hatte. Und damit hatte sie nicht den Hauttyp gemeint.

«Vielleicht liegt es einfach nur an dieser Creme.»

Volltreffer. Die Frau legte ihre Leidensmiene ab und schaute ihn interessiert an.

«Ehrlich? Warum?»

«Vielleicht passt die einfach nicht zu Ihrem Typ», versuchte er es weiter. «Ich meine ...» Ja, was meinte er eigentlich? Die Frau schien sich die gleiche Frage zu stellen und musterte ihn abwartend, während er angestrengt nach den richtigen Worten suchte. «Dieser Hautton passt einfach nicht zu Ihnen. Als Mensch.»

Nun schaute die Frau ihn vollends verständnislos an. Und er konnte sie sogar verstehen. Er hätte nicht anders reagiert, wenn ein wildfremder Mann ihm an der Haustür erklärt hätte, was für ein Typ Mensch er sei. Wobei – wahrscheinlich hätte er spätestens jetzt die Tür zugeschlagen. Trotzdem versuchte er es ein letztes Mal.

«Ich glaube, die Bräune dieser Creme passt einfach nicht zu Ihnen als Typ. Und Ihr Mann denkt sicherlich dasselbe. Aber er traut sich nicht, es Ihnen zu sagen.»

«Aber warum?»

«In so was sind wir Männer eben nicht besonders gut.»

Die Frau lächelte Robert an. Sein Versuch, die Situation zu retten, ließ tatsächlich Hoffnung in ihr aufkeimen. Obwohl er natürlich keine Ahnung hatte, was ihr Mann wirklich über sie dachte. Sie rieb sich über die Wangen. «Und wie kriege ich das wieder weg?»

«Woher soll ich das wissen?»

«Sie sind doch AVON-Berater?»

«Ich liefere nur aus.»

Er sah ihr die Enttäuschung an. Wollte er seinen Erfolg nicht gleich wieder verspielen, musste er handeln.

«Versuchen Sie es mit Scheuermilch», schob er deshalb eilig hinterher.

«Sie meinen ein Peeling?»

Robert hatte keine Ahnung, was das war. «Ja, ein Peeling», bekräftigte er.

Sie schüttelte skeptisch den Kopf. «Ich glaube nicht, dass das funktioniert.»

«Dann vielleicht Zitronensäure. Oder Chlorreiniger. Damit kriegt man alles weg», erklärte er mit der Stimmlage, die er in seinem früheren Job immer dann angewendet hatte, wenn er die Antwort auf eine Frage der Kollegen nicht wusste, das aber in keinem Fall zugeben konnte. Meistens hatte es funktioniert. Allerdings drohten damals keine Verätzungen im Gesichtsbereich.

«Vielleicht doch erst einmal nur die Bräunungscreme weglassen», ruderte Robert hilflos zurück. Am liebsten hätte er sich umgedreht und wäre weggerannt. Doch dann wusste er plötzlich, wie er die Situation ohne weiteren Gesichtsverlust zu Ende bringen konnte. «Und natürlich sollten Sie die Gesichtsmaske, die Sie bestellt haben, regelmäßig anwenden. Apropos ...» Er sah auf die Uhr. «Ich muss dann auch weiter. Haben Sie es vielleicht passend?»

Zu Roberts Überraschung liefen die nächsten Lieferungen relativ unkompliziert. Ungefähr so hatte er sich immer die Geschäfte von Drogendealern vorgestellt. Man grüßte sich mit einem kurzen, unverbindlichen Hallo, übergab ohne viel Aufhebens die Ware, kassierte das abgezählte Geld und war blitzschnell wieder weg.

Das einzige größere Hindernis war eine unverschämte Kundin, die ihre mickrige Bestellung mit einem Fünfhunderter bezahlen wollte. Obwohl Robert inzwischen genug Bargeld zum Wechseln eingesammelt hatte, weigerte er sich standhaft, die Banknote anzunehmen – was zu einem lautstarken Disput führte, in dem die Frau mit ihrem Mann und er mit der Steuerbehörde drohte. Schließlich schlug sie ihm die Tür vor der Nase zu. Ohne zu zahlen. Aber das war Robert egal. Geschäft hin oder her. Für Geldwäsche ließ er sich bestimmt nicht einspannen.

Er war bereits seit drei Stunden unterwegs, als sich ein Gefühl bemerkbar machte, das er lange nicht mehr gespürt hatte. Heißhunger. Dabei war er gar nicht der Typ für Pausen. Auch früher in der Steuerbehörde hatte er es vorgezogen durchzuarbeiten, um dafür früher nach Hause zu gehen. Aus diesem Grund hatte es jahrelang Diskussionen mit seinem Vorgesetzten gegeben, bis der entnervt aufgab und Robert seinen Willen ließ. Robert beschloss, nach der nächsten Lieferung einen Zwischenstopp bei Tims Curry einzulegen, seinem Lieblingsimbiss.

Und obwohl ihm beim Gedanken an eine Currywurst sofort das Wasser im Mund zusammenlief, rief er sich zur Räson und drückte den Klingelknopf, neben dem der Name der nächsten Kundin stand: *D. L'Amour*. «Muss französisch sein», dachte Robert. Er mochte die Sprache. Die klang in seinen Ohren so weich.

«Erster Stock, rechts», hörte Robert eine gleichgültige Stimme durch die Gegensprechanlage des Mehrfamilienhauses. Gleich darauf ertönte der Summer. Robert trug links und rechts jeweils eine randvolle Tüte mit Kosmetik in der Hand und musste die Tür etwas ungelenk mit der Schulter aufschieben.

Den Weg hinauf dachte er mit einem Anflug von Wehmut daran, dass er und Sophia die absolute Leidenschaft für Tims Currywurst geteilt hatten. Abgesehen davon, dass Tim – Inhaber, Betreiber und Namensgeber von Tims Curry – eine unheimlich köstliche Soße mit genau dem richtigen Schärfegrad nach eigenem Geheimrezept zubereitete, schätzte Robert besonders an ihm, dass er wirklich nur das Nötigste redete. Curry mit oder ohne. Pommes rot, weiß, Brötchen dazu … Die Konversation mit ihm bestand aus lauter Shortcuts. Jedes überflüssige Wort wurde ausgelassen. «Im Vergleich zu Tim bist sogar du ein ausgesprochenes Plappermäulchen», hatte Sophia immer gescherzt, wenn sie gemeinsam dorthin gegangen waren. Und genau danach sehnte er sich jetzt, nach all den Verkaufsgesprächen, die er geführt hatte: Ruhe. Obwohl er gleichzeitig merkte, dass mit dem Gedanken an Tims Curry auch die Wehmut stärker wurde und die Sehnsucht nach Sophia ihn zu überfallen drohte.

Doch als er den ersten Stock erreichte, war all das schnell vergessen, so sehr brachte ihn seine nächste Kundin aus dem Konzept. Aus der geöffneten Wohnungstür schallte ihm zunächst eine tiefe Altstimme entgegen, die «Warte kurz, Schätzchen, ich bin sofort da» trällerte. Robert überlegte, ob er sich über die respektlose Begrüßung ärgern sollte. Doch er kam nicht dazu, den Gedanken abzuschließen, denn als die Besitzerin der Stimme sich einen Augenblick später im Türrahmen zeigte, konnte er nicht anders, als wie angewurzelt stehen zu bleiben und seine Kundin mit offenem Mund anzustarren. Noch nie war er einer solchen Frau begegnet. Ihr Gesicht war in allen möglichen Farben grell geschminkt. Auf dem Kopf trug sie eine pinkfarbene, turmhohe Perücke, und er war sicher, dass die unzähligen glitzernden Pailletten auf ihrem hautengen Kleid bei lichtempfindlichen Menschen sofort Blindheit auslösen würden. Er war beeindruckt. Diese Frau war ein absolutes Unikat, ein echter Hingucker, eine wirkliche Erscheinung im besten Wortsinne. Das Einzige, was ihn doch ein wenig irritierte, war die Erkenntnis, dass die Erscheinung keine Frau, sondern ein Mann in Frauenkleidern war.

«Hallo? Sind Sie noch da?», fragte seine Kundin lachend und warf sich dabei theatralisch in Pose.

Robert bemerkte, dass er sie immer noch anstarrte, und räusperte sich verlegen. «Frau … L'Amour?»

«Für Sie Dolores», sagte die Kundin und hielt ihm ihre Hand hin, als erwarte sie einen Handkuss.

Robert entschied sich für ein unverbindlicheres Händeschütteln. «Ist das Ihr Künstlername?»

Die Erscheinung zündete die nächste Lachsalve. «Nein, mein Schatz. So heiße ich von Geburt an.» Robert kam sich vor wie ein Trottel. Eine dämlichere Frage hätte er nicht stellen können.

«Sie haben mich erkannt, was?» Sie klimperte mit künstlichen Wimpern, die mindestens so lang waren wie Roberts kleiner Finger.

«Nein.» Robert schüttelte den Kopf. «Kennen wir uns denn?», fragte er und las noch mal leicht überfordert den Namen auf der Rechnung, die er dabeihatte. Erneut stieß seine Kundin einen lauten Lacher aus. Robert hatte das Gefühl, dass sie seine Unsicherheit genoss, und das behagte ihm so gar nicht.

«Waren Sie etwa noch nie in meiner Show? Dann wird's aber Zeit.»

«Ich gehe nicht gerne in den Zirkus», sagte Robert und bereute gleich wieder, dass er sich zu dieser kleinen Spitze hatte hinreißen lassen.

Doch sie schien ihm kein Stück böse zu sein. Ihr Lachen schallte durchs Treppenhaus. «Zirkus? Unverschämtheit. Ich mache Travestie. Ich lasse Sie gerne auf die Gästeliste setzen.»

«Danke. Nicht nötig.»

«Sagen Sie mir einfach, wann Sie kommen wollen.»

Robert fand, dass er deutlich genug gewesen war.

«Macht 396,70», sagte er und deutete demonstrativ auf die AVON-Tüten.

Die Dame öffnete einladend die Tür ein Stückchen weiter. «Kommen Sie doch kurz rein.»

Robert spürte erneut, wie sich Widerstand in ihm aufbaute. «Ich warte lieber hier.»

Da bemerkte er, wie sich der Gesichtsausdruck seiner Kundin schlagartig veränderte. Sie funkelte ihn an wie ein Raubtier eine lahme Gazelle. Bereit zum Sprung.

«Haben Sie etwa Angst vor mir?», fragte sie im Ton einer dämonischen Verführerin.

Erst jetzt fiel Robert auf, wie groß sein Gegenüber war. Und das lag eindeutig nicht nur an den hohen Absätzen. Jedes Basketball-Team dieser Welt hätte sie mit Vergnügen aufgenommen. Wenn es denn eine Basketball-Mannschaft für Transvestiten gäbe. Obwohl, was gab es heutzutage nicht?

«Sollte ich?», fragte er ein wenig eingeschüchtert zurück.

«Ich stehe auf so süße ältere Herren wie Sie.»

Robert bemühte sich, die Distanz zu halten, und wich ein wenig zurück.

«Da muss ich Sie leider enttäuschen. Sie sind nicht mein Typ.»

«Nicht so voreilig. Wer mich erst mal richtig kennt ...»

«So weit wird es nicht kommen.»

«Das haben schon viele andere vor Ihnen gesagt. Und dann ...»

Robert verzog das Gesicht. Er wollte dieses Thema auf keinen Fall weiter vertiefen. Er bekam es nun tatsächlich ein wenig mit der Angst – auch wenn er nicht genau wusste, wovor.

«Was ist jetzt mit dem Geld?», fragte er und hielt ihr die Tüten abermals entgegen.

«Eigentlich müssten Sie mir was zahlen.»

Robert sah sie perplex an. «Diese Art von Geschäft ist mir neu.»

«Man kennt mich. Ich trage von oben bis unten AVON. Ich bin eine wandelnde Litfaßsäule für Ihr Unternehmen.»

«Für das, was Sie da tragen, bräuchte man zwei Litfaßsäulen. Mindestens. Bezahlen müssen Sie trotzdem.»

Erneut brach seine Kundin in herzhaftes Gelächter aus und riss dabei ihren Mund so weit auf, dass Robert sich an den verrückt kichernden Bösewicht aus den Batman-Filmen erinnert fühlte.

«Sie Böser», sagte sie, während sie ihren Zeigefinger gegen seine Brust stupste. «Ich liebe Sie jetzt schon. Ich suche immer wieder Texter für mein Programm. Wenn Sie mal Lust auf Veränderung haben …»

«396,70», fiel Robert ihr entschieden ins Wort.

Auf dem Weg hinunter überlegte er, ob es sein Hunger gewesen war, der ihm hier einen Streich gespielt hatte, so skurril erschien ihm die Szene, die er gerade erlebt hatte. Fantasierte er schon? Er musste schleunigst zu Tim.

Außer Robert verbrachten noch zwei andere Anzugträger ihre Pause an der Imbissbude. Während er auf seine Bestellung wartete, beobachtete er sie an ihrem Stehtisch nicht weit vom Tresen. Büros gab es in der Nähe eigentlich keine. Nur ein Autohaus. Ja, die beiden sahen aus wie typische Autoverkäufer.

«Bitte sehr.» Tim stellte die Pappschale mit der Currywurst vor Robert ab.

«Danke», erwiderte Robert. Er nickte freundlich und nahm sich die Pappschale.

«Heute ganz allein?», fragte Tim völlig unvermittelt und ohne Robert direkt anzusehen.

Robert zuckte unmerklich zusammen. Er war nicht sicher, ob Tim tatsächlich mit ihm gesprochen hatte. In all den Jahren, die er und Sophia hergekommen waren, hatten sie nicht ein einziges privates Wort miteinander gewechselt. Nicht einmal über das Wetter, das Königsthema aller Small Talker, hatte Tim sich je beschwert. Er hätte nicht erwartet, dass Tim sich für irgendetwas interessierte außer der richtigen Konsistenz seiner Soße. Und jetzt wurde ihm klar, wie sehr er ihn unterschätzt hatte. Dass Tim sehr wohl aufmerksam war und ihm deshalb auch nicht entging, dass etwas Entscheidendes an seiner Seite fehlte. Dass da ein riesengroßer Abgrund klaffte, gegen den der Grand Canyon nichts weiter war als ein kleiner Schiss. Für einen kurzen Moment bereute er, dass er diesen Zwischenstopp eingelegt hatte. Dass er jetzt ohne Sophia hier stand, fühlte sich für ihn beinahe so an, als würde er sie hintergehen. Nichts wünschte er sich sehnlicher, als dass sie jetzt neben ihm stünde und sich über ihn lustig machte, wie sie es immer getan hatte, wenn er sich mal wieder mit der Soße bekleckerte. Denn das hatte er jedes Mal. Das war wie ein Naturgesetz.

«Ja, allein heute», antwortete Robert kaum hörbar. Tim nickte. Das war ihm Antwort genug. Robert zog sich mit seiner Currywurst an einen der hinteren Stehtische zurück. Und als er den ersten Zipfel der Wurst in die Soße aus Ketchup und Gewürzen tunkte und zum Mund führte, tropfte es auf das Revers seines Anzuges.

«Tupfen, nicht reiben», hörte er Sophia lachend sagen,

während sie ihm den in weiser Voraussicht bereitgelegten Stapel Papierservietten reichte. Um die Sache dann doch lieber gleich selbst in die Hand zu nehmen.

Die Hausbesuche nach der Pause liefen nicht wirklich glatt. Auch wenn ein paar Kunden unkompliziert waren, passend bezahlten oder ihm kleinere Wechselbeträge als Trinkgeld überließen: Als nur noch drei Namen auf seiner Liste für den Tag übrig geblieben waren, wusste er wieder, warum er sich von Menschen am liebsten fernhielt. Unter zehn Exemplaren findest du acht irre, eher neun, dachte Robert. Zum Beispiel diese lebenshungrige Witwe, die ihn in einem fast durchsichtigen Negligé empfangen und versucht hatte, ihn in ihr Haus zu locken wie eine Spinne in ihr Netz. Oder die renitente Dame, der plötzlich einfiel, dass sie knapp bei Kasse war, und die allen Ernstes um den Preis für ihre farbkorrigierende Pflegespülung mit ihm feilschen wollte. Schlimmer kann es nicht mehr kommen, dachte Robert, als er die nächste Klingel drückte. Doch als sein Kunde die Tür öffnete, wurde ihm schlagartig klar, wie unsinnig dieser Spruch schon immer gewesen war. Natürlich konnte es immer noch schlimmer kommen. Viel schlimmer.

«Herr Winter. Ich habe Sie schon erwartet», sagte sein Kunde freudig.

Für gewöhnlich war Robert bei seinen Mitmenschen auf alles Mögliche gefasst. Und wenn es sein musste, hatte er immer einen passenden Konter parat. Aber diesmal verschlug es ihm die Sprache.

Der Mann hatte Roberts Befremden bemerkt und war nun seinerseits irritiert. «Sie sind doch Herr Winter, oder?»

Robert suchte vergebens nach einer passenden Antwort.

Sein Kunde stand vor ihm, wie Gott ihn geschaffen hatte: barfuß bis zum Hals. «Vielleicht sollten Sie sich erst mal was anziehen», presste er schließlich hervor.

Aber sein Kunde schien ihm nicht folgen zu können. «Anziehen? Wieso?»

«So macht man das nun mal, wenn man sich gegenübertritt», sagte Robert etwas gefasster. Etwas Besseres fiel ihm nicht ein. Er fühlte sich extrem unwohl, was sich negativ auf seine Schlagfertigkeit auswirkte. Er war noch nie gerne mit Nacktheit konfrontiert worden. Und ganz sicher nicht mit der von Fremden. Krampfhaft blickte Robert seinem Kunden in die Augen. Nur nicht den Blick abschweifen lassen.

«Nacktheit ist etwas ganz Natürliches», erklärte der Mann.

«Und dann hat der liebe Gott die Kleidung erfunden», entgegnete Robert.

Aber sein Einwand überzeugte offensichtlich nicht.

«Das hat alles nur mit einem völlig falschen Schamgefühl zu tun.»

«Und mit langen, kalten Wintern.»

«Versuchen Sie es einmal. Legen Sie Ihre Kleidung ab. Sie werden sehen, wie schnell Sie ein positives Körpergefühl entwickeln.»

«Danke, aber ich bin mit meinem Körpergefühl sehr zufrieden.»

Robert fiel es immer schwerer, seinen Blick auf dem Gesicht des Mannes zu halten. Er wollte das hier beenden. So schnell wie möglich. Er hielt ihm die Tüte mit den AVON-Produkten entgegen. «Sie hatten ein Waxing-Gel bestellt.»

Der Mann klopfte sich auf die Hüften, als suche er in

der Hose, die er nicht trug, nach dem Portemonnaie. «Ich hole schnell das Geld», sagte er und verschwand in der Wohnung.

«Ich habe heute noch viele Termine», rief Robert hinterher, in der Hoffnung, die Sache damit zu beschleunigen. Da hörte er Geräusche unten im Treppenhaus. Die Haustür wurde geöffnet. Stimmen sprachen durcheinander. Anscheinend kamen andere Hausbewohner zurück. Robert hoffte inständig, dass er sein Geschäft abgewickelt hatte, bevor sie das Stockwerk erreichten, in dem er sich befand. Er wollte auf keinen Fall mit dem Nudisten zusammen gesehen werden. Da erschien sein Kunde wieder in der Tür.

«Ich hab's passend», sagte er und zählte Robert Scheine und Münzen in die Hand.

Erleichtert steckte er das Geld ein und wollte sich gerade auf den Weg nach unten machen, als sein Kunde ihn noch einmal aufhielt.

«Ach, Herr Winter?»

Robert drehte sich nur unwillig um. «Ja?»

«Das Waxing-Gel ist wirklich toll.»

«Freut mich.»

«Aber an einigen Stellen ist die Haut nach der Behandlung immer sehr gerötet und empfindlich.»

Robert wusste weder, was er darauf antworten sollte, noch, was der Mann von ihm wollte. Da sah er, wie er sich in seinen Schambereich fasste.

«Besonders hier an den Oberschenkelinnenseiten. Wenn Sie mal schauen wollen?»

«Da fragen Sie besser mal Ihren Arzt», riet Robert eilig. Für den Intimbereich seiner Kunden war er definitiv nicht zuständig.

«Ach, so schlimm ist es auch wieder nicht. Aber könnten Sie mir nicht irgendeine pflegende Creme empfehlen?»

In dem Augenblick erreichten die anderen Hausbewohner das Stockwerk; eine Frau und ein Mann, ungefähr im gleichen Alter wie sein Kunde, schätzte Robert. Und während er am liebsten vor Scham im Boden versunken wäre, grüßten die beiden, als wäre der Anblick ihres nackten Nachbarn das Normalste der Welt für sie.

«Hallo, Sebastian!»

«Hallo, ihr beiden. Bleibt's bei heute Abend?»

«Klar. Wir sehen uns um acht.» Dann gingen sie weiter die Treppe nach oben.

Robert wollte gar nicht wissen, zu was die drei sich verabredet hatten. Dennoch konnte er nicht verhindern, dass ein Bild vor seinem inneren Auge entstand. Er sah die drei an einer gedeckten Tafel beim Abendessen. Nackt. Und wer weiß, womöglich kamen sogar noch andere Nachbarn dazu. Vielleicht war das ganze Haus ein einziges Nudistencamp.

«Hätten Sie eventuell eine Creme für mich?», wiederholte der Kunde seine Frage und deutete erneut auf seinen Genitalbereich.

«Ich schau mal», murmelte Robert und sah zu, dass er Land gewann.

Wenig später saß er hinter dem Lenkrad seines Autos und nahm ein paar tiefe Atemzüge. Der Nudist hatte ihm alles abverlangt, und er fragte sich, was noch kommen würde. Immerhin standen noch zwei Adressen auf seinem Zettel. Robert entschied sich, zunächst zu den Kramers zu fahren. Als er den Termin vereinbart hatte, war der Ehemann am

Telefon gewesen, der ihm versichert hatte, dass sie den ganzen Tag zu Hause mit Gartenarbeit verbringen würden. Er könne vorbeikommen, wann er wolle. Die Stimme von Herrn Kramer war Robert unverdächtig vorgekommen, und er konnte sich beim besten Willen nicht vorstellen, dass die Kramers ihre Gartenarbeit nackt verrichteten. Als Robert sich mit dem Wagen ihrem Haus näherte, sah er Herrn und Frau Kramer schon von Weitem gemeinsam im Vorgarten werkeln. Er stieg aus und trat an den Zaun. Erst in diesem Moment bemerkte er, mit wem er es zu tun hatte, und er fragte sich, warum seine Alarmglocken bei dem Namen auf der Liste nicht sofort geklingelt hatten. Vor ihm stand jene Frau, die an seinem letzten Arbeitstag, dem letzten Tag vor seinem Ruhestand, bei ihnen zu Hause gewesen war: Sophias letzte Kundin. Robert spürte, wie sich alles in ihm verkrampfte, ihm heiß und kalt gleichzeitig wurde. Sein Herz klopfte so heftig, dass es schmerzte. Er wusste: Diese Begegnung würde seine Kräfte übersteigen. Und so drehte er sich um, hastete zurück zum Auto und trat das Gaspedal durch.

Während er sich darum bemühte, niemanden zu überfahren, dachte er darüber nach, ob er es nicht für diesen Tag dabei belassen sollte. Er war heute über Grenzen gegangen, hatte sich überwunden und alles in allem keinen ganz so schlechten Job gemacht. Vielleicht war es einfach genug. Andererseits war nur noch eine Adresse auf seiner Liste übrig. Er verlangsamte und überlegte. «Was soll's?», entschied er sich schließlich. «Diese letzte Übergabe schaffe ich jetzt auch noch.»

Robert parkte seinen Wagen in einer besseren Gegend mit lauter Villen, deren Garagen allein so groß waren wie sein ganzes Haus. Die Grundstücke wurden von hohen Zäunen oder Hecken aus Buchs oder Eibe gesäumt. Das Geräusch einer Motorsäge durchschnitt die Luft. Irgendwo hörte man einen Rasenmäher.

Mit seiner kleinen Tüte ging er zum Eingang eines Hauses, das man ohne Übertreibung herrschaftlich nennen konnte. Die Treppe zur Eingangstür wurde von zwei hohen Säulen umfasst. Kaum hatte er die Klingel gedrückt, wurde die Tür auch schon aufgerissen.

«Herr Winter. Endlich. Ich freue mich so», begrüßte ihn eine Dame um die sechzig überschwänglich, Robert konnte sich des Verdachts nicht erwehren, dass sie die ganze Zeit hinter der Tür auf ihn gewartet hatte. Nicht, dass er am Ende noch erneut die Avancen einer liebestollen Seniorin parieren musste. Es war erst wenige Stunden her, dass die rüstige Rentnerin ihm eine Fußmassage angeboten hatte. Wenigstens trug die Frau, der er jetzt gegenüberstand, mehr als nur einen Bademantel, wie er erleichtert feststellte. Die Dame war sogar auffallend schick, beinahe elegant gekleidet. Und obwohl er nicht viel von Kosmetik verstand, fiel ihm auf, dass sie ebenso geschmackvoll wie dezent geschminkt war. Dennoch – auch wenn sie auf den ersten Blick nicht wie ein männermordender Vamp daherkam, wusste Robert, dass er wachsam bleiben musste. Das hatte nicht nur mit seinem generellen Misstrauen gegenüber Menschen zu tun, sondern ganz besonders mit den Erfahrungen, die er im Laufe dieses Tages hatte sammeln dürfen.

«Herr Winter?», fragte sie unsicher, und da bemerkte

er, dass er immer noch dastand wie angewurzelt und sie prüfend anstarrte.

Robert riss sich innerlich am Riemen. «Ihre Bestellung. Die Verzögerung tut mir leid.»

«Besser spät als nie, oder?», entgegnete sie lächelnd. Sie schien etwas zu riechen und beugte sich vor. «*My Morning Melody*, nicht wahr? Ich benutze das auch.»

Robert räusperte sich verlegen. «Ja ... In der Eile heute Morgen.»

«Bei Ihnen riecht das ganz anders. So männlich.»

Robert entschied, dass sie genug geplaudert hatten, und hielt ihr die kleine Tüte mit ihren Kosmetikprodukten entgegen. Er sah sich schon auf dem Rückweg zum Auto und in seinem verdienten Feierabend, doch die Dame machte eine einladende Geste.

«Kommen Sie doch erst mal rein, bitte.»

Robert spürte einen kleinen Stich. Genau das hatte er befürchtet. «Eigentlich muss ich gleich weiter», stammelte er und hörte selbst, wie unglaubwürdig, ja fast hilflos, er dabei klang.

«Ach was. Kommen Sie schon. Ich habe uns Kaffee gemacht», sagte sie und ging vor ins Haus. Robert sah ihr mit einem mulmigen Gefühl im Bauch hinterher. Es kam ihm vor, als schaute er direkt in den Eingang der Höhle des Löwen. Sein Blick wanderte zu der AVON-Tüte in seiner Hand und dann wieder zurück in den prächtigen Eingangsbereich.

Im Wohnzimmer wartete bereits eine üppig gedeckte Kaffeetafel auf ihn. Die Blumen auf dem Porzellan korrespondierten mit dem Strauß in der Mitte des Tisches. Meissen, vermutete Robert. Nicht, weil er sich so wahnsinnig gut mit Geschirr auskannte, sondern weil aus Gründen, die er nicht verstand, Meissen-Porzellan mit seinen spillerigen Blümchen für betuchte Menschen das Maß aller Dinge zu sein schien. Er drehte den geblümten Kuchenteller um und sah tatsächlich die gekreuzten Schwerter. Auch das alte Silberbesteck wurde wahrscheinlich schon von Generationen vor ihnen benutzt. Links und rechts neben der Kuchenplatte mit dem Aprikosenkuchen standen zwei rote Stabkerzen. Ausgerechnet rot ... Diese Frau wollte mehr als seidigen Eyeliner und Foundation. In Roberts Hirn ratterte es los. Er hatte sein Geld noch nicht bekommen, trotzdem zog er ernsthaft in Betracht, die AVON-Tüte einfach auf dem Tisch abzustellen und schleunigst das Weite zu suchen. Da tauchte sie auch schon hinter seinem Rücken auf und trug eine klassische alte Kaffeekanne herein. «Sie nehmen doch Kaffee? Oder lieber Tee? Darjeeling? Earl Grey? Ceylon-Mischung?»

Robert hatte das Gefühl, als könnte sie seine Gedanken lesen und wollte ihm mit dem Anbieten aller möglichen Optionen jeden nur erdenklichen Fluchtweg verbauen. «Kaffee ist gut, aber nur ein halbes Tässchen», sagte er mit erstickter Stimme.

Sie schenkte ihm ein, und als hätte sie seinen Wunsch nicht gehört, füllte sie seine Tasse bis an den Rand. Sie stellte die Kanne ab, setzte sich aufs Sofa und klopfte mit der Hand neben sich. «Nun setzen Sie sich doch.»

Er spürte die ersten Schweißperlen auf der Stirn. «Wie gesagt, ich hab heute noch viel auf dem Zettel», sagte er, während er sich auf dem Sessel niederließ. Auf der äußersten Kante. Jederzeit bereit zum Sprung.

«Wissen Sie, meine Tochter lebt in Amerika. Ich kriege sie und meine Enkeltöchter nur noch auf dem Computer zu sehen. Das ist doch nicht das Gleiche. Letztes Jahr kamen sie noch nicht mal zu Weihnachten, weil mein Schwiegersohn so viel zu tun hatte. Aber sie haben natürlich ihr eigenes Leben. Und seit mein Mann gestorben ist ...»

Während Robert dieser zerbrechlichen Person zuhörte, die auf einem für sie viel zu großen Sofa saß, wurde ihm mit jedem Wort klarer, dass es hier nicht um Sex ging, sondern um Einsamkeit. Diese Frau war allein, und Robert beschlich die böse Vorahnung, dass sie jemanden zum Sprechen suchte. Einen, der wusste, was Verlust bedeutete, der das Gleiche durchgemacht hatte wie sie, der sie verstand und ihr Trost spendete. Er verfluchte sich dafür, ihre Einladung nicht vehementer ausgeschlagen zu haben.

Die Dame lächelte Robert traurig an. «Wie ich meinen Mann vermisse. Jeden einzelnen Tag.»

Er sah den Glanz in ihren Augen und fürchtete, dass sie jeden Augenblick losweinen würde. Verzweifelt suchte er nach einem Weg, sie abzulenken und das Thema zu wechseln. Doch ihm fiel nichts ein. Er saß einfach nur da, wie jemand, der von einem Moment zum nächsten das Sprechen verlernt hatte.

Während sie ein Stück Aprikosenkuchen vom Tortenheber auf seinen Teller schob, lächelte sie ihn traurig an. «Es ist schon zwölf Jahre her, aber ich denke immer noch, Johann kommt jeden Augenblick zur Tür rein.»

Robert spürte, wie es ihm endgültig die Luft abschnürte. Wie konnte man das zwölf Jahre lang ertragen?, fragte er sich. Seit dem Tag, an dem Sophia für immer gegangen war, waren gerade einmal acht Wochen verstrichen. Und schon die waren für ihn die Hölle auf Erden gewesen. Die Dame redete weiter, aber ihre Worte erreichten ihn nur noch wie durch einen dicken Vorhang. Undeutlich und dumpf. Immer klarer hingegen wurde das Bild, das die Dame in ihm heraufbeschwor. Das letzte Bild von Sophia, das sich ihm regelrecht ins Gedächtnis gebrannt hatte. Wie sie vor ihm stand, sich umdrehte und davonging. Wie er wenig später frisch geduscht in die Küche zurückkam und über das Chaos lachen musste, das sie beim Kochen mal wieder angerichtet hatte. Und wie er sich wunderte, dass sie immer noch nicht zurück war. Er hatte damit begonnen, die Küche aufzuräumen, das Geschirr abzuwaschen und den Tisch zu decken. Dann hatte der Timer des Backofens gepiepst, er erinnerte sich daran, dass er nicht gewusst hatte, wie er mit dem Braten verfahren sollte, der darin schmorte. Wie er versucht hatte, Sophia auf dem Handy zu erreichen, und zum ersten Mal ein flaues Gefühl im Magen spürte, weil sie nicht dranging. Alles lief wie ein Film vor seinem inneren Auge ab. An jedes noch so kleine Detail konnte Robert sich erinnern, und er wünschte sich nichts mehr, als dass er die Handlung irgendwie beeinflussen könnte. Dass er irgendeine Kleinigkeit verändern könnte, um damit den Lauf des Schicksals in andere Bahnen zu lenken. Und zum Guten zu wenden.

Ihm fiel wieder ein, wie er, um auf andere Gedanken zu kommen und der zunehmenden Nervosität Herr zu werden, durch die Reisekataloge für Kreuzfahrten geblättert hatte, die Sophia bereitgelegt hatte, weil sie sich in die romantische Vorstellung verliebt hatte, dass sie, nachdem er endlich Ruheständler geworden war, gemeinsam in ihren neuen Lebensabschnitt cruisten. Und dass er, obwohl ihm kaum eine Vorstellung mehr Unbehagen bereitete, als mit Hunderten anderer Menschen auf einem Schiff eingepfercht über das offene Meer zu schippern, für einen Moment tatsächlich darüber nachgedacht hatte, Sophia zuliebe über seinen Schatten zu springen. Nur dieses eine Mal. Weil es ihr so viel bedeutete und es sie glücklich machen würde. Weil man so etwas für einen Menschen tat, den man über alles liebte. Das Letzte, an das er sich erinnerte, war dieses warme Gefühl, das ihn durchströmt hatte, als ihm einmal mehr klar geworden war, wie sehr er sie liebte. Und dass er beschloss, ihr das zu sagen, sobald sie nach Hause kam. Weil er das schon so lange nicht mehr gemacht hatte. Aber er hatte keine Gelegenheit mehr. Denn als es klingelte und er die Tür öffnete, stand nicht Sophia vor ihm, die im Durcheinander ihrer Handtasche mal wieder ihren Schlüssel nicht fand. Sondern zwei Polizisten, die ihm mit bedrückten Mienen erklärten, dass der Fahrer eines Lastwagens sie beim Abbiegen an der Kreuzung übersehen hatte. Und das alles nur, weil Sophia an diesem Tag noch einmal das Haus verlassen hatte, um den Champagner zu holen, den er nicht mitgebracht hatte.

«Ist alles in Ordnung mit Ihnen?», hörte Robert die ältere Dame sagen. Ihre Stimme kam ihm dumpf vor, als spräche sie durch Watte. Nur langsam fand er zurück in die Realität. Er wandte sich ihr zu. Sie sah ihn besorgt an. «Sie trinken ja gar nicht. Ist der Kaffee zu stark?»

Robert räusperte sich. «Nein, nein, alles gut.»

«Soll ich ein bisschen heißes Wasser holen?»

«Nein. Danke. Aber ich muss langsam wieder.» Er blickte demonstrativ auf seine Armbanduhr.

«Schon? Sie haben nicht mal von dem Kuchen probiert.»

«Ein anderes Mal vielleicht.»

«Und ich dachte, Sie stellen mir vielleicht ein paar neue Produkte vor. Haben Sie Ihren Katalog nicht dabei?», fragte sie, und die Enttäuschung in ihrer Stimme löste in ihm ein schlechtes Gewissen aus. Trotzdem nutzte er instinktiv die Chance, die sich ihm bot. Auch wenn ihm für gewöhnlich nichts ferner lag, als zu lügen.

«Katalog. Natürlich. Im Auto. Ich hole ihn», sagte er und sprang auf.

«Wunderbar. Dann packe ich Ihnen in der Zwischenzeit etwas von dem Kuchen ein», sagte die Dame mit einem freudigen Lächeln. Robert nickte und verschwand eilig zur Tür hinaus.

Im Nachhinein ergab alles einen Sinn. Schon als er die Bestellungen durchgegangen war, war ihm aufgefallen, welch große Mengen an Produkten die ältere Dame regelmäßig bei Sophia kaufte. Nein, ihr ging es nicht um Kosmetik. Ihr ging es um Gesellschaft. Sie war einsam, und er konnte sich lebhaft vorstellen, wie Sophia ihr bei ihren Verkaufsbesuchen ein wenig Wärme ins Leben zauberte. Und nun schämte er sich noch mehr für seine Lüge.

Als Robert nach Hause kam, stand Basti vor seiner Tür und hielt ihm die Kiste mit den Mehrfachsteckern und Verlängerungskabeln entgegen.

«Seit heute Vormittag haben wir endlich Strom.»

«Ich hoffe, Sie stehen nicht seitdem vor meiner Haustür», sagte Robert und nahm ihm die Kiste ab. Sämtliche Kabel waren fein säuberlich aufgerollt und verstaut, was ihn beinahe ein wenig überraschte. Es herrschte eine Ordnung, die er niemandem außer sich selbst zugetraut hätte. «Dann ist ja alles geritzt», sagte er in fast schon versöhnlichem Ton, während er die Kiste neben dem Telefontischchen abstellte.

«Ja?», fragte er, als er bemerkte, dass Basti sich nicht von der Stelle rührte, sondern ihn stattdessen durchdringend ansah.

«Vielleicht könnten wir Sie mal zum Essen einladen?»

«Nicht nötig», sagte Robert und schüttelte zur Bekräftigung den Kopf. Doch Basti ließ sich nicht so einfach abwimmeln. Aus Gründen, die Robert nicht verstand, versuchte er weiter, das Gespräch am Laufen zu halten.

«Wir hatten keinen guten Start, was?»

«Nein, kein guter Start. Und damit es nicht noch schlimmer wird, lassen wir uns in Zukunft gegenseitig zufrieden. Tun Sie einfach so, als sei ich Luft.»

Doch Basti blieb hartnäckig. «Ob Sie wollen oder nicht: Wir sind jetzt Nachbarn. Wir müssen irgendwie klarkommen.»

«Sterben müssen wir. Sonst gar nichts. Schönen Tag noch.»

Robert wollte die Tür zuschieben, aber Basti hielt sie auf.

«Herr Winter?»

«Was?!»

Kurz darauf standen die beiden in Roberts Küche und räumten die Lebensmittel, die er in seinem Kühlschrank zwischengelagert hatte, in einen großen Wäschekorb. Robert registrierte, dass Basti nicht ganz bei der Sache war und sich neugierig umsah.

«Sieht aus wie bei meinen Eltern. Also, früher. Als ich noch ein Kind war.»

Robert verkniff sich jedes Wort und verrichtete ebenso zügig wie konzentriert seine Arbeit. Auf keinen Fall wollte er Basti eine Steilvorlage liefern. Schlimm genug, dass dieser Typ es in seine Küche geschafft hatte. Eine Plauderei würde er ganz sicher nicht aufkommen lassen.

«Irgendwie voll Achtziger», sagte Basti mit einem verhuschten Lächeln. Obwohl es ihm immer schwerer fiel und er Basti am liebsten am Kragen seines Polohemdes aus dem Haus gezerrt hätte, schwieg Robert weiter eisern. Aber sein Gegenüber schien den Wink mit dem Zaunpfahl einfach nicht zu verstehen.

«Falls Sie mal Lust auf Veränderung haben …»

«Das wurde ich heute schon einmal gefragt. Was haben eigentlich alle mit Veränderung? Warum sollte ich mich verändern?», platzte es aus Robert heraus, und kaum hatten die Worte seinen Mund verlassen, bereute er es schon wieder. Es trat genau das ein, was er befürchtet hatte: Basti nahm die Gelegenheit dankbar an.

«Ja, das sollten Sie sich mal fragen», kommentierte er mit einem verschmitzten Lächeln.

Robert winkte grummelnd ab und widmete sich wieder seiner Aufgabe.

«Wenigstens haben Sie das Sprechen nicht verlernt», sagte Basti.

«Sie leider auch nicht.»

Basti sah sich weiter in der Wohnung um. «Ich hätte vielleicht ein paar Tipps für Sie. Einrichtung, Farben und so. Ich habe schon für einige Freunde …»

«Haben Sie keinen Job?», unterbrach Robert ihn.

«Doch. Natürlich.»

Robert blickte demonstrativ auf seine Armbanduhr. «Und warum sind Sie jetzt nicht bei der Arbeit?»

«Ich arbeite von zu Hause.»

«Heißt das, Sie hocken den ganzen Tag nebenan?»

«Keine Sorge. Sie werden keinen Mucks von mir hören.»

Robert konnte nicht anders, als laut zu lachen. So weit war es nun schon mit ihm gekommen: Sein Nachbar brachte ihn tatsächlich zum Lachen. Das musste ein erstes Anzeichen des Wahnsinns sein, in den Basti ihn trieb.

«Wenn ich arbeite, meine ich. Ich bin Drehbuchautor», stellte Basti klar.

«Selbstständig?», murmelte Robert, bei dem mit einem Mal der innere Steuerbeamte erwacht war.

«Dennis ist IT-Berater in einer Werbeagentur. Wenn Sie das beruhigt.»

«Warum sollte mich das beruhigen?»

«Na, wegen der Miete.»

«Sie haben einen Mietvertrag mit meiner Tochter. Nicht mit mir. Und wenn Sie nicht zahlen können, fliegen Sie raus. So einfach ist das.» Robert bereitete sich auf den ersten Streit des Tages vor. Nach den Erfahrungen vom Vortag ging er davon aus, dass Basti seine Ansage nicht einfach so stehen lassen würde.

«*Liebe und Leidenschaft*? Schon mal gehört?», fragte Basti ohne den kleinsten Anflug von Aufregung. Im Gegenteil – er lächelte sogar, was Robert erst recht verblüffte. Es arbeitete in ihm. Irgendetwas war hier im Busch, das konnte nichts Gutes bedeuten. Ganz leise begannen bei ihm die Alarmglöckchen zu klingeln.

«Nie gesehen», sagte Robert mit dem Kopf im Kühlschrank. Er zog die letzten Joghurtbecher aus dem oberen Fach und packte sie in die Kiste.

«Gucken Sie kein Fernsehen?»

«Hin und wieder.»

«Und was so?»

«Was gerade läuft. Nichts Besonderes.»

«Aber nicht *Liebe und Leidenschaft*?»

«Nee, so Schmalz gucke ich nicht.»

«Ist sehr erfolgreich. Die planen sogar ein Spin-off.»

«Keine Ahnung, was das ist, trotzdem schön für Sie. Das war's dann», sagte Robert und drückte ihm die Kiste mit den Lebensmitteln in die Hände.

Er sah, dass Basti an ihm vorbei in den fast leeren Kühlschrank blickte.

«In Ihrem Kühlschrank laufen sich ja die Mäuse Blutblasen. Soll ich Ihnen vielleicht was dalassen?», fragte Basti und wedelte mit der Lebensmittelkiste.

«Danke. Aber ich bin selber in der Lage einzukaufen.»

«Ich muss sowieso noch los. Wenn Sie wollen, kann ich Ihnen was mitbringen.»

Roberts Alarmglocke schrillte immer lauter. Bastis plötzlicher Anflug von Fürsorge machte ihn nicht nur misstrauisch, er beunruhigte ihn zusehends.

«Was muss ich eigentlich noch tun, damit Sie endlich verschwinden?»

«Ich gehe ja schon», lenkte Basti endlich ein. «Aber falls Sie mal reden wollen, wir sind immer für Sie da.»

Robert sah ihn ungläubig an. Er hatte keine Ahnung, was hier vor sich ging, aber Basti lenkte das Gespräch eindeutig in eine Richtung, die ihm nicht gefiel. Und diese Miene, die sein Gegenüber plötzlich aufsetzte, verunsicherte ihn zusätzlich.

«Wir haben gehört, was Ihnen passiert ist. Es tut uns so furchtbar ... Mein herzliches Beileid.»

Robert erstarrte endgültig.

«Ihre Tochter hat uns angerufen. Sie wollte wissen, ob alles gut geklappt hat, und dann ... Sie hat uns alles erzählt.»

Robert sah Basti an, dass er unsicher war. Wahrscheinlich hatte er eingesehen, dass er zu weit gegangen war. Das ließ ihn gnädig werden, und seine Gesichtszüge entspannten sich.

«Also, ein Essen bei uns?», fragte Basti vorsichtig.

Für einen kurzen Moment spürte Robert wieder den Impuls, Basti aus dem Haus zu jagen. Aber der versiegte ebenso schnell wieder. Immerhin hatte er es gut gemeint ...

KAPITEL 7

Am nächsten Tag hatte Robert keine Zeit, sich um weitere Abnehmer für Sophias Kosmetika zu kümmern, um das Lager im Keller leer zu bekommen. Stattdessen stand er zwischen unzähligen jungen Müttern und Vätern, die johlend und schreiend ihren Nachwuchs auf dem Fußballplatz anfeuerten. Seit ungefähr einem Jahr spielte sein zehnjähriger Enkel Jonas in einem Verein, und außer in den Ferien gab es an jedem Wochenende irgendwo in der Stadt ein Match. Sophia hatte kein einziges verpasst, und wie bei allem, was sie machte, entwickelte sie auch dabei einen gewissen Fanatismus. Er dagegen war nie dabei gewesen. Sein Interesse für Fußball tendierte gegen null. Schlimmer noch – diese Sportart langweilte ihn und wurde in seinen Augen keinen Deut spannender, wenn statt millionenschwerer Profis, die es zumindest irgendwie draufhatten, ein Haufen unbeholfener Schulkinder um den Ball rauften. Er liebte seinen Enkel, aber das musste er nicht damit beweisen, dass er zum Hooligan mutierte.

«Du siehst Jonas kaum noch. Und du glaubst doch nicht, dass wir Mama nicht genauso vermissen?», hatte Miriam ihm mit zitternder Stimme am Telefon gesagt.

Natürlich war ihm klar, wie sehr auch sie unter dem Verlust ihrer Mutter litt. Und auch was Jonas anging, hatte sie recht. Seine selbst gewählte Isolation hatte dazu geführt, dass er seinen Enkel kaum noch zu Gesicht bekam. Also hatte er zugesagt.

Auf dem Spielfeld herrschte plötzlich Aufregung. Die Jungs scharten sich um die Schiedsrichterin, die mit ihrer Trillerpfeife und mahnenden Worten versuchte, Ordnung ins Chaos zu bringen. Robert hatte gar nicht mitbekommen, was eigentlich passiert war. Was ihm sehr wohl auffiel, war, dass Jonas wie immer etwas abseits stand. Nicht im fußballerischen Sinne. Der Junge fühlte sich nicht wohl auf dem Platz, und seine Mitspieler ließen ihn meistens links liegen. Er gehörte nicht dazu. Das war nicht zu übersehen.

Robert hatte immer schon das Gefühl gehabt, dass sein Enkel ein ungewöhnlich zurückhaltendes Kind war und Herausforderungen eher scheute. Er erinnerte sich daran, wie Miriam reagiert hatte, als er das ihr gegenüber zur Sprache gebracht hatte. «Das ist nun mal sein Wesen. Das ist angeboren. Zum Glück sind nicht alle so wie du», hatte sie ihm amüsiert entgegnet. Und obwohl sie es als Scherz formuliert hatte, wusste er um den ernsten Kern ihrer Aussage. Die Begegnungen mit seiner Tochter waren jedes Mal eine Herausforderung für Robert. Egal, was er sagte, ständig schien er ihr das Gefühl zu geben, sich verteidigen zu müssen.

Inzwischen lief das Spiel wieder, und Jonas hatte es tatsächlich irgendwie geschafft, sich mit dem Ball aus dem unübersichtlichen Pulk zu befreien. Plötzlich stand er mutterseelenalleine vor dem Tor. Sogar auf die große Distanz konnte Robert die Verblüffung im Gesicht seines Enkels sehen, der es offenbar selbst kaum glauben konnte und paralysiert innehielt.

«Schiiieß», schrie Miriam aus voller Kehle. Das tat Jonas. Und kickte den Ball ungefähr zehn Meter am Tor vorbei. Robert konnte sich des Gefühls nicht erwehren, als hätte der gegnerische Torwart das geahnt. Er hatte jedenfalls noch nicht mal Anstalten gemacht, sich nach dem Ball zu strecken.

Miriam seufzte enttäuscht, hielt sich aber mit Worten zurück. Stattdessen fragte sie unvermittelt: «Wollen wir nachher noch zum Grab?»

Robert sah sie schweigend an. Es war nicht schwer, in ihrem Profil Züge von Sophia zu entdecken. Sie hatte viel von ihrer Mutter. Äußerlich wie innerlich.

«Ist doch eine schöne Idee. Wir drei gemeinsam.»

Er schüttelte zaghaft den Kopf und schaute wieder zum Spielfeld. «Heute nicht.»

«Wann passt es dir denn?»

«Ich weiß nicht. Jedenfalls nicht heute.»

«Ich finde das wichtig. Auch für Jonas. Es ist schwer genug, ihm das alles zu erklären.»

«Das ist nicht meine Aufgabe, und sonst willst du doch auch nicht, dass ich mich in deine Erziehung einmische», sagte er, und noch während die letzten Silben seinen Mund verließen, tat ihm der Satz auch schon wieder leid. In seinem Versuch, jede weitere Diskussion im Keim zu ersticken, war er zu weit gegangen. Zum Glück konnte Miriam sich vorstellen, was in ihm vorging.

«Papa, ich weiß, was du durchmachst. Aber für mich ist das auch schwer.»

Er hörte das Beben in ihrer Stimme. Natürlich wusste auch er, wie es nach dem Tod ihrer Mutter in ihr aussah. Trotzdem musste er jetzt egoistisch sein. Würde er mit Miriam und Jonas vor dem Grab stehen, müsste er sich wieder dieser grauenvollen Endgültigkeit stellen, dass Sophia nicht mehr da war.

«Ein anderes Mal. Außerdem habe ich zu tun.»

«Was denn?»

«Dies und das. Aufräumen, Ausmisten, so was halt.»

Miriam lachte los. «Ja. Aufräumen. Das machst du schon dein ganzes Leben. Müsstest du nicht langsam mal fertig sein?»

«Gibt immer was zu tun. Vielen Dank auch für diese neuen Mieter.»

«Hab schon gehört. Ihr hattet einen echten Traumstart», entgegnete Miriam.

«Wie kommst du ausgerechnet auf diese beiden?»

«Die beiden sind sehr nett. Also, bitte, reiß dich nur ein Mal zusammen.»

«Ich?!»

«Papa, wir wissen beide, dass du nicht gerade ...» Sie suchte nach dem richtigen Wort. «Einfach bist. Ein schwules Paar im mittleren Alter. Freu dich doch lieber.»

«Mir ist völlig egal, ob die schwul sind oder hetero oder was es heutzutage sonst noch gibt.»

«Weißt du eigentlich, wie abfällig du klingst?»

Er sah sie entgeistert an. «Jeder nach seiner Fasson. Da habe ich überhaupt nichts gegen. Aber die sollen mich bitte da rauslassen.»

«Jedenfalls haben sie keine Kinder, über die du dich beschweren kannst.»

«Dafür darf ich jetzt den Hausmeister spielen. Ich hätte das Haus abreißen sollen, statt es dir zu schenken.»

«Ich habe dich nicht darum gebeten.»

«Weißt du, wie viel Geld du sparst? In sieben Jahren ist die Frist rum. Dann musst du keine Schenkungssteuer mehr auf das Haus zahlen.»

Robert spürte, dass sie auf einen Streit zusteuerten, und wollte das Gespräch unbedingt in eine andere Richtung lenken. Kurz überlegte er, Miriam von seinem Tag als Kosmetikhändler zu erzählen und von allem, was er bei Sophias Kunden erlebt hatte. Aber irgendwie kam ihm das lächerlich vor. Außerdem ließ Miriam nicht locker, sie war immer noch beim Thema Haus.

«Jetzt muss ich dir ewig dankbar sein, weil du Steuern sparen wolltest?»

Robert verdrehte die Augen. Er hatte ihr das schon tausend Mal erklärt. Was war daran so schwer zu verstehen?

«*Du* sparst Steuern. Nicht ich.» Keine Frage, das war wieder einer dieser Momente, in denen er bereute, dass er dieses Haus überhaupt gekauft hatte. Mit dem Hintergedanken, dass seine Tochter vielleicht einziehen würde – was sie allerdings nie auch nur ernsthaft in Erwägung gezogen hatte.

«Papa, da draußen mit Jonas, die Schule, seine Freunde, mein Job in der Galerie. Das geht nicht, da fehlt mir die Infrastruktur», hatte sie behauptet. Und vielleicht hatte sie recht. Womöglich war das wirklich eine Schnapsidee gewesen, und er sollte endlich damit aufhören, gekränkt zu sein. Andererseits – er wurde das Gefühl nicht los, dass sie die angeblich mangelnde Infrastruktur nur als Vorwand nutzte.

Robert sah seine Tochter an. Er wusste nicht, ob sie einsam war. Aber sie war allein. Sie war eine alleinerziehende Mutter. Eine berufstätige dazu. Er konnte sich lebhaft vorstellen, wie schwierig das manchmal für sie sein musste. Würde sie ihn einbinden, ihn ab und zu um Hilfe bitten, er würde sofort Ja sagen. Aber das tat Miriam nicht. Sie hielt ihn auf Distanz. Und er wollte sie nicht bedrängen. Es war ihnen beiden schon immer schwergefallen, zwischenmenschliche Dinge deutlich auszusprechen. In dem Punkt waren sie sich sehr ähnlich.

«Vielleicht können wir ja nächste Woche zum Friedhof gehen», sagte er versöhnlich. Aber Miriam hörte ihm gar nicht mehr zu. Sie war schon wieder ganz beim Spielgeschehen.

«Hey! Das war Abseits», schrie sie und fuchtelte so wild mit den Armen, dass er befürchtete, sie würde jeden Moment vom Boden abheben.

Auf dem Feld lagen sich die Spieler der gegnerischen Mannschaft jubelnd in den Armen, während Jonas und sein Team mit hängenden Köpfen herumtrotteten. Einer der Jungs fischte den Ball aus dem Tor und trug ihn zum Mittelpunkt.

«Sind Sie blind?», rief Miriam in Richtung der Schiedsrichterin, die mit einem finsteren Blick antwortete.

Aber damit konnte man Miriam nicht bremsen. Im Gegenteil. «Wenn Sie wollen, erkläre ich Ihnen mal die Regeln!», brüllte sie nun noch lauter.

Robert registrierte die Blicke der anderen Eltern. Er legte eine Hand auf Miriams Arm. «Hey. Jetzt krieg dich mal wieder ein», sagte er in ruhigem Ton. Aber es war, als hätte er mit seiner Berührung endgültig einen Schalter bei seiner Tochter umgelegt.

«Suchen Sie sich einen Job als Kampfrichterin beim Synchronschwimmen», schmetterte Miriam über den Platz.

Die Schiedsrichterin pustete so heftig in ihre Pfeife, dass sich der Ton für Robert wie ein schriller Schrei anhörte. Dann kam die Frau auf ihn und Miriam zugelaufen. Er verstand nicht viel von Fußball. Aber er wusste, was eine Rote Karte war.

Nachdem er Miriam und Jonas nach Hause gefahren und sich verabschiedet hatte, war er noch nicht weit gekommen, als die Warnleuchte der Tankanzeige aufblinkte und einen Signalton von sich gab. Die Reserve hätte noch locker bis nach Hause gereicht, aber wenn das Lämpchen erst mal aufleuchtete, musste er geradezu zwanghaft die nächste Tankstelle ansteuern, als hätte eine höhere Macht die Kontrolle über ihn übernommen. Das war schon immer so gewesen.

Wenig später hängte Robert die Zapfpistole ein und ging zum Bezahlen in den Tank-Shop. Da er schon mal da war, erledigte er gleich noch die Einkäufe für das Wochenende. Ein paar Konserven und ein Toastbrot balancierend, schritt er zu seinem Wagen, als er plötzlich irritiert innehielt. Das Auto an Zapfsäule sieben kam ihm bekannt vor. Wahrscheinlich gab es in der Stadt unzählige schwarze Mini Cooper. Aber er konnte sich nicht vorstellen, dass es noch einen gab, der so schmutzig war wie der, mit dem er vor Kurzem eher unfreiwillig zum Friedhof kutschiert worden war.

Um sich zu vergewissern, dass er richtiglag, ging er näher heran und sah tatsächlich Lilli Fischer, die sich durch die Fahrertür in den Innenraum ihres Autos beugte und Müll zusammenklaubte. Er zögerte. Musste er der Höflichkeit halber «Guten Tag» sagen? Oder konnte er sich heimlich aus dem Staub machen? Bevor er sich zu einer

Entscheidung durchringen konnte, streckte Lilli bereits ihren Kopf übers Dach und lächelte ihn perplex an. «Herr Winter? Was machen Sie denn hier?»

Sie stopfte den Müll in den Mülleimer und kam näher. Sie trug ein leuchtend rotes Kleid und dazu mindestens ebenso große Ohrringe wie bei ihrem letzten Treffen. Sie schien eine Schwäche für diese Dinger zu haben. Und für Farben. Robert war mehr der Typ für gedeckte Töne, trotzdem fand er insgeheim, dass ihr die Sachen standen.

Lilli reichte ihm die Hand, und er klemmte sich etwas umständlich das Toastbrot unter den Arm, um ihre Begrüßung zu erwidern.

«Gut sehen Sie aus», sagte sie strahlend, während sie ihn von oben bis unten musterte.

«Sie müssen mir keine Komplimente machen. Ich habe Ihnen die Creme schon geschenkt.»

«Mascara», verbesserte sie.

«Was auch immer.»

«Nein, wirklich. Jetzt noch ein schöner Haarschnitt, und die Sache ist geritzt.»

«Was gefällt Ihnen an diesem nicht?»

Lilli lachte auf. «Ganz ehrlich? Mein Wischmopp hat eine bessere Frisur als Sie.»

Robert sah sie perplex an. Diese Frau war ziemlich direkt, aber aus irgendeinem Grund konnte er ihr nicht böse sein. Eine der Dosen rutschte ihm aus der Hand und fiel zu Boden. Sie drohte unter ihren Mini zu rollen. Er wollte sich hinunterbeugen, aber Lilli war schneller.

«Eier-Ravioli? Sie gönnen sich ja richtig was. Geradezu fürstlich», sagte sie lachend mit Blick auf das Etikett, während sie ihm die Dose zurückreichte.

«Wir haben schließlich Wochenende. Das muss gefeiert werden», entgegnete Robert.

«Und dazu haben Sie auch allen Grund. Hab schon gehört.»

Robert runzelte die Stirn. «Was haben Sie gehört?»

Lilli wurde regelrecht überschwänglich. «Herr Winter. Sie glauben nicht, wie mich das freut.»

Er verzog das Gesicht und sah sie fragend an. Diese Angewohnheit, auf jede seiner Fragen mit einem weiteren Rätsel zu antworten, rief allmählich seine Ungeduld auf den Plan. «Könnten Sie etwas konkreter werden?»

«Ich wollte Sie sowieso anrufen und fragen, ob sich unsere Gruppe nächste Woche treffen könnte.»

«Was für eine Gruppe? Wovon reden Sie?»

Lilli ließ sich von seinem Ton nicht irritieren und lächelte unbeirrt weiter. «Ich hatte gleich so ein Gefühl, dass Sie verborgene Talente haben.»

«Da muss ich Sie enttäuschen. Ich habe keine.»

«Als AVON-Berater offenbar schon. Schön, dass Sie doch noch auf mich gehört haben.»

Endlich fiel der Groschen. Er starrte sie entsetzt an. «Berater? Ich? Wie kommen Sie auf diese Schnapsidee?»

«Hat sich rumgesprochen.»

«Ich bin kein AVON-Berater. Ich verkaufe lediglich das, was noch im Keller liegt. Mehr nicht.»

Lillis Lächeln erfuhr einen kleinen Dämpfer. Sie schien ehrlich enttäuscht. «Wirklich? Das ist aber schade. Sie scheinen viele Fans unter den Damen zu haben.»

«Sehe ich aus wie ein Popstar?»

Sie musterte ihn amüsiert von oben bis unten. «Das nun ganz sicher nicht. Ach, Sie wissen schon, was ich meine.»

Robert verzog das Gesicht. «Richten Sie den Damen bitte aus, dass ich nicht zu haben bin.»

«Ganz ehrlich. Sie kommen gut an.»

«Ist mir neu.»

«Gegen die anderen Berater und Beraterinnen sind Sie geradezu erfrischend.»

«Wenn Sie mich schon für erfrischend halten, spricht das tatsächlich nicht für die anderen.»

Sie lachte laut. «Geben Sie sich keine Mühe. Ich finde Sie trotzdem nett.»

«Falls Sie glauben, Sie haben hier den Typ ‹harte Schale, weicher Kern› vor sich, irren Sie. Ich bin grundsätzlich ein schlecht gelauntes Ekelpaket.»

Lilli sah ihn aufmerksam an.

«Wenn jemand wie Sophia ihr gesamtes Leben mit Ihnen geteilt hat, können Sie kein schlechter Mensch sein.»

Robert spürte einen Kloß im Hals. Für einen kurzen Moment herrschte Schweigen. Es waren nicht nur ihre Worte, die ihn bewegten. Es war auch das warme Gefühl, das ihr Lächeln in ihm auslöste. Sie war so authentisch und unverstellt. Sie strahlte eine Herzlichkeit aus, wie er sie lange nicht erlebt hatte. Da klickte der Zapfhahn. Der Tank ihres Minis war voll. Lilli steckte den Hahn zurück in die Zapfsäule, als Robert in ihr Auto sah und den schwarzen Stoff entdeckte, der auf der Rückbank lag. Erst bei genauerem Hinsehen erkannte er, dass es sich um ein Kleidungsstück handelte. «Sind Sie Pastorin?»

Wieder lachte sie laut auf. «Um Himmels willen. Ich bin Richterin.»

Er konnte seine Verblüffung kaum verhehlen. «Richterin? Sie?»

«Was haben Sie sich denn vorgestellt?»

«Gar nichts», stammelte er unschlüssig. «Ich habe da nicht weiter drüber nachgedacht.»

«Aber auf Richterin wären Sie nicht gekommen?»

Er schüttelte den Kopf.

«Also stellen Sie mir bloß keine Dummheiten an. Nicht, dass Sie eines Tages vor meinem Richtertisch stehen. Ich kann auch anders.»

Sie warf die Autotür zu, schloss den Tankdeckel ab und baute sich vor ihm auf, als führte sie irgendwas gegen ihn im Schilde. Und ganz plötzlich umarmte sie ihn. Robert spürte, wie sein gesamter Körper sich verkrampfte. Mit dieser Art von Nähe konnte er nicht gut umgehen. Nach ein paar Sekunden löste Lilli sich wieder von ihm. «War schön, Sie zu sehen. Wirklich.»

Er brachte kein Wort über die Lippen und nickte nur. Dann ging sie zum Tankstellen-Häuschen.

Robert sah ihr nach und hatte das dringende Bedürfnis, sie nicht einfach so gehen zu lassen. Er suchte in den hintersten Regionen seines Gehirns nach den richtigen Worten. «Fragen Sie nach einer Autowäsche», rief er ihr hinterher.

Sie drehte sich noch einmal kurz um und lächelte. «Rausgeschmissenes Geld. Es gibt heute noch Regen.»

Robert betrachtete Lillis verschmutztes Auto. Und dann schaute er in den makellos blauen Himmel.

KAPITEL 8

Als Robert nach Hause kam, sah er schon von Weitem eine Frau auf seinem Grundstück, die versuchte, in sein Küchenfenster zu lugen. Angesichts ihrer Körpergröße stellte das ein mittelschweres Unterfangen dar. Robert war nicht unbedingt ein Riese, eher von durchschnittlicher Statur, aber er schätzte, dass diese Person ihm gerade mal bis zur Brust reichen würde. Um überhaupt über die Fensterbank zu gucken, musste sie sich auf die Zehenspitzen stellen wie eine Ballerina.

Robert parkte den Wagen und stieg aus. Die Frau war offenbar so konzentriert, dass sie ihn auch jetzt noch nicht bemerkte. Als er auf die Terrasse trat und sich räusperte, drehte sie sich reflexartig um, und in ihrem Gesicht konnte er ablesen, dass sie sich ertappt fühlte. Blitzartig setzte sie ein unschuldiges Lächeln auf, was Robert noch misstrauischer machte. «Kann ich helfen?»

«Herr Winter», stieß sie freudig und mit kieksender Stimme hervor, und als sie auf ihn zukam, spürte er, wie sich sein Fluchtreflex meldete.

«Vielleicht darf ich kurz reinkommen?»

«Kennen wir uns?»

«Sangthong», sagte sie, was in seinen Ohren irgendwie asiatisch klang.

Er musterte sie durchdringend. «Ihr Name sagt mir nichts.»

«Wilma Sangthong. Ich arbeite ebenfalls für AVON. Wie Ihre Frau.»

Da dämmerte es ihm. Nicht nur, weil ihm wieder einfiel, dass eine Kundin am Telefon ihren Namen erwähnt hatte. In diesem Moment begriff er, wen er vor sich hatte: Sophias Feindin Nummer eins, der einzige Mensch auf dieser Welt, an dem sie nicht ein einziges gutes Haar gelassen hatte. Nun erinnerte er sich auch wieder daran, dass Sophia ihm erzählt hatte, dass Sangthong der thailändische Nachname ihres Ehemannes war, den Wilma angenommen hatte.

Wilma hielt ihm einen Plastikbehälter entgegen, der gut zur Hälfte mit irgendetwas gefüllt war. «Ich habe Ihnen was mitgebracht.»

Er zögerte. «Was ist das?»

«Nehmen Sie schon. Keine Widerrede», sagte sie, und er hatte das sichere Gefühl, dass es unklug wäre, dieses Angebot abzulehnen. Nicht, dass er später noch mit einem abgeschnittenen Pferdekopf im Bett aufwachte, wie in einem Mafiafilm.

«*Rind in der Hölle*. Eine Köstlichkeit aus der Heimat meines Mannes. Sie mögen doch scharf, oder? Ach natürlich, so ein richtiger Mann wie Sie», sagte sie und lachte laut. Robert konnte gar nicht anders, als ihre Zähne zu betrachten. Sie strahlten übernatürlich weiß, als wären sie gerade frisch lackiert worden. Er war sich nicht sicher, ob sie tatsächlich nur zweiunddreißig davon hatte, wie jeder normale Mensch, oder nicht doch ein paar mehr. Am liebsten hätte er sie gebeten, mit offenem Mund zu verharren, bis er nachgezählt hatte. Er erinnerte sich an eine Tier-Doku, die er vor Kurzem im Fernsehen gesehen hatte und in der es um Weiße Haie vor der australischen Küste gegangen war. Wie er dabei gelernt hatte, verfügten die Tiere über ein sogenanntes Revolvergebiss: Verlor ein Hai bei einer Attacke einen seiner messerscharfen Reißzähne, wuchsen direkt wieder neue von hinten nach.

«Sie sind sicher nicht hier, um mir Essen zu bringen», sagte Robert.

Das Lächeln verschwand aus ihrem Gesicht. Plötzlich schien sie zu Tode betrübt. «Herr Winter, ich wollte Ihnen mein herzliches Beileid ausdrücken. Ihre Frau war ein so wunderbarer Mensch. Wir vermissen Sophia alle sehr.»

In Roberts Ohren klangen ihre Worte, als kämen sie aus einem Hohlkörper. Nichts als Floskeln. Er glaubte ihr kein Wort.

«Mir war gar nicht klar, dass Sie sich so nahestanden.»

Wilma setzte einen unschuldigen Blick auf. «Sicher, wir waren Konkurrentinnen. Aber Konkurrenz belebt das Geschäft, oder?»

«Wenn Sie das sagen.»

«Ihre Frau war ein echter Profi. Wir haben uns gegenseitig respektiert», schob sie eilig hinterher, weil sie, wie Robert vermutete, damit bei ihm punkten wollte.

Dabei konnte er eins ganz sicher ausschließen: dass Sophia diese Frau respektiert hatte. Im Gegenteil – auch wenn sie zu echtem Hass gar nicht fähig gewesen war, das Gefühl, das sie Wilma Sangthong entgegengebracht hatte, musste dem schon ziemlich nahegekommen sein. Das hatte Robert oft genug mitbekommen, denn die beiden Frauen waren weitaus mehr als bloß Konkurrentinnen um bestimmte Kundinnen gewesen. Nicht nur ein Mal hatten sie erbittert um den Titel AVON-Beraterin des Jahres gestritten. Die Firma war sehr großzügig und spendierte dem Gewinner oder der Gewinnerin in diesem Jahr eine Karibik-Kreuzfahrt für zwei Personen. Aber nicht nur deshalb wollte Sophia um jeden Preis gewinnen. Es war wie immer: Verlieren war keine Option.

Wilma kam einen Schritt auf ihn zu, und Robert fürchtete, sie würde ihm jeden Moment ihre Reißzähne in den Hals schlagen.

«Ihre Frau war eine so talentierte Verkäuferin. Sie hat so viel erreicht. Wäre es nicht schön, wenn jemand ihr Werk fortsetzen würde?»

«Welches Werk?»

«Das, was sie erschaffen hat. Ihren riesigen Kundenstamm weiter pflegen. All die Arbeit der letzten Jahre. Soll das alles sinnlos gewesen sein?», fragte Wilma mit einer Scheinheiligkeit, die ihm einen Schauer über den Rücken jagte.

«Warum sagen Sie nicht gleich, dass Sie Ihre Kunden übernehmen wollen?»

Er sah ihr an, dass seine deutlichen Worte eine kurze Irritation auslösten, die sie mit einem noch offensiveren Lächeln zu überspielen versuchte. «Ich denke dabei natürlich vor allem an die Kunden. Wer versorgt sie in Zukunft? Ihre Frau hätte das sicher genauso gesehen.»

Robert musterte sie schweigend. Diese Wilma Sangthong war eine falsche Schlange. Aber was kümmerte ihn das? Er konnte die Sache hier und jetzt beenden. Er müsste nur nach unten in seinen Keller gehen, den ganzen Kram zusammenpacken, ihn diesem gierigen Drachen in den Schlund schmeißen, und schon hätte er seinen Frieden zurück. Er müsste sich mit niemandem mehr herumschlagen, er wäre ein freier Mann.

«Natürlich würde ich mich dankbar erweisen. Ich und mein Mann haben ein Restaurant. Wie wäre es, wenn wir Ihnen einmal die Woche einen Tisch reservieren und Sie bei uns essen? Als unser Gast», schlug sie vor, um ihm die Entscheidung ein wenig leichter zu machen.

Robert deutete auf die Vorratsdose in seiner Hand. «Ich weiß ja noch nicht mal, ob mir Ihr Essen überhaupt schmeckt.»

Sie versuchte, sich nichts anmerken zu lassen, aber er sah das feine, kaum merkliche Flackern, das über ihr Gesicht huschte. Und jetzt bekam er Lust, sie richtig zappeln zu lassen.

«Ich probiere erst mal. Und dann sehen wir weiter.»

Etwas später saß Robert an seinem Küchentisch und nahm vorsichtig den ersten Bissen. Das *Rind in der Hölle* stellte sich als wahre Geschmacksexplosion heraus. Das Fleisch war weich wie Butter und ließ sich mit der Zunge am Gaumen zerdrücken. Das exotische Gemüse war weder matschig noch zu hart, es war genau auf den Punkt, dabei süß und säuerlich zugleich, aber so, dass keines der Aromen das jeweils andere überlagerte. Alles war perfekt ausbalanciert. Und als nach ein paar Sekunden sein Gaumen anfing zu brennen und sein ganzer Körper zu schwitzen, kam ihm das nicht unangenehm vor. Die Schärfe löste eine wohlige Wärme in ihm aus.

«Kochen kann ihr Mann», dachte er beeindruckt, während er langsam übermütiger wurde und das Essen schneller in sich hineinschaufelte. Nach wenigen Minuten hatte er den Teller bis aufs letzte bisschen ausgekratzt, sodass er ihn ohne Umweg über die Spülmaschine direkt in den Schrank hätte zurückstellen können. Da gab sein Magen plötzlich ein grummelndes Geräusch von sich. Robert spürte, dass Eile geboten war. Er stürmte los. Noch auf dem Weg fummelte er mit hektischen Bewegungen seinen Gürtel auf und schaffte es gerade noch auf die Toilette. Dann verlor er endgültig die Kontrolle über seinen Körper. Das *Rind in der Hölle* verließ ihn auf dem schnellsten Wege wieder. Es war, als würde sein Organismus das Essen abstoßen. Und er wusste das Zeichen zu deuten.

KAPITEL 9

In der Nacht lag Robert wach. Er dachte über Wilma Sangthongs Besuch nach. Jetzt verstand er, warum Sophia so manches Mal empört nach Hause gekommen war und wüste Schimpftiraden über diese Frau losgelassen hatte. Er erinnerte sich an einen besonders denkwürdigen Tag, an dem sie sich mal wieder unglaublich über Wilma aufgeregt hatte. Es hatte ihn damals einige Mühe gekostet, Sophia zur Ruhe zu bringen, bis er begriffen hatte, dass ihre Konkurrentin versucht hatte, ihr mit ruinösen Preisrabatten ein paar wichtige Kunden abzuluchsen. Sophia war darüber dermaßen aufgebracht gewesen, dass sie die gläserne Tür des Oberschranks in der Küche so kräftig zugeworfen hatte, dass die Scheibe gesprungen war. Damals war er sauer auf Sophia gewesen. Nur wegen ihrer in seinen Augen albernen Fehde hatte er sich erst mit dem Service des Möbelhauses um eine Ersatztür streiten und sie dann auch noch selber einbauen müssen. Doch jetzt, wo er Wilma Sangthong persönlich kennengelernt hatte, konnte er Sophia auf einmal verstehen. Und er schämte sich dafür, seine Frau nicht ernst genommen und ihr den Rücken gestärkt zu haben. Auch dass er, wenn Sophia ihm von ihrem Kopf-an-Kopf-Rennen mit Wilma Sangthong erzählt hatte, immer nur mit halbem Ohr zugehört hatte, bedauerte er jetzt aufrichtig. Stattdessen hatte er sie dafür belächelt, unbedingt AVON-Beraterin des Jahres werden zu wollen.

Immer wieder starrte Robert zum Wecker. Die Zeit verging quälend langsam, und obwohl er hundemüde war, konnte er einfach nicht einschlafen. Um kurz nach zwei fasste er schließlich einen Entschluss. Er sprang aus dem Bett, zog sich an und schleppte sämtliche AVON-Kataloge und -Produktmappen, die er im Keller fand, in die Küche. Dort breitete er sie auf dem Tisch aus. Plötzlich wusste er, was er zu tun hatte. Er war bester Laune und voller Energie.

Es dauerte nicht lange, und die gute Stimmung war wieder verflogen. Zweifel überkamen Robert, denn alles, was er beim Durchblättern der Unterlagen sah, waren böhmische Dörfer für ihn. Er musste sich eingestehen, dass er zwar eine Menge von Zahlen verstand, aber rein gar nichts von Kosmetik. Natürlich wusste er, was ein Lippenstift war. Aber die Anzahl der verschiedenen Rottöne überraschte ihn dann doch. Bei dreißig hörte er auf zu zählen, und erst nach einer gefühlten Ewigkeit begriff er den Unterschied zwischen Hochglanz- und Matteffekt. Überhaupt gab es nie den einen Lidschatten, Nagellack oder Eyeliner. Jedes einzelne Produkt stach durch eine ganz spezielle Eigenschaft oder durch seinen Aggregatzustand hervor: pudrig, perlig, flüssig ... Als Robert verstand, dass es Mascara in einer wasserlöslichen und einer wasserfesten Variante gab, kam ihm die Küchenwand neben dem Herd in den Sinn, die er vor Jahren mit einer wasserabweisenden Farbe gestrichen hatte, um die Spritzer, die beim Kochen immer wieder darauf landeten, problemlos abwischen zu können. Die Farbe war zäh, fast gummiartig, und nachdem sie erst mal trocken war, konnte ihr kein noch so harter Schwamm etwas antun. Nun fragte Robert sich, wie man wohl wasserfeste Mascara wieder aus dem Gesicht bekam.

Irgendwann hatte Robert das Gefühl, sich lange genug durch die Kataloge und Prospekte gequält zu haben, und beschloss, das Internet zurate zu ziehen. Aber auch nach dem Sichten unzähliger Seiten und Videos zum Thema «Schminken» war er kaum schlauer geworden. Diese Dinge wollten einfach nicht in seinem Kopf bleiben. Also beschloss Robert, seine Lernmethode zu ändern. Weil er sich Dinge immer schon besser hatte merken können, wenn er sie aufschrieb, machte er sich Notizen und füllte kleine Karteikarten, mit deren Hilfe er sich Namen und Verwendungszweck jedes einzelnen AVON-Produkts einzuprägen versuchte, als wären es Vokabeln einer neuen Fremdsprache. Dabei konzentrierte er sich zu Beginn auf die scheinbar einfachste Übung: Gesichtscreme. Deren Verwendung musste man selbst ihm nicht erklären. Was ihn jedoch überraschte, waren die verschiedenen Zutaten, die in den Cremes steckten. Bio-Orange, Bio-Olive, Bio-Ingwer ... Alles Dinge, die er eher in der Obst- und Gemüseabteilung eines Supermarktes erwartet hätte. Bio-Hafer schien ein ganz neuer Trend zu sein, der angeblich eine beruhigende Wirkung auf gereizte und sensible Haut hatte. Das Maß aller Dinge jedoch war wohl Hyaluronsäure. Kaum eine Creme oder Lotion kam ohne dieses Zeug aus, und nach einer kurzen Internet-Recherche wusste Robert auch, warum. Das hatte mit Kunden in reiferem Alter und der Schwerkraft zu tun, der Hyaluron entgegenwirken sollte, indem es die Haut aufpolsterte. Der Zahn der Zeit nagt an uns allen, dachte Robert, während er prüfend den leichten Ansatz seines Doppelkinns betastete.

Als Robert das nächste Mal auf seine Uhr sah, stellte er fest, dass bereits mehr als vier Stunden vergangen waren, seit er voller Tatendrang in den Keller gestiegen war. Ihm rauchte der Kopf, und er hatte das Gefühl, keine weiteren Informationen mehr aufnehmen zu können. Doch auch wenn sich das Hochgefühl vom Anfang nicht ganz hatte halten können, so spürte er trotzdem, dass er vorangekommen war. Er hatte die ersten Schritte gemacht. Allerdings reichten die noch lange nicht aus, wie er aus seiner Recherche gelernt hatte. Es ging nicht nur darum, Kosmetik auszuliefern. Man erwartete von ihm, dass er seine Kunden beraten und ihnen neue Produkte vorstellen würde. Allein der Gedanke an Kosmetikpartys, die immerhin ein großer Teil des Geschäfts waren, trieb ihm den Schweiß auf die Stirn. Aber es half ja nichts.

Robert klappte Sophias Ordner mit den Kundenlisten auf. Darin waren nicht nur sämtliche Kunden alphabetisch aufgeführt, sondern auch die Gruppen, bei denen sie regelmäßig Kosmetikpartys veranstaltet hatte. Robert war sich sicher, dass ein Teil davon sich mittlerweile andere Berater:innen gesucht hatte. Und er konnte zudem mit ziemlicher Sicherheit davon ausgehen, dass Wilma Sangthong die Gelegenheit eiskalt ausgenutzt hatte. Sie war Profi. So schnell würde er ihr nicht das Wasser reichen können. Es sei denn ... Robert dachte an Lilli Fischer, die eine langjährige Kundin von Sophia war und viele Kosmetikpartys in ihrem Haus ausgerichtet hatte. Womöglich konnte sie ihm helfen und ein paar wertvolle Tipps geben. Robert griff zum Telefon, doch nach einem Blick auf die Uhr zögerte er. Es war noch nicht mal sieben Uhr. Also entschied er, dass eine kurze E-Mail, die Lilli lesen konnte, wenn sie wach war, der bessere Weg wäre. Er schrieb ein paar Zeilen, in denen er um Rückruf bat, und hatte gerade auf Senden gedrückt, als auch schon sein Telefon klingelte. Robert schaute verblüfft auf das Display, und obwohl dort «Unbekannt» zu lesen war, nahm er den Anruf entgegen, was er für gewöhnlich nie tat.

«Winter?»

«Ich bin's, Lilli Fischer», trällerte sie ihm hellwach und gut gelaunt ins Ohr.

«Ich habe die Nachricht vor gefühlten zehn Sekunden abgeschickt.»

Lilli lachte. «Ich sitze gerade vor dem Computer.»

Robert runzelte die Stirn. «Um diese Uhrzeit?»

Lilli kam gleich zur Sache. «Natürlich helfe ich Ihnen, Herr Winter. Aber Sie haben nicht geschrieben, wobei.»

Robert hatte sein Anliegen in der Mail nur sehr vage beschrieben. Er wollte die Dinge persönlich mit ihr besprechen. Aber dass sie ihm so pauschal Hilfe anbot, ohne zu wissen, worum es ging, machte sie ihm noch sympathischer. Er war sicher, dass jeder andere ihn für verrückt erklärt hätte, wenn er ihm von seinem Plan erzählt hätte. Doch in Gegenwart von Lilli Fischer, auch wenn sie nur am Telefon war, fühlte Robert sich bereit, seine Hemmungen fallen zu lassen.

«Ich habe noch mal über Ihre Frage nachgedacht.»

«Über welche?», fragte Lilli.

Robert räusperte sich. «Vielleicht ist es doch keine so schlechte Idee, wenn ich das Geschäft meiner Frau weiterführe?» Gespannt wartete er auf Lillis Antwort, als empfange er die Absolution eines Priesters. Ein Rest an Unsicherheit steckte immer noch in ihm. Aber der sollte sich unverzüglich in Luft auflösen.

«Herr Winter? Das finde ich ganz großartig», sagte Lilli, und Robert hörte in ihrer Stimme, dass sie es absolut ehrlich meinte. Ihm fiel ein Stein vom Herzen. Er hatte sich nicht lächerlich gemacht. Trotzdem gab es da noch eine Sache, die er klarstellen wollte.

«Also, natürlich nur vorübergehend. Nur dieses Jahr.»

«Was hat Sie plötzlich umgestimmt?»

Es war eindeutig Wilma Sangthong, die die Idee in Robert ausgelöst hatte, seine Tätigkeit als AVON-Berater auszuweiten und nicht länger nur ein Verkäufer zu sein. Aber erst jetzt wurde ihm klar, was der eigentliche Antrieb dahinter war: Er glaubte, Sophia etwas schuldig zu sein. Für sie wollte er den Titel AVON-Beraterin des Jahres gewinnen. Ganz sicher aber wollte er ihn nicht Sophias Konkurrentin überlassen. Sogar jetzt spürte Robert noch ein Grummeln im Magen, wenn er an Wilma Sangthong dachte. Und das lag bestimmt nicht an zu viel Chili im Essen.

«Umgestimmt hat mich der unerfreuliche Besuch einer Kollegin meiner ...» Robert brach seinen Satz ab. Es fühlte sich falsch an, das Wort *Kollegin* in Zusammenhang mit diesen beiden Frauen in den Mund zu nehmen. Er hatte das Gefühl, Wilma Sangthong damit eine Ehre zuteilwerden zu lassen, die ihr nicht zustand. «Sagen wir einfach, ich hatte Besuch», sagte er schließlich. Das musste als Erklärung reichen.

«Und wie kann ich Ihnen helfen?», fragte Lilli.

Robert wusste nicht, wo er anfangen sollte. Er kannte

noch nicht einmal das kleine Einmaleins der AVON-Berater. «Ganz ehrlich? Ich habe so gar keine Ahnung. Das mit dem Auswendiglernen der Produkte kriege ich hin, aber vielleicht könnten Sie mir ein wenig darüber erzählen, wie so eine Kosmetikparty abläuft?»

«Selbstverständlich, Herr Winter. Wie wäre es heute Nachmittag?»

Robert zuckte zusammen. Das kam ihm jetzt doch ein wenig überstürzt vor. Er hätte nichts dagegen gehabt, hätte Lilli Fischer nächste Woche oder nächsten Monat gesagt. Als er jedoch merkte, dass er schon wieder nach Fluchtmöglichkeiten suchte, sagte er schnell zu, bevor er es sich anders überlegen konnte. «Dann bis nachher.»

«Ja, bis nachher, Herr Winter. Ich freue mich.»

Nachdem Robert aufgelegt hatte, staunte er noch immer über Lilli Fischer. Dass Menschen eine so positive Energie ausstrahlten und ohne Zögern ihre Hilfe anboten, war er einfach nicht gewohnt.

Einige Stunden später sah Robert sich interessiert in Lilli Fischers Wohnzimmer um, während er seine Produkte auf einem kleinen Tischchen aufbaute. Irgendwie hatte er sich ihr Haus komplett anders vorgestellt. Er hatte weiß Gott nichts gegen Ordnung, aber dieses Ambiente kam sogar ihm klinisch vor. Es gab nur die absolut notwendigsten Möbel. Das Sofa war kantig und wenig einladend. Viel zu unbequem für einen gemütlichen Fernsehabend. Die weißen Wände wurden von schwarzer und grauer Kunst dominiert. All das passte so gar nicht zu der Frau, die er kennengelernt hatte.

«Ein erster Tipp: Suchen Sie sich beim nächsten Mal

einen Anzug aus, in dem Sie nicht wie ein Versicherungs-
vertreter rüberkommen», sagte Lilli amüsiert, während sie
ein Tablett mit Knabbereien hereintrug.

«Immerhin passe ich damit wunderbar in Ihr Interieur»,
entgegnete Robert und war selbst überrascht, wie klug er
gekontert hatte. Dabei war er alles andere als entspannt.
Auch wenn er mittlerweile Vertrauen zu Lilli Fischer gefasst hatte, seine Angst zu versagen entlud sich immer
wieder in Schweißausbrüchen. Robert ärgerte sich darüber, dass er nicht mindestens zwei Taschentücher mehr
eingesteckt hatte, um sich die Stirn abzutupfen. Wahrscheinlich war die mittlerweile so glänzend, dass Lilli sich
darin spiegeln konnte.

«In einen Farbtopf ist Ihr Haus jedenfalls nicht gefallen.
Im Gegensatz zu Ihnen», führte Robert weiter aus.

Lilli winkte ab. «In Geschmacksfragen redet man meinem Mann am besten nicht rein.»

Mehr als ein verwundertes «Aha» kam Robert nicht
über die Lippen. Auch wenn er es irritierend fand, dass Lilli
so wenig präsent war in diesem Haus, schien es ihm doch
unpassend, sich in ihre Privatangelegenheiten zu mischen.
Er und Sophia hatten auch nicht immer den gleichen Geschmack in Einrichtungsfragen gehabt, was ihr Haus im
Laufe der Jahre eher zu einem Gemischtwarenladen hatte
werden lassen. Aber genau das machte es ja so lebendig
und gab ihm eine Seele.

«Nehmen Sie auch ein Gläschen?», fragte Lilli, die dabei
war, eine Flasche Prosecco zu öffnen.

Robert runzelte die Stirn. «Um diese Uhrzeit?»

Lilli lachte auf. «Klar. Sie trinken sicher nicht vor Einbruch der Dunkelheit.»

«Ich trinke nie vor 18 Uhr», bekräftigte er.

«Dann eben ohne Sie. Ich schenke schon mal ein. Die anderen beiden sind sehr pünktlich.»

Erst jetzt bemerkte Robert, dass auf dem Tablett vier Sektgläser standen. Es kam ihm vor, als fahre ein Stromschlag mit mindestens eintausend Volt durch seinen Körper. Er starrte Lilli entsetzt an. «Die anderen beiden?»

Lilli lachte. «Wir üben eine Kosmetikparty. Die finden selten zu zweit statt.»

Robert war sicher, dass Lilli schon während ihres Telefonats gewusst hatte, dass sie ihre Freundinnen einladen würde, ihm das aber verheimlicht hatte. Und auch wenn er sich für einen kurzen Moment über sie ärgerte, wusste er, dass sie gar keine andere Wahl gehabt hatte, als ihn zu überrumpeln. Hätte sie ihm davon erzählt, hätte er sich eine Ausrede einfallen und die Verabredung platzen lassen.

Unbeeindruckt verteilte Lilli die Schälchen mit den Knabbereien und die Sektgläser auf dem Tisch. «Wenn Sie wirklich etwas lernen wollen, springen Sie am besten ins kalte Wasser.»

«Darauf bin ich nicht vorbereitet», sagte Robert, während ihm zum wiederholten Male ein paar der Tiegel umkippten, die er für seine Präsentation brauchte.

«Keine Sorge. Wir sind nur eine kleine Gruppe. Marleen und Karen sind meine besten Freundinnen.»

Robert sah sie ratlos an. «Und wie – sind die so?»

«Sie werden sie mögen. Marleen ist eine richtige Frohnatur. Die schließt jeder sofort ins Herz.»

«Und Karen?», fragte Robert, in dem etwas verzweifelten Versuch, die Unwägbarkeiten, die vor ihm lagen, zumindest ein klein wenig zu verringern.

«Karen ist auch nett. Auf ihre Weise.»

Lillis geheimnisvoller Unterton ließ Robert aufmerken. «Auf ihre Weise?»

«Sie hat ihren eigenen Charakter. Aber keine Angst. Sie frisst Sie schon nicht. Auch wenn sie manchmal den Eindruck erweckt», schob Lilli gut gelaunt hinterher.

«Was machen die denn so? Ihre beiden Freundinnen?»

«Karen ist Gerichtsdienerin bei uns am Gericht. Und Marleen hat ein Bestattungsunternehmen.»

Robert hob die Augenbrauen. «Wie aufmunternd. Dann kann sie mich ja gleich hier beerdigen.»

«Entspannen Sie sich einfach, Herr Winter. Bleiben Sie locker. Genießen Sie Ihren ersten Auftritt.»

«Auftritt? Ich bin doch kein dressierter Affe.»

«Wollen Sie nicht doch einen Schluck trinken? Gegen das Lampenfieber?», schlug Lilli vor.

«Wieso Lampenfieber?», fragte Robert kleinlaut, während er ihrem Blick auswich und weiter seine Tiegel aufstellte. Es ärgerte ihn, dass es ihm nicht gelang, seine Nervosität in den Griff zu kriegen.

«Herr Winter, betrachten Sie das hier einfach als Generalprobe. Generalproben müssen schiefgehen, damit die Premiere klappt. Altes Theatergesetz.»

«Also gehen Sie auch davon aus, dass das hier ein Reinfall wird?», fragte Robert, dem die ganze Aktion plötzlich so sinnlos vorkam.

«Wissen Sie, was mir immer hilft, wenn ich Vorträge vor fremden Menschen halten muss? Ich stelle mir vor, sie sitzen auf der Toilette.»

Robert riss entsetzt die Augen auf. Er wusste nicht, ob sie diesen Tipp ernst meinte oder ob sie ihn immer noch aufzog. Vor allem wollte er sich nicht vorstellen, wie Lilli oder eine andere seiner Kundinnen ... Mit aller Macht kämpfte Robert dagegen an, dass sich Bilder in seinem Kopf formten, als es an der Tür klingelte.

«Die Party geht los», sagte Lilli fröhlich und ließ ihn stehen.

Kopfschüttelnd sah Robert hinterher. Trotz seines mulmigen Gefühls musste er sich eingestehen, dass ihm Lillis Humor gefiel. Er erinnerte ihn an die Frotzeleien, die er und Sophia ausgetauscht hatten. Robert blickte durch die offene Tür in den Flur und beobachtete, wie die Frauen sich begrüßten. Die eine lachte dabei unaufhörlich. Das musste die Bestatterin sein. Ob so ein sonniges Gemüt in dem Job immer zuträglich war? Robert betrachtete die andere Frau, die zwangsläufig Karen war. Sie trug ein völlig ausdrucksloses Gesicht zur Schau und verzog keine Miene. Es war für Robert unmöglich, ihre Gefühlslage einzuschätzen. Er hoffte inständig, dass sie keine schlechte Laune mitbrachte. Die konnte er nun wirklich nicht gebrauchen. Während er den Frauen dabei zusah, wie sie ihre Jacken ablegten, trafen ihn auch ihre prüfenden Blicke. Robert kam sich ertappt vor. Verlegen erwiderte er das Lächeln. Und sein Lampenfieber kletterte noch ein paar Grad höher.

«Die 3-Phasen-Formel mit verjüngenden Pektinen sorgt für einen komplexen Lifting-Effekt in den Augenpartien», las Robert stockend von einem Zettel ab und bemühte sich, seine Stimme nicht wie die eines Sprachroboters klingen zu lassen. Die drei Frauen saßen ihm gegenüber auf dem Sofa und schnüffelten interessiert an einem Cremetiegel.

«Erinnert mich an das Porridge, das meine Jüngste morgens immer mümmelt», kommentierte Marleen mit einem lauten Lachen, das Robert zusammenfahren ließ. Er hatte sich noch nicht daran gewöhnt, dass diese Frau sich über den geringsten Anlass zu amüsieren schien. Selbst wenn er nur die Inhaltsstoffe einer Creme vorlas, konnte sie ihr Kichern oft kaum unterdrücken. Gegen Marleen wirkte sogar Lilli schwermütig, und Robert mochte sich gar nicht vorstellen, wie diese Frau mit ihren Kunden über die Formalitäten einer Einäscherung redete. Trotzdem war Robert ihr für ihren Kommentar dankbar. Marleen hatte ihm genau das richtige Stichwort gegeben. Zum ersten Mal konnte er mit Fachwissen glänzen.

«Das liegt an dem Hafer. Da ist Bio-Hafer drin», sagte Robert beflissen. Doch zu seiner Ernüchterung reagierte niemand auf diese bahnbrechende Information.

«Ist Porridge eigentlich das Gleiche wie Haferbrei?», fragte Karen stattdessen.

«Nur ein anderes Wort», antwortete Lilli.

Und auch Marleen konnte etwas beitragen. «Als ich Kind war, hat meine Mutter den auch immer für mich gemacht.»

Robert wollte das Gespräch wieder auf das Wesentliche lenken. Er hielt den Damen den Cremetiegel entgegen. «Bio-Hafer hat die herausragende Eigenschaft, dass ...» Weiter kam er nicht. Marleen fiel ihm mit einer weiteren Anekdote aus ihrer Kindheit ins Wort.

«Meine Mutter hat immer Zucker und Zimt drübergestreut.»

Robert fragte sich, ob die Leidenschaft der Frauen für Haferbrei echt war oder ob sie ihn mit Absicht aufzogen. Langsam spürte er Ungeduld in sich aufsteigen, schließlich war er immer noch weit davon entfernt, ein echtes Beratungsgespräch zu führen. Aber genau deshalb war er hier. Er wollte lernen und nicht seine Zeit an Kindheitsanekdoten wildfremder Frauen verschwenden. Er räusperte sich und wollte gerade von Neuem ansetzen, als Lilli sich erhob.

«Ich sehe schon, ihr seid durstig», sagte sie fröhlich und verschwand mit der leeren Prosecco-Flasche in der Küche. Robert sah ihr konsterniert hinterher. Nicht nur, dass ausgerechnet Lilli ihm in die Parade fuhr, er blieb nur ungerne mit den anderen beiden Damen alleine. Für einen Moment überlegte er, ob er vorgeben sollte, auf die Toilette zu müssen. Aber das wäre ihm wie Fahnenflucht vorgekommen. Wie Feigheit vor dem Feind. Eine peinliche Pause entstand. Die beiden Frauen schwiegen ihn abwartend an, während Robert immer wieder hilflose Blicke Richtung Küche schickte. Ausgerechnet jetzt fand Marleen keinen Anlass für weitere Lachsalven. Nicht mal ein Kichern war von ihr zu hören. Robert wurde heiß und kalt. Er überlegte fieberhaft, was er sagen sollte. Wie er die Damen unterhalten und bei Laune halten konnte.

«Meine Mutter hat mir auch immer Zimt auf den Haferbrei gestreut», sagte er irgendwann. Das war natürlich ein bisschen lahm. Aber es erzielte seine Wirkung. Marleen nahm den Faden ohne Zögern auf.

«Für mich bleibt Haferbrei für immer mit meiner Kindheit verbunden. Wenn ich den nur rieche, muss ich schon an meine Mutter denken», sagte sie und prustete vor Vergnügen los.

Robert wusste genau, wovon sie sprach. Auch er musste unweigerlich an seine Mutter denken. Und an seine Kindheit. Aber nicht alle Gedanken daran brachten ihn zum Lachen.

«Geben Sie doch mal her.» Marleen hielt ihm auffordernd die Hand entgegen. «Vielleicht wäre das etwas für mich.»

Er reichte ihr den Probetiegel. Die beiden Frauen rochen abwechselnd an der Creme. Robert war zufrieden. Er hatte doch noch Interesse an dem Produkt geweckt. «Na, bitte. So führt man ein Verkaufsgespräch», dachte er.

«Ist da Teebaumöl drin?», fragte Karen plötzlich. Sie hatte ihre Nase so tief in den Tiegel gesteckt, dass ein Klecks Creme an ihrer Nasenspitze hängen geblieben war.

Robert blätterte hilflos durch seine Notizen. «Teebaumöl … In der Hafercreme … äh … Nicht dass ich wüsste», entgegnete er, wohl wissend, dass er nicht gerade wie ein Fachmann rüberkam.

«Ich bin allergisch gegen Teebaumöl», erklärte Karen.

Robert blickte verzweifelt zur Küchentür. Kaum kam die erste ernst gemeinte Frage, war Lilli nicht da, um zu helfen. Wie lange konnte es dauern, eine Flasche aus dem Kühlschrank zu holen? Auf keinen Fall wollte er vor Karen und Marleen wie ein Vollidiot dastehen. Also versuchte er es mit einer Verzögerungsstrategie.

«Ich prüfe das gerne einmal für Sie. Aber kommen wir doch erst mal im Allgemeinen auf die Vorzüge dieser wunderbaren Produktlinie zu sprechen. Die Gesichtsmaske ist exakt auf die Creme abgestimmt und enthält wertvolle Auszüge aus Bio-Hafer, der gereizte und gerötete Haut beruhigt.»

Marleen lächelte Robert unverschämt offen an. «Sie sind auch ganz rot.»

Verunsichert fasste Robert sich ins Gesicht. «Ich? Wieso sollte ich ...»

«So ganz allein? Mit drei attraktiven Frauen», feixte Marleen und lachte laut los. Da kam Lilli zurück. Genau im richtigen Augenblick. Robert fiel ein zentnerschwerer Stein vom Herzen. Lilli schien Marleens kleine Anzüglichkeit gehört zu haben.

«Marleen, mach Herrn Winter nicht verlegen», sagte sie, während sie die leeren Gläser mit Prosecco auffüllte.

Robert beunruhigte der Gedanke, dass der steigende Alkoholkonsum der drei Frauen eventuell zu Problemen für ihn führen könnte.

«Und da ist ganz sicher kein Teebaumöl drin?», insistierte Karen, während sie krampfhaft versuchte, das Kleingedruckte auf dem Tiegel zu entziffern. Von ihr ging jedenfalls keine Gefahr aus, da war Robert sicher. Diese Frau zeigte keinerlei emotionale Ausschläge. Robert vermutete, dass sie einen Ruhepuls von weit unter fünfzig hatte und selbst dann noch die Fassung wahren würde, wenn sie in einem abstürzenden Flugzeug säße. Zu Affekthandlungen oder Leidenschaft war sie sicher nicht fähig. Er sah sie vor sich in ihrer Uniform als Gerichtsdienerin. An einem Ort, an dem sich Tag für Tag menschliche Dramen kondensierten. Selbst wenn Richter, Anwälte und Staatsanwälte Mitleidstränen vergossen, würde Karen keine Miene verziehen und stoisch ihre Arbeit verrichten.

Robert fragte sich, warum Lilli ausgerechnet mit einer Frau wie Karen befreundet war. Womöglich war sie der berühmte Gegenpol, den manche Menschen zu brauchen schienen.

«Gibt es zu der Tagescreme mit Bio-Hafer auch eine

passende Nachtcreme?», fragte Lilli mit dem Ton einer Deutschlehrerin, die eine alles entscheidende Prüfungsfrage stellte. Und prompt erwischte sie Robert damit auf dem falschen Fuß.

Er hatte schlichtweg keine Ahnung und versuchte, seine Unwissenheit zu überspielen, indem er demonstrativ durch den Katalog blätterte. Um nicht endgültig als Stümper dazustehen, ergriff er die Flucht nach vorn. Schließlich hatte er noch einen Trumpf in der Hand: Hyaluronsäure.

«Das kriege ich später für Sie raus, aber erst zu etwas anderem. Feuchtigkeit mit Anti-Aging-Effekt mit der Kraft von Hyaluron. Ideal für die alte Haut», las er von seinem Notizzettel ab und präsentierte mit dem Charme eines Shopping-Kanal-Moderators einen Cremetiegel, als hätte er den Quell des ewigen Lebens gefunden.

«Alt?», fragte Marleen ohne die geringste Regung im Gesicht.

«Ja, alt», wiederholte Robert deutlich, weil er glaubte, dass sie ihn nicht richtig gehört hatte. Irritiert blickte er zu Lilli, die entgeistert den Kopf schüttelte und hektisch gestikulierte. Robert fragte sich, was sie wohl meinen könnte. Als es ihm wie Schuppen von den Augen fiel.

«Reif. Ich meinte natürlich reif, nicht alt», korrigierte er sich eilig. «Ideal für die Haut ab fünfundfünfzig», schob er hinterher und rang sich ein besonders breites Lächeln ab.

«Ich bin dreiundfünfzig», entgegnete Karen so tonlos, dass Robert nicht sicher war, ob es eine nüchterne Mitteilung oder ein schlimmer Vorwurf war. Eins war jedoch klar: Das Eis unter ihm wurde immer dünner. Robert hörte es bereits knacken, als Lilli ihm zu Hilfe kam.

«Hyaluron ist immer gut, man kann nicht früh genug

damit anfangen, oder?», fragte sie und lächelte Robert aufmunternd an.

«Stimmt auch wieder», pflichtete Marleen bei und lachte prompt wieder los.

In diesem Fall fragte Robert sich nicht, worüber. Es war ihm egal. Wichtig war nur, dass Lilli ihm aus der Patsche geholfen hatte.

«Darf ich mal?» Marleen streckte ihm die Hand entgegen. Da bemerkte Robert etwas, das ihm vorher gar nicht aufgefallen war. Marleens Fingernägel hatten einen merkwürdigen gelb-orangefarbenen Ton. Der Anblick verlieh Robert schlagartig neuen Schwung. Das war seine Chance, doch noch mit Fachwissen zu verblüffen, denn da gab es eine Sache, die ihm beim Studium der AVON-Kataloge aufgefallen und in Erinnerung geblieben war.

«Falls Sie etwas zum Kaschieren Ihrer Fingernägel brauchen, hätte ich da eine Neuheit für Sie. Ultimate Shine hochdeckender und pflegender Überlack», sagte er, während er ihr ein schimmerndes Fläschchen reichte.

Marleen begutachtete die kleine Glasflasche und lächelte ihn unsicher an. «Wieso, was ist mit meinen Nägeln?»

Robert seufzte mitleidig auf. «Was Ihnen helfen könnte, wäre ein kräftigerer Farbton als der, den Sie bisher benutzen.»

Es irritierte Robert, als er sah, wie jeglicher Anflug von Fröhlichkeit aus Marleens Gesicht verschwand. Hilflos schaute sie zwischen Lilli und Karen hin und her. Marleen schien immer noch nicht zu verstehen, worauf er hinauswollte. Er musste deutlicher werden. «Ich habe früher auch mal geraucht.»

«Ich rauche nicht», entfuhr es Marleen entsetzt.

Einer dieser typischen Sätze, die man seinem Arzt erzählt, dachte Robert. Er lächelte Marleen gnädig an. «Ja, und ich trinke jeden Abend nur ein Glas Wein.»

«Bitte?!»

Die Farbe ihrer Finger sprach eine deutliche Sprache. Sicher schämte sie sich. Vielleicht hatte sie ihren Freundinnen gegenüber groß angekündigt, das Rauchen aufzugeben. Und war rückfällig geworden, was sie vor Lilli und Karen natürlich verheimlichen wollte. Es tat Robert ein wenig leid, dass er sie auffliegen ließ. Allerdings musste er jetzt in erster Linie an sich denken. Er war zum Üben hier, und diese Chance konnte er sich nicht entgehen lassen.

«Ich habe noch nie geraucht. Ich hasse Zigarettenqualm», beteuerte Marleen erneut. Langsam kam Robert nun doch ins Stutzen. Allmählich klang sie so überzeugend, dass seine frisch gewonnene Sicherheit schon wieder zu bröckeln drohte.

Unsicher begutachtete Marleen ihre Finger. «Was ist denn nun mit meinen Nägeln?»

Robert sah sie betreten an. «Das kommt ganz sicher nicht vom Nikotin?»

Sie riss empört die Augen auf. «Nein, das ist mein Unterlack.»

Lilli bemerkte natürlich, dass das Verkaufsgespräch eher suboptimal für Robert verlief, und kam ihm abermals zu Hilfe. Sie deutete auf Marleens Hände. «Du musst zugeben, dass Herr Winter ein bisschen recht hat.»

«Womit?»

«Diese Farbe mutet schon ein bisschen ungesund an.»

Nun schaute sich Marleen ihre Fingernägel noch einmal genauer an. Sie schwieg. Lillis Worte schienen bei ihr mehr

Gewicht zu haben als Roberts. Aber das war Robert in diesem Moment egal. Dankbar nahm er den Ball auf, den Lilli ihm zugespielt hatte.

«Wer immer Ihnen dieses Zeug angedreht hat, hat keine Ahnung», sagte er mit stolzer Brust. Zumindest einen guten Zug hatte er hinbekommen.

«Das war Ihre Frau», meinte Marleen, die Robert damit eine Gänsehaut über den Rücken jagte. Sophia hatte einen guten Geschmack und ein Auge für Details gehabt. Robert konnte sich nicht vorstellen, dass sie die unschönen Verfärbungen, die der Unternagellack auf Marleens Fingernägeln hinterließ, nicht bemerkt hatte. Andererseits war er nicht ganz sicher, ob Sophias übersteigerter Ehrgeiz sie nicht vielleicht ab und an dazu verleitet hatte, ihren Kunden mehr aufzuschwatzen, als sie brauchten. Für einen kurzen Moment hatte Robert das Gefühl, Sophia in den Rücken gefallen zu sein. Aber auch wenn er das alles nur für sie veranstaltete, dachte er nicht im Traum daran, seine Prinzipien über Bord zu werfen. Die Wahrheit war die Wahrheit.

«Sind meine Finger auch gelb?», fragte Karen und streckte Robert ihre Hände entgegen.

Robert blickte verblüfft auf ihre Finger. «Benutzen Sie denn auch diesen Unternagellack?»

«Nein. Aber ich rauche hin und wieder eine.»

Marleen sah sie überrascht an. «Ich dachte, du hast aufgehört?»

«Hin und wieder, hab ich gesagt», verteidigte sich Karen.

Robert hatte absolutes Verständnis. «Ich habe auch mal geraucht. Ich weiß, wie schwer das Aufhören ist.»

Lilli lachte. «Herr Winter, Herr Winter. Haben Sie also auch eine Schwäche, ja?»

Tatsächlich war das mit dem Rauchen schon viele Jahre her. Als es ihm irgendwann zu lästig geworden war, dass Sophia ihn zum Rauchen immer in den Garten geschickt hatte, hatte er es von sich aus bleiben lassen. «Das war einmal. Es ist lange her, aber ich kann mich gut erinnern.»

Er sah in die lächelnden Gesichter der drei Frauen, sogar Karens Mundwinkel hatten sich leicht gehoben, und musste ebenfalls lächeln. Ohne es bemerkt zu haben, ging es plötzlich nicht mehr um Kosmetik, sondern um Persönliches. Verwundert stellte Robert fest, wie gut sich dieser kleine Ausflug ins Private auf die Stimmung im Raum auswirkte. Er fühlte sich plötzlich ganz locker. Er ging an seinen Koffer mit den Kosmetikprodukten. «Jetzt schauen wir mal, was wir Passendes für Sie finden.»

Nachdem er sich von Marleen und Karen verabschiedet hatte, ließ Robert sich von Lilli zur Tür begleiten. Im Wohnzimmer hörte er die beiden Damen lachen und tuscheln – wahrscheinlich machten sie sich jetzt ausgiebig über seinen Auftritt lustig. Wenigstens hatte er in seinem Sortiment einen passenden Unternagellack für die beiden gefunden. So blieb ihm zumindest die Schmach eines kompletten Reinfalls erspart.

«Ich kann Ihnen nur raten, sich ein dickeres Fell zuzulegen. Nicht auf jeder Kosmetikparty geht es so gesittet zu», munterte Lilli ihn auf.

Robert starrte sie ungläubig an. «Gesittet? Ich kann froh sein, dass Sie keine dritte Flasche Prosecco geöffnet haben.»

«Sie sind ein sehr attraktiver Mann, und unter den AVON-Kundinnen gibt es eine Menge Single-Frauen», entgegnete Lilli amüsiert.

«Da muss ich die Single-Frauen leider enttäuschen. Ich bin nicht zu haben», sagte Robert entschieden.

Mit einem Schlag verschwand das Lächeln aus Lillis Gesicht. Ihre Bemerkung war ihr unangenehm, das sah Robert deutlich. «Entschuldigung. Das war unpassend», sagte sie betreten.

Robert ärgerte sich seinerseits über seinen harschen Ton. Lilli war die pure Nettigkeit, und dass sie ihm diesen Nachmittag geschenkt hatte, rührte ihn an. Dass er ihr zum Dank ein schlechtes Gewissen einredete, hatte sie weiß Gott nicht verdient. Auf keinen Fall wollte er so auseinandergehen, also suchte er krampfhaft nach einer Möglichkeit, die Stimmung auf den letzten Metern nicht kippen zu lassen. Er lächelte sie an. «Dank Ihnen weiß ich jetzt wenigstens, wo ich stehe. Ganz nah am Abgrund.»

«Das stimmt doch gar nicht, Herr Winter. Sie haben das richtig gut gemacht. Fürs erste Mal.»

Robert lachte. Er war dankbar für ihre Worte. Wenngleich ihn der Gedanke an die Arbeit, die auf ihn wartete, weiterhin beunruhigte. «Ein zweites Mal erspare ich meiner Umwelt vielleicht besser.»

Aber das wollte Lilli auf keinen Fall so stehen lassen. «Ich hatte nicht das Gefühl, dass Sie die Sorte Mann sind, die schnell aufgibt.» Sie sagte das mit absoluter Überzeugung, während Robert selbst sich da nicht so sicher war.

Man hörte Marleen im Wohnzimmer lachen. Wahrscheinlich hatte Karen ihr sämtliche Symptome ihrer Teebaumöl-Allergie aufgezählt. Robert sah den Augenblick gekommen, sich zu verabschieden. «Vielen Dank.»

«Wofür», sagte Lilli und winkte lässig ab. Das war nicht als Frage gemeint. Sie half ihm gerne.

Lilli hielt ihm die Tür auf. «Bis bald, Herr Winter.»

Auf dem Weg zu seinem Auto kam Robert an dem verdreckten Mini Cooper vorbei, der in der Auffahrt stand. «Haben Sie es immer noch nicht geschafft, ihn waschen zu lassen?», rief er über die Schulter.

«Reine Zeitverschwendung. Es soll heute sowieso noch regnen», antwortete Lilli und schloss die Tür hinter sich.

Robert blickte ihr nach und schüttelte amüsiert den Kopf. Die Sache mit dem Auto wurde langsam zu einem Spiel zwischen ihnen. Ein Witz, den nur sie beide verstanden. Und das gefiel ihm.

KAPITEL 10

Kaum war Robert über die Schwelle seines Hauses getreten, feuerte er den Koffer mit den AVON-Produkten in die Ecke. Für heute hatte er mehr als genug geleistet. Jetzt wollte er seinen wohlverdienten Feierabend genießen. Doch während er an seinem Kaffee nippte und lustlos durch das Fernsehprogramm zappte, zogen die Kataloge und Prospekte seinen Blick wie magisch an. Dass er so versagt hatte, ließ ihm einfach keine Ruhe, es nagte an seiner Ehre. Natürlich war ihm klar, dass er alles andere als ein begnadeter Verkäufer war. Aber er musste seine Defizite durch Fleiß wettmachen. Robert schaltete den Fernseher aus, legte die Fernbedienung beiseite und machte dort weiter, wo er am frühen Morgen aufgehört hatte. Wobei er als Erstes herausfinden wollte, ob in der Creme, die er den Damen feilgeboten hatte, Teebaumöl enthalten war. Sorgfältig studierte Robert die Liste der Inhaltsstoffe, als es an der Tür klingelte. Da er weder Besuch noch eine Lieferung erwartete, beschloss er, es einfach zu ignorieren. Doch der Störenfried gab nicht auf und begann, Sturm zu klingeln. Grummelnd stand Robert auf. «Na warte», dachte er.

«Mögen Sie Apfelkuchen?»

Es war Basti.

Robert wusste im ersten Moment nicht, was er antworten sollte, so verblüfft war er. Doch noch bevor er seine Gedanken sortiert hatte, plapperte Basti munter weiter.

«Ich habe gestern gebacken, aber Dennis macht schon wieder Diät», sagte er und rollte dabei mit den Augen. Offenbar war er nicht begeistert von der Idee, dass sein Ehemann an Gewicht verlor.

Robert begutachtete den Kuchen. Der Duft, der ihm in die Nase stieg, war verlockend, und plötzlich fiel ihm ein, dass er den ganzen Tag kaum etwas gegessen hatte. Lust zu kochen hatte er aber auch nicht mehr. Ein Stück Apfelkuchen wäre nicht das Schlechteste. Er mochte Apfelkuchen.

«Wahrscheinlich will Dennis bella figura machen, weil er bald befördert wird», sagte Basti, und schon wieder klang er, als würde ihm das gegen den Strich gehen. Angesichts der Tatsache, dass an Basti kein Gramm Fett zu viel war, fragte Robert sich, warum. «Ein paar Kilo weniger könnten Ihrem Mann nicht schaden.»

Basti schien das anders zu sehen. Er schüttelte energisch den Kopf. «Ich mag das, wenn ein bisschen was an ihm dran ist.»

Das war eine Vorliebe, mit der Robert auf keinen Fall weiter behelligt werden wollte. Er griff nach dem Teller. «Vielen Dank und schönen Abend noch.» Aber Basti ließ nicht los. Robert fürchtete, dass für seinen Nachbarn die Unterhaltung noch nicht beendet war. Und er sollte recht behalten.

«Wenn Dennis diesen neuen Posten kriegt, wird er noch mehr arbeiten.»

«Wo ist das Problem?», fragte Robert desinteressiert

und schaute auf den Teller zwischen ihnen. Sein einziger Wunsch war es, Basti möglichst schnell loszuwerden und wieder nach drinnen zu verschwinden. Mit Apfelkuchen. Basti sah ihn leidend an.

«Ich hänge jetzt schon den ganzen Tag alleine in dieser Einöde herum. Und dann auch noch abends?»

«Was erwarten Sie von mir? Dass ich Sie unterhalte?»

«Sie wissen, wovon ich rede. Sie sind auch den ganzen Tag alleine.»

«Und damit fühle ich mich sehr, sehr wohl.» Robert hoffte, dass Basti den Wink verstand. Dabei hätte er inzwischen wissen müssen, dass derlei Zeichen an ihm abprallten wie Tennisbälle, die man gegen eine Wand schlug. Während Basti selbst sich eher wie ein Ball aus Knetmasse verhielt. Er blieb einfach kleben, dachte Robert im Stillen.

«Tun Sie doch nicht so. Jeder braucht mal ein bisschen Gesellschaft.»

Robert stöhnte. Was ihm drohte, war nichts Geringeres als eine der verbalen Endlosschleifen, die Basti schon so oft mit ihm gedreht hatte. War der Mann nicht Drehbuchautor? Wie mochten die Dialoge in seinen Drehbüchern aussehen? Robert blickte auf den Apfelkuchen und spürte, wie ihm das Wasser im Mund zusammenlief. Basti den Teller einfach zu entreißen und ihm die Tür vor der Nase zuzuschlagen, war eine Option, die sogar Robert unhöflich vorkam. Und während er seinen Nachbarn nachdenklich musterte, kam ihm plötzlich eine ganz andere Idee.

«Sie sind AVON-Berater?», entfuhr es Basti ungläubig, als sie gemeinsam das Wohnzimmer betraten, und er brach in Gelächter aus.

Robert ließ sich von seinem Spott nicht beirren und nahm genüsslich noch einen Bissen Kuchen. Der hielt, was der Duft versprochen hatte, und schmeckte köstlich. Robert nahm das Aroma von Zimt wahr und musste unweigerlich an Marleen denken, die erzählt hatte, dass sie als Kind mit Zimt veredelten Haferbrei vorgesetzt bekommen hatte. So wie er früher.

«Fragen Sie mich nicht, warum. Lassen wir einfach die Vorgeschichte weg. Verstehen Sie was von Schminke?», fragte Robert sehr direkt und mit vollem Mund.

Basti verzog sein Gesicht. «Sehe ich aus, als würde ich mich schminken?»

«Das nicht. Aber Sie wissen doch sonst immer über alles Bescheid.» Offenbar hatte er genau den richtigen Ton getroffen. Basti wurde weicher. Er fühlte sich geschmeichelt.

«Also, ein bisschen was weiß ich schon darüber. Ich gebe meinen Freundinnen hin und wieder ein paar Tipps.»

Robert schöpfte Hoffnung. «Ein bisschen was ist schon mal deutlich mehr als bei mir.»

«Was genau wollen Sie denn wissen?»

«Fangen wir mit den Grundlagen an. Foundation, Eyeliner, Lippenstift.»

«Das ist nun wirklich kein Hexenwerk.»

Robert war zufrieden. War sein Nachbar doch mal zu etwas zu gebrauchen. Er bedeutete ihm, Platz zu nehmen. «Umso besser. Setzen Sie sich. Ich mache uns frischen Kaffee.»

Aber Basti war nicht begeistert. «Hätten Sie auch was anderes da? Einen Prosecco vielleicht?»

Spätestens bei diesem Wort war Robert endgültig überzeugt davon, dass er genau den richtigen Lehrmeister für seine nächste Stunde vor sich hatte.

Allerdings war Robert bereits nach den ersten dreißig Minuten mehr als ernüchtert. Basti besaß deutlich weniger Fachexpertise, als er versprochen hatte. Er konnte ihm gerade einmal erklären, in welcher Reihenfolge man ein Gesicht schminkte. Obwohl, auch da war er nicht ganz sicher gewesen. Und was die wirklich wichtigen Details betraf ... Pustekuchen. Stattdessen erzählte er unaufhörlich und ungefragt Details aus seinem Eheleben mit Dennis. Aus Gründen, die Robert nicht verstand, schien das Thema «Schminken und Kosmetik» die Leute dazu zu animieren, aus dem Nähkästchen zu plaudern.

Nachdem Basti das dritte Glas Weißwein geleert hatte – Prosecco hatte Robert keinen dagehabt –, über den er zudem noch die Nase rümpfte, weil er fand, dass Riesling zu viel Säure hatte, war Robert der Meinung, dass er sein Stück Apfelkuchen mehr als abgearbeitet hatte. Er setzte Basti kurzerhand vor die Tür, um sich den Rest des Abends in Ruhe ein paar Schmink-Videos im Internet anzuschauen.

Am nächsten Morgen saß Robert am Telefon und hörte zum inzwischen dritten Mal die automatische Ansage der AVON-Bestellhotline, die über die Geschäftszeiten informierte. Am Vorabend war er zunächst mit einem guten Gefühl ins Bett gegangen. Sein ausführliches YouTube-Studium war ein voller Erfolg gewesen. Mit jedem neuen Clip, den er sich anschaute, kristallisierten sich für Robert stärkere Muster heraus. Es hatte ihn geradezu in Euphorie versetzt, als er endlich begriff, warum man Mascara von unten nach oben und im Zickzack auf den Wimpern auftragen sollte. Doch kaum hatte er das Licht gelöscht, war ihm eine Sache durch den Kopf geschossen, an die er bisher noch gar nicht gedacht hatte. Seine Idee, Sophia den Titel AVON-Beraterin des Jahres zu verschaffen, konnte nur gelingen, wenn das Geld aus seinen Verkäufen ihrem Konto gutgeschrieben wurde. Denn nur darum ging es am Ende: welche:r AVON-Berater oder -Beraterin am Ende des Jahres den größten Umsatz erzielte. Selbst wenn sich Sophias Tod noch nicht bis in die oberen Etagen herumgesprochen haben sollte, früher oder später würde auffallen, dass *er* die Ware bestellte und nicht Sophia. Und deshalb saß er nun aufgeregt vor seinem Telefon.

Robert blickte nervös auf die Uhr. Es war kurz vor acht. Und obwohl er begriffen hatte, dass man seinen Anruf frühstens um acht Uhr annehmen würde, probierte er es ein weiteres Mal. Er wollte unter allen Umständen jemanden erreichen, bevor er sich für den Rest des Tages ein Besetztzeichen anhören durfte, weil andere ihre Bestellungen durchgaben. Tatsächlich hatte er Glück. Wenige Sekunden bevor die volle Stunde schlug, nahm am anderen Ende der Leitung jemand ab.

«Guten Morgen, die AVON-Bestellhotline, Schroeder am Telefon, wie kann ich Ihnen helfen», flötete eine sympathische und aufgeweckte Frauenstimme ihm ins Ohr.

Robert kam direkt zur Sache. «Guten Morgen, Winter mein Name. Ich rufe an wegen meiner Frau.»

«Herr Winter», antwortete die Dame prompt und mit einer Verwunderung in der Stimme, die Robert irritierte. Es klang, als würde sie ihn kennen. Er kam kurz aus dem Tritt und musste sich sammeln. Obwohl er sich seine Worte längst überlegt und auch ein paar Notizen gemacht hatte, fiel ihm plötzlich nicht mehr ein, wie er anfangen konnte. Und während Robert noch nachdachte, kam die Dame von der Bestellhotline ihm zuvor.

«Ich habe die Sache mit Ihrer Frau gehört. Mein herzliches Beileid.»

Robert hatte das Gefühl, dass sie es ehrlich meinte und nicht nur so daherplapperte. Und während er sich noch fragte, woher sie von Sophias Tod erfahren haben mochte, gab ihm sein Gegenüber selbst die Antwort.

«Frau Sangthong hat mir von Ihrem tragischen Verlust erzählt.»

Robert spürte Wut im Bauch. Was dachte diese unverschämte Person? Wer gab ihr das Recht, mit anderen über sein Schicksal und das von Sophia zu tratschen?

«Ich bin noch nicht dazu gekommen, aber ich werde die Löschung des Kontos Ihrer Frau schnellstmöglich vornehmen», schallte es in sein Ohr.

«Halt! Stopp! Nein!», schrie Robert reflexartig ins Telefon und bereute seinen kleinen Ausbruch gleich wieder. Wenn er etwas erreichen wollte, musste er dringend seinen Puls herunterkriegen. Am Ende hielt diese Frau ihn für einen Verrückten und legte einfach auf.

«Herr Winter? Was ist denn los?», fragte die Dame von der AVON-Bestellhotline nicht ablehnend, sondern vielmehr besorgt. Er hatte sie also nicht sofort verschreckt. Das beruhigte ihn. Genauso wie die Tatsache, dass sie Sophias Konto noch nicht gelöscht hatte. Es war also nicht zu spät. Doch wie sollte er sie davon überzeugen, ihn das Konto weiternutzen zu lassen? Robert schaute auf seinen Notizzettel. Er räusperte sich und holte tief Luft. Dann legte er den Zettel beiseite.

«Meine Frau hatte sich in den Kopf gesetzt, AVON-Beraterin des Jahres zu werden.»

«Ja. Sophia und ich haben viel darüber gesprochen. Dieses Jahr war sie auf der Zielgeraden. Ich bin sicher, sie hätte es geschafft.»

Robert glaubte, eine gewisse Zuneigung herauszuhören. Anscheinend war die Dame von der AVON-Bestellhotline auf Sophias Seite gewesen. Das musste er ausnutzen. «Sie könnte es immer noch schaffen», sagte er.

«Ich verstehe nicht? Wen meinen Sie?»

«Meine Frau.»

Am anderen Ende der Leitung wurde geschwiegen. Wahrscheinlich hielt sie ihn jetzt tatsächlich für verrückt. Robert musste ganz dringend eine schlüssige Erklärung liefern. Und zwar schnell. «Mit meiner Hilfe. Ich würde das für sie machen», schob er eilig hinterher.

«Ach? Sind Sie auch AVON-Berater?»

Robert hörte das Klicken ihrer Computer-Tastatur. Wahrscheinlich durchforstete sie gerade ihre Kartei.

«Ich kann Sie gar nicht bei uns finden.»

«Nein, nein, ich bin kein AVON-Berater. Also, irgendwie doch, aber ...» Es fiel ihm doch sonst nicht so schwer, auf den Punkt zu kommen und sein Anliegen in klaren Sätzen zu formulieren. War es die Angst, dass sie ihn am Ende auslachen und bedauernd mitteilen würde, dass sie nichts für ihn tun konnte?

«Herr Winter? Sind Sie noch da?»

«Ja, natürlich.»

«Möchten Sie, dass ich ein Konto für Sie eröffne?»

Robert atmete tief durch. Es hatte keinen Zweck. Er musste über seinen Schatten springen und sich öffnen.

Ansonsten würde dieses Telefonat verlaufen wie eine der endlos langen und nicht zielführenden Diskussionen mit Basti. Wenn er die Dame von der AVON-Bestellhotline für sich gewinnen wollte, musste er alles auf eine Karte setzen und ihr sein Herz ausschütten. Er nahm einen tiefen Atemzug.

«Ich muss etwas weiter ausholen, damit Sie mein Anliegen verstehen können», sagte er und begann stockend zu erzählen. Von seinem Verlust, seinem Versuch, mit der Trauer fertigzuwerden, seinem Wunsch, Sophia ihren Traum posthum zu erfüllen, und seiner Abneigung gegen Wilma Sangthong, der er den Triumph nicht gönnte. Robert erzählte die ganze traurige Geschichte. Und er war nicht unbedingt geübt im Geschichtenerzählen. Das fiel ihm auf, als er seine Ansprache beendet hatte und am anderen Ende der Leitung nichts weiter zu hören war als Stille. Für einen kurzen Moment dachte er, die Frau habe einfach aufgelegt. Doch dann hörte er ein leises Schnäuzen.

«Herr Winter, ich ... ich weiß gar nicht, was ich sagen soll.» Die Stimme klang so gar nicht mehr geschäftsmäßig, sondern tief bewegt. Robert hätte gerne einen Vorschlag dazu gemacht. Aber er unterdrückte den Impuls und ließ der Frau Zeit zum Nachdenken.

«Ich helfe Ihnen gerne. Und ja, Sie können das Konto weiternutzen. Immerhin sind Sie ihr Witwer.»

Obwohl Robert die ungewohnte Offenheit, die er einer Fremden gegenüber an den Tag gelegt hatte, immer noch in den Knochen steckte, spürte er, wie sein Herz vor Erleichterung einen kleinen Hüpfer machte. «Danke», sagte er. Mehr kam ihm nicht über die Lippen.

«Herr Winter, ich hätte einen Vorschlag für Sie. Falls Sie interessiert sind.»

«Woran?»

«Ich habe gestern mit einer Kollegin von Ihnen telefoniert, die aus gesundheitlichen Gründen aufhören muss.»

«Das tut mir leid», sagte Robert, während er überlegte, warum sie ihm das erzählte.

«Wollen Sie nicht die Kunden übernehmen?»

Robert war baff. Das lief ja noch besser, als er gedacht hatte.

«Ja, das wäre natürlich ... warum nicht?», antwortete er etwas zaghaft. Er freute sich wahnsinnig über den unverhofften Zuwachs an Kunden, hielt sich aber mit Jubelschreien zurück. Schließlich wollte er seriös erscheinen.

«Prima. Dann gebe ich der Kollegin gleich Bescheid. Und Sie können direkt heute Nachmittag ihre Kosmetikparty übernehmen.»

Robert stockte der Atem. «Ihre Kosmetikparty?»

«Ich hatte ihr angeboten, nach Ersatz zu suchen.»

In Roberts Kopf ratterte es. Er spürte, wie sich Schweißperlen auf seiner Stirn bildeten. Das ging ihm dann doch ein wenig zu schnell.

«Mhm, heute Nachmittag. Da muss ich erst mal in meinen Kalender schauen.» Robert hasste Lügen. Erst recht, wenn sie einen Menschen trafen, der es gut mit ihm meinte.

«Das wäre aber schade. Frau Sangthong hat auch schon Interesse an der Gruppe angemeldet.» Die Frau schwieg vielsagend. «Könnte das Ihre Entscheidung vielleicht beeinflussen?»

Und ob! Als Robert den Namen seiner Konkurrentin hörte, kam er sich vor, als würde er nach einem langen Saunagang in eiskaltes Wasser springen. Ein kurzer Schock, und nach wenigen Sekunden liefen sämtliche Sinne auf Hochtouren. Einerseits war er noch nicht so weit, das war ihm klar. Er musste noch viel lernen, und mit an Sicherheit grenzender Wahrscheinlichkeit würde er sich auf seiner ersten richtigen Kosmetikparty zum Volltrottel machen. Aber das Risiko musste er eingehen. Denn andererseits konnte er unter keinen Umständen zulassen, dass Wilma Sangthong sich die Kunden unter den Nagel riss und ihm eine lange Nase machte.

Robert blickte in den Himmel. Wolken wie Wattebäuschchen zogen vorüber. Die Sonne wärmte sein Gesicht. Es war ein perfekter Tag, und er spürte, wie seine angespannten Nerven sich langsam beruhigten. Den ganzen Vormittag hatte er versucht, Lilli Fischer zu erreichen: vergeblich. Er war auf sich alleine gestellt und versuchte krampfhaft, jeden Gedanken an das, was ihn am Nachmittag erwarten würde, von sich fernzuhalten. Er war schon fast so weit gewesen, alles hinzuschmeißen, die Dame von der AVON-Bestellhotline anzurufen und ihr zu sagen, dass alles ein großes Missverständnis gewesen war. Dass er nicht die geringste Absicht hatte, als AVON-Berater zu arbeiten, und schon gar keine Kosmetikparty ausrichten wollte. Aber dann hatte Lilli doch noch zurückgerufen. Genau im richtigen Moment. Sie mochte ein wenig chaotisch sein. Aber was gutes Timing anging, war diese Frau einsame Spitze, hatte Robert gedacht, während er dankbar ihre aufmunternden Worte angenommen hatte, wie ein ausgehungerter Hund ein Stück Wurst. Gerade mal eine Stunde nachdem sie telefoniert hatten, saß Robert nun wartend auf einer kleinen Parkbank in der Nähe des Landgerichts. Lilli hatte vorgeschlagen, sich in ihrer Verhandlungspause auf einen Kaffee zu treffen. Robert kam nicht oft ins Stadtzentrum, das ihm zu laut und zu unruhig war. Interessiert betrachtete er das Treiben um sich herum, als Lilli in schwarzer Robe und mit zwei Coffee-to-go-Bechern in der Hand auf ihn zukam.

«Herr Winter? Was für eine schöne Abwechslung», rief sie ihm schon von Weitem fröhlich zu.

Robert erhob sich und musterte sie beeindruckt von oben bis unten. «Sie sehen so ... anders aus.»

Lilli lachte. «So schwarz?»

«Mal was anderes als das, was Sie sonst so tragen. Aber steht Ihnen.»

Sie hielt ihm einen Becher entgegen. «Ich hoffe, Milchkaffee ist okay?»

War es eigentlich nicht, aber das verkniff sich Robert. Was Kaffee anging, hatte er seinen ganz eigenen Geschmack, und was er schon immer gehasst hatte, war zu viel Milch in zu wenig Kaffee.

«Und? Schwierige Verhandlung?», fragte er.

Lilli stöhnte genervt auf. «Der Fall ist eigentlich glasklar, aber der Anwalt nervt mit immer neuen Anträgen», sagte sie, während sie sich beide auf der Bank niederließen.

«Woran merkt man, dass ein Anwalt lügt? Er bewegt die Lippen», sagte Robert.

Lilli lachte, und auch er konnte sich ein Lächeln nicht verkneifen. Es war weniger sein eigener Witz als vielmehr ihr Anblick. Ihre fröhliche Art wirkte ansteckend auf ihn. Dann wurde sie wieder ernster. «Haben Sie mitgebracht, um was ich Sie gebeten habe?», fragte Lilli.

Robert schnappte sich seinen AVON-Kosmetikkoffer, der neben ihm auf der Bank stand, und öffnete ihn. «Selbstverständlich.»

«Was wissen Sie denn bisher über das Thema Schminken?»

Robert sah sie an wie ein trauriger kleiner Welpe. «Das, was ich im Internet gelernt habe. Ich weiß mittlerweile, was man wofür benutzt. Aber wie genau man das aufträgt? Mascara immer von oben nach ...» Er brach ab und korrigierte sich. «Nein, von unten nach oben.»

«Na bitte. Geht doch», sagte Lilli lachend und warf einen Blick auf ihre Armbanduhr. «Wir müssen uns beeilen.» Es war, als hätte sie von einem Moment zum anderen einen Schalter umgelegt. «Den Spiegel bitte.» Auffordernd hielt sie ihm die Hand entgegen, wie eine Chirurgin im OP-Saal, die sich ein Instrument reichen lässt.

Robert gab ihr Sophias alten Kosmetikspiegel. Dann begann Lilli damit, ihm die einzelnen Schritte ihrer morgendlichen Schminkroutine zu erläutern. Robert hörte aufmerksam zu und machte sich Notizen. Sie erklärte ihm, dass man als Erstes das Gesicht eincremte, um die Haut auf das Make-up vorzubereiten, und ließ sich von ihm einen Primer mit Lichtschutzfaktor geben, den sie, obwohl sie bereits geschminkt war, auf ihr Gesicht auftrug. Robert hatte aus einem der Tutorials erfahren, dass der Primer quasi die Grundierung für das nachfolgende Make-up war. Aber bisher war das alles nackte Theorie, die er auswendig gelernt hatte. Von praktischer Anwendung hatte er keine Ahnung. Man ließ ja auch keinen Autofahrer auf die Umwelt los, der lediglich die theoretische Prüfung absolviert hatte. Schließlich musste Robert selbst Hand anlegen. Getreu dem Motto «Probieren geht über Studieren» bat sie ihn, ihr die Foundation aufzutragen. Anfangs war Robert unsicher, trug die Flüssigkeit zu dick auf und tropfte zu allem Überfluss etwas davon auf ihre Robe. Doch schon beim Concealer gewann er an Sicherheit. Genau wie Lilli es ihm vorgemacht hatte, deckte er mit zart tupfendem Finger die Partien unter ihren Augen ab. Beim abschließenden Pudern übertrieb er es etwas, was Lilli ein puppenhaftes Aussehen verlieh. Die Mascara schließlich stellte die größte Herausforderung für Robert dar. Er trug so viel davon auf, dass sie anschließend in kleinen Klümpchen in Lillis Wimpern hing.

«Mama? Was macht der Mann da?», hörte Robert plötzlich eine Kinderstimme. Eine junge Mutter mit ihrer kleinen Tochter an der Hand war stehen geblieben. Während das Mädchen ihnen kindlich-neugierige Blicke schenkte, machte die Mutter einen eher verstörten Eindruck. Ein älterer Herr, der mit einer Frau in Richterrobe auf einer Parkbank sitzt und ihr das Gesicht anmalt? Robert war klar, was für ein absurdes Bild er und Lilli abgaben. Und er konnte es der Frau nicht verdenken, dass sie ihre Tochter eilig mit sich weiterzog. «Komm, Schatz.»

Robert und Lilli tauschten ein Lächeln. Und als er mit einem Kosmetiktuch ihre Augenpartie von einem Mascarakrümel befreite, bemerkte er plötzlich, wie nah sie sich gekommen waren. Körperliche Berührungen, außer mit Sophia, waren ihm fremd und unangenehm. In diesem Fall war das anders. Er mochte Lillis Gesellschaft. Sehr sogar. Dennoch wollte er ihr nicht zu nahe treten, im wahrsten Sinne des Wortes. Und schon gar nicht wollte er, dass sie ihn missverstand. Als hätte sie seine Gedanken gelesen, nahm sie das Finish ihres Make-ups wieder selbst in die Hand und zeigte ihm abschließend, wie sie Lipgloss auftrug.

Als Lilli kontrollierend in den Spiegel schaute, musste sie laut loslachen. Ein zweites Make-up auf dem ersten erwies sich als nicht gerade vorteilhaft. Auch Robert musste zugeben, dass er sie im Vorbeigehen auf der Straße kaum erkannt hätte. Umso dankbarer war er ihr für das Opfer, das sie auf sich genommen hatte. Er war immer noch kein Meister seines Fachs, aber vielleicht hatte er doch eine Chance, die anstehende Kosmetikparty ohne Gesichtsverlust zu überstehen. Auch wenn er inständig hoffte, dass keine der Kundinnen ihn später darum bat, sie zu schminken. Zu deren eigenem Besten natürlich.

Robert bemerkte, dass Lilli plötzlich ernster wurde. Anscheinend hatte sie etwas entdeckt. Er folgte ihrem Blick und sah einen Mann im Anzug auf sie zukommen.

«Lilli», sagte er, während er sie amüsiert musterte.

«Hallo, Patrick», antwortete Lilli. Robert fuhr unmerklich zusammen. Das Bild, das er und Lilli abgaben, musste schräg genug sein. Mitten in der Öffentlichkeit hatte er sie mehr schlecht als recht geschminkt. Die neugierigen Blicke der vorbeigehenden Passanten hatten ihn nicht weiter interessiert. Dass nun aber irgendein Bekannter von ihr vor ihnen stand, machte die Sache zu einer peinlichen Angelegenheit.

«Willst du uns nicht vorstellen?», fragte der Mann, während er Robert prüfend ansah und ihn dabei offensiv anlächelte.

Lilli deutete auf Robert: «Das ist Herr Winter. Mein AVON-Berater.» Und dann auf den Mann vor ihnen: «Patrick, mein Mann.»

Der Super-GAU, dachte Robert, der bis zuletzt gehofft hatte, dass der Mann nur ein guter alter Bekannter oder ein Kollege von Lilli war. Die Sache war ihm mehr als unangenehm. Er und Lilli hatten nichts Verbotenes getan, dennoch kam er sich vor, als hätte er es nicht rechtzeitig in den Kleiderschrank geschafft und Patrick Fischer ihn und Lilli in flagranti erwischt. Robert suchte fieberhaft nach einer Erklärung, die schlüssig klang und keine Fragen offen ließ. «Es ist nicht das, wonach es aussieht», verwarf er gleich wieder.

Patrick Fischer brach in Gelächter aus. «AVON-Berater, ja? Ich will Ihnen nicht zu nahe treten, aber meine Frau war schon besser geschminkt.»

«Darum geht es ja gerade», warf Lilli ein.

«Du sprichst in Rätseln, Schatz.»

Robert hatte das dringende Gefühl, Lilli beistehen zu müssen. «Ich bin sozusagen neu in dem Metier, Ihre Frau hat mir ein paar Tipps gegeben.»

Doch damit weckte Robert erst recht das Interesse von Patrick.

«Tipps? Wofür?»

Lilli erhob sich und hakte sich bei ihm ein. «Das ist kompliziert. Ich erkläre dir alles später. Was machst du überhaupt hier?»

«Ich habe zwei Stunden und dachte, wir verbringen die Mittagspause miteinander», entgegnete er, während er Lillis Arm tätschelte.

«Gehen wir doch in die Kantine», sagte Lilli und zog Patrick mit sich. Robert konnte sich des Eindrucks nicht erwehren, dass sie seit dem Auftauchen ihres Mannes irgendwie angespannt wirkte. Alle Fröhlichkeit war verflogen. «Auf Wiedersehen, Herr Winter. Viel Erfolg», rief sie ihm im Gehen zu.

Aber Patrick zwang sie zu einem Stopp. Er drehte sich zu Robert um. «Warum kommen Sie nicht mit? Der Schmorbraten in der Kantine ist eins a.»

Robert wollte den Vorschlag unverzüglich ablehnen, aber Lilli kam ihm eilig zuvor. «Herr Winter hat keine Zeit. Er muss zu einer Kosmetikparty.»

«Na dann. Viel Glück», sagte Patrick. «Und wenn ich mir meine Frau so anschaue, können Sie das dringend brauchen», schob er lachend hinterher.

«Komm jetzt», sagte Lilli und zog ihn mit sich fort.

Robert blieb noch eine kleine Weile an der Parkbank stehen und sah ihnen hinterher, bis das Gerichtsgebäude sie verschluckt hatte. Ja, er hatte heute eine Kosmetikparty. Aber bis dahin waren es noch ein paar Stunden. Es hätte locker für eine Portion Schmorbraten in der Gerichtskantine gereicht. Er fragte sich, warum Lilli zu einer Notlüge gegriffen hatte. Aber dann verwarf er die Überlegungen gleich wieder. Sie würde ihre Gründe haben.

KAPITEL 11

Was bin ich denn für ein Farbtyp?», fragte Mavis Schmidt und brachte Robert damit mächtig ins Schwimmen. Wie hatte er sich nur so in die Bredouille manövrieren können? Nächste Lektion: Wenn du keine Ahnung hast, einfach mal die Klappe halten, dachte Robert. Aber nein, er musste ja wie ein Streber mit dem Wort «Farbtyp» angeben. Nur weil er sich gemerkt hatte, dass man die verschiedenen Typen nach den Jahreszeiten benannte. Aber Mavis Schmidt zeigte ihm gerade, dass ihm sein Wissen nichts nützte, weil es von Personen gemacht worden war, die den unbedeutenden Fakt vernachlässigt hatten, dass es auf der Welt vor allem nicht weiße Menschen gab. Und Mavis Schmidt war eine Frau, die zu dieser überwältigenden Mehrheit der Weltbevölkerung gehörte. Sie war schwarz. Robert hätte sogar mit Fug und Recht behaupten können, dass er noch nie eine Person mit dunklerer Haut gesehen hatte. Schon als er Mavis Schmidt zur Begrüßung die Hand geschüttelt hatte, war ihm klar gewesen, dass bei seiner ersten richtigen Kosmetikparty heute ein paar Fallstricke auf ihn warten würden. Dabei war Mavis, die gleichzeitig die Gastgeberin war, von Beginn an sympathisch und charmant gewesen. Sie hatte erzählt, dass ihre Eltern aus Ghana stammten, sie aber in Deutschland geboren und aufgewachsen war. Doch Robert hatte gar nicht richtig zuhören können. Während er die Produkte für die Präsentation auf dem Gartentisch aufbaute – das Wetter war traumhaft, und Mavis hatte vorgeschlagen, dass sie sich nach draußen setzten –, kreisten seine Gedanken ausschließlich um die Frage, wie er diese Party überstehen konnte, ohne sich bis auf die Knochen zu blamieren. Oder schlimmer noch, Mavis Schmidt in irgendeiner Form zu kränken. Denn er musste gar nicht erst in seinen Koffer schauen, um zu wissen, dass er für ihren Farbtyp absolut nichts Passendes dabeihatte.

«Herr Winter? Welcher Farbtyp», wiederholte Mavis mit dem Charme einer strengen Geschichtslehrerin. Ihre plötzlich aufblitzende Autorität wirkte sich auf die gesamte Stimmung im Garten aus. Die anderen Frauen starrten Robert gebannt an, als warteten sie auf die richtige Antwort auf die Eine-Million-Euro-Frage in einem Fernsehquiz. Das Einzige, was zu hören war, war das quietschende Geräusch der sanft hin und her schwingenden Hollywoodschaukel, auf der Mavis mit zwei weiteren Kundinnen saß. Für einen flüchtigen Moment kam Robert der Gedanke, dass seine Vorgängerin den Kundenstamm keinesfalls aus gesundheitlichen Gründen abgegeben hatte.

«Ich tippe auf Herbsttyp», sagte er zögerlich und hörte dabei seine eigene Unsicherheit. Ihm war klar, dass seine Antwort eher Zweifel aufwarf, als welche zu zerstreuen. Und so kam es dann auch. Mavis' Gesicht sprach Bände. Die Antwort schien ihr nicht zu gefallen. «Sie tippen?», fragte sie mit leichter Empörung, die Robert durchaus nachvollziehen konnte. Schließlich ging Mavis davon aus, einen Profi vor sich zu haben. Irgendeine Art von Antwort musste er ihr geben, also versuchte Robert, sich langsam heranzutasten.

«Was ich damit sagen will, zu Ihnen passen vor allem warme, dunkle Farben.»

Robert hatte seinen Satz kaum zu Ende gesprochen, da schoss Mavis scharf zurück. «*Welche* Farben?», fragte sie in einem Ton, der keine Fragen offen ließ.

Robert starrte sie unschlüssig an. Er brachte kein Wort heraus. Er hatte das Gefühl, einen Seemannsknoten in der Zunge zu haben. Und während er den mühsam löste, suchte Robert nach einem Ausweg und ratterte im Geiste die Farbpalette durch. Schließlich fand er seine Sprache wieder. «Erdige Braun- oder Ockertöne», erklärte er beflissen.

Mavis verzog keine Miene. Die anderen Frauen hingegen fingen leise an, zu kichern und hinter vorgehaltener Hand zu tuscheln, was Robert noch unsicherer werden ließ. Plötzlich kam ihm die rettende Idee. Lilli Fischer hatte ihm erzählt, dass sie statt Lippenstift auf Lipgloss schwor. Robert hatte daraufhin seinen AVON-Katalog studiert und war auf ein Produkt gestoßen, das ganz neu im Vertrieb war und ihm aus der Patsche helfen würde: eine neue Lipgloss-Linie in kräftigen Farben mit Hochglanzeffekt. «Was Ihnen ganz besonders steht, sind kräftige Rottöne mit Hochglanzeffekt.»

Mavis sah ihn schief an. Sein Vorschlag überzeugte sie nicht wirklich. «Ich soll mein Gesicht rot anmalen?», fragte sie fassungslos.

Hatte sie ihn mit Absicht missverstanden? Oder wollte sie ihn vorführen? Einfühlungsvermögen hin oder her, langsam wuchs Zorn auf sie in ihm heran, und er spürte

Lust, ihr wegen ihres unhöflichen Tons den Kopf zu waschen.

«Nicht das Gesicht, Ihre Lippen natürlich», beteuerte Robert mit Nachdruck und hielt ihr auffordernd ein Lipgloss hin. Aber Mavis verschränkte ihre Arme vor dem Körper wie ein trotziges Kind, dem man das falsche Geschenk überreichen wollte. «Ich möchte kein Lipgloss, ich will eine Foundation.»

Robert unterdrückte ein entnervtes Stöhnen. Lange würde er seine Emotionen nicht mehr im Griff haben. So weit hatte Mavis Schmidt ihn bereits getrieben. Und sie ging noch weiter.

«Ist das ein Problem?», fragte sie provokativ.

Langsam beschlich Robert das Gefühl, sie wollte ihn absichtlich in die Ecke drängen. Mavis Schmidt stellte keine Fragen, sie führte ein Verhör. Wollte sie ihn wirklich dazu bringen, das auszusprechen, was offensichtlich war? Robert hatte keine Lust mehr auf Spielchen. Es war ihm egal, ob er gleich achtkantig hier rausfliegen würde. «Ja, das ist ein Problem», sagte er entschieden. «Unsere Produkte sind für Ihre Haut ...» Er brach irritiert ab, als die beiden Damen neben Mavis jetzt ungeniert anfingen zu lachen. Mavis selbst hingegen trug nach wie vor eine Grabesmiene.

«Ja? Was ist mit meiner Haut?», fragte sie fordernd und mit deutlicher Ungeduld in der Stimme.

«So leid es mir tut: Die Farbpalette gibt das einfach nicht her. Ich habe nichts Passendes für Sie.»

«Und warum nicht?»

«Ihre Haut ist schwarz!»

Nun gab es endgültig kein Halten mehr. Die beiden Frauen, die Mavis umrankten, gaben jede Selbstbeherrschung

163

auf und prusteten los. Und zu Roberts Überraschung grinste Mavis ihn diebisch an. Nun wurde auch Robert klar, dass sie ihn aufgezogen hatte. Das war nicht unbedingt seine Art von Humor, aber er war auch ein Stück weit erleichtert und machte gute Miene zum bösen Spiel.

Mavis strahlte ihn an. «Das ist nicht meine erste Verkaufsparty, Herr Winter. Ihre Foundation können Sie behalten, aber das neue Lipgloss gefällt mir sehr.»

Das hörte Robert gerne. Kamen sie also doch noch ins Geschäft. Gleich am nächsten Tag wollte er Lilli Fischer anrufen und ihr für den Tipp mit dem Gloss danken. Aber so gut aufgelegt, wie Mavis Schmidt nun auch war, sie hatte noch etwas anderes auf dem Herzen. Etwas Grundsätzliches. «Aber Spaß beiseite: Können Sie sich vorstellen, wie frustrierend das für mich ist, Herr Winter?»

Robert erschrak und wurde nachdenklich. Mavis Schmidt hatte recht. Auch wenn sie es mit Humor nahm, für eine schwarze Frau wie sie war es in Deutschland immer noch nicht selbstverständlich, an passende Kosmetik zu kommen.

«Die Zeiten haben sich geändert. Heutzutage muss man sich deutlich breiter aufstellen. Deutlich diverser», meinte Mavis.

Es gefiel Robert, dass sie das nicht mit Groll in der Stimme sagte. Es war eher ein gut gemeinter und kluger Rat, den er auf jeden Fall mitnehmen würde. Er nahm sich vor, das Thema bei AVON anzubringen.

Nachdem die Katze aus dem Sack war, setzte langsam Entspannung bei Robert ein. Die gute Laune der Frauen sprang auch auf ihn über. In seinem Übermut ließ er sich sogar zu einem kleinen Scherz hinreißen. «Das nennt man also schwarzen Humor, ja?», gab er amüsiert in die Runde.

Die Frauen verstummten wie auf Kommando. Es war, als hätte jemand den Netzstecker eines viel zu lauten Fernsehers gezogen, an den man sich gerade erst gewöhnt hatte. Robert sackte innerlich zusammen. Er hatte sich eindeutig zu weit aus dem Fenster gelehnt. Mavis Schmidt starrte ihn an, als wolle sie ihn jeden Moment am Kragen packen und vor die Tür setzen. Robert versuchte, in ihrem Gesicht zu lesen, ob sie wieder mit ihm spielte oder es ernst meinte. Aber sie war meisterhaft darin, sich zu verstellen. Nicht einen Gedanken ließ sie nach außen dringen. Bestimmt war sie Schauspielerin. Attraktiv genug war sie jedenfalls.

«Schwarzer Humor? Finden Sie das etwa witzig?», fragte Mavis und starrte ihn mit der Intensität eines Röntgenapparates an. Robert war sicher, dass sie seine inneren Organe sehen konnte. Es war eindeutig: Diesmal war sie ernsthaft gekränkt. Robert überlegte, wie er sich entschuldigen konnte, als Mavis' Miene sich schlagartig wieder aufhellte.

«Ich schon. Ich liebe schwarzen Humor», sagte sie und quietschte vergnügt.

Obwohl er sich seine erste Kosmetikparty etwas anders vorgestellt hatte, konnte Robert zufrieden mit sich sein. Die Kundinnen mochten ihn. Vor allem Mavis. Sie war sogar regelrecht froh darüber gewesen, dass Robert ihre Gruppe übernommen hatte. Er sei so *erfrischend anders*, hatte sie gesagt. Endlich mal ein AVON-Berater, der ihnen nicht einfach nur möglichst viel andrehen wollte und sie mit den immer gleichen Verkaufsfloskeln langweilte. Auch finanziell war es dann mehr als akzeptabel für Robert gelaufen. Die gute Laune, die Mavis Schmidt verbreitet hatte, hatte die Kundinnen zum Kauf animiert. Selbst als die Runde längst im Begriff war, sich aufzulösen, wurde noch gelacht und herumgealbert. Und während Robert seine Sachen zusammenpackte, hörte er plötzlich eine bekannte Stimme hinter sich.

«Robert?»

Er drehte sich um und sah in das verblüffte Gesicht von Karl Schmidt. Karl war wie er Finanzbeamter, sie hatten eine Zeit lang im selben Büro gesessen. Von Sophia einmal abgesehen, war Karl einer der ganz wenigen Menschen gewesen, mit dem er es länger als eine Stunde in einem Raum ausgehalten hatte. Nach Karls Versetzung in eine andere Abteilung hatten sie sich immer seltener gesehen, was nicht daran lag, dass er Karl nicht mehr mochte. Er war einfach nicht gut darin, soziale Kontakte zu pflegen. Aber jetzt, da er Karl nach langer Zeit wieder gegenüberstand, wurde ihm klar, wie sehr er sich vom Rest der Welt isoliert hatte.

«Dass du mich tatsächlich mal besuchst», entfuhr es Karl sichtlich verblüfft.

Robert verzog betreten sein Gesicht. Wie sagte er es ihm am besten?

«Also ... ich bin gar nicht wegen dir hier, sondern – wegen deiner Frau.»

Karl fiel die Kinnlade runter. «Bitte?!»

Robert fiel auf, wie missverständlich seine Worte klingen mussten. «Nein, nicht das! Ich hab doch nichts mit deiner Frau!»

«Das kann ich mir auch nicht vorstellen. Du bist nicht ihr Typ.» Karl lachte.

«Ehrlich gesagt, ich hatte keine Ahnung», sagte Robert, der nicht weniger perplex war.

Während die beiden sich überfordert anschwiegen und darauf warteten, dass der andere den nächsten Satz sprach, fiel Karls Blick auf den Koffer mit der Aufschrift AVON. Seine Augen weiteten sich, und er lachte ungläubig auf. «Du?!»

Robert saß neben Karl auf der Hollywoodschaukel und hielt sich nervös an einer Bierflasche fest. Er musterte seinen alten Freund aus den Augenwinkeln. Anscheinend wusste auch er nicht, wie er anfangen sollte.

«Hätte ich gewusst, dass Mavis, ich meine Frau Schmidt, deine Frau ist», sagte Robert schließlich. Er konnte es immer noch nicht glauben, dass er ausgerechnet im Haus seines alten Freundes gelandet war.

Karl grinste. «Na ja, Schmidt ist nicht gerade ein seltener Name. Wäre ich auch nicht gleich draufgekommen.»

«Seit wann wohnt ihr hier?»

«Als ich Mavis kennengelernt habe, habe ich das alte Haus verkauft. Wir wollten beide einen kompletten Neustart.»

Robert ließ seinen Blick schweifen. Der Garten gefiel ihm. Er nippte an seinem Bier und lächelte Karl an. Es war schön, ihn wiederzusehen. Aber ihn quälte auch ein schlechtes Gewissen, weil er irgendwann einfach aufgehört hatte, auf Karls Anrufe zu reagieren.

«Warum hast du dich nicht mehr gemeldet?», fragte Karl ohne große Umschweife.

Robert konnte sich ausmalen, wie enttäuscht Karl gewesen sein musste, und schüttelte den Kopf. «Was soll ich dir sagen? Ich weiß es selber nicht.»

Karl lächelte. «Entschuldige. Nach all den Jahren sehen wir uns wieder, und als Erstes mache ich dir Vorwürfe.»

«Du hast absolut recht. Ich bin ein Hornochse.»

«Allerdings. Das warst du schon immer. Man kann sich dran gewöhnen.»

«Bin ich wirklich so schlimm?»

Karl sah ihn amüsiert an. «Schlimmer. Aber du bestichst durch andere Qualitäten.»

«Und welche sind das?»

«Puh. Gib mir ein paar Tage.» Karl mimte Überforderung.

Robert musste lachen. Er sah Mavis aus dem Haus kommen, wo sie die letzten Gäste verabschiedet hatte. Er fand, dass Karl großes Glück gehabt hatte. Die beiden hatten den gleichen Sinn für Humor, und er wünschte sich für sie, dass sie den Rest ihres Lebens gemeinsam und lachend bestreiten würden.

«Schatz, wie ich sehe, hast du eingekauft», sagte Mavis und schlang ihre Arme um Karl.

«Genau wie du befohlen hast», antwortete Karl.

«Und wie kommen die Sachen nun auf den Herd und auf den Teller?»

«Warst du nicht heute dran?»

«Ich hab noch zu tun und muss noch mal an den Computer.»

Robert beobachtete die beiden und freute sich für ihr Glück. Doch der Anblick vertrauter Zweisamkeit löste auch Wehmut in ihm aus.

«Aber ich habe Besuch», protestierte Karl zaghaft und deutete auf Robert.

Das ließ Mavis nicht gelten. «Nein, *ich* habe Besuch. Und Herr Winter kann gerne zum Essen bleiben.»

Robert winkte lachend ab. «Ein ganzer Abend mit Ihnen? Das Eis ist mir zu dünn.»

Mavis stimmte in sein Lachen ein. «Sie haben sich gut geschlagen, Herr Winter. Ich freue mich schon auf die nächste Runde.» Damit ließ sie die beiden Männer alleine.

Robert sah ihr hinterher. Dieser Frau saß der Schalk im Nacken. Das gefiel ihm. Er würde die Herausforderung mit Vergnügen annehmen. Für heute allerdings war sein Bedarf an Gesellschaft langsam gestillt.

«Warum lassen wir unsere Pokerrunde nicht wieder aufleben? Ich könnte Frank anrufen», schlug Karl vor.

Robert sah ihn unschlüssig an. «Ich denke nicht, dass gerade der richtige Zeitpunkt dafür ist.»

«Wann ist denn der richtige Zeitpunkt dafür?»

Robert zögerte mit der Antwort. Weil er keine Antwort darauf hatte.

Karl lachte. «Bist du etwa als AVON-Verkäufer zu sehr eingespannt, ja?»

«AVON-Berater», verbesserte Robert.

«Ausgerechnet so ein Charmebolzen wie du. Wie bringst du die Leute dazu, bei dir zu kaufen? Drohst du ihnen mit der Knarre? Oder mit einer Steuerprüfung?», fragte Karl grinsend und hielt Robert seine Bierflasche zum Anstoßen hin. Robert prostete ihm zu und nahm einen großen Schluck. Während er seinen Freund aus den Augenwinkeln beobachtete, wurde ihm wieder klar, wie sehr er die Gespräche mit ihm vermisst hatte.

Als Robert nach Hause kam, sortierte er als Erstes die Bestellungen, die Mavis und ihre Freundinnen aufgegeben hatten. Dann checkte er das E-Mail-Postfach, in dem weitere Bestellungen auf Bearbeitung warteten. Es hatte sich herumgesprochen, dass es jemand Neues in der Stadt gab. Robert war stolz auf sich. Er wollte diesen Abend genießen, obwohl ihm natürlich klar war, dass er sich nicht auf seinen Lorbeeren ausruhen konnte. Die Konkurrenz schlief nicht! Die Bestände im Keller gingen zur Neige, er brauchte dringend Nachschub. Gleich morgen früh wollte er die Dame von der AVON-Bestellhotline anrufen. Und als er darüber nachdachte, spürte er einen Hauch von Vorfreude. Immerhin hatte er etwas zu erzählen.

Nebenan ging die übliche Kakofonie los, die Dennis und Basti in schöner Regelmäßigkeit veranstalteten. Aber auch davon ließ Robert sich seine gute Laune nicht verderben. Wenn Dennis befördert würde, hätten die beiden auch weniger Zeit zu streiten, dachte Robert. Eine hoffnungsvolle Aussicht. Eine richtige Win-win-Situation für sie alle.

Draußen kündigte sich ein Gewitter an. Robert öffnete die Terrassentür. Der Wind frischte auf und ließ das Laub der Bäume rauschen. Dann fielen erste, dicke Regentropfen und hinterließen dunkle Flecken auf dem hölzernen Terrassenboden. Er musste an einen verdreckten schwarzen Mini Cooper denken, der in einer Straße geparkt stand, die Lindenstraße hieß. Und an dessen Besitzerin, eine etwas schräge Richterin mit einem Hang zu bunten Klamotten, großen Ohrringen und einem viel zu lauten Lachen.

VIER WOCHEN SPÄTER

KAPITEL 12

Bist du jetzt schwul geworden?», fragte Karl.

Robert sah ihn empört an. «Wie kommst du darauf?»

«Wo du jetzt in Schminke machst.»

«Ich mache nicht in Schminke, ich verkaufe sie. Und überhaupt? Was ist das für ein dämliches Klischee?»

Robert bereute es für einen kurzen Moment, dass er Karl beim Wort genommen hatte und sie ihre Pokerrunde tatsächlich wieder hatten aufleben lassen. Er schenkte Karl einen strafenden Blick, doch der starrte stur in seine Spielkarten und grinste diebisch vor sich hin. Spätestens jetzt wurde ihm klar, dass Karl ihn mal wieder aufzog.

«Bleib locker, Robert. Ich habe kein Problem damit», sagte Karl gönnerhaft und hob abwiegelnd die Hände.

«Ein Bekannter von mir hatte sein Outing mit sechzig. Er war verheiratet und hatte zwei Kinder, unglaublich, oder?», warf Frank ein, und Robert fragte sich, warum der sonst so schweigsame Frank, der normalerweise kein Wort zu viel sprach und sich nur aufs Spiel konzentrierte, ausgerechnet an diesem Abend zum Schwätzer mutierte.

Robert blickte zu Jonas, der sich ans andere Ende des Zimmers zurückgezogen hatte. Miriam hatte ihn zu ihm gebracht, weil die Galerie, für die sie arbeitete, an diesem Tag ein Dinner für einen wichtigen Sammler ausrichtete.

Der Junge spielte oder las oder malte – so genau wusste Robert es nicht, da Jonas der Pokerrunde den Rücken zugewandt hatte. Jedenfalls war er vollkommen in sein Tun versunken und schien von seiner Umgebung nichts mitzubekommen. Zum Glück, dachte Robert, so hörte er den Quatsch nicht, den Karl und Frank von sich gaben.

«Jedenfalls bin ich nicht schwul. Könnten wir uns also bitte wieder aufs Spiel konzentrieren?», sagte er und hoffte, das Thema damit ein für alle Mal geklärt zu haben.

«Drilling», sagte Karl und legte seine Karten auf den Tisch.

Robert stöhnte auf und warf seine Karten hin. «Zwei Paare.»

«Straße», sagte Frank, legte seine Karten dazu und schob, als wäre es das Selbstverständlichste der Welt, den Einsatz, der in der Tischmitte lag, zu dem Haufen, den er bereits angesammelt hatte. Noch eine Sache, die sich nicht verändert hat, dachte Robert. Frank hatte beim Spielen immer die Nase vorn. Er konnte sich nicht an einen Abend erinnern, an dem er oder Karl ihm das Wasser hätten reichen können. Frank war der perfekte Pokerspieler. In den entscheidenden Momenten war er kühl, kontrolliert und ließ keine Emotionen erkennen. Wie ein psychopathischer Serienkiller aus einem Film. Nur dass Frank niemanden umbrachte, sondern Leben rettete. Robert fand immer schon, dass Frank genau den richtigen Beruf ergriffen hatte: Feuerwehrmann. Er konnte sich bildhaft vorstellen, wie Frank sich, ohne mit der Wimper zu zucken, in ein brennendes Haus stürzte und sich durch das Flammenmeer kämpfte, um eine alte Dame, einen Säugling oder einen Korb voller Katzenbabys zu retten.

Robert war damit beschäftigt, die Karten neu zu mischen, als Karl ihm plötzlich die Hand auf den Unterarm legte.

«Äh ... Robert?», sagte Karl, der etwas Ungewöhnliches entdeckt zu haben schien. Robert folgte seinem Blick. Und dann stockte ihm der Atem. Jonas hatte sich geschminkt. Nein, das traf es eigentlich nicht. Sein Enkel hatte Lippenstift, Lidschatten und Wimperntusche in allen erdenklichen Farben in extradicken Schichten auf seinem Gesicht verteilt und das Ganze mit einem Glitzer-Make-up gekrönt. Selbst auf einem Karnevalsumzug hätte sein Enkel für Aufsehen gesorgt, da war Robert sicher. Erst jetzt sah er den Koffer mit der Schminke vor Jonas stehen.

Robert starrte seinen Enkel ratlos an. Er wusste nicht, wie er reagieren sollte. Karl und Frank schien es genauso zu gehen. Bis die beiden Freunde plötzlich losprusteten. Robert schenkte ihnen einen Blick, den sie verstanden. Und der sie so schnell wieder verstummen ließ, wie ein gut trainierter Hund Sitz machte.

«Jonas? Warst du etwa an meinem Koffer?», fragte Robert schließlich, obwohl er wusste, wie dämlich diese Frage war.

«Bist du jetzt böse?», fragte Jonas verunsichert.

Robert wollte ihn auf keinen Fall verletzen. Was er jedoch auch nicht wollte, war, dass Miriam ihn in diesem Aufzug sah.

«Vielleicht waschen wir das besser wieder ab, bevor deine Mutter kommt», sagte Robert und rief damit prompt den Protest von Karl auf den Plan.

«Wieso denn? Dein Enkel sieht super aus.»

«Finde ich auch. Lass dem Jungen seinen Spaß», sprang

Frank ihm bei, der zu Roberts Leidwesen ausgerechnet an diesem Abend seine lustige Ader zu entdecken schien.

Karl schlug Robert kumpelhaft auf die Schulter. «Vielleicht könntest du mir auch eine kleine Auffrischung verpassen. Mein Teint ist in letzter Zeit so blass», sagte er, und dann konnte er sein Lachen endgültig nicht mehr unterdrücken.

Als Robert hörte, wie sein Enkel in das Gelächter einstimmte, war er nicht mehr sicher, ob er sich ärgern oder ob er seinen Freunden dankbar sein sollte. Immerhin gingen die beiden mehr als locker mit der Situation um. Sie sorgten dafür, dass Jonas sich nicht schlecht fühlen musste.

«Findest du mich schön, Opa?», fragte Jonas, und Robert wusste nicht so recht, was er darauf antworten sollte. Hilflos suchte er nach Worten.

«Doch ... schon ... Du bist sehr ... bunt.»

Und wieder kam Karl ihm zu Hilfe. «Also, mich würde schon interessieren, was ein AVON-Berater so treibt», sagte er.

«Was soll der schon treiben? Er verkauft Kosmetik», erklärte Robert, der das Thema nicht weiter vertiefen wollte. Aber aus der Nummer kam er nicht mehr raus.

«Ja, warum machen wir nicht so eine Schmink-Sause?», fragte Frank auffordernd.

«Das heißt Kosmetikparty», korrigierte Robert scharf. Er war zwar noch nicht lange in dem Metier, aber wenn er etwas machte, dann richtig. Und so viel Respekt musste einfach sein.

Karl wedelte mit seiner Bierflasche und grinste Robert frech an. «Party ist immer gut. Wir nehmen noch zwei.»

Es wurden einige Bierchen mehr, und mit jedem Schluck lockerte die Stimmung sich weiter auf. Als Robert seinen Freunden das neue Duft-Set für Männer präsentierte, bestehend aus einem parfümierten Duschgel, einem Deoroller und einem Eau de Toilette, forderten Frank und Karl ihn lautstark und zweifelsfrei schon deutlich angetrunken dazu auf, ihnen auch den ganzen Frauen-Schminkkram zu zeigen. Anfangs zögerte Robert, aber dann erkannte der Geschäftsmann in ihm plötzlich die Chance, die sich ihm bot. Beim Verkaufen fühlte Robert sich inzwischen einigermaßen sicher. Das Schminken hingegen gehörte nach wie vor nicht zu seinen Stärken. Wenn eine Kundin ihn bat, ihr ein Make-up aufzutragen, wurde er immer noch so nervös, dass ihm die Hand zitterte. Da er Lilli Fischer nach dem Vorfall mit ihrem Mann nicht mehr fragen konnte und auch sein Nachbar Basti sich vehement weigerte, sich als Dummy zur Verfügung zu stellen, hatte er keine Möglichkeit mehr zu üben.

Als Erstes stellte Robert die alte Stehlampe um und holte sie an den Spieltisch, um für optimales Licht zu sorgen.

«Unter schlechten Lichtbedingungen ist es nahezu unmöglich, den richtigen Ton für die Grundierung zu finden», erklärte er beflissen. «Das Make-up fällt dann oft zu dunkel oder zu orange aus.»

Schließlich hielt er einen Vortrag über die häufigsten Fehler beim Schminken. Wobei er Karl und Frank jeweils einen Kosmetikspiegel in die Hand drückte und jeden seiner Schminktipps direkt an ihnen ausführte.

«Viel Foundation hilft viel, denken einige, doch leider ist das Gegenteil der Fall», sagte Robert, während er seine Freunde mit einem weichen Pinsel abpuderte.

Dann erklärte er, dass durch zu dicke Schichten Pickel und Hautunreinheiten erst richtig betont würden, und griff zum Concealer, den man, wie er gelesen hatte, lediglich sanft aufklopfen und niemals verstreichen durfte. Je mehr er erzählte, desto mehr fühlte sich Robert in seinem Element. Frank und Karl hörten ihm beeindruckt, beinahe andächtig zu. Robert verzog sein Gesicht, als er auf einen weiteren Kardinalfehler beim Schminken zu sprechen kam: zu dunkler Kajal, der besonders am unteren Lidrand das Auge verkleinerte und hart und unnatürlich wirkte. Und schließlich nannte er ihnen noch die eiserne Make-up-Faustregel: entweder die Augen betonen oder die Lippen. Zu viel wirkte billig!

«Wow», kam es Jonas über die Lippen, als Robert sein Werk vollendet hatte.

Und auch Robert fand, dass er ganze Arbeit geleistet hatte. Nicht, dass die beiden vorher hässlich gewesen waren. Er fand, dass seine Freunde ganz passabel aussahen. Aber was er aus ihnen gemacht hatte, war reif für die Bühne. Die Showbühne eines Travestie-Theaters natürlich.

«Wenn du nicht schon verheiratet wärst, würde ich glatt um deine Hand anhalten», sagte Karl zu Frank.

«Da würde ich sicher was Besseres finden», gab Frank schlagfertig zurück, der seinen Blick nicht vom Spiegel lösen konnte. «Eins muss ich dir lassen, Robert. Die Betonung meines Grübchens hast du gut hinbekommen. Das war immer schon mein Joker bei den Frauen», sagte er und klang dabei, als könnte er sich diesen Look auch in Zukunft für sich vorstellen.

«Genau, in dem Aufzug wird die Damenwelt zuerst auf dein Grübchen achten», kommentierte Karl trocken.

«Schminkst du dich jetzt auch, Opa?», fragte Jonas plötzlich.

Robert spürte, wie ihm ein leichter Schauer über den Rücken lief. Aber noch beunruhigender waren die Blicke von Karl und Frank. Sie führten etwas im Schilde. Offenbar hatte Jonas sie auf eine Idee gebracht. Robert musste handeln, bevor die Sache aus dem Ruder lief.

«Nein, Jonas. AVON-Berater schminken sich nicht, sie schminken andere, und sie verkaufen», sagte er und hörte selber, wie schwach sein Argument war. Er blickte auf seine Uhr. «So langsam sollten wir Schluss ...» Weiter kam er nicht. Karl und Frank schoben ihn zum Stuhl und zwangen ihn mit sanfter Gewalt zum Sitzen.

«Keine Ausflüchte. Jetzt bist du an der Reihe», sagte Frank im Befehlston und durchwühlte Roberts AVON-Koffer.

Robert protestierte. «Lass den Quatsch.»

Er wollte aufstehen, aber Frank drückte ihn zurück in den Stuhl und baute sich mit verschränkten Armen vor ihm auf. Robert wusste, dass er keine Chance hatte. Der Fluchtweg war ihm versperrt. Frank näherte sich seinem Gesicht bereits mit einem gezückten Lippenstift. Da klingelte es an der Tür, und obwohl ihm das im ersten Moment wie eine Rettung erschien, kamen ihm sofort darauf Zweifel, ob das tatsächlich ein Glücksfall war.

Robert nahm die beiden Handtücher vom Tisch, mit denen Karl und Frank sich ebenso eilig wie verschämt die Schminke aus dem Gesicht gewischt hatten, bevor sie fluchtartig das Haus verließen. Miriam hatte versucht, ihre Irritation über den Aufzug seiner Freunde so gut wie möglich zu überspielen. Sie hatte einen kleinen Scherz gerissen und war dann dazu übergegangen, Jonas' Sachen zusammensuchen. Was Robert jedoch wunderte, war, wie selbstverständlich Miriam mit der Metamorphose des Jungen umging. Sie hatte noch nicht einmal überrascht gewirkt, was bei Robert das Gefühl verstärkte, dass es zwischen seiner Tochter und seinem Enkel etwas gab, an dem er nicht teilhaben durfte.

«Macht Jonas das öfter?», fragte Robert zögerlich.

«Was denn?»

Robert war sicher, dass sie wusste, wovon er sprach. Offenbar wollte sie es ihm nicht so leicht machen. «Na, sich schminken?»

«Ich bin zwar nicht so professionell ausgestattet wie du, aber ja, kommt schon mal vor, dass Jonas sich an meinen Sachen bedient.»

«Und warum erzählst du mir das nicht?»

«Wozu?»

Robert schaute sie entrüstet an. «Er ist mein Enkel.»

Miriam seufzte. «Papa, entschuldige, aber früher hättest du dich dafür auch nicht interessiert.»

Er wusste, worauf Miriam anspielte. Und ja, er hätte sich mehr bemühen können. Er hätte schon früher all die Dinge mit Jonas unternehmen können, die Großväter und Enkel nun mal miteinander machten. Statt sich von der Welt zu verabschieden und in ein Schneckenhaus zurückzuziehen. Trotzdem – er hatte aus seinen Fehlern gelernt, und dass Miriam ihm keine Chance zur Wiedergutmachung gab, ärgerte ihn. Doch das behielt Robert für sich. Das Letzte, was er wollte, war ein Streit.

«Und außerdem ... Ich wusste ja nicht, wie du reagierst»,

führte Miriam weiter aus. «Und ich wollte Jonas ersparen, dass …» Sie sprach den Satz nicht zu Ende, aber Robert war längst hellhörig geworden.

«Was?»

«Lass gut sein, Papa», sagte Miriam abwiegelnd und drückte ihm, wohl mit der Absicht, ihn damit zum Schweigen zu bringen, einen flüchtigen Kuss auf die Wange. Dann ging alles ganz schnell. Und nachdem Miriam und Jonas längst gegangen waren, stand Robert immer noch verdattert in seinem Wohnzimmer. Er verstand das alles nicht. Er hatte inständig gehofft, dass er und Miriam sich nach dem gemeinsam erlittenen Schicksalsschlag und der anfänglichen Schockstarre danach einander wieder annäherten. Doch je mehr er sich um sie bemühte, desto stärker grenzte Miriam ihn aus. Er fragte sich: Warum?

KAPITEL 13

Ich heiße Rosemarie. Aber Sie dürfen Rose zu mir sagen», hörte Robert die Dame von der AVON-Bestellhotline sagen. Im Laufe der Zeit hatte sich eine wachsende Vertrautheit zwischen ihr und Robert eingestellt. Trotzdem kam es ihm immer noch wie eine Grenzüberschreitung vor, sie bei ihrem Spitznamen zu nennen.

«Rose, ja?»

«Ja. So nennen mich alle meine Freunde.»

Robert stutzte. «Freunde? Sind wir schon so weit?»

«Immerhin kennen Sie meine dunkelsten Geheimnisse», antwortete sie lachend.

Rosemarie lachte gerne. Überhaupt schien sie ein fröhlicher und positiver Mensch zu sein. Robert genoss die Telefonate mit ihr. Die wöchentliche Bestellung von Kosmetik und Pflegeprodukten hatte sich zu einem kleinen Highlight in seinem Leben entwickelt.

«Was war daran dunkel? Und vor allem, was war das Geheimnis?», fragte Robert.

«Na, hören Sie mal. Denken Sie, ich verrate jedem, dass ich auf Robbie Williams stehe?»

«Ich kenn den nicht mal», entgegnete Robert. Das entsprach zwar nicht mehr ganz der Wahrheit, aber Rosemarie musste nicht unbedingt wissen, dass er, gleich nachdem sie ihm von ihrer Schwärmerei für diesen Popstar erzählt hatte, im Internet nach ihm gesucht hatte. Robert hatte sich sogar ein, zwei seiner Videos angesehen. Er hatte sie nicht wirklich übel gefunden, und er hatte schon schlimmere Musik gehört.

«Ich bin eher der Mann für kleine Schritte. Und mir gefällt Rosemarie», sagte Robert, der für einen kurzen Moment fürchtete, sie vor den Kopf gestoßen zu haben. Aber zu seiner Erleichterung schien das nicht der Fall zu sein.

«Ganz wie Sie wollen», meinte sie lachend.

Tatsächlich fand Robert, dass Rosemarie ein schöner Name war. Er half ihm dabei, sich ein Bild von ihr zu machen. Er war sicher, dass sie deutlich jünger war als er. Er schätzte sie auf ungefähr vierzig, unwesentlich älter als Miriam. Vor seinem inneren Auge sah er sie mit schulterlangem roten Haar, das ihr hübsches, verschmitzt lächelndes Gesicht einrahmte. So gerne Rosemarie auch lachte, sie tat es nie zu laut. Ihre Stimme hatte etwas Sanftes und Gutmütiges und klang für eine Frau ausgesprochen tief. Robert war sicher, dass nur eine relativ groß gewachsene Frau ein solches Stimmvolumen entwickeln konnte.

«Okay, ich habe dann alles aufgenommen. Inklusive Ihrer Großbestellung an Waxing-Gel», sagte Rosemarie.

Obwohl sie es in einem geschäftlichen Ton sagte, konnte Robert sich lebhaft vorstellen, wie sie lächelte. Er hatte ihr von dem Nudisten unter seinen Kunden erzählt. Und als er ihr von seinem ersten peinlichen Zusammentreffen berichtete, hatten sie sich gemeinsam darüber amüsiert, ohne sich über den Kunden lustig zu machen. Jedem Tierchen sein Pläsierchen. Das hatte Rosemarie genauso gesehen wie er.

«Abgesehen von seinem Spleen ist das ein netter Kerl», hatte Robert ihr erklärt. Außerdem entpuppte der Nudist sich als echter Großabnehmer. Wenn Robert AVON-Berater des Jahres werden wollte, konnte er es sich gar nicht leisten, auf so einen Kunden zu verzichten.

Als Robert den Hörer weglegte, dachte er darüber nach, wie dankbar er Rosemarie war. Sie war nicht nur ehrlich interessiert an seinen Anekdoten aus dem Leben eines AVON-Beraters. Sie unterstützte ihn auch tatkräftig, indem sie ihm immer wieder Kunden zuschanzte, die auf der Suche nach einer neuen Beratung waren. Somit war es auch Rosemarie zu verdanken, dass Roberts Geschäft wuchs und wuchs. Doch während der nicht enden wollende heiße Sommer langsam auf sein Finale zusteuerte, tauchten am Horizont auch erste dunkle Wolken auf. Anfangs hatte Robert sich nichts dabei gedacht, als eine Kundin ihm kurzfristig und mit einer offensichtlich fadenscheinigen Begründung eine Kosmetikparty abgesagt hatte. Und auch als innerhalb eines Tages zwei weitere Absagen eingetrudelt waren, maß er dem keine größere Bedeutung bei. Die Kunden waren nun mal launisch, und er durfte nicht erwarten, dass er jedes Herz im Sturm eroberte. Es gab immer noch genügend, die ihn für schroff und ungehobelt hielten. Doch dann sah er ausgerechnet Wilma Sangthong aus dem Haus einer Kundin kommen, die ihm wenige Tage zuvor abgesagt hatte. Wilma tat, als hätte sie ihn nicht gesehen, und ging schnurstracks auf ihr Auto zu, das sie vor dem Haus geparkt hatte. Aber so einfach wollte Robert sie nicht davonkommen lassen. Und er hielt es auch nicht für nötig, sich mit langen Vorreden aufzuhalten.

«Frau Sangthong. Was machen Sie denn hier?»

«Herr Winter! Was für ein Zufall.» Wilma spielte die Überraschte und grinste Robert falsch an. Er wusste genau, was hier gespielt wurde. Ein Zufall war das hier ganz und gar nicht. Allein dass sie keinerlei Anstalten machte stehen zu bleiben und weiter zu ihrem Auto ging, verriet ihr schlechtes Gewissen. Wobei Robert sich gleich wieder korrigierte: Er konnte sich nicht vorstellen, dass diese Frau ein Gewissen besaß. Sie war eindeutig auf der Flucht.

«Versuchen Sie etwa, mir Kunden abspenstig zu machen?»

«Das ist ein freies Land, die Kunden dürfen selber entscheiden, bei wem sie einkaufen.»

«Was haben Sie ihr versprochen? Dass Sie im Preis ein wenig runtergehen?»

Wilma lachte auf wie eine Hyäne. «Ich bitte Sie, das habe ich überhaupt nicht nötig.»

«Ich kenne Ihre Tricks. Das haben Sie bei meiner Frau auch schon versucht.»

Wilma blitzte ihn an. «Ihre Frau war ein anderes Kaliber. Sie war für mich eine ernst zu nehmende Konkurrentin.»

Robert war fast ein wenig verblüfft. Er hätte nicht erwartet, dass diese Person in der Lage war, ein paar ehrliche Worte abzusondern. Natürlich war ihm klar, dass das nur ein Ausreißer gewesen sein konnte. Er sah sie abwartend an und wartete auf die nächste Portion Gift, die sie versprühte. Und er wurde nicht enttäuscht.

«Aber Sie, Herr Winter … Das ist doch alles ein Witz.»

«Für meinen ausgeprägten Humor war ich noch nie bekannt.»

«Sie und AVON-Berater? Wer bitte soll das ernst nehmen?»

«Sie scheinen mich sehr ernst zu nehmen. Sonst würden wir hier nicht voreinander stehen.»

Wilmas Lächeln gefror, es sah aus, als würde es jeden Moment zersplittern. Robert wusste, dass er ins Schwarze getroffen hatte. Der Buschfunk unter den AVON-Beratern und -Beraterinnen funktionierte bestens. Wilma hätte sich die Ohren mit Wachs verschließen müssen, um nicht mitzubekommen, wie gut er sich machte.

«Wenn Sie meinen», sagte Wilma, die selber zu merken schien, dass sie Robert an diesem Tag nicht gewachsen war. Sie öffnete die Autotür und war im Begriff einzusteigen, doch Robert war noch nicht fertig.

«Wenn ich Sie noch einmal in meinem Revier sehe ...»

Wilma fiel ihm ins Wort und biss zurück wie ein Raubtier, das man nur verletzt, aber nicht erlegt hatte. «Was dann, Herr Winter?»

«Dann werde ich mir etwas einfallen lassen.» Robert funkelte sie wütend an und hoffte damit, die Leere seiner Worthülse überspielen zu können. Es war nicht gerade der stärkste Satz, um jemanden in die Flucht zu schlagen, und Wilma Sangthong war eine ernst zu nehmende Gegnerin. Sie lächelte kalt.

«Ein guter Tipp, Herr Winter: Niemals eine Drohung aussprechen, wenn Sie nichts in der Hand haben, womit Sie drohen können.» Damit stieg sie endgültig ins Auto und fuhr davon.

Robert schaute ihr hinterher. Er ahnte, dass dies nicht das letzte Gefecht mit Wilma Sangthong gewesen war. Wenn er am Ende tatsächlich als Sieger vom Platz gehen wollte, musste er ganz dringend härtere Bandagen anlegen.

Als Wilmas Wagen um die Ecke gebogen war, schweifte

Roberts Blick zum Haus seiner ehemaligen Kundin. Die Frau stand am Fenster und sah verstohlen hinter ihrer Gardine hervor. Robert war sicher, dass sie seine Auseinandersetzung mit Wilma von Anfang bis Ende verfolgt hatte. Genauso sicher wie er war, dass er diese Kundin für immer an Wilma verloren hatte, als er vor ihrer Haustür stand und sie auch nach mehrmaligem Klingeln nicht öffnete.

Der Tag hatte dann aber doch noch mit einer freudigen Überraschung für Robert aufgewartet. Miriam hatte ihren Job gekündigt und musste zu einem Vorstellungsgespräch. Somit brauchte sie jemanden, der für ein paar Stunden auf Jonas aufpasste. Robert vermutete, dass sie ihren gesamten Freundes- und Bekanntenkreis abtelefoniert und sich überall Absagen geholt hatte, bevor sie sich notgedrungen an ihn wandte. Seit dem Abend, an dem die Pokerrunde aus dem Ruder gelaufen war und er mit ihr über Jonas hatte sprechen wollen, verhielt Miriam sich ihm gegenüber kühl und zurückhaltend. Auch wenn er nicht begreifen konnte, weshalb sie ihn nicht ins Vertrauen zog, wollte Robert sie nicht drängen. Miriam musste von sich aus auf ihn zukommen. Er machte es ihr so leicht wie möglich. Er verhielt sich nett, neutral und stellte keine Fragen. Und er war glücklich darüber, wenn er Zeit mit Jonas verbringen konnte.

Robert hatte den Fernseher ein Stück von der Wand abgerückt, um die Playstation anzuschließen, die Jonas mitgebracht hatte. Während er mit den Kabeln und den ungewohnten Steckern hantierte, beobachtete er aus den Augenwinkeln, wie sein Enkel auf dem Boden hockte und weiteres Zubehör auspackte. Seit er Jonas öfter zu Gesicht bekam und hin und wieder auch allein auf den Jungen aufpasste, war Robert klar geworden, wie viel kostbare gemeinsame Zeit mit seinem Enkel er bereits verpasst hatte. Wie oft hatte Sophia ihn gebeten, mit zu Jonas' Fußballmatches zu kommen? Oder in den Zoo, ins Schwimmbad, ins Kino ...

«Spielst du Samstag wieder Fußball?»

Jonas machte keine Anstalten, den Mund zu öffnen. Er presste nur einen Laut heraus, den Robert als ein Nein deutete.

«Schade, ich dachte, ich könnte mal wieder zusehen.»

Jonas hielt seinen Blick gesenkt. «Ich mag kein Fußball», sagte er schüchtern, kaum hörbar.

«Seit wann?», fragte Robert, obwohl er nur mäßig überrascht war. Natürlich war Fußball keine Sportart für seinen Enkel. Das war ihm sofort klar gewesen, als er ihm zum ersten Mal von der Tribüne aus zugeschaut hatte.

«Mama hat gesagt, ich muss nichts machen, was ich nicht will.»

Diese Einstellung kannte Robert nur zu gut, sie erinnerte ihn daran, dass er und Sophia nicht immer einer Meinung gewesen waren. Dass es manchmal richtig gekracht hatte zwischen ihnen. Vor allem wenn es um Erziehungsfragen gegangen war. Robert hatte es immer geärgert, dass Sophia jeder Laune ihrer Tochter nachgegeben hatte. Weil sie der Meinung gewesen war, dass man jedes Talent seines Kindes fördern müsse. Dass Kinder sich ausprobieren müssten, damit sie ihren Platz im Leben fanden. Ballettschule, Tennisverein, Volleyballverein, Computerklub, Schauspielkurse, Klavierunterricht ... Miriam hatte schon als Kind ständig neue Flausen im Kopf gehabt. Aber nichts hatte sie wirklich lange durchgehalten. Bei nichts hatte sie echte Ausdauer und Durchhaltevermögen bewiesen. Robert dagegen war der festen Überzeugung, dass man an einer Sache dranbleiben musste. Auch wenn es schwierig wurde. Und er hatte Sophia in der Hitze des Gefechts damals oft genug vorgeworfen, dass es ihre Erziehungsmethoden seien, die dazu geführt hätten, dass Miriam ohne klares Ziel durch ihr Leben stolpere. Und immer nur davonlaufe. Auch ihre Begeisterung für Kunst hatte er lange Zeit für nichts Richtiges gehalten. Und dass Miriams Beziehung zu dem Vater ihres Kindes so früh gescheitert war, hatte sich für Robert nahtlos in dieses Muster eingefügt. Nur ungerne erinnerte er sich daran, zu was für einer Familienkrise seine Sicht der Dinge damals geführt hatte.

Was Jonas betraf, sah Robert das anders. Hier ging es nicht um die nächste Flause im Kopf. Das war keine Laune. Es entging Robert keineswegs, dass Jonas sich weniger für die Playstation interessierte, die er gerade anschloss, als vielmehr für seinen Kosmetikkoffer.

«Mama hat nicht so viel Schminke wie du», sagte Jonas, der auf die zahlreichen Produkte zeigte, die Robert für die nächste Kosmetikparty vorsortiert hatte. Der Junge hielt ihm eine Cremepackung entgegen. «Wofür benutzt man das?»

Robert mochte es nicht, wenn man seine Ordnung durcheinanderbrachte. Doch er riss sich zusammen. «Das ist eine Anti-Aging-Creme mit Kollagen», sagte er, während er Jonas die Packung sanft aus der Hand nahm und sie zu den anderen zurückstellte.

«Was ist Kollagen?»

Eigentlich hätte Robert die Antwort leichtfallen müssen. Das war Teil des kleinen Einmaleins der AVON-Berater. Dennoch kam er ins Stocken und musste nach den richtigen Worten suchen. «Etwas, das du noch lange nicht brauchst», erklärte er ausweichend und gleichzeitig froh darüber, dass sein Enkel ihn auf eine Wissenslücke gestoßen hatte. Wie hätte er dagestanden, hätte einer seiner Kunden diese Frage gestellt?

Da klingelte es an der Tür. Wer das wohl sein konnte? Für Miriam war es noch viel zu früh.

«Hätte ich mir ja gleich denken können», sagte Robert und ließ einen Seufzer folgen.

Basti stand mit verschränkten Armen vor der Tür und wirkte einigermaßen aufgelöst. «Wir haben eine Verstopfung im Bad.»

«Sehe ich aus wie ein Klempner?», wiegelte Robert reflexartig ab. Dabei wusste er doch längst, dass er Basti mit derlei Ansagen nicht abschütteln würde.

«Sie kennen sich doch sicher mit so was aus?»

«Kann schon sein.»

«Das Wasser in der Dusche läuft nicht ab.»

«Bei Ihren Haaren kein Wunder. Klar, dass die alles verstopfen. Vielleicht denken Sie mal über einen praktischen Kurzhaarschnitt nach.»

Basti erhob seine Stimme. «So was ist uns noch nie passiert. In keiner Wohnung, die wir hatten. Tun Sie was!»

Robert fand, dass er bereits genug getan hatte. Sie wohnten schließlich schon ein paar Wochen nebenan. Die Schonfrist war abgelaufen. Es war an der Zeit, Grenzen zu ziehen. «Ich bin weder Ihr Hausmeister noch Ihr Vermieter. Wenden Sie sich bitte an meine Tochter.»

«Miriam geht nicht ran.»

Es wäre ein Leichtes für Robert gewesen, Basti zu erklären, warum Miriam keine Anrufe entgegennahm. Aber das war nicht sein Job. Hier ging es nur um sie beide. Und um ein Prinzip. Nämlich, dass er in Zukunft weder für Probleme im Sanitärbereich noch sonst irgendwas in Bastis und Dennis' Haus zuständig war.

«Muss ich Sie erst daran erinnern, was ich vor Kurzem für Sie getan habe?», fragte Basti. Robert wusste sofort, was er meinte. Aber wenn Basti glaubte, hier eine Rechnung aufmachen zu können, war er schiefgewickelt.

«Da habe ich mich auch nicht lange bitten lassen. Ich helfe, wenn ich gebraucht werde», insistierte Basti.

Tatsächlich gab es etwas, wofür Robert ihm dankbar war. Nachdem sein Geschäft so richtig ins Rollen gekommen war, hatte Robert festgestellt, wie wichtig es war, mobil erreichbar zu sein. Er musste seine Abneigung gegen Smartphones endgültig über Bord werfen. Am einfachsten war es natürlich, das von Sophia weiterzubenutzen. Doch als er es einschaltete, hatte das Gerät nach einer vierstelligen PIN gefragt. Er hatte es erst mit Miriams Geburtsjahr versucht. Dann mit einer Kombination aus Jahr und Monat. Und schließlich einer aus Tag und Monat, was dazu führte, dass die SIM-Karte komplett gesperrt wurde. Basti hatte die rettende Idee gehabt und mit ihm gemeinsam Sophias Ordner nach einer gewissen «PUK» durchsucht. Als sie die gefunden hatten, konnten sie damit nicht nur die alte SIM wieder entsperren, sondern auch eine neue vergeben.

«Ich habe gestern Stunden damit verbracht, die Schiebetür Ihres Kleiderschranks zu richten. Damit sind wir erst mal quitt», konterte Robert.

«Das war doch keine Arbeit. Das war ein Vergnügen», parierte Basti. «Denken Sie, das habe ich Ihnen nicht angesehen?»

Robert dachte daran, wie hartnäckig die Schranktür gewesen war. Und wie viel Zeit und Mühe es ihn gekostet hatte, sie wieder zum Laufen zu bringen. Dreimal hatte er sie aus- und wieder eingebaut und Millimeter um Millimeter abgeschliffen, bis sie wieder lief wie geschmiert. Und ja, Erfolgserlebnisse dieser Art lösten ein Wohlgefühl bei ihm aus. Aber das gab Basti noch lange nicht das Recht, ihn unter Druck zu setzen.

«Und was tun wir da jetzt?», fragte Basti ungeduldig.

«Ich kümmere mich um meinen Enkel. Und Sie kaufen sich am besten einen Pümpel», riet Robert und fand, dass dieser Vorschlag mehr als genug der Hilfe war. Er wollte gerade die Tür schließen, als aus dem Wohnzimmer laute Musik ertönte. Und dann sah er, wie Bastis Gesichtsausdruck sich von einer auf die andere Sekunde veränderte.

«Oh mein Gott», hauchte sein Nachbar und trat, ohne um Erlaubnis zu fragen, über Roberts Türschwelle. Als wäre Basti in eine Art Trance versetzt worden, bewegte er sich schweigend, aber bestimmt weiter in Richtung der Musik.

Robert sah staunend dabei zu, wie Basti und Jonas einträchtig vor dem Fernseher hin und her zappelten und eine Karaoke-Version von *I Wanna Dance With Somebody* von Whitney Houston zum Besten gaben. Natürlich kannte Robert den Song, hatte aber zu Bastis Entsetzen den Namen der Sängerin nicht sofort parat, die Basti wie eine

Art Göttin zu verehren schien. Vor allem Basti sang so laut, dass Robert Angst um die Weingläser in der Vitrine bekam. Dennoch ließ er Milde walten und warf seinen Nachbarn nicht gleich wieder hochkant aus dem Haus. Denn im Gegensatz zu ihm war es Basti gelungen, Jonas aus seinem Schneckenhaus zu holen. Mehr noch – Robert hatte seinen Enkel noch nie so ausgelassen und fröhlich erlebt, und das machte auch ihn glücklich.

Robert dachte daran, wie sehr er früher Musik geliebt hatte. Das war eine Leidenschaft, die er mit seiner Mutter geteilt hatte. Doch nach ihrem Tod waren all ihre Schallplatten und der Plattenspieler, den sie ihm vermacht hatte, zu sehr mit schmerzlichen Erinnerungen verbunden. Seitdem waren sie bei jedem seiner Umzüge von Keller zu Keller gewandert.

Auch Sophia hatte Musik geliebt. Robert erinnerte sich daran, wie sie ständig und überall ihre kleine Bluetooth-Box mit sich herumgetragen hatte. Robert sah vor sich, wie sie zum ersten Mal gemeinsam im Kino gewesen waren, um *Saturday Night Fever* zu sehen. Sie kannten sich erst kurze Zeit, und obwohl Sophia ihm bereits eindeutige Signale gesendet hatte, hatte er es selbst in der Dunkelheit des Kinosaals nicht gewagt, seinen Arm um sie zu legen. Bis sie die Initiative ergriffen, seine Hand genommen und nicht mehr losgelassen hatte, während von der Leinwand *How Deep Is Your Love* ertönte und Robert das Gefühl hatte, sie sangen nur für ihn und Sophia. Bis zu ihrem Tod hatte dieses Lied eine große Rolle in ihrem Leben gespielt. Sophia hatte ein liebevolles Ritual daraus gemacht, es immer dann zu spielen und mit ihm dazu zu tanzen, wenn er mal wieder einen seiner Wutausbrüche gehabt hatte. Jedes

Mal war es ihr gelungen, ihn damit wieder auf den Boden zurückzuholen und ihn zu besänftigen.

Die Musik aus dem Fernseher verstummte. Basti und Jonas klatschten sich vergnügt ab. Basti hielt Robert das Mikro unter die Nase. «Jetzt Sie.»

Robert schenkte ihm einen stechenden Blick. «Sicher nicht!»

«Kommen Sie schon. Das wird Ihnen guttun», insistierte Basti.

«Wenn Sie mir was Gutes tun wollen, traben Sie langsam wieder nach Hause.»

«Ganz ehrlich? Sie müssen endlich mal lockerer werden.»

Robert spürte, wie sich etwas in ihm zusammenbraute. Ihn in seinem eigenen Haus zum Singen zu nötigen, war nun wirklich das Allerletzte.

«Bitte, Opa. Lass uns zusammen singen», drängelte jetzt auch Jonas und zog an seinem Ärmel.

Robert versuchte, vor seinem Enkel die Fassung zu wahren, und bemühte sich um einen sanften Tonfall. «Vielleicht später, mein Junge.» Basti hingegen strafte er mit einem bösen Blick. Todesstrafe. Mindestens. Und er sah, dass die Botschaft ankam.

Sein Nachbar sah ihn zerknirscht an. «Tut mir leid. Ich wollte Sie nicht in Verlegenheit bringen.»

«Dann tun Sie's nicht», entgegnete Robert, bemüht, seine Stimme im Zaum zu halten. Wenigstens war sein Gegenüber zu Einsicht fähig. Das half.

Jonas startete währenddessen einen neuen Song und trällerte ins Mikro.

«Einen süßen Enkel haben Sie.»

«Danke. Ja. Und was Ihre Verstopfung im Bad angeht: Im Internet finden Sie jede Menge Klempner», sagte Robert und ließ es wie eine Verabschiedung klingen. Dabei wusste er, dass Basti nur das verstehen würde, was er verstehen wollte. Verschwinden wollte er jedenfalls nicht.

«Ich hätte auch gerne Kinder», sagte Basti mit Blick zu Jonas.

Robert sah ihn schief an. Das Gespräch lief in eine Richtung, die ihm ganz und gar nicht behagte. «Das besprechen Sie mal besser mit Ihrem Ehemann.»

Er sah Basti an, dass ihm etwas durch den Kopf schoss. Robert schien einen wunden Punkt getroffen zu haben.

«Früher waren Dennis und ich uns immer einig. Aber seit einiger Zeit …» Basti sprach den Satz nicht zu Ende.

«Was ist denn seit einiger Zeit?», fragte Robert.

Basti sah ihn leidend an. «Ach, diese Beförderung …»

Wieder ließ er den angefangenen Satz einfach so im Raum stehen. Robert rollte mit den Augen. Er war kein besonders geduldiger Mensch. Entweder wollte Basti sprechen oder nicht. Wobei ihm *nicht* eindeutig wie die bessere Option vorkam. Robert suchte nach Worten, die nicht zu rüde klangen, um Jonas nicht zu erschrecken, aber deutlich genug waren, um Basti aus dem Haus zu kriegen, als Jonas schon wieder einen neuen Karaoke-Song startete.

Basti stieß einen spitzen Schrei aus. «*Dancing Queen*!!!», schallte es Robert so laut entgegen, dass er erschrocken zusammenfuhr.

Basti war nicht mehr zu bremsen und sprang mit einem mächtigen Satz an Jonas' Seite. Robert konnte nur noch zusehen, wie das nächste schrille Duett seinen Lauf nahm.

Nach einer weiteren Stunde machte Basti immer noch keine Anstalten zu verschwinden. Er und Jonas wurden nicht müde, sich die Seele aus dem Leib zu singen. Robert hatte nun wirklich nichts gegen Musik. Aber das, was Bastis Kehle verließ, grenzte an Körperverletzung. Er hoffte inständig, dass Basti möglichst bald heiser würde und ihm die Stimme versagte. Es war Miriam, die dem Schauspiel schließlich ein Ende setzte.

«Ach, gut, dass ich dich hier treffe. Du hast versucht, mich zu erreichen?», hatte sie Basti begrüßt, ohne auch nur mit einem Wort auf die verschwitzten Gesichter und die leuchtenden Augen ihres Mieters und ihres Sohnes einzugehen.

«War nicht so wichtig, unser Abfluss in der Dusche ist verstopft. Aber ich muss dann auch mal», sagte Basti und wuschelte mit der Hand durch Jonas' Haare. «Wenn Dennis nachher nicht duschen kann, gibt's wieder Zoff.»

«Kannst du das nicht schnell machen, Papa? Ist doch ein Kinderspiel für dich», sagte Miriam. Robert wurde sofort hellhörig. Er hatte das Gefühl, dass sie die Möglichkeit, ihn schnell loszuwerden, damit sie sich ohne ein wirkliches Gespräch aus dem Staub machen konnte, nur zu gern ergriff. Er fragte sich, ob sie einen Austausch über Jonas vermeiden wollte oder ob es vielleicht daran lag, dass ihr Vorstellungsgespräch nicht gut gelaufen war. Seit sie das Haus betreten hatte, verhielt sie sich zugeknöpft und sah ihn kaum an. Zu Roberts Genugtuung machte ausgerechnet Basti Miriam einen Strich durch die Rechnung.

«Ach was. Ich besorg mir schnell einen Pimpel und mach das selber», sagte Basti mit der Selbstverständlichkeit eines professionellen Wasserinstallateurs und winkte lässig ab.

«Das heißt Pümpel», entgegnete Robert scharf, dem zum ersten Mal der Gedanke kam, dass Basti vielleicht einer von diesen Typen war, die sich einfach nur ungeschickt stellten, damit andere die Arbeit für sie machten.

«Wie auch immer», sagte Basti im Hinausgehen.

Dann herrschte Stille.

Robert musterte Miriam, die Jonas' Playstation vom Fernseher abzog und seinen Blicken weiterhin konsequent auswich.

«Und? Wie ist es gelaufen?», fragte Robert.

Miriam seufzte kaum hörbar. «Geht so.»

«Hast du die Stelle oder nicht?»

Obwohl sie sich Mühe gab, sich nichts anmerken zu lassen, sah er ihr die Enttäuschung deutlich an. «Es gibt noch andere Bewerber.»

«Und was hast du für ein Gefühl?»

«Wenn du's genau wissen willst: Es lief nicht so gut.»

«Vielleicht wäre es besser gewesen, sich erst eine neue Stelle zu suchen und dann die alte zu kündigen.»

«Danke für den Tipp, aber ich finde schon was.»

Robert ärgerte sich über sich selbst. Natürlich war Miriam enttäuscht. Und statt sie zu trösten, musste er besserwisserisch daherkommen.

«Brauchst du Geld?», fragte er und hoffte, seinen Schnitzer damit wieder wettmachen zu können. Aber er erreichte genau das Gegenteil. Miriam funkelte ihn verärgert an.

«Wie kommst du darauf? Nein!»

«Nur zum Überbrücken. Bis du was Neues hast.»

«Papa, ich komme klar. Auch wenn du mir das nicht zutraust.»

Robert musterte sie nachdenklich. Plötzlich ging es eindeutig um etwas anderes. Aber um was? «Was soll das jetzt heißen?»

«Weil es immer so war. Jonas, beeil dich. Wir gehen.»

Robert sah zu Jonas, der mit hängendem Kopf sein Mikrofon im Rucksack verstaute. Er konnte sich vorstellen, was im Kopf des Jungen vorging, und allein schon deswegen wollte er keinen Streit mit Miriam anfangen. Doch er ahnte, dass es genau darauf hinauslief. Sie steuerten so sicher darauf zu wie Schauspieler auf den letzten Akt eines Theaterstückes, das sie Hunderte Male gespielt hatten. Während er seiner Tochter dabei zusah, wie sie eilig Jonas' Klamotten zusammensuchte, überlegte er fieberhaft, wie er sie dazu bringen konnte zu bleiben. Oder wenigstens nicht im Streit zu gehen. Da kam ihm eine Idee. Einen Versuch war es zumindest wert.

«Bist du etwa mit dem Lippenstift zum Vorstellungsgespräch gegangen?»

«Ja, wieso?», fragte Miriam unwirsch.

«Du solltest dringend über den Rotton nachdenken», empfahl er und wies sich innerlich zurecht, als er bemerkte, wie er oberlehrerhaft den Kopf dazu schüttelte.

Miriam wurde nun doch unsicher. «Was ist damit?»

«Siehst du nicht, wie blass dich dieser Violettstich macht? Du bist ein Herbsttyp», sagte er und griff nach seinem AVON-Koffer.

Robert genoss es zu sehen, wie sehr er Miriam damit aus dem Takt brachte. Sie stand da wie angewurzelt und verfolgte jede seiner Bewegungen, als hätte sie einen Außerirdischen vor sich.

«Zu dir passen warme Rottöne, die einen gelblichen, tendenziell eher dunklen Unterton haben. Perfekt wären auch erdige Töne wie Braun, Orange oder ein warmes Gold», erklärte Robert, während er einen Lippenstift zückte und einen Strich auf ihren Unterarm malte. «Und? Was denkst du?»

Miriam betrachtete die Farbe. Tatsächlich schien sie ein wenig besänftigt zu sein. «Nicht schlecht.»

«Dieser Lippenstift ist einer unserer absoluten Verkaufsschlager. Ich hätte auch noch eine passende Foundation dazu», fuhr Robert fort. Miriam hörte ihrem Vater verblüfft zu. Unschlüssig schaute sie zwischen dem Strich auf ihrem Arm und Robert hin und her. Die Spannung, die im Raum geherrscht hatte, verflüchtigte sich zusehends. Auch Jonas fand sein Lachen wieder. Seine sensiblen Antennen empfingen wieder freundlichere Signale.

«Mama, der ist total schön», pflichtete er begeistert bei.

Miriam schien immer noch nicht zu wissen, was sie von der Wendung halten sollte, die ihr Gespräch genommen hatte. Zögerlich begutachtete sie den Lippenstiftstrich auf ihrem Arm. «Ja, wenn ihr meint, dann ... nehme ich den mal.»

Dann schauten Robert und sie sich tief in die Augen. Er grinste seine Tochter verschmitzt an. Und es blieb ihm nicht verborgen, dass auch über ihr Gesicht ein feines Lächeln huschte.

Nachdem Miriam und Jonas sich verabschiedet hatten, schaffte Robert Ordnung im Wohnzimmer. Er war erleichtert, dass der Abend so ein versöhnliches Ende gefunden hatte. Er war immer noch so positiv aufgewühlt, dass er beschloss, sich ein Gläschen Wein zu gönnen. Aber kaum hatte er die Flasche entkorkt, klingelte das Telefon. Den

Namen der Frau am anderen Ende der Leitung hatte er noch nie gehört. Sie hielt sich auch nicht lange mit einer Vorrede auf, sondern schnatterte ohne Punkt und Komma in sein Ohr. Robert konnte beim besten Willen nicht verstehen, worauf sie hinauswollte. Bis er ihr schließlich energisch ins Wort fiel.

«Wovon reden Sie?», rief Robert in den Hörer.

«Ich hätte Sie gerne als meinen neuen AVON-Berater», antwortete die Frau hörbar eingeschüchtert.

Robert entschied, sich in seinem Ton etwas zu mäßigen. «Wie sind Sie denn auf mich gekommen?», fragte er, obwohl er sich bereits denken konnte, dass Rosemarie dahintersteckte. Es war nicht die erste Kundin, die sie an Robert weiterreichte.

«Man hört viel über Sie. Nur Gutes.»

«Aha?», entgegnete Robert. Er fühlte sich geschmeichelt und sah keinen Grund, die Sache nicht weiter auszukosten. «Was sagt man denn so über mich?»

«Ihnen geht's nicht nur darum, uns möglichst viel anzudrehen. Die Leute vertrauen Ihnen.»

Tatsächlich deckten sich die Worte der Frau mit seinen eigenen Erfahrungen. Es war nicht nur sein Fleiß, der sich ausgezahlt hatte und ihm einen steten Zulauf an neuen Kunden bescherte. Das war ihm spätestens aufgefallen, als er einer Kundin während einer Kosmetikparty dringend dazu geraten hatte, in Zukunft auf ihren sündhaft teuren Eyeliner zu verzichten, den sie seiner Meinung nach überhaupt nicht nötig hatte. «Manchmal ist weniger mehr», hatte Robert ihr erklärt. Die Frau hatte sich nicht nur über sein Kompliment gefreut, sondern sich auch überschwänglich für seine Ehrlichkeit bedankt. Und zum Dank eine üppige Bestellung an anderen Kosmetikprodukten aufgegeben. Mit jedem weiteren Kundenkontakt wurde Robert klarer, dass ein wahres Wort mehr brachte als blumige Verkaufsfloskeln.

«Bei Frau Sangthong ist das anders. Die hat immer nur ihre Geschäfte im Kopf», sagte die Anruferin und löste damit Unwohlsein bei Robert aus. Er spürte, wie sich sein Magen zusammenzog. Ein Gespräch über Wilma Sangthong war ihm ungefähr so angenehm wie eine Wurzelbehandlung. Er wusste, dass er besser nicht nachfragen sollte, aber seine Neugier war stärker. «Sie waren bisher bei Frau Sangthong?»

«Ja, aber ich würde gerne wechseln.»

Robert fiel wieder ein, dass er Wilma Sangthong selbst erst zur Rede gestellt hatte, weil sie ihm eine Kundin abgeluchst hatte. Im Grunde würde er gegen seine eigenen Prinzipien verstoßen. Andererseits hatte diese Frau ihn aus freien Stücken angerufen. Es war ihre Entscheidung.

«Wenn es geht, würde ich gern gleich für morgen einen Termin ausmachen», sagte die Frau mit Nachdruck.

Damit war die Sache für Robert geritzt. Und da er sicher war, dass sie ihn nicht sah, gönnte er sich ein triumphierendes Grinsen. Quid pro quo, dachte er. Das hatte er mal in einem ziemlichen blutigen Film gehört.

KAPITEL 14

Es war noch früh am Morgen, als Robert seinen Wagen vor einem kleineren Mehrfamilienhaus am Stadtrand parkte. Zu früh, dachte Robert, der sich fragte, warum seine neue Kundin ihre bestellte Kosmetik unbedingt zu nachtschlafender Zeit in Empfang nehmen wollte. Aber wenn er tatsächlich AVON-Berater des Jahres werden wollte, musste er sich flexibel zeigen und konnte auf seinen gewohnten Tagesablauf keine Rücksicht nehmen. Die zweite Tasse Kaffee musste warten. Und auch, dass er einmal quer durch die ganze Stadt hatte fahren müssen, nahm er bereitwillig in Kauf. Wer nicht kämpft, hat schon verloren, dachte Robert, während er den Klingelknopf drückte. Nur wenige Augenblicke später wurde die Tür geöffnet. Er wurde erwartet. So viel stand fest.

«Herr Winter, schön, dass wir uns endlich kennenlernen.»

Robert wunderte sich ein wenig über ihre Wortwahl. Er war nicht zu einem Kaffeekränzchen gekommen oder zu einem Lesekreis. Es war ein rein geschäftliches Treffen. Und wie er auf den ersten Blick bemerkte, gab es hier einiges für ihn zu tun. Die Farbe ihres Lippenstiftes war von einem so intensiven Rot, dass man sie an jeder Straßenkreuzung gut und gerne als lebendiges Stoppschild hätte aufstellen können. Erst auf den zweiten Blick fiel ihm auf, wie schick die Frau gekleidet war. Wäre es nicht morgens, sondern abends gewesen, er hätte angenommen, sie sei auf dem Sprung zu einer Party. Zu dem kurzen, hautengen Kleid inklusive tiefem Ausschnitt trug sie hochhackige Schuhe, deren Absätze aus durchsichtigem Kunststoff bestanden. Robert hielt ihr die Tüte mit der Kosmetik entgegen. «Zahlen Sie bar oder per Überweisung?»

«Ich bräuchte noch ein paar weitere Dinge. Vielleicht besprechen wir das kurz drinnen?», bat sie lächelnd.

Robert musste nicht lange nachdenken. Für die Fahrt hierher hatte er über eine Stunde gebraucht. Das sollte sich wenigstens gelohnt haben. «Gerne. Ich habe meinen Katalog dabei», antwortete er und folgte ihr ins Haus.

«Nehmen Sie Kaffee oder lieber Tee?», fragte sie.

«Kaffee mit einem Schuss Milch», antwortete er, während sie bereits in der Küche verschwand. Wenigstens kam er so doch noch zu seiner zweiten Tasse Kaffee.

Der kleine Flur war komplett vollgestellt. Überall lag, stand oder hing etwas herum. Die Garderobe war so überfüllt, dass er fürchtete, sie würde jeden Moment unter ihrer Last zusammenbrechen. Vor dem ohnehin schon überfüllten Schuhregal standen noch jede Menge weitere Schuhpaare. Ein antiker Sekretär quetschte sich neben das Regal, und die Wände waren übersät mit Bildern und anderen Dekorationen.

«Sie müssen entschuldigen, ich bin erst vor einem halben Jahr hier eingezogen. So richtig Ordnung konnte ich bis heute nicht schaffen», rief sie aus der Küche.

«Ein halbes Jahr sollte eigentlich reichen», brummte Robert leise vor sich hin.

«Aber so eine Scheidung nimmt einen immer ganz schön in Anspruch», rief sie, was in Roberts Ohren so klang, als wäre das nicht ihre erste Scheidung gewesen. «Gehen Sie doch schon mal vor ins Wohnzimmer.»

Robert steuerte den ebenfalls überfüllten Wohnraum an und suchte nach einem freien Sitzplatz. Auf dem Sofa lagen Decken und Kleidungsstücke herum, die er beiseiteschob, um sich setzen zu können.

«Ich bin gespannt, was Sie mir empfehlen können», trällerte die Kundin fröhlich, die nun ein Tablett mit Kaffee hereintrug.

«Wenn Sie mich schon fragen, als Erstes sollten wir über Ihren Lippenstift sprechen.»

Sie lächelte ihn schief an. «Gefällt er Ihnen nicht?»

Robert glaubte, einen Hauch von Enttäuschung in ihrer Stimme zu hören. Er musste sensibel vorgehen. Ehrlichkeit war schön und gut, aber verletzen wollte er sie auch nicht. Diese geschmackliche Entgleisung war sicher nicht auf ihrem eigenen Mist gewachsen. Man erkannte sofort, dass sie bisher von Wilma Sangthong beraten worden war: Von allem zu viel. Das galt nicht nur für ihren Lippenstift. Robert stellte sich auf ein längeres Beratungsgespräch ein. Er würde sie von Kopf bis Fuß neu ausstatten müssen. Er suchte nach ein paar feinfühligen Formulierungen für einen möglichst guten Einstieg. Und er wunderte sich selbst, wie gut er seinen Wortschatz schon aufgestockt hatte. «Der Lippenstift überlagert alles und zieht sämtliche Aufmerksamkeit von Ihrem attraktiven Gesicht ab», erklärte er, ohne lügen zu müssen. Attraktiv war sie. Keine Frage.

Die Kundin lächelte und reichte ihm eine Tasse Kaffee.

«Das ist aber schade, dass der Lippenstift sämtliche Aufmerksamkeit abzieht», sagte sie und zog dabei an ihrem Ausschnitt, sodass man noch tiefer in ihr Dekolleté schauen konnte.

Robert hielt es für das Beste, so zu tun, als hätte er die Anspielung nicht verstanden. «Wir haben da ein ganz neues Produkt im Sortiment, das perfekt zu Ihnen passt. Den *Liquid Lipstick Rosy Flash*. Den gibt es in Matt und in Glänzend, aber ich würde Ihnen ganz klar matt empfehlen», erklärte er und schlug die entsprechende Seite im Katalog auf.

Doch die Kundin schenkte dem Hochglanzprospekt nicht einen müden Blick. Stattdessen sah sie nur ihn an und lächelte dabei unaufhörlich. Ihn beschlich der Verdacht, dass ihre Gedanken um etwas anderes als Kosmetik kreisten.

«Ist Ihnen nicht heiß in Ihrem Jackett? Warum legen Sie es nicht ab?», fragte sie, und er spürte ihre warme Hand auf seine Schulter.

Reflexartig wischte Robert die Hand von sich, als wollte er ein Insekt vertreiben. «Ich gehe dann besser wieder.»

Er sah ihren verstörten Gesichtsausdruck. Mit dieser Reaktion schien sie nicht gerechnet zu haben. «Bin ich nicht Ihr Typ?», fragte sie und klang dabei verletzt.

«Typfragen interessieren mich nur in Bezug auf Kosmetik.»

Ihr Gesicht war jetzt ein einziges Fragezeichen. «Herr Winter, das tut mir unendlich leid. Ich wollte Ihnen nicht ...»

Weiter kam sie nicht. Robert fiel ihr ins Wort. «*Was* wollten Sie nicht?»

«Zu nahe treten.»

«Aber genau das haben Sie getan.»

Die Frau schlug die Hände vor den Mund und sah ihn betreten an. «Das ist mir alles so unangenehm.»

Robert musterte sie. Irgendetwas stimmte hier nicht. Ja, sie hatte ihm Avancen gemacht. Ziemlich plump sogar. Doch aus irgendeinem Grund hatte er den Eindruck, dass sie falschen Informationen aufgesessen war. Dass sie sich etwas bei ihm ausgerechnet hatte. Der Irrtum war ihr ganz offensichtlich mehr als nur peinlich. Sie schämte sich für ihre Übergriffigkeit, und er nahm ihr das ab.

«Wie kommen Sie darauf?», fragte Robert vorsichtig. Er sah den Glanz in ihren Augen und versuchte, es nicht zu sehr wie einen Vorwurf klingen zu lassen. Er wollte sie nicht zum Weinen bringen. Nur zum Reden.

Die Frau sah ihn schuldbewusst an. «Sie sind ein gut aussehender Mann …»

«Das wüsste ich aber!», konterte Robert impulsiv. Seine Antwort ließ ihn kurz innehalten. «Also, ja, vielleicht. Aber was hat das damit zu tun?»

«Mir ist zu Ohren gekommen, dass Sie einsam sind, Herr Winter. Man sagte mir, dass Sie nichts dagegen hätten …»

«Wer sagt das?!», fragte Robert. Er sah, wie sie erschrocken zusammenfuhr, und mäßigte sich sofort wieder in seinem Ton.

Die Frau sah ihn verlegen an. «Ich möchte in nichts reingezogen werden.»

«Ich muss Sie enttäuschen. Sie sind bereits mittendrin.»

«Gehen Sie jetzt bitte.»

Robert atmete tief durch. Am liebsten hätte er den Namen aus ihr herausgeschüttelt. Aber er wusste, dass er ihrem Wunsch nachkommen und sich zurückziehen musste. Alles andere würde die Sache nur schlimmer machen.

Der lange Nachhauseweg durch die Stadt entwickelte sich zu einem lebensgefährlichen Unterfangen. Robert war kaum in der Lage, sich auf den Verkehr zu konzentrieren. Stattdessen zermarterte er sich das Hirn darüber, wer ihm derart schaden wollte. Die einzige Person, die ihm in den Sinn kam, war Wilma Sangthong. Doch obwohl sie bereits gezeigt hatte, was sie alles für den Titel AVON-Beraterin des Jahres zu tun bereit war, traute er selbst ihr dieses Maß an Niedertracht nicht zu. Eins war jedenfalls klar: Solche Gerüchte konnten ihn in verdammt große Schwierigkeiten bringen, und das Schlimme war, er hatte nicht die geringste Ahnung, wie er damit umgehen sollte. Aussitzen war noch nie seine Art gewesen, aber ihm waren die Hände gebunden. Er hatte keine Kontrolle, und das nagte an ihm.

Der Tag hatte gerade erst angefangen, aber Robert war so aufgewühlt, dass er nicht in der Lage war, weitere Bestellungen auszuliefern. Je länger er darüber nachdachte, was geschehen war, desto beunruhigter war er. Als Robert wieder zu Hause war und seinen Kunden vertröstende E-Mails schrieb, überlegte er, den Kurs in Achtsamkeitsmeditation auf vier CDs herauszusuchen, den Sophia ihm mal zum Geburtstag geschenkt hatte und der im CD-Regal zwischen der *Zauberflöte* und einer ungekürzten Lesung von Dostojewskis *Dämonen* verstaubte. Doch er verwarf die Idee gleich wieder und griff stattdessen zum Telefon. Er musste reden. Karl konnte er sich nicht anvertrauen.

Zwar hatten sie sich noch ein weiteres Mal mit Frank zum Kartenspielen getroffen, und er genoss es, dass sie wieder Kontakt hatten, aber dieses Thema war ihm dann doch zu heikel, um es mit seinem alten Freund zu besprechen. Zu sehr fürchtete er sich vor Sticheleien. In diesem Moment fiel ihm tatsächlich nur ein einziger Mensch ein, mit dem er die Sache besprechen wollte. Und obwohl Robert sich nichts sehnlicher wünschte als Lilli Fischers Rat, war er doch ein wenig überrascht darüber, dass sie bereits nach zwei Freizeichen abnahm.

«Fischer?», hörte Robert eine Stimme, die ganz eindeutig nicht Lillis war. Sie war männlich. Es war ihr Mann, Patrick.

Robert stutzte. «Äh, ja ... Ich wollte eigentlich mit Ihrer Frau ...»

«Die ist gerade im Bad. Kann ich etwas ausrichten?»

Robert entschied sofort, dass es nicht ratsam war, Patrick zu erzählen, was ihm zugestoßen war. Aber noch ein ganz anderer Gedanke bereitete ihm Kopfzerbrechen. Er wäre nie auf die Idee gekommen, an Sophias Telefon zu gehen. Er war sicher, dass sie keine Geheimnisse vor ihm gehabt hatte. Und trotzdem, oder vielleicht auch genau deshalb, hatte er ihre Privatsphäre immer respektiert. Patrick Fischer sah das offenbar anders. Robert war alarmiert. Und obwohl er kaum etwas mehr hasste als Lügen, mahnte ihn eine innere Stimme zu einer Vorsichtsmaßnahme.

«Mein Computer ist abgestürzt, ich rufe alle Kunden an, damit sie mir ihre Bestellungen noch mal durchgeben können.»

«Was für eine Katastrophe. Was sind wir ohne Computer, was?», sagte Patrick. Robert fand, dass er seinen bedauernden Ton ein wenig zu dick aufgetragen hatte. Es klang eher nach Heuchelei.

«Sie sagen es», pflichtete Robert ihm bei. Er wollte das Gespräch so schnell wie möglich beenden. Er war nun mal kein Schauspieler. Lügen machten ihn nervös. Und das würde auch sein Gesprächspartner früher oder später merken. «Dann mache ich mal weiter. Ich habe noch eine lange Liste abzutelefonieren. Wenn Sie Ihre Frau bitten würden, mich zurückzurufen?»

«Viel Erfolg, Herr Winter. Ich gebe Lilli Bescheid.»

Nachdem Robert aufgelegt hatte, starrte er noch einen Moment auf sein Smartphone. Bis die Aufregung ihn wieder einholte. Er schob alle Gedanken an Lilli und ihren Mann beiseite. Er hatte ein eigenes Problem, und er brauchte jemanden zum Sprechen. Einen Menschen, der ihn auf den Boden zurückholte. Der ihm sagte, dass das alles nicht so dramatisch sei und im Grunde nichts passiert war.

Nachdem er von der Idee, Miriam anzurufen, wieder Abstand genommen hatte, klingelte Robert an der Tür seiner Nachbarn. So schlimm stand es also um seine Nerven, dass er sich freiwillig auf eine Tasse Kaffee bei Basti einlud, dachte Robert kopfschüttelnd. Aber auch nach dem zweiten und dritten Klingeln machte Basti nicht auf. Robert legte sein Ohr an die Haustür. Drinnen war es mucksmäuschenstill. Es schien tatsächlich niemand da zu sein. Robert stieß einen Seufzer aus. «Rückt mir jeden Tag ungefragt auf die Pelle, aber wenn man ihn einmal braucht, ist er nicht da», entfuhr es ihm, als er zurück zu seinem Haus ging.

Während Robert die Kaffeemaschine befüllte und sich überlegte, ob ausnahmsweise ein frühes Gläschen Wein seine Nerven beruhigen könnte, klingelte sein Smartphone. Das musste Lilli sein. Doch als er auf das Display blickte, sah er dort die Nummer der AVON-Bestellhotline. Keine Frage, er sprach gerne mit Rosemarie. Und jetzt fragte er sich, warum er nicht früher auf die Idee gekommen war, sie anzurufen. Andererseits wunderte er sich, warum sie ihn anrief. Das war ungewöhnlich.

«Guten Tag, Herr Winter», sagte Rosemarie in einem Ton, der anders klang als sonst. Das hörte Robert sofort. Sein Verdacht verstärkte sich, während sie ein paar höfliche Sätze austauschten. Die hatten zwar keinen besonderen Inhalt, aber es kam ihm die ganze Zeit so vor, als rede Rosemarie um den heißen Brei herum. Robert wollte die Sache abkürzen.

«Raus mit der Sprache. Was ist los?»

Da kam sie ohne große Umschweife auf den Punkt. «Ich muss Ihnen jetzt etwas sehr Unangenehmes sagen, Herr Winter.»

Robert war sofort alarmiert. «Wie unangenehm?»

«Es gab eine Beschwerde gegen Sie.»

«Gegen mich?» Robert verstand nun gar nichts mehr. «Wenn einer Grund hätte, sich zu beschweren, dann ja wohl ich.»

Rosemarie schien hellhörig geworden zu sein. «Wie meinen Sie das?»

«Sagen wir, ich hatte heute Morgen eine sehr fragwürdige Begegnung mit einer Kundin. Und die hat sich ernsthaft über mich beschwert?»

«Nein, ich rede von Frau Sangthong», entgegnete Rosemarie.

Robert lief ein Schauer über den Rücken. Also hatte sie

doch ihre Finger im Spiel. Sein Zorn auf diese Frau stieg ins Unermessliche.

«Frau Sangthong wirft Ihnen unprofessionelles Geschäftsgebaren vor», führte Rosemarie weiter aus.

«Unprofessionell? Ich?!»

«Sie behauptet, Sie würden Ihren weiblichen Kunden nicht nur Kosmetik anbieten, sondern auch noch ein paar Extradienste. Und dass Sie die Einsamkeit gewisser Frauen ausnutzen, um Ihren Umsatz zu steigern.»

Robert verstand sofort und sah sich endgültig bestätigt. Er spürte, wie sein Blutdruck in die Höhe schoss. Er vernahm ein leichtes Rauschen in den Ohren.

«Ich kann mir das absolut nicht vorstellen», schob Rosemarie eilig hinterher. Sie wollte klarstellen, dass sie diesen Gerüchten keinen Glauben schenkte, und dafür war er ihr dankbar.

«Aber einer offiziell eingelegten Beschwerde muss ich nachgehen. Außerdem hat Frau Sangthong mich gefragt, ob Sie Ihre Ware weiterhin über das Geschäftskonto Ihrer verstorbenen ...» Sie brach ab. Wahrscheinlich hatte Rosemarie das Gefühl, zu weit zu gehen. Aber Robert hatte sie auch so verstanden.

«Was geht die das an?»

«Nichts, Herr Winter. Aber Frau Sangthong kann eins und eins zusammenzählen. Und sie will Ihnen schaden. So viel steht fest.»

Das war nichts Neues. Auf geschäftlicher Ebene konnte Wilma Sangthong ihm schon längst nicht mehr das Wasser reichen. Also versuchte sie es jetzt mit Rufmord. Da fiel ihm ein, dass er eine entscheidende Frage noch nicht gestellt hatte: «Und was haben Sie ihr gesagt?»

«Nun, dass ich mir alles genau notiere und der Sache nachgehen werde. Und dass, sollten sich die Vorwürfe erhärten, ich eine Meldung an die Geschäftsführung mache. Was Details zu Ihrem Konto angeht, so bin ich natürlich zu keiner Auskunft an Dritte befugt.»

«Verstehe», sagte Robert. Er wusste, wie haltlos die Vorwürfe waren. Die würden sich so oder so in Luft auflösen. Aber allein die Gerüchte konnten ihm schaden.

«Und dann habe ich meine Notizen zerrissen und in den Papierkorb geworfen», schob Rosemarie hinterher und kommentierte es mit einem Lachen.

Robert stutzte. Und dann spürte er, wie sich Erleichterung in ihm breitmachte. Auch wenn sein Problem noch nicht grundsätzlich gelöst war, hatte er zumindest eine Verbündete. Und die konnte er dringend brauchen.

«Herr Winter, diese Frau wird keine Ruhe geben. Aber was das Konto Ihrer Frau angeht, so kann ich Sie nicht ewig decken. Sie müssen sich irgendwas einfallen lassen», sagte Rosemarie. Robert wusste nur zu gut, wie recht sie hatte.

«Sie beglücken einsame Herzen? Wer kommt denn auf so einen Blödsinn?», fragte Lilli und lachte so laut, dass Robert sich für einen Moment in seiner Ehre gekränkt sah. Natürlich würde er niemals einer Frau zu nahe treten. Und seine Gesellschaft suchte er sich immer noch selber aus. In seinen Ohren klang das jedoch fast so, als wäre es jenseits aller Vorstellungskraft, dass sich überhaupt eine Frau für ihn interessierte. Aber Robert wollte nicht kleinlich sein. Er war viel zu froh, dass Lilli ein paar Tage später doch noch zurückgerufen hatte und sie nun auf der Bank vor dem Gerichtsgebäude saßen. Robert hatte schon nicht mehr damit gerechnet und sich gefragt, ob er sie mit irgendetwas verärgert hatte. Für einen Moment hatte er befürchtet, dass Wilma Sangthongs Verleumdungen bereits bis zu Lilli vorgedrungen waren und sie sich deshalb von ihm fernhielt. Er war erleichtert gewesen, als er endlich ihre Stimme am Telefon gehört hatte. Sie hatten sich verabredet, und Robert hatte ihr alles erzählt. Lilli hatte aufmerksam zugehört. Dass sie der ganzen Sache keine größere Bedeutung beimaß, beruhigte ihn. Robert lernte eine ganz neue Seite an Lilli kennen. Sie war sehr klug und konnte messerscharf analysieren. Das imponierte ihm. Sie muss eine sehr gute Richterin sein, dachte er, während er sie in ihrem schwarzen Talar betrachtete.

Lilli sah ihn ernst an. «Herr Winter, ich weiß, das wird Ihnen nicht gefallen. Aber ich würde die Sache auf sich beruhen lassen.» Robert spürte einen Stich. Dieser Ratschlag gefiel ihm tatsächlich nicht.

«Ich soll Wilma Sangthong einfach so davonkommen lassen?»

Lilli nickte entschlossen. «Wir müssen zielorientiert denken.»

«Wie meinen Sie das?»

«Wenn wir jetzt weiteren Staub aufwirbeln, machen Sie die Sache größer, als sie ist.»

«Und wenn sie nicht aufhört? Wenn sie weiter Unwahrheiten über mich verbreitet? Wer weiß, was dieser Frau als Nächstes einfällt.»

Lilli sah ihn bedauernd an. «Für eine Klage wegen Rufmordes reicht es jedenfalls nicht. Da muss ich Sie enttäuschen.»

Robert schwieg. Auch wenn alles in ihm sich dagegen sträubte, einfach so lockerzulassen, er wusste, dass sie recht hatte. Trotzdem suchte er weiterhin nach einer Möglichkeit, Wilma Sangthong in die Schranken zu weisen.

«Ich würde mit ihr persönlich reden», riet Lilli.

«Mit dieser ...» Robert stockte der Atem. «Bevor ich mich der freiwillig nähere, müsste sie erst mal in Weihwasser baden.»

Lilli musste lachen. «Versuchen sollten Sie es. So eine direkte Konfrontation wirkt oft Wunder. Sie können sich ja sicherheitshalber ein Kreuz umhängen. Oder Knoblauch.»

«Ich werde Holzpflock und Hammer mitnehmen», murmelte Robert missmutig. Während er sich seinen Gedanken hingab, bemerkte er plötzlich, wie Lilli ihn lächelnd musterte. «Was?»

«So gefallen Sie mir deutlich besser als dieser verlotterte und unrasierte Herr im Bademantel.»

Robert musste an ihre erste Begegnung denken und erwiderte ihr Lächeln. Seitdem war viel passiert. Mit ihm war viel passiert. «Verlottert? Ich muss doch sehr bitten», sagte er mit gespielter Empörung.

«Eine Augenweide waren Sie jedenfalls nicht. Aber das hat sich grundlegend geändert», sagte sie.

Robert schwieg verlegen. Er wusste, dass er ganz anständig aussah. Manche sagten sogar, gut. Aber er machte nicht gerne großes Aufheben um sein Äußeres.

«Das Einzige, worauf es ankommt, sind innere Werte», sagte Robert. Auch in seinen Ohren klang das etwas floskelhaft. Trotzdem wunderte er sich, wieso Lilli sich so sehr darüber amüsierte.

«Innere Werte? Dann arbeiten Sie ja genau in der richtigen Branche. Da geht es ja ausschließlich um innere Werte.»

«Glauben Sie mir, bei einem verdorbenen Charakter kann ich keine Wunder vollbringen. Da hilft auch das beste Make-up nicht.»

Nun lachte Lilli so richtig los. Robert bemerkte, dass sich ein paar Passanten zu ihnen umdrehten. Aber das machte ihm nichts aus. Er war stolz darauf, mit Lilli gesehen zu werden.

«Ich hoffe, Sie reden jetzt nicht von mir?», fragte sie und boxte ihm mit der Faust in den Oberarm.

Robert winkte ab. «Nein, nein. Sie sind in Ordnung.»

«In Ordnung? Das wird ja immer besser.»

Er lächelte sie verschmitzt an. «Damit müssen Sie sich schon zufriedengeben. Wir sind hier ja nicht am Flirten.»

Der Satz hatte Roberts Mund noch nicht ganz verlassen, da bemerkte er, dass ihr Gespräch eine Richtung eingeschlagen hatte, die er tunlichst vermeiden wollte. Lilli schien es genauso zu gehen. Sie räusperte sich verlegen.

«Wie geht es Ihrem Mann?», fragte Robert, um auf ein unverfängliches Thema zu lenken. Und weil er das Gefühl hatte, dass er damit die alten, klaren Verhältnisse zwischen ihnen wiederherstellte.

«Gut. Wie immer», antwortete Lilli schmallippig und mit einem Ton in der Stimme, den Robert merkwürdig fand. Kaum hatte er ihren Mann erwähnt, verschloss Lilli sich wieder. Von sich aus redete sie nie über Patrick, was Robert ebenfalls komisch vorkam. Aber er hatte nicht das Recht, sie über ihre Ehe auszuhorchen. Dabei fragte er sich insgeheim schon seit dem Besuch bei Lilli zu Hause, wie die Beziehung der beiden eigentlich funktionierte. Und spätestens beim ersten Zusammentreffen mit Patrick hatte er den Eindruck gewonnen, sie waren wie zwei Puzzleteile, die nicht zusammenpassten.

«Patrick ist für drei Tage dienstlich unterwegs», sagte Lilli schließlich. Dabei flog ein Lächeln über ihr Gesicht. «Einmal nicht aufräumen müssen, Essen vor dem Fernseher, Milch aus der Packung trinken. Herrlich.»

Robert verzog angewidert das Gesicht. «Milch aus der Packung? Nicht Ihr Ernst?»

Lilli schwieg und lächelte. Robert lächelte zurück.

Robert stieg aus dem Auto und ging auf den Eingang seines Hauses zu. Nach dem Treffen mit Lilli kam ihm sein Problem schon nicht mehr so groß vor. Sie hatte es geschafft, seine Sorgen zu zerstreuen. Dennoch spürte er einen Druck auf der Brust, und das Durchatmen fiel ihm schwer. Um die Verspannung zu vertreiben, machte Robert ein paar Dehnübungen an der Haustür, als er Basti rufen hörte.

«Hallo, Herr Winter.»

Robert drehte sich zu seinem Nachbarn um.

Basti trug eine Schürze mit der Aufschrift *Kiss the Cook*. «Hätten Sie Lust, mit uns zu grillen?»

Robert warf einen flüchtigen Blick auf seine Uhr. Es war gerade einmal früher Nachmittag. «Jetzt?!»

Basti musterte ihn fragend. «Haben Sie was Besseres vor?»

«Alles ist besser, als mit Ihnen zu grillen.»

«Geben Sie sich einen Ruck. Ich habe so viel eingekauft, und in letzter Minute sagen die Gäste ab.»

«Und jetzt darf ich Ihr Notnagel sein?»

Basti hakte sich ungefragt bei Robert unter und zog ihn mit sich. «Was diskutieren wir hier groß. Kommen Sie einfach.»

Robert riss sich los. «Gehen kann ich schon alleine.» Er schüttelte den Kopf über Bastis Übergriffigkeit. Trotzdem entschied er, ihm zu folgen. In den letzten Tagen hatte Wilma Sangthong es geschafft, ihm gründlich den Appetit zu verderben. Doch jetzt, wo der Stress nachließ, meldete sich auch sein Magen wieder.

Kaum hatte Robert das Haus seiner Nachbarn betreten, nahm er die eisige Stimmung wahr, die dort herrschte. Das überraschte ihn, denn schon seit einer Weile hatte er in seinen eigenen vier Wänden keinen Streit der beiden mehr mit anhören müssen. Robert hatte das eigentlich als gutes Zeichen gewertet. Aber nun beschlich ihn das Gefühl, dass das Gegenteil der Fall war. Die beiden schienen eine echte Krise zu haben.

Robert saß am gedeckten Tisch auf der Terrasse und musterte Dennis, der sich etwas ungeschickt dabei anstellte, den Grill zu entfachen. Robert unterdrückte den Impuls, aufzustehen und Dennis die Sache aus der Hand zu nehmen.

«Und? Was gibt's sonst so?», fragte er stattdessen im Plauderton.

«Nichts Besonderes», antwortete Dennis kaum hörbar, den Blick starr auf den Grill gerichtet. Die Stille nervte Robert. Wenn sie ihn schon einluden, sollten sie ihn gefälligst auch unterhalten.

«Alles okay bei Ihnen?», fragte Robert geradeheraus. An Dennis' überraschtem Blick sah er sofort, dass anscheinend

nicht alles okay war. Er schien einen Moment zu überlegen. Dann nickte er.

«Sicher», antwortete Dennis. Mehr kam da nicht.

Robert dachte schon darüber nach, die rauschende Party
zu verlassen, als Basti mit einem Teller aus dem Haus kam,
den er auf dem Tisch abstellte. «Alles vegetarisch», sagte
er, als wäre das eine Sache, auf die man stolz sein müsste.

Robert verzog beim Betrachten des Grillguts angewidert
den Mund. Nun hatte er noch einen Grund mehr, schleunigst von hier zu verschwinden. Das Zeug sah aus, als käme
es aus einem 3-D-Drucker. Er spürte, wie sein Hunger im
Nu verflog. «Was um Himmels willen soll das sein?»

«Sie werden denken, Sie beißen in Fleisch.»

«Warum essen wir dann nicht einfach welches?»

«Wir alle essen viel zu viel tierisches Eiweiß. Gerade in
Ihrem Alter sollten Sie darauf achten.»

Robert deutete auf das Grillgut. «Und das da soll gesund
sein?»

«Wann haben Sie das letzte Mal Ihren Cholesterinspie-
gel messen lassen?»

Diese Frage konnte Robert tatsächlich nicht beantworten. Er ging nur in absoluten Notfällen zum Arzt. Allein schon, um der Gefahr aus dem Weg zu gehen, sich im
Wartezimmer bei irgendwem mit irgendwas anzustecken.
Genauso, wie man seiner Meinung nach ins Krankenhaus
nur zum Sterben ging.

«Und die ganze Chemie, die man braucht, um das da in
Form zu kriegen?»

Basti schüttelte genervt den Kopf und stöhnte auf. «Mit
Ihnen kann man einfach nicht diskutieren.»

Dennis war inzwischen dazu übergegangen, die Kohle

mithilfe eines Blasebalgs zum Glühen zu bringen. Basti behandelte ihn wie Luft und legte eine der vegetarischen Würste auf den Rost.

«Wie oft habe ich dir gesagt, dass die Kohle erst durchglühen muss», raunte Dennis.

Robert beobachtete die beiden mit Argusaugen. Dass Basti auf Dennis' Maßregelung mit Missachtung reagierte und ihm die kalte Schulter zeigte, machte Robert endgültig klar, dass zwischen den beiden irgendwas im Busch war.

«Ihr Mann hat recht. Der Qualm ist krebserregend», warf Robert ein. Nicht nur, weil er fand, dass Dennis recht hatte, sondern auch, um irgendwie ein Gespräch in Gang zu bringen. Er wollte herauskriegen, was los war.

«Ist ja klar. Dennis baut Mist, und Sie stellen sich auf seine Seite», konterte Basti.

Robert wollte instinktiv protestieren. «Ich stelle mich auf überhaupt keine ...» Er brach ab und sah Basti fragend an. «Welche Seite? Wovon reden Sie?»

«Das ist eine Sache zwischen dir und mir», warf Dennis ein und wedelte nervös mit der Grillzange vor Bastis Gesicht herum.

Robert sah Bastis Blick und fand ihn beängstigend. Es war, als versuche er, einen Laserstrahl mit seinen Augen zu erzeugen und seinen Partner in Asche zu verwandeln.

«Ach, auf einmal», schrie Basti plötzlich los. Robert merkte sofort, dass es nicht nur die gewöhnliche Wut war, die ihn antrieb, sondern tiefe Verletzung, so gut kannte er ihn inzwischen. «Und als du mit diesem Typen ins Bett gestiegen bist, war das da auch eine Sache zwischen dir und mir?»

Nun war Robert endgültig alarmiert. Er hatte gehofft,

seine Nachbarn stritten, weil sie sich nicht auf die Farbe einer neuen Auslegware einigen konnten. Oder wohin es in den Urlaub gehen sollte. Aber nun sah er sich mit der Königsklasse aller Beziehungsprobleme konfrontiert: dem Seitensprung.

Entgeistert sah er zu Dennis, der bedröppelt schwieg und die einsame Grillwurst auf dem Rost wendete. Robert überlegte, was er tun sollte. Er war nicht gerade der geborene Paartherapeut.

«Meine besten Jahre habe ich ihm geschenkt, und dann so was», sagte Basti mit bebender Stimme. Und Robert konnte ihn sogar verstehen. Er war nicht blind. Er las Zeitung, er sah fern … Auch ihm war nicht entgangen, dass die Menschen sich mittlerweile auf alle möglichen Beziehungsmodelle einließen und Liebe nicht für alle unbedingt mit Treue einherging. Seiner Vorstellung von romantischer Liebe hatte das nie etwas anhaben können. Für ihn gab es die eine wahre Liebe des Lebens. Das war unumstößlich. Niemals wäre ihm in den Sinn gekommen, Sophia zu betrügen. Und er war sicher, dass Sophia genauso gedacht hatte wie er. Liebe und Intimität voneinander zu trennen, war ihnen beiden unmöglich gewesen.

«Es hatte überhaupt keine Bedeutung», verteidigte sich Dennis und löste damit in Robert etwas aus, das eigentlich Basti zustand: nackte Wut. So waren die Menschen. Einen Fehltritt begehen und andere verletzen, aber statt sich zu entschuldigen und Reue zu zeigen die Verantwortung von sich weisen und alles als unbedeutenden Ausrutscher abtun. Der Anblick von Dennis, der feige und hilflos mit der Grillzange herumfummelte, brachte Robert nur noch mehr auf die Palme.

«Keine Bedeutung?! Und dafür setzen Sie alles aufs Spiel?», polterte er los. Er konnte nicht anders. Die Worte kamen einfach so aus ihm heraus. Er spürte, dass seine Wut echt war. Auch wenn Dennis nicht ihn betrogen hatte, sondern Basti.

Dennis sackte förmlich in sich zusammen. «Es tut mir leid. Es ist einfach passiert», sagte er kleinlaut.

Doch damit wollte Robert sich nicht zufriedengeben. «So etwas passiert nicht einfach. In so einer Situation hat man immer noch die Zeit, sein Hirn einzuschalten und den Rückwärtsgang einzulegen», entgegnete er voller Überzeugung. Langsam beschlich ihn das Gefühl, dass er sich mehr aufregte als Basti.

Basti wischte sich mit einer Serviette Tränen aus dem Gesicht. «Wie du das auf die leichte Schulter nimmst. Du widerst mich an.»

«Es gehören immer zwei dazu», sagte Dennis.

«Ja, aber der Zweite war nicht ich! Ich will die Scheidung», stieß Basti mit sich überschlagender Stimme aus.

«Jetzt mal halblang», warf Robert eilig ein. «Wir beruhigen uns erst mal wieder.» Dabei sorgte er sich für einen Augenblick weniger um Bastis Wohlergehen als vielmehr darum, dass ihm die Kontrolle über die Situation entglitt und Basti, der direkt neben der glühenden Kohle stand, unberechenbar wurde.

«Sie sind ja nicht betrogen worden», erwiderte Basti. Er steigerte sich immer weiter in seine Rage. Robert hatte das Gefühl, als sei er Teil einer Oper, die auf ihr tragisches Ende zusteuerte. Er war hier der Einzige, der noch bei klarem Verstand war. Wenn, dann lag es an ihm, das Schlimmste zu verhindern.

«Keinen Tag länger lebe ich mit dem da unter einem Dach», rief Basti und zeigte mit dem Finger auf Dennis wie auf einen Aussätzigen. «Ich will, dass du verschwindest!»

«Und wo soll ich hin?»

«Nicht mein Problem. Geh doch zu deinem Neuen.»

«Ich denke nicht dran. Das ist auch mein Haus», protestierte Dennis.

«Sie wohnen hier beide nur zur Miete», warf Robert ein. Ihm war klar, dass er damit keinen Beitrag zur Lösung des Problems leistete, aber trotzdem wollte er die Besitzverhältnisse klarstellen.

Basti stemmte theatralisch die Hände in die Hüften. «Dann gehe ich.» Er wandte Dennis demonstrativ den Rücken zu und sah Robert fragend an. «Könnte ich vielleicht ein paar Tage bei Ihnen ...»

Robert riss entsetzt die Augen auf und fiel ihm ins Wort. «Auf keinen Fall!»

Mit Basti unter einem Dach? Einer von beiden würde schon die erste Nacht nicht überleben, davon war Robert felsenfest überzeugt. Damit hier kein Unglück passierte, musste er ganz dringend für Deeskalation sorgen. Das war zwar nie sein Spezialgebiet gewesen, aber hey, er musste es versuchen. Er wandte sich an Basti.

«Sie treffen jetzt keine voreiligen Entscheidungen, die Sie irgendwann bereuen.» Robert hatte das Gefühl, zu Hochform aufzulaufen. Hier ging es darum, eine Ehe zu retten. Und es ging auch um ihn. Ob er wollte oder nicht, seit Basti und Dennis ins Nachbarhaus gezogen waren, war sein Schicksal untrennbar mit dem ihren verbunden. Sollten die beiden sich trennen, würden sie früher oder später ausziehen. Eine Vorstellung, die Robert überraschenderweise zutiefst beunruhigte. Auf keinen Fall wollte er sich schon wieder an neue Nachbarn gewöhnen müssen. Womöglich an eine junge Familie mit zwei krakeelenden Kindern und dem Wunsch nach weiterem Nachwuchs? Er musste handeln. Jetzt! Hier half nur ein Machtwort. Er deutete auf Dennis und verschärfte seinen Ton noch einmal deutlich. «Wenn mir noch einmal zu Ohren kommt, dass Sie Ihren Mann betrügen, dann gnade Ihnen Gott.»

Dennis stand da wie ein angeschlagener Boxer kurz vor Ende der letzten Runde im Angesicht der Niederlage, der sehnsüchtig auf den erlösenden Gong wartete. Und der sollte nicht lange auf sich warten lassen.

«Hoffentlich hast du gut zugehört», pflichtete Basti Robert bei. Robert war sicher, dass zwischen den beiden das letzte Wort noch nicht gesprochen war. Wenn er heute Nacht schlafen wollte, würde er sich Ohrstöpsel in die Ohren stecken müssen. Aber damit konnte Robert leben. Wichtiger war, dass er ihnen einen Anstoß gegeben hatte. Irgendwann würden sie aufhören, sich anzuschweigen, und anfangen zu reden. Das hoffte Robert zumindest.

Da an eine Fortsetzung des Grillabends nach dem Streit nicht zu denken war, hatte Robert sich ein paar Beilagen von Basti einpacken lassen, aber trotz Protest darauf verzichtet, vegane Würstchen mitzunehmen. Während er am Küchentisch saß und von dem Kartoffelsalat naschte und nebenan gestritten wurde, musste er über seine eigenen Worte nachdenken. Robert war ein wenig stolz auf sich. Natürlich konnte er nicht vorhersehen, wie das Ehedrama weiterging. Aber er fand, dass er genau den richtigen Ton gefunden und Basti und Dennis einen Weg gewiesen hatte.

Während Robert den benutzten Teller in die Spülmaschine stellte, geisterten ihm immer noch seine eigenen Worte durch den Kopf. Man musste sich seinen Problemen stellen ... Und ganz plötzlich wusste er, was er zu
tun hatte.

Robert blätterte durch die Speisekarte des «Asia-Restau-
rants», das so ziemlich alles zu bieten hatte, was Nicht-
asiaten unter asiatischer Küche verstanden: Sauer-scharf-
Suppe, Thai-Curry, Sushi. Auch das Interieur ließ kein
besonders eng geführtes Konzept erkennen. Auf den wuch-
tigen dunklen Holztischen lagen schmale Tischdeckchen
mit chinesischen Schriftzeichen. An den gelb gestrichenen
Wänden hingen großformatige Fotos tropischer Berg-
wälder und palmengesäumter Strände. Selbstverständlich
fehlte auch der übliche Buddha-Kitsch nicht. Keine Frage,
den Inhabern dieses Restaurants ging es nicht um Authen-
tizität, sondern darum, mit einem möglichst großen Angebot eine möglichst breite Masse anzusprechen.

Robert ließ seinen Blick durchs Restaurant schweifen.
Es war noch nicht wirklich Abend, und so herrschte kaum
Betrieb. Wilma Sangthong verteilte Rechnungen an die
wenigen besetzten Tische, während ihr Mann in der offenen Küche werkelte. Dass es sich um ihren Mann handeln
musste, hatte Robert an dem gleichgültigen Gesichtsausdruck erkannt, mit dem er auf den harschen Ton reagierte,
mit dem sie ihn herumkommandierte.

«Herr Winter? Was für eine schöne Überraschung»,
sagte Wilma mit einem Lächeln, das so echt war wie ihre
Haarfarbe.

«Ich wollte mal sehen, was Sie so zu bieten haben»,

entgegnete Robert, während er lustlos in der Speisekarte blätterte.

«Und? Schon was gefunden?»

Robert wusste selber nicht, warum, aber es bereitete ihm Spaß, Wilma Sangthong zappeln zu lassen. «Mhm ... Ich weiß nicht. Hätten Sie eine Empfehlung für mich?»

Wilma lächelte unbeirrt weiter. «Sie wissen aber schon, dass Sie zahlen müssen, oder?»

«Ist das nicht so üblich in Restaurants?»

«Tja, hätten Sie mein Angebot angenommen.»

Das war Roberts Stichwort. Das Duell war eröffnet, und er wagte sich als Erster aus der Deckung. Schwungvoll schlug er die Speisekarte zu und lächelte sie ganz direkt an. «Ich gehe besser kein Risiko mehr ein. Bringen Sie mir einfach ein Glas Leitungswasser.»

Wilma setzte eine bedauernde Miene auf. «Tut mir leid, Herr Winter. Aber wir betreiben ein Geschäft. Ich bringe Ihnen gerne ein Mineralwasser.»

Ein Gast bedeutete ihr, dass er zahlen wollte.

«Luan», rief sie ihrem Mann in der Küche zu und deutete auf den zahlungswilligen Gast. Robert sah, wie Luan das Handtuch weglegte, mit dem er gerade einen Wok abtrocknete, und zum Tisch ging. Er tat das alles mit einer ruhigen Zen-Haltung, um die Robert ihn beinahe beneidete. «Ihr Mann?»

«Wir haben uns vor zwanzig Jahren in Thailand kennengelernt. Es war Liebe auf den ersten Blick.»

«Manchmal schadet es nicht, ein zweites Mal hinzuschauen.»

Er sah, wie Wilma krampfhaft darum bemüht war, die Contenance zu wahren. Ihr Lächeln geriet zu einem Eisblock. Robert war sicher, dass sie seine verbale Spitze verstanden hatte. Aber anscheinend wollte sie es genauer wissen.

«Was wollen Sie damit sagen?»

Robert fand, dass eine nähere Erläuterung überflüssig war. «Sie haben mich schon verstanden.» Er fragte sich, seit wann er diese Art von Stichelei beherrschte. Normalerweise fackelte er nicht lange und kam unverzüglich zum Punkt. Wilma Sangthong weckte eine ganz neue Seite an ihm. Er sah ihr an, wie unwohl sie sich in seiner Gegenwart fühlte und wie sehr sie sich das Hirn darüber zermarterte, was er von ihr wollte. Und genau das genoss er.

Langsam kam Wilma an ihre Grenzen. Ihre Fassade bekam immer mehr Risse. «Sie sind ein Mann mit Humor, Herr Winter.»

«Da täuschen Sie sich. Ich meine jedes Wort, das ich sage, absolut ernst.»

Ihr Lächeln wurde feindselig. «Sie wollen nichts bestellen, Sie beleidigen mich und meinen Mann …»

«Ich kann mich nicht erinnern, Ihren Mann beleidigt zu haben.»

«Warum sind Sie hier?»

«Warum setzen Sie Gerüchte über mich in die Welt?»

«Gerüchte? Was für Gerüchte?», fragte Wilma, deren Unschuldsmiene perfekt in das asiatische Ambiente ihres Restaurants passte. Nichts davon war authentisch.

«Ich und unprofessionelles Verhalten? Das glaubt Ihnen sowieso keiner.»

«Lieber Herr Winter. Ich weiß immer noch nicht, wovon Sie reden.»

Er hatte nicht damit gerechnet, dass sie einfach so klein

beigeben und sich entschuldigen würde. Nicht ohne das richtige Druckmittel. Er hatte zwar nie in einer Bar oder einem Restaurant gearbeitet, aber als Finanzbeamter kannte er sich dennoch gut aus mit den Gepflogenheiten einiger schwarzer Schafe in der Gastronomie.

«Bei Ihnen geht nur Barzahlung, ja?»

Er sah, wie Wilmas Blick zu flackern begann. «Ja, wieso?»

«Immer wenn Sie kassieren, landet ein Teil des Geldes in einer Schublade statt in der Kasse.»

«Wie kommen Sie darauf?»

«Hören Sie. Ich war früher Finanzbeamter, und ich habe immer noch gute Beziehungen zu meinen alten Kollegen. Die werden Ihnen gerne mal auf den Zahn fühlen.» Er wunderte sich, wie gut ihm diese Lüge über die Lippen ging. In Wahrheit hatte er weder gute noch schlechte Beziehungen zu seinen ehemaligen Kollegen:innen. Er hatte überhaupt keine Beziehungen mehr zu ihnen. Er vermutete, dass sie die Korken hatten knallen lassen, als sie von seiner Pensionierung erfahren hatten.

Wilma sah ihn durchdringend an. Robert starrte ebenso entschlossen zurück. Keiner wich dem Blick des anderen aus, noch wollte Wilma Sangthong sich nicht geschlagen geben.

«Nichts als leere Drohungen, Herr Winter. Sie können mir gar nichts, und das wissen Sie auch.»

Robert wusste, dass sie recht hatte. Natürlich könnte er die Steuerbehörde informieren. Aber nun war sie vorgewarnt, und bis der Stein ins Rollen kam, und er wusste aus Erfahrung, wie viel Zeit bis dahin vergehen konnte, hatte sie alle Spuren beseitigt. Um ihr Respekt einzuflößen, brauchte er mehr. Doch er hatte auch schon die passende Idee.

«Kennen Sie Frau Lilli Fischer?»

Wilma verzog keine Miene. «Schon mal gehört, wieso?»

«Dann wissen Sie sicher auch, dass Frau Fischer nicht nur meine Kundin ist, sondern auch Richterin. Ich habe den Fall bereits mit ihr erörtert.» Robert fand, dass er sich ein wenig gestelzt anhörte, aber er wollte seinen Worten Gewicht verleihen.

Wilma gab sich alle Mühe, ihr Gesicht zu wahren, aber Robert sah ihr an, dass sie ins Torkeln geriet. «Was für einen Fall?»

«Auf Verleumdung steht Gefängnisstrafe. Mindestens aber eine Geldstrafe.»

Mit einem Mal herrschte Totenstille. Man hörte nur die Geräusche aus der Küche und das Husten von Wilma Sangthongs Ehemann.

Wilma starrte Robert durchdringend an, als wartete sie darauf, dass er einen Fehler beging. Aber Robert hielt stand. Er kam sich vor wie in einem Duell in einem Spaghetti-Western. Und schließlich ließ Wilma die Waffe sinken.

«Dann bringe ich Ihnen mal Ihr Mineralwasser», sagte sie knapp. Robert sah ihr mit Genugtuung nach. Von Wilma Sangthong würde in Zukunft keine Gefahr mehr ausgehen.

KAPITEL 15

Heute ist ein wunderbarer Tag, Herr Winter. Sonne satt», hörte er Rosemarie von der AVON-Bestellhotline sagen.

Robert blickte zum Fenster hinaus. Das genaue Gegenteil war der Fall. Der Himmel war wolkenverhangen und von einem trostlosen Grau. Es regnete schon den ganzen Tag, und der Wind wirbelte das letzte Laub von den Bäumen.

«Sagten Sie nicht, Ihr Büro liegt nur fünfzig Kilometer von meinem Wohnort entfernt?», fragte er verwundert.

«Ja, wieso?»

«Und bei Ihnen scheint wirklich die Sonne?»

«Nicht bei *mir*. Bei *Ih-nen*. Und was Ihre Prognose ...» Sie brach eilig ab, als wäre sie bei irgendetwas erwischt worden, und korrigierte sich. «Ich meine nicht Ihre Prognose, die Wetterprognose natürlich. Wir reden hier nur übers Wetter.»

Rosemarie sprach in Rätseln. Ihre Worte ergaben für Robert nicht den geringsten Sinn. Zudem betonte sie die Wörter auf merkwürdige Weise und redete mit ihm wie mit einem Kleinkind. Würde er sie nicht mittlerweile so gut kennen, hätte er annehmen müssen, sie sei plötzlich dem Wahnsinn anheimgefallen.

«Alles in Ordnung mit Ihnen? Fühlen Sie sich gut, Rosemarie?», fragte Robert allmählich etwas besorgt.

«Ja, sicher. Mir geht es ausgezeichnet. Warum fragen Sie?»

«Nur so», antwortete er abwiegelnd, um wieder auf sein eigentliches Anliegen zu sprechen zu kommen. Er hatte bereits einen Anlauf unternommen und Rosemarie gefragt, wie es um seine Umsätze stand im Vergleich zu denen von Wilma Sangthong. Doch statt ihm zu antworten, war Rosemarie abrupt aufs Wetter zu sprechen gekommen. Robert hatte das Gefühl, dass seine Geschäfte gut liefen. Aber ob er eine realistische Chance auf den Titel AVON-Berater des Jahres hatte, konnte er nicht einschätzen.

Rosemarie klang plötzlich wieder ganz normal. «Tut mir leid, Herr Winter. Über Geschäftsinterna dieser Art darf ich nicht mit Ihnen reden.»

Robert hatte vollstes Verständnis, er wollte sie auf keinen Fall in Schwierigkeiten bringen. Aber dann gab sie erneut einen rätselhaften Satz zum Besten.

«Aber übers Wetter können wir natürlich reden. Letzte Woche gab es einen Sonne-Wolken-Mix, aber diese Woche hat die Sonne sich endgültig durchgesetzt. Vergessen Sie Ihre Sonnenbrille nicht, Herr Winter. Sie werden sie brauchen.»

Nun war Robert wirklich besorgt. Irgendetwas stimmte nicht mit Rosemarie. Er hoffte, dass nicht doch eine Krankheit dahintersteckte.

«Verstehen Sie mich, Herr Win-ter? Ich könnte Sie ab jetzt auch Herr Som-mer nennen», fügte Rosemarie hinzu.

Robert dachte fieberhaft nach. Er wollte sie nicht beunruhigen, aber er musste sie irgendwie dazu bringen, schnellstens einen Arzt aufzusuchen, um ein MRT oder CT oder wie das hieß machen zu lassen. Doch während er nach den richtigen Worten suchte, fiel bei ihm plötzlich der Groschen. Endlich begriff er, was hier vor sich ging. Und das hatte nichts mit Wahnsinn zu tun. Rosemarie durfte nicht mit ihm über Zahlen reden. Deshalb benutzte sie den Wetterbericht als Code.

«Wollen Sie mir damit sagen, das neue Hochdruckgebiet hat das alte Tiefdruckgebiet verdrängt?», fragte Robert und wartete gespannt auf ihre Antwort. Wenn er richtiglag, hatte Rosemarie ihm zu verstehen gegeben, dass er den Vorsprung von Wilma Sangthong nicht nur wettgemacht, sondern sie überholt hatte.

Rosemarie seufzte erleichtert auf. «Na endlich. Ich hätte Sie, bei allem Respekt, für eine Spur pfiffiger gehalten, Herr Winter.»

Robert schüttelte den Kopf. «Darauf muss man ja erst mal kommen.»

«Was haben Sie denn die ganze Zeit gedacht? Dass ich verrückt geworden bin?»

«Nein, nein, das nicht», antwortete Robert einen Tick zu schnell. Da hörte er einen weiteren Anrufer anklopfen. Normalerweise reagierte er auf so etwas nicht. Zwei Anrufer zur gleichen Zeit, das überforderte ihn, darauf ließ er sich gar nicht erst ein. Doch heute stellte sich schlagartig eine innere Unruhe ein. Seit Tagen schon wartete er auf einen Rückruf von Lilli. Er verabschiedete sich eilig, aber höflich von Rosemarie, um den Anruf entgegenzunehmen, bevor er auf die Mailbox weitergeleitet wurde. Nachdem er jedoch hektisch mit dem Finger über das Display gefahren war, um den Annehmen-Button zu finden, entpuppte sich die Anruferin als eine Kundin, bei der er noch am gleichen Tag eine Kosmetikparty ausrichten sollte.

Robert spürte eine leise Enttäuschung. Es war offensichtlich, dass Lilli ihm aus dem Weg ging. Seit ihrem letzten Treffen auf der Bank war sie für ihn nicht mehr zu erreichen gewesen. Und er verstand nicht, warum. Er schätzte die Freundschaft zu ihr sehr, und der Gedanke, dass das nicht auf Gegenseitigkeit beruhte, betrübte ihn. Wahrscheinlich hat sie einfach nur Stress, sagte er sich. Ja, es musste an der dunklen Jahreszeit liegen. Der Winter klopfte endgültig an die Tür. Hochsaison für Einbrecher. Wahrscheinlich hatte sie als Richterin alle Hände voll zu tun und urteilte am laufenden Band und im Schnellverfahren Straftäter ab. Schade war es nur um die Blumen, die er für Lilli gekauft hatte, um sich für ihren Zuspruch und ihre moralische Unterstützung zu bedanken. Und die er schon seit zwei Tagen in seinem Wagen spazieren fuhr.

«Dann schneiden wir die Korkscheibe auf die passende Größe zu», erklärte Robert, während er mit einer Schere einen Untersetzer zurechtschnitt. Auf Sofa und Sesseln verteilt saßen fünf Damen im besten Alter bei Kaffee und belegten Brötchen und verfolgten aufmerksam jeder seiner Handgriffe.

«Wenn Sie wüssten, was hier im Haus alles gemacht werden muss. Könnten Sie nicht bei uns einziehen?», scherzte die Dame, die die Party ausrichtete.

Robert lächelte milde zurück. «Was würde wohl Ihr Mann dazu sagen?»

Die Frau winkte ab. «Ach, mein Mann. Der ist für Arbeiten im Haus nicht zu gebrauchen. Bleibt doch immer alles an mir hängen.»

Neben Robert befand sich ein Tisch, den er umgedreht und mit der Platte auf dem Boden abgestellt hatte. Schon als er angekommen war und sein Sortiment darauf hatte aufbauen wollen, war ihm aufgefallen, dass der Tisch wackelte. So konnte er nicht arbeiten. Wackelnde Tische waren für ihn mindestens genauso übel wie kleine Splitter im Finger. Da musste man handeln.

«Mein Mann ist genauso», stimmte eine andere Kundin ein. «Wenn er von der Arbeit nach Hause kommt, ist er nur noch erledigt.»

Robert klebte die ausgeschnittene Korkscheibe mit Holzleim auf eines der Tischbeine und drehte den Tisch wieder um. «Ihre Männer haben sicher ihre eigenen Talente», entgegnete er und erntete rege Zustimmung.

«Da haben Sie auch wieder recht. Er kümmert sich am Wochenende liebevoll um den Garten. Ein richtiges Paradies hat er daraus gemacht.»

«Und meiner dreht morgens immer die erste Runde mit dem Hund», sagte die Gastgeberin.

Robert blickte zu dem Hund, der in Nähe des Sofas auf einem Hundebett lag und schnarchte. Seit er da war, hatte der Hund sich nicht einmal gerührt. Noch nicht mal, als er das Zimmer betreten hatte. Er fragte sich, ob dieser Hund überhaupt jemals aufwachte und Gassi ging.

«In einer guten Ehe hat jeder seine Aufgaben», sagte Robert. «Bei mir und meiner Frau war das genauso. Sie sorgte für Chaos, und ich durfte die Unordnung wieder beseitigen.»

Die Frauen lachten. «Sophia war manchmal wirklich ein bisschen chaotisch. Aber das hat sie umso sympathischer gemacht», meinte die Gastgeberin versonnen, während die anderen ihr nickend zustimmten.

Robert hielt kurz den Atem an. Der Satz war einfach so aus seinem Mund gepurzelt. So hatte er noch nie über Sophia gesprochen. Es klang wie eine Erinnerung an etwas, das sich langsam entfernte. Aber sie tat nicht mehr weh. Sie löste ein wohliges Gefühl in ihm aus. Er rückte den Tisch wieder an seinen Platz, stützte sich auf die Platte und ruckelte ein wenig daran herum.

«Da wackelt nichts mehr. Meine Damen, wir können beginnen», sagte er und klatschte tatkräftig in die Hände. Er hatte dazugelernt. Er kam sich vor wie ein Alleinunterhalter, und allmählich gefiel er sich in der Rolle. Die Damen lächelten ihn in freudiger Erwartung an. Die Stimmung war gut. Sie konnte kaum besser sein.

«Wir sind schon so gespannt, was Sie für uns mitgebracht haben, Herr Winter», sagte die Gastgeberin.

Läuft, dachte Robert, als er sein Sortiment auf dem Tisch aufbaute, der nun so sicher stand, wie ein Tisch nur stehen konnte.

Als Robert zwei Stunden später das Haus verließ, konnte er wieder einmal mehr als zufrieden mit sich sein. Schon nach seinen ersten Kosmetikpartys hatte er begriffen, wie positiv sich das ein oder andere persönliche Wort auf seine Umsätze auswirkte. Aber er plauderte mit seinen Kunden und Kundinnen nicht aus Berechnung. Es machte ihm tatsächlich Spaß, am Leben anderer teilzuhaben. Und aus seinem eigenen Leben zu erzählen. Er fragte sich, warum das früher nicht so gewesen war. Und wann das angefangen hatte.

Während er seine Sachen im Auto verstaute, fiel sein Blick auf den Blumenstrauß für Lilli, der immer noch auf dem Beifahrersitz lag und mittlerweile nicht mehr ganz so frisch aussah. Da entschied er, seine Mittagspause bei Tim's Curry ausfallen zu lassen und ihr einen spontanen Besuch abzustatten.

Doch als er auf den Eingang des Hauses zuschritt, kamen ihm Bedenken. Er selbst hasste überraschenden Besuch, und obwohl er Lilli als offene und spontane Person kennengelernt hatte, wusste er nicht, wie sie auf sein Erscheinen reagieren würde. Robert entdeckte ihren verdreckten Mini in der Auffahrt und schüttelte amüsiert den Kopf. Manche Dinge änderten sich nie.

«Herr Winter», sagte Lilli verblüfft, als sie die Tür öffnete. Sie rang sich ein Lächeln ab, aber so richtig freuen konnte sie sich nicht. Das sah Robert ihr deutlich an. Schon bereute er es, geklingelt zu haben.

«Störe ich?», fragte er.

«Nun, ja, ich brüte gerade über Akten und habe noch eine Menge zu tun.»

«Sie sind mich gleich wieder los. Ich wollte mich nur kurz bedanken.» Er hielt ihr den Blumenstrauß entgegen. «Bevor daraus Trockenblumen werden. Bitte schön.»

Lilli sah ihn fragend an. «Wofür?»

«Für alles, was Sie für mich getan haben.»

«Was habe ich denn für Sie getan?»

«Na, die Sache mit Wilma Sangthong.»

Lilli kam ihm mit einem Mal so fremd vor. Sie wirkte nervös und blickte immer wieder hinter sich.

«Alles in Ordnung?», fragte Robert irritiert.

«Herr Winter, das ist wirklich nicht nötig. Und wie gesagt, ich hab gerade viel zu tun.» Sie machte keine Anstalten, die Blumen anzunehmen. «Die machen sich in Ihrem Haus sicher auch gut.»

Robert sah sie verdattert an. Was passierte hier? Womit hatte er Lilli so verärgert? Er überlegte, ob er sie ganz direkt fragen oder es lieber bleiben lassen und schleunigst gehen sollte. Da hörte er ihren Mann nach ihr rufen.

«Lilli?»

Die Reaktion, die seine Stimme bei Lilli auslöste, gab Robert vollends Rätsel auf. Es kam ihm vor, als wäre ihr Körper unter Strom gesetzt worden. Alles an ihr war pure Anspannung.

«Auf Wiedersehen, Herr Winter», sagte sie leise. Sie schob ihm die Tür vor der Nase zu, doch im gleichen Moment wurde sie wieder aufgerissen.

Patrick stand nun neben Lilli und strahlte Robert an. «Herr Winter! Was für eine schöne Überraschung.»

Robert fand, dass Patrick ihn eine Spur zu überschwänglich begrüßte. Sie waren keine Freunde. Sie kannten sich kaum.

«Lilli, Schatz? Warum bittest du Herrn Winter nicht herein?»

Diese Frage war merkwürdig. Patrick stand direkt vor ihm. Warum sprach er ihn nicht selbst an? Trotzdem hielt er es für besser, die Einladung auszuschlagen. Er hatte das unbestimmte Gefühl, Lilli mit seiner Anwesenheit Probleme zu bereiten. «Danke, nein. Ich muss gleich weiter.»

Aber Patrick hörte ihm gar nicht zu. «Lilli? Wirklich. Wo sind deine Manieren?»

Patrick sprach mit Lilli wie mit einem ungezogenen Schulmädchen. Robert ärgerte sich über seinen Ton. Aber noch mehr wunderte es ihn, dass Lilli ihm diesen Ton überhaupt erlaubte.

«Wenigstens einen Kaffee müssen Sie mit uns trinken», sagte Patrick und hielt Robert die Tür auf. «Ich bestehe darauf.» In Roberts Ohren klang das nicht wie eine Einladung, sondern eher wie eine freundlich formulierte Drohung.

Robert stand inmitten des spärlich mit Designerstücken möblierten Wohnzimmers. Er erinnerte sich an seine ersten Schritte als AVON-Berater, als Lilli und ihre Freundinnen in diesem Raum mit ihm eine Kosmetikparty durchgespielt hatten. Eine innere Stimme sagte ihm, dass es besser wäre, Patrick Fischer gegenüber nichts davon zu erwähnen.

«Den habe ich erst vor Kurzem auf einem Trödelmarkt entdeckt. Ein Original aus den 20ern», sagte Patrick, während er mit seiner Hand so sanft über die Platte eines Beistelltisches fuhr, als würde er den Kopf eines Babys streicheln. Robert konnte nicht erkennen, was das Besondere an diesem schlichten Tisch sein sollte, so wie er noch nie verstanden hatte, was ein Möbelstück zu einem, wie die Leute es nannten, Designklassiker machte.

«Bauhaus-Möbel sind meine große Leidenschaft. Aber man kann auch ein ganz schönes Vermögen dafür ausgeben.»

«Zum Glück brauchen Sie nicht so viele davon», entgegnete Robert, während er seinen Blick durch den großen, fast leeren Raum schweifen ließ.

Patrick lachte auf. «So ist das mit gutem Design. Weniger ist mehr.»

«Sagen Sie das mal Ihrer Frau», entfuhr es Robert, der sich, kaum dass er den Satz ausgesprochen hatte, am liebsten die Zunge abgebissen hätte. Er hatte das miese Gefühl, Lilli in den Rücken gefallen zu sein. Zumal Patrick seine Äußerung mit einem genüsslichen Lachen kommentierte.

«Das können Sie laut sagen. Ich liebe meine Frau, aber geschmacklich kommen wir auf keinen gemeinsamen Nenner.»

Während Robert durch den Raum schritt und sich Interesse heuchelnd umsah, spürte er, wie Patricks Blick ihn verfolgte. Er ließ ihn keine Sekunde aus den Augen. Es war kein einfaches Beobachten, er observierte ihn wie ein Wissenschaftler eine fremde Spezies. Dabei konnte Robert sich beim besten Willen nicht vorstellen, dass Patrick echtes Interesse an seiner Person hatte.

«Wofür interessieren Sie sich so? Irgendeine heimliche Leidenschaft?», fragte Patrick.

Robert sah ihm in die Augen und lächelte. «Am liebsten habe ich meine Ruhe.»

Patrick erwiderte sein Lächeln. «Und dann arbeiten Sie ausgerechnet als AVON-Berater?»

Er sah keinen Grund, Patrick eine Erklärung zu liefern. «Übergangsweise», sagte er ausweichend.

«Verstehe. Ein Mann im besten Alter, mit Ihrem Aussehen ...» Er sprach den Satz nicht zu Ende. Ließ ihn einfach so im Raum stehen und seine Wirkung entfalten.

Robert fragte sich, worauf er hinauswollte. «Reden Sie von mir?»

Wieder einmal zeigte Patrick alle Zähne. «Sie kommen sicher gut an bei den Damen.»

Langsam dämmerte ihm, was Patrick umtrieb. Und was der Grund für diese unverhoffte Einladung zum Kaffee war: Eifersucht. Patrick wollte herausfinden, was zwischen ihm und Lilli lief. Und auch wenn da nichts herauszufinden war, war Robert instinktiv auf der Hut.

«Unter meinen Kunden sind auch viele Männer», sagte er beschwichtigend. Er sah auf die Uhr und spürte Nervosität aufsteigen. Es war ein beinahe körperliches Unbehagen. Die Nähe dieses Mannes war ihm unangenehm. Am liebsten wäre er auf der Stelle gegangen. Aber wie hätte das ausgesehen? Was für Schlüsse würde Patrick daraus ziehen? Robert gab sich unbeteiligt und schritt durchs Zimmer, um sich das ein oder andere Möbelstück aus der Nähe anzuschauen.

«Was haben Sie früher gemacht? Beruflich, meine ich?», fragte Patrick.

Robert kam sich langsam vor wie bei einem Verhör. Ungeduldig blickte er zur Küchentür. Er hörte Lilli dort hantieren und mit Geschirr klappern. Er hoffte, dass sie bald dazukommen würde.

«Finanzamt», presste Robert unwillig heraus. Das musste reichen.

Aber ohne es zu ahnen, lieferte er Patrick damit eine Steilvorlage: «Ich arbeite im Investment Department einer großen Bank. Wir sind sozusagen im gleichen Gewerbe.»

«Sind wir?», fragte Robert verwundert.

«Finanzen. Im weiteren Sinne.»

Robert schenkte ihm einen knappen Blick. «Ich stand eher auf der anderen Seite.»

«Inwiefern?»

«Ich habe aufgepasst, dass Sie bei Ihren Geschäften nicht versehentlich die Steuergesetze übertreten.»

Patrick lachte wie eine Hyäne. «Aber Herr Winter. Selbstverständlich hält meine Bank sich an all unsere gesetzlichen Vorgaben.»

«Oder an die der Cayman-Inseln», konterte Robert. Es war fast wie ein Reflex, er wunderte sich selbst darüber, dass er sich zu diesem Vorwurf hinreißen ließ. Aber schon in seiner aktiven Zeit als Finanzbeamter hatte es ihn gewurmt, dass Leute mit Geld überall in der Welt Schlupflöcher finden konnten. Er bemerkte das Flackern in Patricks Blick. Er hatte ihn verärgert. Keine Frage. Und das war völlig unnötig und in dieser Situation auch unangebracht. Doch Robert konnte nicht aus seiner Haut. Er hatte seine helle Freude daran, eine weitere Spitze in Patricks Richtung abzufeuern. «Wie sagt man so schön? Bankräuber sind Dilettanten. Wahre Profis gründen eine Bank.»

Falls Patrick wütend war, hatte er sich gut unter Kontrolle. Er lachte schallend. Aber es klang unecht in Roberts Ohren. Er konnte sich nicht vorstellen, dass sein Gegenüber diesen Spruch noch nie gehört hatte. Vielmehr war er sicher, dass jeder Banker auf der Welt ihn regelmäßig zu Ohren bekam.

Endlich trug Lilli ein Tablett mit Kaffeetassen herein. Robert atmete erleichtert auf. Ihm fiel ein regelrechter Stein vom Herzen. Er wollte keine Sekunde länger mit diesem Mann alleine sein.

«Drei Cappuccini. Bitte sehr, die Herren», sagte Lilli bemüht locker und wollte das Tablett auf dem Beistelltisch abstellen, als Patrick mahnend eine Hand hob.

«Schatz, kannst du bitte was darunterlegen», sagte er sehr bestimmt.

«Wozu benutze ich wohl ein Tablett?»

Aber das ließ Patrick nicht gelten. «Tu's einfach. Mir zuliebe», entgegnete er mit einem kalten Lächeln.

«Und welche von beiden soll ich jetzt loslassen?», fragte Lilli und deutete mit dem Kinn auf das Tablett in ihren Händen.

Patrick schüttelte seufzend den Kopf, wie man es tat, wenn man kleinen Kindern etwas zu erklären versuchte. Er ging an ein Sideboard und holte zwei Stoffsets heraus, die er betont sorgfältig auf dem Beistelltisch ausbreitete.

Robert schaute zu Lilli, die ihm ein feines Lächeln schenkte und lautlos aufstöhnte. Patricks Allüren schienen auch ihr auf die Nerven zu gehen, was Robert beruhigte.

«Herr Winter, bitte setzen Sie sich doch.» Patrick deutete auf einen Sessel.

Demonstrativ sah Robert auf seine Armbanduhr. «Ein kleines Tässchen, aber dann muss ich wirklich …» Er brach ab, weil es sinnlos war, den Satz zu Ende zu bringen. Patrick schenkte ihm nicht die geringste Beachtung. Stattdessen war er bereits mit seinem Cappuccino beschäftigt, dem er seine ganze Aufmerksamkeit widmete. Kritisch rührte er mit dem Löffel darin herum.

«Jetzt habe ich extra diese neue Espressomaschine gekauft, und du kriegst den Schaum immer noch nicht hin.»

«Vorschlag, Patrick: Mach deinen Kaffee beim nächsten Mal selbst.»

Robert sah, wie Lilli innerlich mit den Augen rollte. Er lächelte in sich hinein. Das war wieder die Lilli, die er kannte. Zwar mussten sie beide vor Patrick lautlos kommunizieren, aber sie verstanden sich auch ohne Worte.

Robert dachte an seine Nachbarn, die ebenfalls eine Leidenschaft für Kaffee aus sündhaft teuren Maschinen pflegten. Basti und Dennis konnten sich über alle möglichen Kleinigkeiten streiten wie die Kesselflicker. Aber Robert hatte mit der Zeit, und nachdem er sie besser kennengelernt hatte, verstanden, dass die gegenseitigen Frotzeleien der beiden keine Boshaftigkeiten waren, sondern Liebesbeweise. Die Streitereien waren für Basti und Dennis das Salz in der Suppe ihrer Ehe. Der Ton zwischen Lilli und Patrick war komplett anders. Die ganze Zeit über nahm Robert eine unterschwellig aggressive Stimmung im Raum wahr. So, als stünden sie kurz vor einer heftigen Detonation.

«Wann findet denn eure nächste Verkaufsparty statt?», fragte Patrick plötzlich und setzte eine Miene auf, die wohl signalisieren sollte, dass er sich ernsthaft interessierte.

Ein Schauspieler ist an ihm nicht verloren gegangen, dachte Robert. Er fragte sich, warum er diese lächerliche Veranstaltung nicht einfach beendete. Patrick konnte ihm mit seiner Eifersucht den Buckel runterrutschen. Gleichzeitig fand er, dass es Lillis Sache war, das klarzustellen. Nur deshalb hielt er sich zurück.

«Frühstens in ein paar Wochen. Was interessiert dich das überhaupt?»

Patrick lächelte ungerührt. «Schatz, mich interessiert alles, was du machst.» Und während er seinen Blick weiterhin auf Robert gerichtet ließ, legte er demonstrativ einen Arm um Lilli, als wolle er vor Robert die Besitzverhältnisse klarstellen. Robert sah, wie Lilli unter seiner Berührung zusammenzuckte. Trotzdem ließ sie Patrick gewähren.

Wahrscheinlich wollte sie kein weiteres Öl ins Feuer gießen.

Robert hatte endgültig genug von dieser Posse und suchte nach einem Fluchtweg. Und schließlich kam ihm die Idee, wie er Patrick dazu bringen konnte, ihn vom Hof zu jagen. «Also, mir schmeckt der Kaffee ausgezeichnet, ich finde gerade den Schaum ganz vorzüglich», sagte er und stellte sich beim Abstellen der Tasse auf dem Tisch so ungeschickt an, dass sie umkippte.

Patrick sprang auf wie von der Tarantel gestochen. «Herr Winter, Vorsicht!», schrie er mehr, als dass er es sagte. Eilig rannte er in die Küche und kam mit einem Stapel Geschirrhandtücher zurück. Robert spürte Lillis amüsierten Blick. Seine kleine Einlage schien ihr gefallen zu haben.

«Wissen Sie, was der gekostet hat?», blaffte Patrick, während er hilflos mit den Geschirrhandtüchern auf der Platte des Designertisches herumtupfte, um die Pfütze aufzunehmen.

Robert musterte ihn. So also klang seine Stimme, wenn er einmal nicht spielte.

KAPITEL 16

Besonders beeindruckt mich, wie selbstverständlich der Künstler Gegenständliches und Abstraktes miteinander verbindet und in dem entstehenden Spannungsfeld zu einer eigenen Sprache findet», hörte Robert die Dame neben sich zu ihrem Begleiter sagen, während die beiden andächtig auf ein Kunstwerk schauten. Robert wartete gespannt auf die Antwort. Aber da kam nichts. Der Mann blickte grübelnd auf das Werk, als suche er nach dem tieferen Sinn.

«Mhm ... Interessanter Ansatz», sagte er schließlich.

Robert konnte sich ein Grinsen nicht verkneifen. Der Mann verstand genauso wenig wie er, was das alles zu bedeuten hatte. Auch Robert sah nur einen Stuhl. Dazu noch einen völlig unpraktischen, den höchstens ein Fakir als Übungsgerät benutzen konnte. Die Sitzfläche bestand aus unzähligen spitzen Nägeln. Auch die schwarz-weißen Zeichnungen im DIN-A4-Format, die in großen Abständen an den Wänden hingen, lösten keine Begeisterungsstürme bei ihm aus. Auf ihn wirkten sie eher wie unfertige Kritzeleien eines Kindes, dem man die Buntstifte weggenommen und dafür einen Bleistift gegeben hatte. Mehr als ein Mal hatte Miriam vor ihm ein leidenschaftliches Plädoyer für den erweiterten Kunstbegriff gehalten. Alles könne Kunst und jeder Mensch ein Künstler sein, hatte sie ihm erklärt. Denn es gehe nicht um den Gegenstand als solchen, sondern um die Idee dahinter. Er hatte sich wirklich bemüht. Er wollte Miriam verstehen. Aber sein Gehirn hatte da einfach nicht mitgemacht.

Überall in der Galerie standen Grüppchen von Künstlern und Kunstinteressierten mit einem Glas Sekt oder einem Bier in der Hand und plauderten munter vor sich hin. Auch ein paar seriös erscheinende Anzugträger waren darunter. Zwischen all den Leuten beobachtete er Miriam, die immer wieder kleine rote Aufkleber an einzelne Kunstwerke klebte. Sie hatte ihm erklärt, dass das bedeutete, dass jemand diese Kunstwerke reserviert hatte.

Miriam hatte ihn noch nicht entdeckt. Sie war ganz bei der Sache und ständig mit irgendwelchen Leuten im Gespräch. Sie hatte den neuen Job bekommen. Entgegen ihren Erwartungen. Robert hatte schon immer gefunden, dass sie mehr Vertrauen in ihre eigenen Fähigkeiten haben sollte. Miriam war richtig glücklich gewesen, als sie ihm mitgeteilt hatte, dass es doch noch geklappt hatte. Sie war ihm vor lauter Freude sogar kurz um den Hals gefallen. Das kam nur äußerst selten vor. Wäre es nach Robert gegangen, hätte sie ihren Job jede Woche wechseln können, wenn das jedes Mal so viel Zuneigung bedeutete.

Robert betrachtete noch einmal den Stuhl mit dem Nagelsitzkissen und konnte sich lebhaft vorstellen, wie Miriam ihm mit leuchtenden Augen einen Vortrag über die Absichten des Künstlers hielt. Da kam sie auf ihn zu.

«Papa, was tust du hier?», fragte Miriam, deren Verwunderung, ihn zu sehen, über das übliche Maß hinauszugehen schien. Robert beschlich das Gefühl, dass er sie kalt erwischt hatte, dass sein Erscheinen ihr gar nicht recht war.

«Du hast dich seit Tagen nicht gemeldet.»

Miriam wies in die Runde. «Kannst du dir vorstellen, was das an Vorbereitung bedeutet?»

Er musste zugeben, dass er tatsächlich keine Ahnung von den Abläufen im Kunstbetrieb hatte. Wenn Miriam früher versucht hatte, ihm ihre Arbeit zu erklären, hatte er immer nur halbherzig zugehört. Er wusste, wie enttäuscht sie darüber war, dass er sich so gar nicht für das interessierte, was ihr wichtig war.

«Du hättest wenigstens mal anrufen können», sagte Robert.

Miriam musterte ihn besorgt. «Papa, bist du okay? Willst du mir irgendwas sagen?»

«Keine Sorge, ich bin nicht krank, falls du das meinst. Und todkrank schon gar nicht.»

«Da bin ich beruhigt. Ehrlich. Aber wegen der Kunst bist du sicher nicht gekommen.»

«Und wenn ich doch krank bin?», fragte Robert. Er spürte plötzlich das Bedürfnis herauszufinden, wie Miriam darauf reagierte. Würde sie sich Sorgen machen? Oder ihn vielleicht noch mal in die Arme schließen? Doch an ihrem Blick konnte er lediglich ablesen, dass er seinen Joker bereits verspielt hatte.

Miriam winkte ab. «Du hast eine eiserne Gesundheit. Du wirst nie krank.»

Robert schaute in die Runde. «Wo steckt Jonas?»

«Hinten im Büro und malt.»

Robert deutete auf die Zeichnungen an den Wänden

und lachte: «Dann sind die also von ihm.» Aber in dem Punkt war mit Miriam nicht zu spaßen.

«Papa, bitte. Von Kunst verstehst du einfach nichts.»

«Ich muss Kunst nicht verstehen, sie muss mir gefallen.»

Er blickte zu dem Stuhl mit den Nägeln, den man während der spanischen Inquisition gut und gerne als Folterinstrument hätte verwenden können. «Vielleicht schenke ich den meinen neuen Nachbarn. Was soll der denn kosten?»

«So was können wir beide uns nicht leisten», sagte Miriam. Er hörte ihr an, dass sie langsam ungeduldig wurde. Was er absolut verstehen konnte. Sie hatte wirklich alle Hände voll zu tun. Robert folgte Miriams Blick und sah eine Frau, die ihr auffordernd zuwinkte.

«Papa, ich muss wieder.»

Doch so einfach wollte Robert sie nicht ziehen lassen. Es gab tatsächlich einen konkreten Grund, warum er hier war. «Warum hast du Jonas nicht zu mir gebracht, statt ihn hierherzuschleppen?»

«Du hast doch neuerdings selber genug zu tun», sagte sie ausweichend.

«Ich kann meine Arbeit immer so einteilen, dass ich Zeit für ihn habe. Oder ich nehme ihn einfach mit.»

«Jonas geht's gut hier, und ich spare mir die Fahrerei zu dir raus und wieder zurück.»

«Ich habe nichts dagegen, wenn er bei mir übernachtet.»

Die Frau winkte nun noch energischer nach Miriam. Das musste ihre neue Chefin sein, die Galeristin.

«Papa, ich hab zu tun.» Miriam wollte ihn stehen lassen, aber Robert hielt sie am Arm fest und sah sie eindringlich an.

«Wir sollten wenigstens aufhören, unseren Konflikt auf Jonas' Rücken auszutragen.»

Miriam schwieg nachdenklich, den Blick fest auf ihn gerichtet. Er hatte das Gefühl, dass seine Worte langsam bei ihr einsickerten. Dann deutete sie mit einer knappen Geste in Richtung einer Tür. «Das Büro ist hinten.»

«Opa», rief Jonas begeistert, als Robert das riesige, von kaltem Neonlicht erleuchtete Büro betrat. Der Schreibtisch, auf dem Jonas seine Zeichenutensilien ausgebreitet hatte, war so groß, dass der Junge dagegen winzig erschien. Jonas sprang vom Stuhl auf und rannte stürmisch auf ihn zu. Robert strich sanft mit der Hand über seinen Kopf und musste an einen Artikel denken, den er mal gelesen hatte. Darin stand, dass das Streicheln von Katzen sich positiv auf das Wohlbefinden von Menschen auswirkte und ihr Gemüt beruhigte. Er hatte nie eine Katze besessen und konnte das nicht bestätigen. Aber das Glücksgefühl, das ihn in diesem Moment durchströmte, konnte kein Vierbeiner in ihm auslösen, da war Robert sich absolut sicher.

«Du warst aber fleißig», sagte er mit Blick auf die zahlreichen mit Wachsstiften bemalten Blätter, die auf dem Schreibtisch verteilt lagen.

«Das hier ist für dich.»

Robert betrachtete das Bild, auf dem ein Haus zu sehen war, vor dem eine Frau und ein Mann standen, und daneben ein Kind. Auch wenn Jonas noch kein Profi in Porträtzeichnung war, konnte Robert sich denken, dass die Figuren ihn, Miriam und Jonas darstellen sollten. Wobei ihm auffiel, dass der Junge auf dem Bild deutlich längere Haare hatte als Jonas. Zumindest dachte Robert das für einen Moment, doch als er seinen Enkel prüfend musterte, entdeckte er, dass Jonas tatsächlich lange nicht beim Friseur gewesen war und seine Haare wachsen ließ. Zudem trug sein Enkel pinkfarbenen Glitzernagellack auf den Fingernägeln. Als kundiger AVON-Berater hätte er allerdings dringend von dieser Farbwahl abgeraten.

«Gefällt dir mein Bild?», fragte Jonas.

«Und wie. Du hast deutlich mehr Talent als diese Künstler da draußen, mein Junge.»

«Das sind du, ich und Mama.»

Robert erlaubte sich eine kleine Flunkerei. «Das sieht man sofort. Du hast uns wirklich gut getroffen.»

«Und das ist Micki», sagte Jonas, während er mit seinem Finger auf ein Tier deutete. Robert war nicht sicher, was genau es darstellen sollte, fand aber, dass es einem Hund noch am ähnlichsten kam.

«Ich dachte, der Hund in eurem Haus heißt Benji?», fragte Robert irritiert.

«Ich will einen eigenen Hund.»

Robert erschrak. So wie er seine Tochter kannte, würde sie Jonas den Wunsch glatt erfüllen. Das bedeutete aber auch, dass sein Enkel in Zukunft in ständiger Begleitung eines Tieres bei ihm auftauchen würde. Für Robert gehörten Tiere ganz eindeutig in Freiheit und nicht ins Haus. Hunde waren die schlimmsten, wie sie neben ihren Herrchen hertrotteten und auf Kommandos warteten. Da wäre ihm sogar eine Katze noch lieber, die wenigstens ihren eigenen Kopf hatte und ihrer eigenen Wege ging und die er nachts einfach vor die Tür setzen konnte.

Erst auf den zweiten Blick fiel Robert auf, dass alle auf dem Bild ein lächelndes Gesicht hatten. Sogar der Sonne hatte Jonas ein Paar Augen und nach oben gezogene Mundwinkel verpasst, was in Robert spürbare Erleichterung auslöste. Das Bild strahlte eine absolut positive Energie aus. Robert konnte sicher sein, dass sein Enkel ein glücklicher kleiner Mensch war.

«Und? Alles gut bei euch zu Hause?», fragte er trotzdem. Er wollte nicht gleich mit der Tür ins Haus fallen, sie nur ein kleines Stückchen aufschieben.

«Wir waren gestern beim Doktor», antwortete Jonas, der wieder auf den Stuhl geklettert war und mit dem nächsten Bild angefangen hatte.

Robert merkte auf. «Ist einer von euch krank?», fragte er, obwohl er ahnte, dass es um etwas anderes gegangen sein musste. Miriam und Jonas waren ganz offensichtlich beide putzmunter.

«Mama wollte, dass ich mit dem Doktor spreche.»

«Und was hast du ihm erzählt?»

«Dass ich ein Mädchen sein will», sagte Jonas wie selbstverständlich. Er schaute dabei nicht einmal auf und konzentrierte sich ganz auf sein Bild.

Robert sah seinen Enkel perplex an. Er war nicht blind gewesen. Er hatte sich längst seinen eigenen Reim gemacht. Aber dass Jonas es so genau benennen konnte und das auch tat, überrumpelte ihn dann doch. Noch nie hatte er eine so entschiedene Kinderstimme gehört. Nicht der leiseste Zweifel lag darin. Robert wusste, dass seiner Familie einschneidende Veränderungen bevorstanden. Er würde Zeit brauchen, um sich an den Gedanken zu gewöhnen, dass er nun keinen Enkel mehr hatte, sondern eine Enkelin. Aber das bereitete ihm keine Angst. Er wollte ihn unterstützen und ihm zur Seite stehen. Robert legte eine Hand auf Jonas' Schulter und sah ihn stolz an. Jonas wusste, wer er war. Das war schon mehr, als die meisten Menschen von sich behaupten konnten.

Letztendlich gelang es Robert doch noch, Miriam davon zu überzeugen, dass Jonas nach Hause gehörte und nicht auf eine Vernissage. Dazu war noch nicht mal eine ihrer üblichen Diskussionen nötig. Stattdessen hatte Robert Jonas ein Spiel vorgeschlagen. Sie hatten sich einen Spaß daraus gemacht, sich unter die Gäste der Galerie zu mischen und, wenn sie unbeobachtet waren, Jonas' Bilder mit Reißzwecken zwischen die Zeichnungen des ausstellenden Künstlers zu hängen. Tatsächlich hatte sich herausgestellt, dass Robert nicht der einzige Kunstbanause vor Ort war. Zu seiner großen Genugtuung hatten zwei Gäste Jonas' Zeichnung mit Kennerblick begutachtet und eifrig über die Intention des Künstlers diskutiert. Robert hatte etwas von «die Familie und ihre Archetypen in der Kunst» aufgeschnappt. Er hatte keine Ahnung, was Archetypen bedeutete. Was er aber sehr wohl wusste, war, dass diese beiden Wichtigtuer noch weniger von Kunst verstanden als er.

Miriam war so beschäftigt gewesen, dass sie keine Augen für Robert und Jonas hatte und von ihren Streichen eine ganze Weile nichts mitbekam. Bis ein Sammler ein Bild reservieren lassen wollte und Miriam darum bat, den obligatorischen roten Punkt darunterzukleben. Sie hatte natürlich sofort gemerkt, dass sie nicht vor einem Meisterwerk naiver Malerei stand, sondern vor einem Bild von Jonas. Und es hatte Robert durchaus Freude bereitet, seiner Tochter dabei zuzuhören, wie sie dem Sammler peinlich berührt erklärt hatte, warum dieses Bild nicht zum Verkauf stand, ohne ihn gleichzeitig als Kunstbanausen zu diskreditieren.

Schließlich war Roberts Plan aufgegangen. Miriam hatte die beiden Störenfriede nur noch loswerden wollen und zugestimmt, dass er Jonas mit zu sich nahm. Weitere Peinlichkeiten hatte sie sich auf jeden Fall ersparen wollen.

Auch Jonas selbst schien die Idee, zu seinem Großvater zu fahren, deutlich besser zu gefallen, als den Rest des Abends in einer eiskalten Neonhölle zu verbringen. Auf dem Nachhauseweg war er richtig aufgekratzt gewesen und hatte Robert darum gebeten, ihm bei der Suche nach einem neuen Namen zu helfen. Jonas hatte bereits eine Liste mit Mädchennamen angefertigt, die ihm gefielen. Robert spielte mit. Es fiel ihm nicht leicht, aber er gewöhnte sich besser früher als später an den Gedanken, fand er. Außerdem hatte er Jonas auf keinen Fall verletzen wollen. Nur als Jonas laut darüber nachgedacht hatte, sich Sophia zu nennen, hatte das in Robert Unbehagen ausgelöst.

Insgeheim war Robert froh gewesen, dass Jonas seine Spielkonsole nicht dabeihatte. So war ihm eine weitere Karaoke-Einlage erspart geblieben. Doch da Robert mittlerweile wusste, wie leidenschaftlich gerne Jonas Musik hörte, schlug er ihm vor, stattdessen den alten Kofferplattenspieler und die Plattensammlung aus dem Keller zu holen. Robert hatte diese Schallplatten seit vielen Jahren nicht mehr in der Hand gehalten, geschweige denn angehört. Während er aus den Augenwinkeln beobachtete, wie Jonas mit viel Geschick den kleinen Plattenspieler aufbaute und die Lautsprecher anschloss, blätterte er durch die Platten mit ihren abgestoßenen und ausgeblichenen Hüllen. Dabei handelte es sich fast ausnahmslos um schwarze Musik. Blues, Soul, aber auch Rockmusik aus den 6oern. Oder, wie sein Großvater immer geschimpft hatte: Neger- und Hippiemusik. In der Sammlung gab es keine Schallplatte, die nach 1970 gekauft worden war. Seine Mutter hatte keine Gelegenheit mehr dazu gehabt.

Als er die erste Platte aufgelegt hatte und seinen Enkel dabei beobachtete, wie er aufmerksam das Plattencover studierte, fühlte Robert sich an seine eigene Kindheit erinnert, in der es so viel Licht gegeben hatte. Aber seit dem Tag, an dem seine Mutter an Krebs erkrankt war, auch viel Schatten. Trotz ihrer schweren Krankheit war sie immer stark geblieben. Nie hatte seine Mutter ihn ihre Angst spüren lassen. Erst Jahre später, als Robert längst erwachsen gewesen war, war ihm klar geworden, was tatsächlich in ihr vorgegangen sein musste. Und das hatte ihn unendlich traurig gemacht.

Er dachte an die Momente, die er und seine Mutter in dem Zimmer verbrachten, das sie im Haus ihres Vaters, seines Großvaters, bewohnt hatten, und wie sie gemeinsam Schallplatten hörten. Dann hatten sie beide getanzt, und um sie herum gab es nichts anderes als Musik und pure Lebensfreude.

Da fiel Robert eine ganz besondere Platte in die Hände: die mit dem Lieblingslied seiner Mutter. Immer wenn die Schatten zu dunkel und bedrohlich wurden, hatte sie es gespielt. Und dann war es plötzlich wieder Licht geworden. Melancholie überfiel Robert, als er die kleine Platte aus der abgewetzten Hülle zog und auf den Plattenteller legte. Die Nadel senkte sich auf die Rille. Ein Knistern und Rauschen wie aus einer fernen Zeit erklang aus den Lautsprechern. Dann setzte die Musik ein. Robert nahm Jonas bei den Händen und zeigte ihm, wie man dazu tanzte. *Let's twist again ...*

«Wir haben fast die Hälfte der Werke verkauft. Und ein paar weitere sind reserviert. Die Vernissage war ein Riesenerfolg», berichtete Miriam mit hörbarem Stolz in der Stimme.

«Hast du auch eins von Jonas' Bildern verkauft?», witzelte Robert.

«Papa, das war nicht lustig.» Miriam versuchte, empört zu klingen, aber so richtig gelang ihr das nicht. Auch wenn sie es nicht zugeben wollte, ihre kleine anarchistische Aktion hatte auch Miriam witzig gefunden.

Sie sah auf die Uhr und deutete auf Jonas, der auf dem Sofa eingeschlafen war. «Wir müssen langsam nach Hause.»

«Du hättest ihn genauso gut morgen abholen können.»

«Morgen muss er in die Schule.»

«Dann hätte ich ihn eben hingebracht.»

«Und seine Schulsachen?»

«Bring sie beim nächsten Mal einfach mit.»

«Papa, das ist doch alles viel zu kompliziert. Und die ganze Fahrerei.»

Robert fand, dass die Sache weniger kompliziert war, als sie es darstellte. Es wäre ein Leichtes für ihn, das zu organisieren. Aber nach wie vor versuchte Miriam, ihn auf Abstand zu halten. Er wollte nicht einfach nur herausfinden, warum. Er wollte ein vollständiger Teil des Lebens von Miriam und Jonas sein.

Nachdem Jonas eingeschlafen war, hatte er im Internet recherchiert und gelesen, dass eines von fünfhundert Kindern transident geboren wurde und sich dem anderen Geschlecht zugehörig fühlte. Seit sein Enkel … Oder musste er jetzt schon Enkelin sagen? Robert dachte kurz nach, verwarf den Gedanken aber gleich wieder. Darum ging es jetzt noch nicht.

«Ihr wart also beim Arzt, ja?»

«Ja», sagte Miriam, ohne ihn anzusehen, und ging daran, Jonas' Sachen zusammenzusuchen.

Robert wartete einen Moment, aber mehr kam da nicht. «Und?»

«Beim Kinderarzt», meinte Miriam, die sich immer noch nicht wirklich redselig zeigte. Vergeblich wartete Robert auf eine weitere Ausführung.

«Jonas ist deutlich gesprächiger als du. Er hat mir alles erzählt.»

Miriam wandte sich ihm überrascht zu. «Na, dann weißt du doch schon alles.»

«Ich hätte das auch gerne von dir gehört.»

«Was macht das für einen Unterschied?»

«Einen ziemlich großen.» Langsam wurde Robert ärgerlich. Aber das musste er unterdrücken. Damit würde er nur eins erreichen: dass Miriam so schnell wie möglich das Weite suchte. Robert mäßigte seinen Ton und gab sich alle Mühe, ruhig und sachlich zu klingen. «Was hat der Arzt gesagt?»

Miriam sah ihn durchdringend an, und so wie sie dastand, tat sie ihm nun fast ein wenig leid. Er konnte sich lebhaft vorstellen, was alles in ihr vorging. Ihm erging es ja nicht anders. Auch wenn sie beide kein grundsätzliches

Problem mit Jonas' Wunsch danach hatten, ein Mädchen zu werden, so bereitete es ihnen doch auch Sorgen. Sie wussten, dass die Außenwelt nicht nur mit Verständnis reagieren würde.

«Der Kinderarzt hat uns eine Spezialistin empfohlen. Wir gehen zu einer Spezialsprechstunde Transgender.»

«Darf ich mitkommen?» Die Worte kamen schneller aus Roberts Mund, als er denken konnte.

Miriam zögerte. Aber allein die Tatsache, dass sie nicht sofort ablehnte, deutete Robert als gutes Zeichen.

«Ich gebe dir Bescheid, sobald wir den Termin haben», sagte sie. Damit war Robert zufrieden. Er hatte gute Karten und wollte sein Blatt nicht überreizen. Dennoch veranlasste ihn die gute Stimmung zwischen ihnen, einen Schritt weiter zu gehen und die Familien-Bazooka zu zünden.

«Was macht ihr eigentlich Weihnachten?»

Miriam sah ihn so verständnislos an, als hätte er etwas in einer exotischen Fremdsprache von sich gegeben. «Weihnachten?», wiederholte sie ungläubig.

«Es sind nur noch vier Wochen», erklärte Robert.

Fassungslos schüttelte Miriam den Kopf. Mit einer so starken Reaktion hatte Robert nicht gerechnet, und er fragte sich, ob sein Wunsch, die Feiertage mit ihr und Jonas zu verbringen, wirklich so vollkommen absurd war.

«Tut mir leid, aber ich habe schon was anderes vor», sagte Miriam schließlich knapp.

«Was anderes? An Weihnachten?»

«Ich will mit Jonas über die Feiertage verreisen.»

«Verreisen? Wohin?»

«Gran Canaria. Zwei Wochen. Sonne, Strand und Meer. Das ist genau das, was ich jetzt brauche.»

Robert spürte eine Enttäuschung wie selten zuvor. «Eine Weihnachtsgans mit Klößen und Rotkohl unter Palmen und bei dreißig Grad im Schatten? Absurd!», sagte er schnippisch.

«Auf Gran Canaria ist auch Weihnachten, Papa. Oder dürfen die Spanier nicht feiern, nur weil dort kein Schnee fällt?»

Miriam hatte natürlich recht. Nur in seiner deutschen Vorstellung war Weihnachten untrennbar mit Schnee und Kälte verbunden.

«Was regst du dich eigentlich so auf? Du hasst Weihnachten», fügte Miriam hinzu.

Da konnte Robert ihr nicht vollends widersprechen. Viele Jahre seines Lebens war ihm Weihnachten tatsächlich zuwider gewesen. Daran war vor allem sein Großvater schuld. Mit Unbehagen dachte Robert an die Zeiten zurück, als er ihm zu Weihnachten dabei helfen musste, den Karpfen aus der Badewanne zu heben und zu schlachten. Genauso wenig mochte er es, wenn die Familie an Heiligabend in die Kirche gehen und gute Miene zum bösen Spiel machen musste. Denn zu Hause hatte alles ganz anders ausgesehen. Liebe hatte er von seinem Großvater jedenfalls nie erfahren.

Sophia dagegen hatte Weihnachten geliebt und die Vorweihnachtszeit gar nicht früh genug einläuten können. Kaum dass der Sommer vorbei war, hatte sie damit angefangen, das erste Weihnachtsgebäck zu backen. Robert hatte sich immer darüber lustig gemacht, dass es ab dem Moment, in dem Shorts und Sandalen eingemottet waren, selbst gemachte Plätzchen und Spekulatius bei ihnen zum Kaffee gab. Geschmeckt hatte es ihm trotzdem.

«Hassen ist ein bisschen stark, oder?», warf Robert ein. Aber während er Miriam genauer betrachtete, fiel ihm plötzlich auf, wie angespannt sie wirkte. Als hätte er ein Thema angesprochen, von dem sie nichts wissen wollte.

«Wie kommst ausgerechnet *du* auf diese Idee?», fragte sie.

«Was ist daran so abwegig?» Robert verstand nicht, warum sie sich so wand.

«Weißt du eigentlich, wie das damals für mich war?»

Robert sah sie ratlos an. In ihrem Blick lag Traurigkeit. Robert beschlich der Verdacht, dass er irgendeiner Art von Geheimnis auf der Spur war. Etwas, das Miriam ihm nie zuvor erzählt hatte. Egal, was es war: Er musste es herausfinden. Jetzt. Das sagte ihm sein Instinkt.

«War es etwa nicht schön für dich?»

«Weißt du, wo Weihnachten wirklich für mich stattgefunden hat, Papa?», fragte sie, und es schien sie einigen Mut zu kosten weiterzusprechen. «Bei unseren Nachbarn.»

Robert brauchte einen Moment, um zu verstehen, was sie meinte. Bis auch ihm ihre alten Nachbarn wieder in den Sinn kamen, die vor einigen Jahren zu ihrer Tochter ins Ausland gezogen waren. Obwohl sie über Jahrzehnte Tür an Tür gelebt hatten, war er nie richtig warm mit ihnen geworden. Für seinen Geschmack waren sie immer eine Spur zu exaltiert gewesen. Aus dem gleichen Grund hatten Sophia und Miriam einen Narren an den beiden gefressen. Robert erinnerte sich an den Brunch, den die Nachbarn regelmäßig am ersten Weihnachtsfeiertag ausgerichtet und zu dem sie sämtliche Nachbarn eingeladen hatten. Er sah die quietschbunten Weihnachtspullis mit Elchen und Schneemännern vor sich, in denen sie ihre Gäste begrüßt hatten. Die Tochter war ein paar Jahre älter als Miriam gewesen, trotzdem waren sie eine Zeit lang eng miteinander befreundet.

«Der Brunch bei den Nachbarn, das war für mich Weihnachten. Und nicht dieser muffelige Vater, den das alles nur genervt hat.»

Robert spürte einen Kloß im Hals und das dringende Bedürfnis, ihr sein Verhalten zu erklären. «Weihnachten war für mich immer etwas vorbelastet. Aber das hatte doch nichts mit dir ...» Weiter kam er nicht. Miriam fiel ihm ins Wort.

«Es war nicht nur Weihnachten. So war es immer.»

Robert wusste nicht, was er antworten sollte. Er musste über ihre Worte nachdenken. Miriam hingegen war plötzlich wie entfesselt und ließ alles heraus, was ihr auf der Seele lag.

«Weißt du, wie sehr ich unsere Nachbarn beneidet habe? Das war eine richtige Familie.»

Das konnte Robert beim besten Willen nicht so stehen lassen. «Das waren wir auch», widersprach er vehement.

Er sah die Verzweiflung in ihrem Gesicht.

«Das nennst du Familie? Ständig nur auf deine Marotten und deine Launen Rücksicht nehmen müssen? Während du andere immer nur kritisierst?»

«Wie kommst du nur auf so was?»

«Dir hat nie gepasst, was ich gemacht habe. Egal was.»

«Ich habe dich nie kritisiert. Ich habe dich nur dazu ermutigen wollen, an etwas dranzubleiben. Ausdauer zu beweisen. Das ist etwas ganz anderes.»

«Ich war ein Kind. Hast du dich mal gefragt, wie das bei mir angekommen ist?»

Robert spürte, dass sie kurz davor standen, sich ziemlich ernsthaft zu streiten. Gleichzeitig war ihm klar, dass er und Miriam an einen Punkt gelangt waren, an dem es kein Zurück mehr gab. Da war etwas zwischen ihnen, das sich wie ein einziges großes Missverständnis anfühlte. Unter allen Umständen wollte Robert verhindern, dass Miriam Hals über Kopf sein Haus verließ. Sie mussten sich endlich aussprechen. Jetzt. Doch während Robert nach den richtigen Worten suchte, schoss ihm ein weiterer Gedanke durch den Kopf. Einer, der ihm mit einem Mal die Augen öffnete. Es ging Miriam nicht um sich selbst. Ihr ging es um Jonas.

«Deshalb willst du nicht mit mir über Jonas reden? Du denkst, ich habe ein Problem damit und würde ihn ... kritisieren?»

«Papa, du hast mit jedem ein Problem, der die Welt anders sieht als du. Und das muss ich Jonas nun wirklich nicht antun.»

Robert und Miriam hatten sich voneinander verabschiedet wie zwei müde Krieger. Sprachlos. Während er die Unordnung beseitigte, die Jonas hinterlassen hatte, suchte er nach Antworten. Er hatte Miriam auf ein Leben vorbereiten wollen, in dem Enttäuschungen und Demütigungen lauerten, das nicht immer so verlief, wie man sich das wünschte. Nur deshalb hatte er ihr Durchhaltevermögen fördern wollen und sie dazu ermuntert, nicht zu schnell aufzugeben und ihre Ziele mit mehr Biss zu verfolgen. Und sie hatte das ihr Leben lang nur als Kritik verstanden. Alles, was er jemals gewollt hatte, war, sie zu beschützen. So, wie er immer alle beschützen wollte. Jonas, Miriam, Sophia, selbst seine eigene Mutter ...

Robert war derart aufgewühlt, dass er den Bildern seiner Kindheit hilflos ausgeliefert war. Sie stürmten auf ihn ein. Er sah seine Mutter vor sich, die der Fixstern in seinem Leben gewesen war. Erst als Erwachsener konnte er sich ausmalen, was es für sie bedeutet haben musste, zu jener Zeit Mutter eines unehelichen Kindes zu sein. Was für eine starke Frau sie gewesen sein musste. Dennoch hatte das Schicksal sie verraten und ihr eine böse Krankheit geschickt. Seine Mutter hatte tapfer gekämpft, und selbst als sie schon geschwächt und gezeichnet gewesen war, hatte sie Robert getröstet. Dabei war sie es gewesen, die Trost gebraucht hätte. Aber den hatte sie nicht erwarten können von ihrer Familie. Ihr Vater war an Leib und Seele vernarbt. Der Krieg hatte einen anderen Menschen aus ihm gemacht. Er sprach nicht viel. Nicht über den Krieg. Und nicht über Krankheit. Roberts Mutter hatte sich diesen Regeln unterworfen. Auch sie selbst hatte ihre Krebserkrankung bis zum Ende heruntergespielt. Robert erinnerte sich an ihren letzten gemeinsamen Tag. Seiner Mutter war es besonders schlecht gegangen, und er hatte große Angst, weil er mit dem Instinkt eines Kindes spürte, was geschehen würde. Er hatte unbedingt bei ihr bleiben wollen und sich geweigert, in die Schule zu gehen. Aber seine Mutter hatte ihn weggeschickt. Als er sich nach Schulschluss aufs Fahrrad geschwungen hatte und wie der Teufel nach Hause geradelt war, hatte der Bestatter ihren Leichnam bereits abgeholt.

Robert schaltete den Plattenspieler ein und senkte die Nadel in die Rille. Dann lauschte er noch einmal dem Lieblingslied seiner Mutter. *Let's twist again ...* Und obwohl es längst Nacht war, wurde es wieder hell im Raum.

KAPITEL 17

Robert war kaum aufgestanden, da klingelte es an der Tür. Gerade wollte er sich über die Störung zu nachtschlafender Zeit aufregen, zumindest dieser Reflex funktionierte noch, als er nach einem Blick auf die Uhr verblüfft feststellte, dass es bereits kurz vor neun war.

«Sind Sie krank?», fragte Basti, der mit prüfendem Blick hinter einem Stapel Pakete hervorlugte.

Als Robert den Gürtel seines Bademantels enger zog und etwas näher kam, wich Basti zurück. So unwahrscheinlich das auch war, hatte Robert offenbar doch noch eine Gemeinsamkeit zwischen ihnen entdeckt: einen gesunden Respekt vor Viren und Bakterien. Ihm kam das nur zu gelegen.

«Irgendwas scheint bei mir im Anmarsch zu sein», flunkerte er und hustete demonstrativ in die Faust. «Am besten, Sie verschwinden gleich wieder. Zu Ihrer eigenen Sicherheit.»

«Und Ihre Pakete?»

Robert deutete auf den Boden neben der Eingangstür. «Stellen Sie einfach alles da ab. Ich kümmere mich später.»

Basti zögerte. Er schien noch etwas anderes auf dem Herzen zu haben. «Aber ich habe noch was für Sie.»

Robert merkte alarmiert auf. Das konnte nichts Gutes sein. «Was?»

«Zeig ich Ihnen drinnen.»

Das war typisch für seinen Nachbarn. Basti hielt es nicht für nötig, höflich anzufragen, ob es gerade passend war. Er setzte voraus, jederzeit willkommen zu sein.

«Wollen Sie wirklich riskieren, sich anzustecken?»

Basti verengte seine Augen zu Schlitzen und sah Robert skeptisch an. «Mhm ... So krank sehen Sie gar nicht aus.»

Robert hustete erneut, aber sein Schauspiel war so erbärmlich, dass er genau das Gegenteil von dem erreichte, was er wollte. Basti hatte ihn durchschaut.

«Ist das Ihr Ernst? Sie lügen mich an, nur um mich loszuwerden?»

«*Sie* haben gesagt, dass ich krank aussehe.» Robert wollte sich nichts unterstellen lassen.

«Habe ich nicht», stellte Basti klar. «Ich wundere mich nur, dass Sie noch im Bademantel sind. Um diese Zeit.»

«Vielleicht folge ich einfach nur Ihrem Rat.»

Basti beäugte Robert demonstrativ vom Scheitel bis zur Sohle. «Karierter Bademantel? Diesen Tipp haben Sie ganz sicher nicht von mir.»

Robert schüttelte genervt den Kopf. Basti war es doch, der ihm ständig damit in den Ohren lag, auch mal fünfe gerade sein zu lassen. Aber er hatte partout keine Lust auf Diskussionen. «Könnten wir die Sache irgendwie abkürzen?», polterte er.

«Klar doch», flötete Basti, und Robert blieb nichts anderes übrig, als dabei zuzusehen, wie sein Nachbar wie selbstverständlich sein Haus betrat und mit seiner Fracht im Wohnzimmer verschwand.

Basti hatte die Pakete auf dem Esstisch abgestellt und sah Robert vorwurfsvoll an.

«Sie könnten ruhig etwas netter sein, wenn ich Ihre Pakete für Sie annehme.»

Jetzt wusste Robert wieder, warum es ihm anfangs unangenehm gewesen war, Basti zu bitten, seine Lieferungen anzunehmen. Aber je erfolgreicher sein Geschäft ging, desto mehr war er unterwegs, und desto häufiger wurden seine Lieferungen. Nachdem er ein paarmal zur Abholstation hatte fahren müssen, war er eingeknickt. Basti war immer zu Hause, und Robert hatte diese Art Nachbarschaftshilfe schnell zu schätzen gelernt. Basti hatte recht. Er hatte ein gewisses Maß an Dankbarkeit verdient.

«Danke», grummelte Robert kaum hörbar.

«Das kam wie immer von Herzen», entgegnete Basti spitz.

«Ich hatte noch nicht mal meinen ersten Kaffee.» Robert fand, dass diese Entschuldigung reichen musste.

Basti sah Robert durchdringend an. «Was ist denn los mit Ihnen?»

«Gar nichts», sagte Robert ausweichend und ging demonstrativ daran, die Lieferung auf Vollständigkeit zu überprüfen. Aber Basti machte auch weiterhin keine Anstalten zu verschwinden.

«Langsam glaube ich, mit Ihnen stimmt tatsächlich etwas nicht», meinte er.

«Da sind Sie nicht der Erste», entgegnete Robert.

«Leiden Sie in letzter Zeit unter Kopfschmerzen?»

«Wieso sollte ich?»

«Vielleicht drückt irgendwas auf Ihr Gehirn. Ein Tumor oder so.»

«Machen Sie sich keine falschen Hoffnungen. Ich bin bei bester Gesundheit.»

«Oder beginnende Demenz. Anders kann ich mir das nicht erklären», sagte Basti und deutete mit großer Geste in die Runde.

Robert wollte ihn endgültig am Kragen packen und nach draußen verfrachten. Aber stattdessen hielt er verblüfft inne. Tatsächlich herrschte im Wohnzimmer immer noch ein heilloses Durcheinander. Jonas' Malsachen waren auf dem Boden verteilt. Genauso wie die Schallplatten, die sie aus dem Keller geholt hatten und die er noch nicht ins Regal einsortiert hatte.

«So ist das nun mal, wenn Kinder im Haus sind», sagte Robert halbherzig und gegen seine innere Überzeugung. Noch vor Kurzem wären ihm diese Worte nicht über die Lippen gekommen. Selbst in Miriams wildester Kindheit, und da hatte es einige für ihn sehr herausfordernde Phasen gegeben, hatte er für Ordnung gesorgt.

Robert bemerkte Bastis Grinsen. «Was?!»

«Sie lieben Ihren Enkel sehr, oder?»

Ja. Das tat Robert. Aber das musste er Basti nicht auf die Nase binden. Er wusste, was er sich dann wieder anhören musste. Irgendetwas über Gefühle, die er tief in seinem Inneren verschlossen hielt wie einen Flaschengeist, den er endlich befreien müsse.

«Er ist mein Enkel, natürlich liebe ich ihn», sagte Robert und bemühte sich, es möglichst neutral klingen zu lassen.

Basti schaute ihn an, als sei er ein Kommissar, der seinen Verdächtigen löcherte, obwohl er längst den entscheidenden Beweis für seine Schuld in der Hand hatte. «Sie müssen mir nichts vormachen.»

«Wenn das so ist, muss ich hier ja auch nicht länger den netten Nachbarn spielen. Auf Wiedersehen», sagte Robert mit Nachdruck.

Basti musste lachen. «Netter Nachbar? Der war gut.»

Robert fragte sich, wie lange er noch leere Drohungen aussprechen konnte, bevor er zur Tat schreiten musste, um sich nicht lächerlich zu machen. Basti hatte offenbar komplett den Respekt vor ihm verloren.

«Mein Opa liebt mich nicht. Jedenfalls nicht mehr.»

Robert seufzte. Er wusste, dass Basti ihm so oder so sein Herz ausschütten würde. «Was ist passiert?», fragte Robert in der Hoffnung, die Angelegenheit ein wenig zu beschleunigen.

«Mein Coming-out.»

Robert verstand nur Bahnhof und sah Basti abwartend an. Aber da kam nichts weiter. «Was ist damit?», fragte er ungeduldig nach.

«Mein Opa kommt einfach nicht klar damit.»

Aber Robert wusste immer noch nicht, worauf sein Nachbar hinauswollte. «*Womit*?»

«Seit er weiß, dass ich schwul bin, spricht er nicht mehr mit mir.»

Robert sah ihn schief an. «Deshalb spricht er nicht mehr mit Ihnen?»

«Seit fünfzehn Jahren.» Basti nickte betroffen.

Robert schüttelte den Kopf und lachte auf. «Dass Sie schwul sind, ist nun wirklich Ihr kleinstes Problem.»

«Das ist überhaupt kein Problem», konterte Basti empört.

«Dann eben Charaktereigenschaft. Oder was immer Sie wollen.»

«Das ist auch keine Charaktereigenschaft, das ist meine sexuelle Orientierung.»

Robert winkte ab. Das Thema wollte er nur ungern weiter vertiefen. «Belassen wir es einfach dabei.» Da spürte er einen Stich in der Brust. Das kam häufiger vor in den letzten Tagen. Genau wie seine Kurzatmigkeit. Für Robert waren das ganz klar Stresssymptome. Am nächsten Wochenende würde er endlich einmal nicht arbeiten und richtig ausspannen.

«Ist doch was mit Ihnen?», fragte Basti aufmerksam.

Robert winkte ab und zeigte auf einen Karton mit dem Abbild einer Espressomaschine, den er unter seinen Paketen entdeckt hatte. «Das ist nicht für mich.»

Basti kam näher. «Doch, ist es.»

«Ich bin nicht dement. Ich wüsste, wenn ich das bestellt hätte.»

«Haben Sie auch nicht», sagte Basti. Er nahm ihm den Karton aus der Hand und ging daran, den Inhalt auszupacken. «Das ist ein Geschenk.»

«Ich habe bereits eine Kaffeemaschine.»

Basti schenkte ihm einen mitleidigen Blick. «Ach, bitte. Was Sie da trinken, hat doch nichts mit Kaffee zu tun.»

Wieder eine Sache, die bei Robert Bauchgrummeln verursachte. Er mochte es nicht, beschenkt zu werden. Er fühlte sich dann immer verpflichtet, etwas zurückzugeben.

«Seit wann schenken wir uns was?»

«Nur ein kleines Dankeschön. Für den Grillabend.»

Robert sah ihn fragend an. «Der war nicht gerade ein Quell purer Freude.»

«Trotzdem war es nett, was Sie für uns getan haben», entgegnete Basti, der ungeduldig den Karton aufriss und mit Verpackungsmaterial um sich warf, als wäre es Weihnachten und er bekäme endlich die elektrische Eisenbahn geschenkt, die er sich seit Jahren gewünscht hatte.

«Das habe ich nicht für Sie getan, sondern für mich», sagte Robert entschieden.

Basti lachte. «Wer's glaubt.»

Robert war längst klar, dass Basti ihn durchschaut hatte. Trotzdem – er hatte einen Ruf zu verlieren. «Denken Sie, ich habe Lust, mich schon wieder an neue Nachbarn zu gewöhnen?»

Basti lächelte Robert dankbar an. Und in dem Moment wurde auch Robert klar, dass er zwar griesgrämig und abweisend klingen wollte, seinem Nachbarn aber im Grunde ein Kompliment gemacht hatte. Ja, Basti konnte unerträglich und nervig sein und einen zur Weißglut treiben. Aber er war eine ehrliche Haut, loyal, hilfsbereit, und er hatte das Herz auf dem rechten Fleck. Und auch wenn er sich lieber die Zunge abgebissen hätte, als das zuzugeben, er hatte seinen Nachbarn nicht nur schätzen gelernt, er mochte ihn. Er sah Basti erwartungsvoll an, weil er davon ausging, dass er diesen Moment, in dem Robert das Fenster zu seinem Herzen einen winzigen Spalt geöffnet hatte, für eine weitere spitze Bemerkung nutzen würde. Doch Basti schwieg und lächelte. Noch eine gute Charaktereigenschaft. Er wusste, wann er die Klappe zu halten hatte. Zumindest manchmal.

Mit dem chromglänzenden Raumschiff, das in der Küche seiner Nachbarn stand, war das Gerät nicht zu vergleichen. Die kleine Maschine, die Basti vor ihm aufgestellt hatte, verfügte gerade einmal über zwei Knöpfe und einen Regler für die Milchschaumdüse.

Robert beäugte das Gerät kritisch. «Sieht aus, als hätte Ihre Espressomaschine ein Kind bekommen.»

«Wie meinen Sie das?»

«Wächst die noch?»

«Das ist ein Einsteigermodell.»

«Ehrlich gesagt halte ich mich für ziemlich fortgeschritten.»

«Was Ihr Alter betrifft vielleicht. Aber nicht in Bezug auf Espressomaschinen. Da sind Sie blutiger Anfänger.»

Robert befühlte mit der Hand das Gehäuse. «Plastik, ja? Lange halten wird die nicht.»

Er rechnete damit, dass Basti ihn mit einem frechen Spruch in die Schranken weisen würde. Aber den focht seine Nörgelei nicht an.

«Entscheidend ist der Wasserdruck. Die Maschine landet im Test der kleinen Siebträgermaschinen regelmäßig ganz weit oben», erklärte Basti, während er den Wasserbehälter befüllte und in die Maschine einsetzte.

Für Robert war das alles Neuland. «Siebträger?», fragte er.

Basti seufzte theatralisch, als müsse er einen Ungläubigen von der Existenz Gottes überzeugen. «Ich sehe schon, wir müssen ganz von vorne anfangen.»

«Bisher habe ich meinen Kaffee ohne so ein Ding da hinbekommen.»

Basti verzog gelangweilt das Gesicht, als hätte Robert einen Witz ohne Pointe erzählt. «Sie wissen gar nicht, was Kaffee ist.»

Robert grummelte nur leise vor sich hin. Er war nicht der experimentierfreudige Typ, der mit Begeisterung Neues ausprobierte. Aber als er zum ersten Mal eine von Bastis

Kaffeekreationen gekostet hatte, war er tatsächlich auf den Geschmack gekommen.

Basti ließ nicht locker und war auch von Roberts demonstrativer Ungeduld nicht beeindruckt. Am Ende kannte Robert nicht nur den Unterschied zwischen Espresso und Lungo, es gelang ihm sogar, mithilfe der Milchschaumdüse festen Schaum zu produzieren und nicht nur brühend heiße Milch, an der man sich die Zunge verbrannte. Arabica, Robusta, Liberia, Excelsa ... Basti erklärte ihm die verschiedenen Kaffeesorten, wie wichtig der richtige Mahlgrad war und die Wassertemperatur. Die Leidenschaft, mit der Basti über etwas sprach, das für ihn lediglich ein Heißgetränk zum Wachwerden war, rührte Robert und erinnerte ihn an Miriam, die mit gleicher Inbrunst über Kunst referieren konnte.

«Ich habe Dennis vorgeschlagen, dass wir eine Reise machen», wechselte Basti urplötzlich das Thema.

Eine Nachricht, die Robert durchaus gerne hörte. Hatte seine kleine Aktion mit dem Grillabend also doch zu etwas geführt.

«Dann ist alles wieder im Lot?»

Basti lächelte selig und nickte. «Vielleicht fahren wir auf eine griechische Insel.»

«Um diese Jahreszeit?», fragte Robert skeptisch. Er kannte zwar die Klimatabellen der griechischen Inseln nicht auswendig, konnte sich aber vorstellen, dass es auch dort im Winter ziemlich feucht und frisch werden konnte. Vor Jahren hatte er mal einen Bericht über ein Schneechaos in Athen gesehen, der ihn sehr überrascht hatte. Ihm war bis dato nicht klar gewesen, wie sehr sich das Klima am westlichen Mittelmeer von dem am östlichen unterschied.

«Außerhalb der Saison kriegt man irre Angebote. Ich habe ein tolles Fünf-Sterne-Hotel gefunden. Absolut bezahlbar», sagte Basti.

«Und wann soll's losgehen?»

«Ist noch nicht ganz sicher», sagte Basti, und auch wenn er sich um einen neutralen Ton bemühte, hörte Robert leise Zweifel in seiner Stimme.

Robert wollte nicht nachbohren, aber er sah Basti an, dass ihm diese Unklarheit irgendwie peinlich war.

«Wenn es dieses Jahr nicht mehr klappt, dann spätestens im Frühjahr», sagte Basti, wie um sich aufzubauen.

«Und was spricht gegen sofort?», schlug Robert vor, weil er herausfinden wollte, wie es wirklich um die beiden bestellt war.

«Dennis hat zurzeit viel Stress. In der Firma wird umstrukturiert.»

Robert legte die Stirn in Falten. Umstrukturierung – dieses Wort hatte für ihn immer schon alles und nichts bedeutet. Warum konnten die Leute nicht einfach konkret einen Sachverhalt beschreiben, statt zu einem Wort zu greifen, das irgendwie wichtig klingen sollte und doch nur unscharf war?

«Er will noch mal mit seinem Chef reden. Vielleicht klappt's doch noch mit dem neuen Posten», sagte Basti, während er den Siebträger mit Kaffeepulver füllte.

Robert beobachtete ihn aus den Augenwinkeln, und ihm fiel wieder ein, was er in den letzten Wochen bemerkt hatte. Trotz ihrer angeblichen Aussprache und Versöhnung hatten Basti und Dennis ihre Zankereien nicht wieder aufgenommen. Er hörte gar keinen Streit mehr im Nebenhaus, und das beunruhigte ihn. Robert war sicher, dass die

Beziehung seiner Nachbarn sich an einem Scheideweg befand. Er wollte Basti nicht in seiner Euphorie bremsen und
seine Hoffnungen zerstören. Aber dass Dennis eine Ver-
söhnungsreise auf die lange Bank schob, war nicht gerade
das beste Zeichen.

Nachdem sein Nachbar ihn geschlagene zwei Stunden in
die fachgerechte Zubereitung von Espresso eingeführt
hatte, begann Robert seine Verkaufstour mit einiger Ver-
spätung. Das Wetter war gut. Die Sonne schien von einem
makellos blauen Himmel. Es war frisch. Eher kalt. Der
Winter klopfte nachdrücklich an die Tür und bat um Ein-
lass. Die Tage waren deutlich kürzer geworden. Und da
Robert ungern bei Dunkelheit Auto fuhr und vor Einbruch
der Nacht nach Hause kommen wollte, bemühte er sich,
seine Verkäufe an der Haustür schnörkellos und zügig ab-
zuwickeln. Das klappte nicht immer.

«Wissen Sie, dass Mikroplastik bereits in Schneeproben
aus der Arktis nachgewiesen wurde?»

«Nein, ist mir neu», entgegnete Robert und heuchelte
Interesse. Seine Geduld wurde von diesem Kunden wirk-
lich auf eine harte Probe gestellt. Geschlagene fünfzehn
Minuten wartete er bereits darauf, dass der Mann die be-
stellte Ware bezahlte und er den Rückzug antreten konnte.
Stattdessen kontrollierte sein Gegenüber immer wieder die
Liste der Inhaltsstoffe auf der Packung der Männerpflege-
serie und erging sich in endlosen Tiraden. «Was das für die
Unterwasserwelt bedeutet, ist noch gar nicht abzusehen.»

Robert hatte nichts gegen die Unterwasserwelt oder die
Tierwelt im Allgemeinen. Auch er fand sie absolut schüt-
zenswert. Aber er war nun mal kein Umweltaktivist und

hatte nicht die geringste Lust auf derartige Diskussionen, die doch ohnehin nichts ändern würden. Außerdem fand er, dass sein Kunde es mit der Schwarzmalerei heillos übertrieb.

«Vielleicht geht es ja auch gut aus, und die ganz große Klimakatastrophe bleibt aus», sagte Robert. Aber damit konnte er seinen Kunden nicht beeindrucken. So war das heutzutage: Hatte jemand erst mal seine Meinung, ließ er sich auch durch noch so gute Argumente nicht mehr davon abbringen. Wobei Robert zugeben musste, dass sein Argument tatsächlich nicht besonders schlagkräftig war. Es war eher eine wenig fundierte Vermutung. Und wenn er ehrlich war, glaubte er die selbst nicht. Auch er sah die Welt auf eine Katastrophe zurasen. Die Menschen waren bequem. Sie handelten immer erst, wenn es absolut sein musste. Und viele von ihnen hatten immer noch nicht begriffen, dass «Wenn-es-sein-muss» längst erreicht war.

Der Kunde gab ihm das Duschgel zurück und schüttelte verbissen den Kopf. «Tut mir leid, aber an der Verschmutzung der Weltmeere will ich nicht länger beteiligt sein.»

Robert stöhnte auf. «Hätten Sie sich das nicht früher überlegen können?»

Der Mann machte eine entschuldigende Geste. «Ich habe den Bericht vorhin erst gelesen.»

Robert fand, dass die Verteidigungsstrategie seines Kunden auf tönernen Füßen stand. Trotzdem musste er akzeptieren, dass der Mann am längeren Hebel saß. Er hätte jetzt einfach etwas behaupten können wie «Nein, in der Pflegeserie ist absolut kein Mikroplastik enthalten». Aber das konnte er nicht mit Gewissheit sagen. Da die Beschriftung auf der Packung zu wenig Aufschluss gab, musste er, auch wenn er damit weitere kostbare Zeit verlor, zum Auto laufen und die Mappe mit den Listen der Inhaltsstoffe holen. Schließlich dauerte es weitere zehn Minuten, bis er das Gewissen des Kunden endlich beruhigt hatte. Kein Mikroplastik!

Als Robert vor seiner nächsten Kundin stand, war er sich endgültig sicher, dass sich an diesem Tag alles gegen ihn verschworen hatte.

«Die Mascara, die Sie mir verkauft haben, war nicht zu gebrauchen», beschwerte sie sich lauthals.

«Wieso? Was war damit?»

«Völlig vertrocknet war die. Da sind nur Krümel rausgefallen.»

So etwas hatte Robert noch nie zu hören bekommen. Die AVON-Produkte, die er auslieferte, waren immer einwandfrei. Dafür legte er seine Hand ins Feuer. Er nahm der Frau das Röhrchen mit Mascara ab und stocherte mit dem kleinen Pinselchen prüfend darin herum. «Haben Sie vielleicht vergessen, das Röhrchen richtig zuzuschrauben?»

«Hören Sie mal. Ich weiß doch, wie man eine Mascara benutzt.»

«Das war nicht meine Frage.»

Sein Gegenüber ging in die Offensive. «An mir lag das nicht. Die war schon so.»

Robert hatte einen Verdacht, aber er wollte es noch mal im Guten versuchen. Vielleicht konnte er der Dame ins Gewissen reden und ihr einen gesichtswahrenden Rückzug ermöglichen. Er wollte sie nur ungerne als Lügnerin entlarven. «Ich meine ja nur, vielleicht ist die Mascara ausgelaufen. Das kann vorkommen.»

«Wieso sollte die ausgelaufen sein?»

Robert drehte das Röhrchen demonstrativ auf den Kopf und schüttelte es. «Weil nichts mehr drin ist. Kein Tropfen. Absolut leer.»

«Na, weil sie eingetrocknet ist», konterte die Frau beharrlich und verschränkte ihre Arme vor der Brust. «Und ich erwarte, dass Sie mir Ersatz liefern!»

Für Robert war die Sache klar. Sie wollte ihn aufs Kreuz legen. Schmink-Erschleichung nannte man so was. Das war sicher kein offizieller Straftatbestand, über den er sich mit Lilli Fischer hätte austauschen können, aber in seinen Augen war es ein Vergehen, das er der Frau auf keinen Fall durchgehen lassen wollte. Genauso gut hätte er im Restaurant eine Flasche Wein austrinken und anschließend behaupten können, dass er nach Korken geschmeckt hätte.

«Meine Kulanz hat Grenzen, und ich lasse mich nicht für dumm verkaufen», sagte Robert und ging schnurstracks davon. Auf Kundinnen wie diese konnte er verzichten.

Bei seiner letzten Kundin lief wieder alles glatt. Ohnehin gehörte Dolores L'Amour mittlerweile zu seinen absoluten Lieblingskunden. Sie bestellte nicht nur in rauen Mengen, Dolores hatte auch eine Eins-a-Zahlungsmoral. Von ihr könnten sich einige seiner Kunden und Kundinnen ein Scheibchen abschneiden.

Wie immer, wenn Robert bei Dolores klingelte, wartete bereits ein Cappuccino auf ihn. Sie legte jedes Mal einen kleinen Keks auf die Untertasse, der nach Mandel schmeckte und im Mund angenehm zerbröselte. Dann hielten sie ein Schwätzchen, in dem sie neue Gags an Robert ausprobierte. An seinem Gesichtsausdruck konnte sie ablesen, an welchen Stellen sie noch ein wenig nachbessern musste. Er war nicht zum Gagschreiber geboren, aber er konnte einen guten von einem schlechten Witz unterscheiden. Und es schmeichelte ihm, dass Dolores seine Expertise schätzte.

Um dem Chaos des langsam einsetzenden Berufsverkehrs zu entgehen, hatte Robert sich entschieden, für den Rückweg die Autobahn zu nehmen und die Stadt weiträumig zu umfahren. Allerdings war der Weg deutlich länger, und auch dort stand er dreimal im Stau. Am Ende hatte er rein gar nichts gewonnen. Dennoch war er zufrieden, als er sein Viertel erreichte, noch bevor es richtig dunkel war. Während er an der Kreuzung vor einer roten Ampel wartete, spürte er, wie erschöpft er war. Er freute sich auf sein Zuhause. Den Rest des Tages würde er es sich gut gehen lassen. Eine heiße Dusche. Und ein Glas Wein, bevor er früh zu Bett ging. Robert beobachtete die Passanten, die wegen des einsetzenden Schneeregens ihre Schirme aufspannten und die Kragen ihrer Mäntel hochzogen. Mit seinem Blick verfolgte er ein junges Paar, das sich untergehakt hatte und eilig in dem einzigen Café im Viertel Zuflucht suchte, aus dessen Innenraum warmes Licht auf die Straße fiel. Und als er sah, dass Lillis Freundinnen Marleen und Karen an einem Tisch vor dem großen Schaufenster saßen, war Robert mit einem Mal wieder hellwach. Wo die beiden waren, war auch Lilli nicht weit. Er hatte nichts mehr von ihr gehört. Das stimmte ihn nicht nur traurig, er war wirklich enttäuscht. Doch er war sich fast sicher, dass es nicht an ihm lag. Vor allem, seit er Lillis Mann Patrick ein wenig besser kennengelernt hatte.

In dem kleinen Café herrschte einiger Trubel. Gut gelauntes Geschnatter und Gelächter lagen in der Luft. Zielstrebig schlängelte Robert sich an ein paar Gästen vorbei an den Tisch von Marleen und Karen, die es sich bei Kaffee und Kuchen gut gehen ließen. «Guten Tag, meine Damen.»

Marleen gelang es, trotz ihres vollen Mundes zu lächeln und gleichzeitig zu sprechen. «Herr Winter. Wie schön, Sie zu sehen.» Wobei das mit dem Sprechen nicht ganz so gut klappte und ihr ein Stückchen Kuchen aus dem Mund fiel. Doch sie schien sich ehrlich zu freuen, und das wiederum freute Robert.

Karen hingegen erhob sich so zackig von ihrem Platz, als hätte man ihr einen militärischen Befehl erteilt. Sie schüttelte Robert kräftig die Hand. «Guten Tag, Herr Winter.» Robert fragte sich, ob diese Art der Höflichkeit unter Gerichtsdienerinnen wohl üblich war. Er hatte es jedenfalls so gelernt, dass ein Mann sich für eine Frau zur Begrüßung zu erheben hatte, die Frau allerdings sitzen bleiben durfte, um einen Mann zu begrüßen.

Marleen hatte ihren Bissen inzwischen heruntergeschluckt und tupfte sich den Mund mit einer Serviette ab. «Was für ein schöner Zufall. Kommen Sie öfter her?»

«Nicht wirklich», sagte Robert. Er kannte das Café natürlich vom Vorbeifahren, hatte es bis dato aber nie betreten. Weitere Ausführungen ersparte er sich. Marleen und Karen mussten nicht unbedingt wissen, dass er, nachdem er sie durch die Scheibe entdeckt hatte, eilig nach einem Parkplatz Ausschau gehalten hatte und, nachdem er drei Querstraßen weiter endlich einen gefunden hatte, wie der Teufel zum Café gerannt war, damit er sie ja nicht verpasste. Zum Glück schienen sie ihm nicht anzumerken, wie sehr er noch aus der Puste war.

Beiläufig scannte Robert den Tisch und entdeckte ein drittes Gedeck mit einem Stück Kuchen. «Ist Frau Fischer auch hier?», fragte er und versuchte, dabei so zu klingen, als würde ihn das nur am Rande interessieren. Der Zufall hatte ihn hergeführt, dagegen konnte Lilli nichts einzuwenden haben. Vielleicht ergab sich ja eine Gelegenheit, die Dinge zwischen ihnen zu klären.

Robert bemerkte die flackernden Blicke, die Marleen und Karen austauschten, als er abgelenkt wurde. Eine Frau, die Karen so ähnlich sah, dass er schon glaubte zu halluzinieren, steuerte ihren Tisch an und baute sich vor ihm auf.

«Guten Tag?», sagte die Frau und starrte ihn fragend an.

Robert sah irritiert zwischen Karen und der Frau hin und her, bis Karen schließlich für Klarheit sorgte und die beiden vorstellte. «Das ist meine Zwillingsschwester, Jessica. Jessica, das ist Herr Winter, unser AVON-Berater.»

Jessica hielt Robert die Hand hin und schüttelte sie mit dem gleichen kräftigen Druck wie zuvor schon Karen.

«Dann gehe ich mal an meinen Kuchen», sagte Jessica und schob sich an Karen vorbei, um auf dem Stuhl neben ihr Platz zu nehmen. Jetzt, im direkten Vergleich, konnte Robert sich noch mal davon überzeugen, dass sie sich tatsächlich glichen wie ein Ei dem anderen. Er stellte sich vor, wie ihre Mutter, als die beiden noch Kinder waren, große Probleme damit gehabt hatte, sie auseinanderzuhalten. Vielleicht war sie irgendwann dazu übergegangen, den Mädchen unterschiedliche Frisuren zu schneiden.

Karen musste mitbekommen haben, dass er sie musterte. Und sie schien seine Gedanken zu erraten. «So schwer ist es gar nicht, uns auseinanderzuhalten.»

«Nein, gar nicht. Karen war immer schon der Witzbold von uns beiden», pflichtete Jessica ihrer Schwester kauend bei.

Robert hatte Karen bisher nicht gerade als Ausbund an Fröhlichkeit kennengelernt, und er fragte sich, was das in Bezug auf Jessica bedeutete. Da fiel ihm wieder ein, warum er überhaupt vor den Frauen stand.

«Sie sind also nur hier, weil Sie Lilli sehen wollten», warf Marleen lachend ein und gab sich beleidigt.

Robert hoffte inständig, dass er nicht rot anlief. Er war aufgeflogen, so viel war klar. Aber noch bevor er eine halbwegs schlüssige Erklärung stammeln konnte, kam Marleen ihm zuvor.

«Normalerweise ist Lilli bei unserer kleinen Caférunde dabei. Aber heute konnte sie leider nicht.»

«Ist sie krank?»

Marleen schüttelte den Kopf. «Ganz im Gegenteil. Sie ist gesund. Sehr sogar. Endlich ist sie zu Verstand gekommen. Und deshalb hat sie ein paar Sachen zu regeln.»

«Ja, endlich», bekräftigte Karen.

Robert war wie angestachelt. Er musste mehr wissen. Er fühlte sich unwohl dabei, die beiden auszufragen. So etwas war noch nie seine Art gewesen. Er versuchte es dennoch. Ganz, ganz sachte und so unauffällig wie möglich. «Ich wundere mich nur. Sie hat lange keine Bestellung mehr bei mir aufgegeben.»

Marleen schwieg betreten. Aber Karen war wie immer offen und direkt. «Patrick will nicht, dass Lilli bei Ihnen bestellt», sagte sie, während sie den letzten Bissen ihres Kuchens verputzte.

Robert riss die Augen auf. Zwar sah er sich endgültig in seiner Eifersuchtsthese bestätigt, allerdings hatte er sich nicht vorstellen können, dass Patrick so weit ging, seiner Frau Vorschriften zu machen und ihr Kontakte zu verbieten. Und noch weniger, dass Lilli sich überhaupt etwas von einem Mann verbieten ließ.

«Patrick war immer schon ein eifersüchtiger Typ», fügte Marleen hinzu.

Robert war froh, dass er endlich eine Erklärung hatte. Dass Lillis Rückzug wirklich nichts mit ihm zu tun hatte. Doch gleichzeitig spürte er das dringende Bedürfnis klarzustellen, dass es für Eifersucht überhaupt keinen Grund gab. Er wollte unbedingt vermeiden, dass auch Marleen und Karen von falschen Annahmen ausgingen. «Eifersüchtig auf mich? Das ist absolut lächerlich», beteuerte Robert.

«Glauben Sie mir, das liegt nicht an Ihnen, Herr Winter. Jeder Mann, der in Lillis Nähe kommt, kriegt das zu spüren», führte Marleen weiter aus.

«Einmal hat Patrick sich sogar mit dem Postboten angelegt», ergänzte Karen.

«Im Gerichtssaal ist Lilli eine starke Frau, aber zu Hause ...», sagte Marleen.

Robert fasste einen Entschluss. «Ich werde die Sache klarstellen.»

Marleen und Karen schauten ihn fragend an. Nur Jessica mümmelte weiter an ihrem Kuchen. Sie war die ganze Zeit unbeteiligt geblieben. Wahrscheinlich hatte sie mit Lilli nichts zu tun.

«Was wollen Sie klarstellen?», fragte Marleen.

«Na, ich werde mit Patrick Fischer reden und diesen Blödsinn aus der Welt räumen.»

Nun wirkte Marleen noch sorgenvoller. «Ich weiß nicht, ob das eine gute Idee ist.»

Karen stimmte ihr zu. «Ich würde mich da auch raushalten. Das kriegt Lilli schon alleine hin.»

Doch damit wollte Robert sich nicht zufriedengeben. Er wollte nicht, dass Lilli seinetwegen Eheprobleme hatte. Robert fand, dass er sich keinen Zacken aus der Krone brechen würde, wenn er die Sache vor Patrick Fischer geraderückte.

Die Sonne war schon lange untergegangen. Die Nacht war rabenschwarz. Der Schneeregen klatschte gegen die Windschutzscheibe, während Robert seinen Wagen langsam auf das Haus von Lilli zusteuerte. Er lockerte seine Krawatte und öffnete den obersten Knopf seines Hemdes. Doch auch diese Maßnahme führte nicht dazu, dass er besser Luft bekam. Schon die ganze Fahrt über hatte er das Gefühl, als läge Blei auf seiner Brust. Jeder Atemzug war eine Kraftanstrengung. Die Wärme, die sein Körper produzierte, fühlte sich nicht wohlig an, sondern glich eher einer Fieberattacke. Er spürte den Schweiß auf seiner Stirn. Robert fuhr die Seitenscheibe ein wenig herunter und ließ die kühlende Luft hinein. Es roch modrig, nach den letzten Resten des Herbstlaubes, das auf den Straßen und Plätzen verrottete.

Robert blickte zum Haus. Drinnen brannte Licht. Er sah Lilli und Patrick und erkannte an ihren Gesten, dass sie stritten. Nun war er noch entschlossener. Er hatte das Gefühl, Lilli etwas schuldig zu sein, und wollte ihr zur Seite stehen. Immerhin hatte sie ihm das Leben gerettet. Zugegebenermaßen gegen seinen Willen. Aber inzwischen war Robert ihr unendlich dankbar.

Robert stellte den Motor seines Wagens ab und stieg aus. Er ging die Auffahrt hoch zur Eingangstür, drückte den Klingelknopf und hörte den tiefen Klang eines Gongs, der von drinnen an sein Ohr drang. Seine Kehle war trocken, und sein Herz fühlte sich an, als würde es jeden Moment aus seiner Brust springen. Was war bloß mit ihm los? Warum wühlte ihn das alles körperlich so auf?

«Nein, Patrick, wir diskutieren das hier und heute zu Ende», hörte er hinter der Tür Lilli rufen. Dann öffnete sie. Erschrocken sah ihn an. «Herr Winter?»

Robert wollte etwas sagen. Aber er konnte nicht. Zu sehr musste er gegen seine Luftnot ankämpfen.

«Einen schlechteren Zeitpunkt hätten Sie sich wirklich nicht aussuchen können», sagte Lilli leise, aber entschieden.

«Ich will nur kurz mit Ihrem Mann reden. Und diese alberne Sache aus der Welt schaffen», presste Robert mit letzter Kraft heraus.

Lilli setzte eine besorgte Miene auf. «Herr Winter? Alles okay mit Ihnen?»

Dann hörte er Patrick rufen. «Wer ist denn da?!»

«Ich bin gleich bei dir», rief Lilli zurück, um sich dann eindringlich an Robert zu wenden. «Herr Winter?! Sagen Sie doch was.»

Robert versuchte, die Macht über seinen Körper zurückzuerlangen. Aber das Sprechen kostete ihn geradezu übermenschliche Kraft. «Alles gut. Ich wollte nur ...»

In diesem Augenblick tauchte Patrick hinter Lilli auf. «Ich wusste es», fauchte er.

Lilli versuchte, der Situation die Brisanz zu nehmen. «Patrick! Es reicht.»

Doch für Patrick war noch lange nicht Schluss. Für ihn fing die Sache erst an. Mit einem wütenden Funkeln in den Augen baute er sich vor Robert auf. «Sie haben den Nerv, hier aufzutauchen?»

Seine Worte prasselten auf Robert ein wie eine Maschinengewehrsalve. Er versuchte, etwas zu entgegnen, Patrick Einhalt zu gebieten, aber er war endgültig nicht mehr in der Lage, einen Laut hervorzubringen. Patricks Beschimpfungen wurden überlagert vom Rauschen in seinem Kopf. Der Mangel an Sauerstoff trübte seinen Blick. Nur noch verschwommen sah er, wie Lilli versuchte, Patrick von der Tür wegzuziehen. Patrick stieß sie unsanft beiseite und holte aus, um Robert einen Schlag zu verpassen. Robert wich aus, und der Schlag traf ins Leere. Trotzdem spürte er einen so unerträglichen Schmerz, dass er ins Torkeln geriet. Er suchte nach einem Halt, den es nicht gab. Dann sackte er kraftlos auf die Knie. Wie eine Marionette, der man die Fäden gekappt hatte. Seine Brust fühlte sich an, als hätte jemand ein Messer hineingerammt. Das Atmen erschien ihm unmöglich. Er schnappte nach Luft wie ein Fisch auf dem Trockenen und hörte sein Herz so laut schlagen, dass er alles andere nur noch wie durch Watte wahrnahm. Das Letzte, was Robert hörte, war Lillis Stimme. Dann wurde ihm schwarz vor Augen.

KAPITEL 18

Miriam packte die Reisetasche aus, die sie ihm ins Krankenhaus gebracht hatte, und legte die Kleidung in den Schrank. Robert sah ihr vom Krankenbett aus zu. Er saß mehr, als dass er lag, trug ein mürrisches Gesicht und hielt die Arme vor der Brust verschränkt wie ein bockiges Kind.

«Was passiert mit meinem Auto?», fragte er.

Miriam zuckte mit den Schultern. Das erschien ihr nicht das vorrangige Problem zu sein. «Keine Ahnung. Ich denke, es bleibt dort stehen, bis du wieder rauskommst.»

Robert hielt das für keine gute Idee. «Kannst du es zu mir nach Hause fahren?»

«Muss das sein? Papa, ich hab echt genug zu tun.»

«Soll ich mir das von irgendwelchen Strolchen klauen lassen?»

«Mach dir keine Sorgen. Ist 'ne feine Gegend da. Den Wagen klaut schon keiner.»

Wirklich beruhigen konnten ihre Worte Robert nicht. Im Gegenteil. «Genau. Autodiebe sind ja auch bekannt dafür, auf Schrottplätzen zu klauen.»

Miriam hatte ganz offensichtlich keine Lust auf Diskussionen. Friedfertig streckte sie Robert die geöffnete Hand entgegen. «Vor dem Wochenende schaffe ich es aber nicht.»

Robert zog die Schublade seines Nachttisches auf und

284

händigte ihr den Autoschlüssel aus. Nicht, ohne ihr noch einen guten Rat mit auf den Weg zu geben. Da konnte er einfach nicht aus seiner Haut. «Sei vorsichtig mit der Kupplung. Die hakt manchmal.»

Er bemerkte, wie Miriam die Augen rollte, während sie den Schlüssel in ihrer Hosentasche verschwinden ließ. Am liebsten hätte er einen Kommentar losgelassen, aber er hielt sich zurück. Robert wusste selber, dass er unausstehlich war. Doch sosehr er sich auch bemühte, er konnte es einfach nicht abschalten. Genauso wenig wie er ihr sagen konnte, wie er sich freute, dass sie hier war und sich um ihn kümmerte.

«Du kannst froh sein, dass du nicht alleine warst, als es passiert ist», sagte Miriam.

«Ja, was hatte ich doch für ein Glück.»

Jetzt verlor sie langsam die Geduld. «Mensch, Papa. Bei einem Herzinfarkt geht es um Minuten. Hätte deine Kundin nicht sofort den Notarzt gerufen ...» Sie musste den Satz nicht zu Ende sprechen. Sie wussten beide, was auf dem Spiel gestanden hatte.

Während Robert Miriam dabei zusah, wie sie Ordnung auf seinem Nachttisch schaffte, musste er an Lilli denken. Tatsächlich hatte sie ihm zum zweiten Mal das Leben gerettet. Miriam hatte recht, es hätte ihn auch früher treffen können, alleine, in seinem Haus. Diesen Schmerz in der Brust hatte er bereits seit Tagen gespürt, ihn aber stur ignoriert. Die Ärzte hatten herausgefunden, dass ein Gerinnsel seine Arterie verstopft und eine ausreichende Blutzufuhr zu seinem Herzen verhindert hatte. Ein klassischer Herzinfarkt. Robert dachte mit Grausen an die ganzen Untersuchungen, die er seit seiner Einlieferung über sich hatte ergehen lassen müssen. Und an die Medikamente, die er für den Rest seines Lebens brauchen würde. Eine echte Neuigkeit für ihn war, dass Nitroglycerin nicht nur als Sprengstoff diente, sondern auch zum Erweitern der Blutgefäße. Am meisten jedoch haderte er mit dem Stent, den man ihm eingesetzt hatte. Auch wenn er ihn nicht wirklich wahrnahm, die Vorstellung, dass sein Leben nun an einem Stückchen Draht hing, das seine Blutbahn offen hielt, war beängstigend.

Robert hasste Krankenhäuser aus tiefstem Herzen. Allein der Geruch verursachte ihm Übelkeit. Bisher hatte es das Schicksal gut mit ihm gemeint. Er war nicht mehr der Jüngste, trotzdem hatte er in all den Jahren nicht einen schweren Unfall oder eine lebensbedrohliche Erkrankung gehabt. Nur ein einziges Mal hatte Robert es übertrieben. Obwohl Sophia richtig sauer auf ihn war, hatte er sich tagelang mit einer Grippe zur Arbeit geschleppt, bis er auf dem Flur der Steuerbehörde ohnmächtig zusammengebrochen war. Aus der Grippe war eine Lungenentzündung geworden. Aber selbst da hatte Robert sich geweigert, sich ins Krankenhaus einweisen zu lassen. Stattdessen hatte er sich mit der Hilfe von Sophia und einer Menge Antibiotika zu Hause auskuriert.

Sein Nachttisch sah passabel aus. Miriam hatte Ordnung geschaffen und war im Begriff zu gehen. «Ich muss dann wieder. In der Galerie ist viel zu tun.» Sie warf sich ihren Mantel über und stellte Robert noch ein Paar Pantoffeln vors Bett.

«Wieso bringst du mir nicht die bequemen?»

«Woher soll ich wissen, welche die bequemen sind?»

«Na, die schwarzen aus Filz.»

Miriam sah ihn verwundert an und deutete auf die Pantoffeln. «Die sind aus schwarzem Filz.»

«Die mit dem flauschigen Innenfutter.» Er deutete mit spitzem Finger auf die Pantoffeln, als seien es ein paar Zigarettenstummel, die auf Entsorgung warteten. «Die da sind für den Sommer.»

Langsam hatte Miriam genug von seinen Kapriolen. «Jetzt benutzt du eben die. So kalt ist es hier ja nicht.»

Eine junge Pflegerin kam ins Zimmer und stellte einen Becher mit Tabletten auf Roberts Nachttisch. «Ihre Medikamente, Herr Winter.»

Robert nahm unverzüglich den Becher in die Hand und starrte mürrisch hinein. Miriam bemerkte wohl, dass Gefahr im Verzug war, und blieb noch einen Augenblick. Und sie hatte ja recht. Er war zurzeit eindeutig unzurechnungsfähig. Wenn auch nicht im medizinischen Sinne.

«Was ist das?», fragte Robert die Pflegerin, und sein Ton ließ die junge Frau zusammenzucken.

«Die Blutverdünner. Und die Tabletten gegen die Entzündung», sagte sie verunsichert. Sie schien sich zu fragen, was sie falsch gemacht hatte. Aber das sollte Robert ihr gleich erklären.

«Vorhin waren die weiß», sagte er, aber die Pflegerin wusste nun noch weniger, worauf er hinauswollte.

Robert hielt ihr den Becher unter die Nase. «Welche Farbe haben die hier?»

Die Pflegerin lugte in den Becher und sah dann zu Robert. «Blau und rot?»

Miriam sprang der jungen Frau zur Seite. «Papa, lass gut sein.»

«Ich denke gar nicht dran.» Er deutete auf die Pflegerin und sprach über sie, als wäre sie nicht im Raum: «Was, wenn sie sich geirrt hat? Soll ich hier russisch Roulette spielen?» Er spürte Miriams bohrenden Blick. Wenn er nicht riskieren wollte, dass sie verärgert davonrauschte und auf weitere Krankenbesuche verzichtete, musste er sich zusammenreißen.

«Die Oberschwester hat die Tabletten zusammengestellt, und die irrt sich nicht», sagte die Pflegerin tapfer.

«Jeder irrt sich mal», entgegnete Robert, der Miriam zuliebe seinen Ton etwas dämpfte. Auffordernd hielt er der Pflegerin den Becher hin. Sie sah ratlos zwischen Miriam und Robert hin und her. Die Situation überforderte sie.

«Vielleicht checken Sie das noch mal», riet Miriam ihr freundlich.

Die Pflegerin schien erleichtert darüber zu sein, dass Miriam ihr einen Ausweg wies. Sie nahm Robert den Becher mit den Tabletten ab und verließ den Raum.

Miriam sah Robert strafend an. «Unklug von dir, dich so unbeliebt zu machen.»

«Die sollen einfach ihren Job machen.»

«Wenn du so weitermachst, vertauschen sie tatsächlich noch deine Medikamente. Ein Mord im Krankenhaus ist schwer nachzuweisen.»

Robert schwieg demonstrativ. Er wollte leiden. Und das würde er sich von Miriam nicht verbieten lassen. Er spürte ihren Blick, aber er wich ihm aus.

«Mensch, Papa. Ich verstehe ja, dass du ...»

«Dass ich was?»

«So ein Infarkt, das ist eine einschneidende Erfahrung. Das macht was mit einem.»

Dem konnte Robert uneingeschränkt zustimmen. Er musste an den Moment denken, in dem er keine Luft mehr bekommen hatte, der Schmerz unerträglich geworden war und er gedacht hatte, dass jetzt alles vorbei war. Früher war es für ihn nur ein theoretischer Begriff gewesen, aber nun hatte er sie am eigenen Leib zu spüren bekommen: Todesangst. Noch nie zuvor hatte er sich so machtlos gefühlt, und er hatte keine Ahnung, wie er damit umgehen sollte. Robert war noch nie ein Mensch gewesen, der besonders gut über seine Ängste hatte sprechen können. Stattdessen verpackte er sie in Wut. Das wusste er selber, und doch konnte er nicht anders. Was es für ihn nur noch schlimmer machte. Es tat ihm unendlich leid, dass Miriam, dass seine gesamte Umwelt darunter leiden musste.

«Ein paar Tage wirst du es hier schon aushalten. Und die Reha kannst du ja ambulant machen», sagte Miriam, während sie ihren Mantel zuknöpfte.

Robert war plötzlich hellwach. «Welche Reha?»

«Die Nachbehandlung.»

«Die werden mich ja hier hoffentlich wiederherstellen.»

«Wiederherstellen? Du bist kein Computer, den man mal eben so neu programmieren kann. Leider», schob sie mit einem leisen Stöhnen hinterher.

Robert tat, als hätte er das nicht gehört. «Du weißt, was ich meine.»

«Und dann warten wir ab, bis du den nächsten Infarkt kriegst? Nein, Papa, du kriegst das volle Programm. Ernährungsberatung, Bewegungstherapie und natürlich Psychotherapie.»

Robert riss entgeistert die Augen auf. «Psycho-*Was*?!»

«Deine ständige Wut? Wir haben das jetzt lange genug ausgehalten.»

Robert wusste, dass Miriam es nur gut meinte. Dennoch konnte er nicht verhindern, dass der Zorn in seinem Inneren sich zu einer Welle aufbäumte. Er hatte völlig die Kontrolle über sich verloren. «Freu dich lieber, wenn der nächste Infarkt tödlich ist. Dann bist du mich wenigstens los.»

Miriam sah ihn mit dunklen Augen an. «Genau das meine ich, Papa. Bis morgen.» Sie schnappte sich ihre Tasche, die auf dem Stuhl lag, und ging ohne ein weiteres Wort davon.

Robert schämte sich. Er war zu weit gegangen. Und als gäbe es einen gerechten Gott, folgte die Strafe auf dem Fuß. Oberschwester Tilda, der Schrecken der Station, betrat das Krankenzimmer und wedelte demonstrativ mit dem Medikamentenbecher.

«Herr Winter? Ich hörte, es gibt ein Problem mit Ihren Tabletten?», fragte sie im Ton einer barmherzigen Samariterin, die ein Messer hinter ihrem Rücken versteckte. Robert war gewarnt. Er hatte bereits Bekanntschaft mit ihr gemacht. Mit dieser Frau war nicht gut Kirschen essen.

«Es sind nicht die gleichen Tabletten wie heute Morgen», murmelte er.

Oberschwester Tilda lächelte ihn gütig an. «Sind Sie jetzt auch Apotheker?»

«Jedenfalls bin ich nicht farbenblind.»

«Farbe hin oder her, es kommt auf den Wirkstoff an.»

«Oder Sie wollen mich vergiften», mutmaßte Robert, während er beobachtete, wie sie ein kleines Lächeln aufsetzte. Die Idee schien ihr zu gefallen.

«Herr Winter, führen Sie mich nicht in Versuchung.»

Robert war nicht zum Spaßen zumute. Und schon gar nicht wollte er sich von dieser Person wie ein Kleinkind behandeln lassen. «Finden Sie das etwa witzig?»

Auch Oberschwester Tilda fand anscheinend, dass sie genug geplänkelt hatten. «Können wir jetzt hier zum Ende kommen? Ich habe noch andere Patienten, um die ich mich kümmern muss.»

«Reisende soll man nicht aufhalten.»

Sie schaute Robert streng an. «Herr Winter, wir müssen noch eine Weile miteinander auskommen.»

«Keine Sorge, ich bleibe keinen Tag länger als nötig.»

«Und bis dahin hören Sie bitte auf, das Pflegepersonal zu schikanieren.»

Robert deutete auf das Fenster, das einen Spalt weit geöffnet war. «Sagen Sie Ihren Leuten lieber, dass sie nicht den ganzen Tag das Fenster auflassen sollen.»

«Wir sind kein Hotel, und Sie haben zwei Beine», antwortete Oberschwester Tilda ungerührt.

Robert musste selber zugeben, dass er sich den Pflegern und Pflegerinnen gegenüber in der kurzen Zeit, in der er hier war, nicht nur ein Mal im Ton vergriffen hatte. Er verkniff sich einen weiteren Kommentar und ging davon aus, dass Oberschwester Tilda sein Schweigen als Einsicht deutete.

Auffordernd hielt sie ihm den Becher mit den Tabletten hin. Robert nahm ihn und stellte ihn auf den Nachttisch. Doch statt zu gehen, wie er erwartet hatte, blieb die Oberschwester an seinem Bett stehen.

«Was?», fragte Robert.

«Tun Sie mir den Gefallen.»

Da er keine besonders große Lust auf eine Zwangsmedikation verspürte, schluckte er die Tabletten demonstrativ mit einem Schluck Wasser herunter. Dann hielt er ihr seinen offenen Mund entgegen. «Zufrieden?»

Sie beugte sich über ihn und warf einen kontrollierenden Blick hinein. «Mit Ihren Zähnen schon. Aber an Ihren Manieren müssen Sie noch arbeiten.»

Sie schloss das Fenster und ging.

Robert wollte ihr für diese letzte Frechheit am liebsten etwas hinterherrufen. Doch er hielt sich zurück und ließ Milde walten. Immerhin hatte sie das Fenster geschlossen.

KAPITEL 19

Robert lag erst den dritten Tag auf der Station, doch es kam ihm vor, als habe er bereits drei Monate hier verbracht. Wenn er nicht gerade zum Echokardiogramm, zum Angiogramm, Ultraschall oder Röntgen musste, las er Zeitschriften, die er sich im Shop der Klinik besorgt hatte, und löste die Rätsel auf der Rätselseite. Er hatte inzwischen einen Zimmernachbarn, der Joseph hieß. Auch er hatte einen Herzinfarkt erlitten und gleich mehrere Stents eingesetzt bekommen. Robert fand, dass Joseph mit seinen gerade einmal vierzig Jahren viel zu jung war für einen Herzinfarkt. Aber er lebte mit Risikofaktoren. Er war deutlich übergewichtig und litt, wie er ihm anvertraute, seit Jahren an Diabetes.

In der ersten gemeinsamen Nacht hatte Robert kein Auge zugekriegt, denn Joseph hatte sich als starker Schnarcher entpuppt. Einmal hatte Robert genervt mit seinem Kissen nach ihm geworfen, aber damit hatte er nur mittelmäßigen Erfolg gehabt. Für ein paar wenige Minuten schnorchelte Joseph in einer halbwegs erträglichen Lautstärke vor sich hin, bis er erneut anfing, Töne abzusondern wie ein Walross in der Brunft. Trotz allem hielt Robert sich mit Vorwürfen zurück. Er vermied es sogar völlig, ihn darauf anzusprechen, weil er ihn nicht verletzen wollte.

Joseph strahlte eine Gutmütigkeit und Herzenswärme aus, die ihresgleichen suchte. Er war eine Seele von Mensch und hatte immer und für alle ein nettes Wort parat. Robert war völlig klar, warum Joseph, im Gegensatz zu ihm, so beliebt war beim Pflegepersonal. Manchmal brachte er den Schwestern kleine Aufmerksamkeiten wie Schokolade oder Blumen aus dem Krankenhaus-Shop mit. Den suchte Joseph übrigens sehr häufig auf, um sich mit Snacks zu versorgen, die für seinen Heilungsprozess nicht gerade förderlich waren. Einmal kam Robert aus dem Bad und ertappte Joseph dabei, wie er Kekse und Chips in seinem Schrank versteckte, die er sich im Shop besorgt hatte. Um ihn nicht in Verlegenheit zu bringen, hatte Robert einfach so getan, als hätte er nichts gesehen.

«Guten Appetit», sagte die junge Pflegerin, die Robert ein Tablett hinstellte und mit stolzem Lächeln im Gesicht den Deckel lupfte, als sei sie Kellnerin in einem Sternelokal.

Entsetzt starrte Robert auf seinen Teller. Er hatte seine Erwartungen nach den ersten Mahlzeiten auf ein Minimum heruntergeschraubt, aber das hier unterbot noch einmal alles. Angewidert stocherte er mit der Gabel in dem Kartoffelpüree herum, das kurz davorstand, seinen Aggregatzustand von breiig in flüssig zu verändern. Etwas von der Bratensoße, in der ein graues Stück Fleisch herumlag, war in das Wurzelgemüse geschwappt, was er auf den Tod nicht ausstehen konnte. Für ihn hatten die Beilagen sorgsam getrennt auf dem Teller zu liegen. Als er mehr aus Neugier mit dem Messer ins Fleisch stach, fand er eine weitere Befürchtung bestätigt: Ebenso gut hätte er einen Lederstiefel verspeisen können. Er schaute hinüber zu Joseph, der sich mit einem glücklichen Kinderstrahlen über seine Mahlzeit hermachte. Aber das zählte nicht. Joseph war, was Essen betraf, nicht wählerisch.

Dass Robert für einen Moment abgelenkt war, nutzte die Pflegerin, um sich eiligst aus dem Staub zu machen. Robert hatte Hunger, aber mit dem, was vor ihm stand, würde er den ganz sicher nicht stillen. Also drückte er kurzerhand den Alarmknopf, und nur wenige Augenblicke später kam Oberschwester Tilda ins Zimmer. Wenigstens das klappte.

«Herr Winter? Ich schätze mal, es gibt ein Problem mit dem Essen?», fragte die Oberschwester, als würde sie die Antwort bereits kennen.

Robert schob das Tablett von sich und machte ein Gesicht. «Also haben Sie auch gemerkt, dass es ungenießbar ist?»

«Lieber Herr Winter, ich kam noch nicht zum Essen. Im Gegensatz zu Ihnen hatte ich noch keine Pause.»

Trotz ihres freundlichen Tones konnte Robert sich denken, was in ihrem Kopf vorging. Wäre sie mit ihm alleine gewesen, hätte sie die Chance womöglich genutzt, ihn aus dem Fenster zu schubsen und es wie einen Unfall aussehen lassen.

«Mir schmeckt's ganz hervorragend», rief Joseph zufrieden kauend herüber.

Robert fragte sich nicht nur, wie sein Bettnachbar es schaffte, mit vollem Mund bis über beide Ohren zu strahlen, sondern auch, ob er die Milde, die er ihm gegenüber walten ließ, noch einmal überdenken musste. Als Strafe dafür, dass er ihm so in den Rücken fiel. Doch im Moment hatte etwas anderes Vorrang. Robert wedelte mit der Gabel über seinem Tablett herum: «Das hier ist indiskutabel!»

Die Oberschwester sah ihn abwartend an. «Was genau?»

«Das Püree ist für Zahnlose, das Gemüse matschig, das Fleisch zäh, und allem fehlt etwas, das man gemeinhin als Würze kennt.»

«Tut mir leid, das zu hören. Ich werde das unverzüglich an den Küchenchef weitergeben.»

Dass sie ihn nicht für voll nahm, ärgerte Robert maßlos. Sein Hunger tat ein Übriges. Wollte er am nächsten und übernächsten Tag nicht wieder solchen Fraß vorgesetzt bekommen, musste er ein Exempel statuieren. Er wollte gerade loslegen, als Oberschwester Tilda ihm in die Parade fuhr. Sie sprach mit einem sanften Singsang in der Stimme. «Herr Winter, es ist jetzt wirklich genug.» Sie zeigte auf den Alarmknopf und verschärfte ihren Ton schlagartig. «Dieser Knopf wird nur in absoluten Notfällen gedrückt!»

Ihre unterdrückte Wut war förmlich zum Greifen. Selbst Joseph stellte für einen winzigen Moment das Kauen ein. Spannung lag in der Luft. Robert spürte, dass die Situation kurz vor der Eskalation stand. Und das zu Recht. Essen hin oder her. Sie war dafür nicht verantwortlich, und er hatte sich danebenbenommen. Robert nickte als Zeichen seiner Einsicht kaum merklich. Oberschwester Tilda hatte genug gesehen und ging schweigend aus dem Raum.

Robert sah zu Joseph, der in den wenigen Minuten seinen ganzen Teller leer gegessen hatte und mit Gabel und Messer die Reste zusammenschob.

«Hast du noch Cracker?», fragte Robert.

Joseph fuhr erschrocken zusammen. Wenn es um Nahrungsmittel ging, verstand er keinen Spaß. Ein typischer Fall von Futterneid. Aber Robert hatte etwas anzubieten.

«Tauschen wir?», fragte er und hielt Joseph seinen Teller entgegen. Unverzüglich kehrte das strahlende Lächeln, das

sonst nur unschuldige Kinder so beherrschten, zurück in
Josephs Gesicht.

Missmutig knabberte Robert einen weiteren Cracker, während er darauf bedacht war, dass keine Krümel in die Tastatur des Laptops fielen, den Basti ihm mitgebracht hatte.

«Ist nicht mehr das neuste Modell, aber für Ihre Zwecke
immer noch zu gebrauchen», hatte er erklärt.

Robert tippte unschlüssig auf der Tastatur herum.
«Wenn der noch zu gebrauchen ist, wieso stand er dann
bei Ihnen im Keller?»

«Speicher und Grafikkarte haben mir nicht mehr aus-
gereicht.»

«Aber für mich alten Knacker ist der noch gut genug,
ja?» Robert fragte sich, warum er es immer noch nicht
schaffte, seine Wut im Zaum zu halten. Immerhin hatte
Basti ihm einen großen Gefallen getan.

«Einem geschenkten Gaul schaut man nicht ins Maul.
Sie machen doch eh nur irgendwelche Listen. Dafür reicht
der allemal.»

«Und wie kriege ich meine Listen jetzt hier drauf? Ohne
die kann ich mit der Kiste sowieso nichts anfangen.»

«Ich habe Ihnen schon alles draufkopiert.»

«Mhm ...», grummelte Robert. Basti lieferte ihm einfach keinen Grund, sich aufzuregen. Aber er versuchte es
weiter. «Haben Sie meinen Briefkasten gecheckt?»

«Sorry. Vergessen. Aber Sie liegen ja erst ein paar Tage
hier.»

«Schauen Sie morgen trotzdem mal nach.»

«Erwarten Sie irgendwas Wichtiges?»

«Das weiß man vorher nie.»

Robert hörte Basti seufzen. Er sah ihm an, wie sehr er sich beherrschen musste. Wahrscheinlich traute er sich nur aus Rücksicht auf seinen Gesundheitszustand nicht, ihm Kontra zu geben. Robert fragte sich, wann Bastis Geduldsfaden reißen würde. Langsam kam es ihm vor wie ein Spiel.

«Haben Sie die Pflanzen gegossen?», fragte Robert.

«Keine Sorge», entgegnete Basti. «Und Staub gewischt.»

Robert blinzelte ihn an. «Darum habe ich Sie nicht gebeten.»

«Das wäre sicher noch gekommen.» Er verzog sein Gesicht. «Und ganz nebenbei, es war auch dringend notwendig.»

«Staub wische ich immer am Samstag. Hätte ich nicht ausgerechnet am Donnerstag meinen Infarkt …», erklärte Robert, der sich im gleichen Moment fragte, wofür er sich eigentlich entschuldigte. Aber Basti legte ohnehin keinen Wert auf Erklärungen. Er winkte ab, bevor Robert den Satz zu Ende gesprochen hatte.

«Sonst noch was?», fragte Basti leicht genervt.

«Haben Sie den Anrufbeantworter abgehört?»

«Da war nichts drauf. Und so wie Sie sich immer aufführen, wird da auch in Zukunft keiner draufsprechen.»

Robert wusste, dass Basti das nicht böse meinte. Es war nur eine seiner kleinen Spitzen, die er gerne abfeuerte. Würde er ihn nicht mögen, säße er jetzt nicht hier bei ihm am Krankenbett. So einfach war das. Abgesehen davon bekam Robert mittlerweile viele Anrufe von Menschen, die sich nach ihm erkundigen oder einfach nur mal mit ihm plaudern wollten. Nicht nur von Kunden und Kundinnen. Oder Miriam. Auch von Freunden wie Karl und Frank. Bloß Lilli ließ nach wie vor nichts von sich hören. Seit er im Krankenhaus lag, hatte sie sich nicht ein Mal bei ihm gemeldet.

Nachdem Robert sich doch noch ein paar dankbare Worte abgerungen hatte und Basti abgerauscht war, öffnete er das Mail-Programm, das Basti für ihn eingerichtet hatte. Da sank seine Laune endgültig in den Keller. Sein Postfach quoll über vor Mails, die dringend auf Antwort warteten. Er hatte sich einen Ruf als zuverlässiger AVON-Berater erarbeitet. Er hatte sich Vertrauen aufgebaut. Und nun blieb ihm nichts anderes übrig, als seine Kunden zu vertrösten. Aber was sollte er tun? Solange er ans Bett gefesselt war, konnte er nicht ausliefern. Die unfreiwillige Auszeit sorgte dafür, dass sein Umsatz einbrach. Ausgerechnet im umsatzstärksten Monat des Jahres. Das Weihnachtsgeschäft lief auf Hochtouren, und wenn er nicht bald wieder auf die Straße konnte, hatte er nicht den Hauch einer Chance gegen Wilma Sangthong.

KAPITEL 20

Ich habe Ihnen schon mehrmals gesagt, Sie müssen besser auf Ihre Gesundheit achten», sagte Basti, der es sich angewöhnt hatte, täglich an Roberts Krankenbett zu erscheinen und ihn mit Snacks zu versorgen. Frische Karotten- und Selleriesticks, naturbelassene Nüsse, zuckerfreie Müsliriegel, ...

Robert blätterte derweil seine Post durch und hörte nur mit einem Ohr zu, während Basti munter weitersprach. Außer einer Telefonrechnung und einer Terminankündigung des Schornsteinfegers bestand die Post ausschließlich aus Werbung und Prospekten. Das ärgerte ihn schon allein deswegen, weil ein extra großer Aufkleber mit der Aufschrift «Keine Werbung» an seinem Briefkasten prangte.

Basti hielt währenddessen ein Referat zum Thema Haushaltstipps. «Und was Ihre Grünpflanzen angeht, Sie werden sich wundern: Ein bisschen Bier als Dünger wirkt Wunder. Das hat meine Mutter schon ...»

«Ja, ja», fiel Robert ihm ins Wort und hielt ihm auffordernd den Papiermüll entgegen. «Könnten Sie das bitte entsorgen?»

Basti warf den Müll in den Papierkorb, ohne sich aus dem Konzept bringen zu lassen. «Damit bringt man übrigens auch die Blätter ganz wunderbar zum Glänzen. Sie tränken einen Wattebausch, wischen damit ganz sanft ...»

Für Roberts Geschmack walzte Basti seine Ausführungen eindeutig zu sehr aus. «Ich hab's kapiert», unterbrach er ihn. Dann widmete er sich den Lebensmitteln. «Was soll ich denn damit anfangen?» Mit spitzen Fingern hielt er die Nusstüte hoch, auf der die Aufschrift «ungesalzen und ungeröstet» prangte.

«Was hätten Sie denn gerne? Eine Currywurst mit Pommes?», fragte Basti spitz.

«Zum Beispiel!», bekräftigte Robert.

Basti winkte ab. «Jetzt kriegen wir Sie erst mal wieder auf die Beine.»

Da rauschte mit viel Getöse der Tross des medizinischen Personals ins Zimmer, angeführt von Dr. Friedman, dem Chefarzt. Robert kannte diese Aufführung bereits, die ihm wie drittklassiges Schülertheater vorkam und sich Visite nannte.

«Guten Morgen, Herr Winter», begrüßte ihn Dr. Friedman mit einem Lächeln, als würde er Werbung für Zahnpasta machen. Robert hielt es für aufgesetzt, aber mit seiner Meinung war er alleine im Raum. Alle anderen hielten den Chefarzt für *hinreißend* und fanden sein Lächeln *zum Dahinschmelzen*. Das hatte Robert aus den Gesprächen der Pflegerinnen aufgeschnappt. Okay, Dr. Friedman sah nicht schlecht aus, das musste Robert zugeben. Sofern er das als Mann überhaupt beurteilen konnte. Aber mussten die Frauen sich deswegen so aufführen und ihn anschmachten, als sei er irgendein Filmstar? Über das Make-up, das die Pflegerinnen auflegten, um Dr. Friedman zu beeindrucken, wollte Robert gar nicht erst sprechen. Das war eindeutig zu viel.

Auch Basti war plötzlich wieder zum Leben erwacht. «Hal-lo», sagte er sichtlich verzückt und streckte dem Chefarzt die Hand entgegen.

Dr. Friedman erwiderte den Gruß. «Guten Tag», sagte er und schaute fragend zwischen Basti und Robert hin und her.

«Ich bin Basti.»

Dr. Friedman lächelte unbeirrt weiter, schüttelte Basti die Hand und wartete auf eine Information, mit der er etwas anfangen konnte.

Robert entschied, ihn zu erlösen, und wollte gerade antworten, aber Basti kam ihm zuvor. «Ich bin der Nachbar.»

«Wie nett», antwortete Dr. Friedman und wollte schon weitergehen, aber Basti hielt seine Hand fest. Er war noch nicht am Ende. Noch lange nicht, befürchtete Robert.

Basti lachte. «Nett? Herr Winter? Sie haben wirklich Humor, Herr Dok...» Weiter ließ Robert ihn nicht kommen.

«Mein Nachbar wollte gerade gehen», sagte er sehr bestimmt. Dabei wusste er doch mittlerweile nur zu gut, wie wirksam derlei Aufforderungen bei Basti waren. Gar nicht.

«Nein, nein, ich habe noch ein paar Minuten.»

Robert verdrehte innerlich die Augen. Aber was konnte er tun? Schon in wesentlich agilerem Zustand hatte er Basti nicht aus seinem Haus bekommen. Und wie er hier lag, würde er ihn erst recht nicht aus dem Krankenhaus tragen können. Vielleicht schaffte er es bis zum Fenster? Mit der Hilfe von Joseph könnte man ihn vielleicht ... Der Gedanke war immerhin dazu angetan, Robert ein kleines Lächeln auf die Lippen zu zaubern.

«Dann wollen wir uns unseren Patienten mal anschauen», sagte Dr. Friedman und lächelte Basti auffordernd an. Da erst schien Basti zu bemerken, dass er immer noch die Hand des Chefarztes schüttelte. Er ließ abrupt los. «Ja, natürlich, entschuldigen Sie.»

Robert fand Bastis Auftritt langsam peinlich. «Jetzt, wo ich es mir recht überlege, ich kenne diesen Mann überhaupt nicht. Schauen Sie lieber mal nach, ob auf Ihrer psychiatrischen Abteilung ein Patient abhandengekommen ist», sagte Robert zu Dr. Friedman und deutete auf Basti.

Zu seiner Überraschung kam sein Witz gut an. Sogar die Pflegerinnen, die sonst nicht gerade gut auf ihn zu sprechen waren, lachten. Nur Basti lachte nicht.

Dr. Friedman trat an Roberts Bett und warf einen Blick auf die Patientenkarte. «Ihren Humor haben Sie also schon wieder, Herr Winter.»

Das war für Robert noch lange kein Grund zu feiern. «Ja, danke. Wenn Sie den Rest bitte auch noch zügig hinkriegen.»

«Und wie geht's uns sonst so?», fragte Dr. Friedman und brachte damit Roberts Blut endgültig in Wallung. Das war sicher nicht die beste Therapie für einen Herzinfarktpatienten. Aber er hasste diese Ärzte-Floskel. Warum mussten sie immer so tun, als säßen Arzt und Patient in einem Boot?

«Ich weiß nicht, wie's Ihnen geht. Aber ich fühle mich wie neugeboren», entgegnete Robert. Dr. Friedman hatte seinen gereizten Unterton wohl wahrgenommen und verlegte sich auf seinen Fachjargon.

«Die Medikamente schlagen an, und Sie sind gut eingestellt. Der Herzschlag ist regelmäßig. Wenn Sie so weitermachen, können Sie bald nach Hause.»

«Wie bald?», entfuhr es Basti, als hätte man ihm eine schlechte Nachricht übermittelt.

Dr. Friedman lächelte irritiert. «Eine Woche wird es schon noch dauern.»

«Sollten Sie ihn nicht noch etwas länger hierbehalten? Zu Herrn Winters Sicherheit, er ist ja auch nicht mehr der Jüngste.»

Robert hatte keine Lust, Bastis Frechheit zu kommentieren. Er wollte die Visite über die Bühne bringen. Da war er sich anscheinend mit Dr. Friedman einig. Der steckte Roberts Patientenakte weg und war bereits auf dem Weg zum nächsten Patienten. «Einen schönen Tag noch», sagte er, und dann folgte ihm die Karawane zu Joseph, der es gerade noch schaffte, die verräterischen Schokoladenkrümel mit der Hand vom Bett zu fegen.

Robert sah, wie Basti den Chefarzt mit seinen Blicken verfolgte. «Gott, ist der süß», flüsterte er.

«Hundewelpen sind süß. Aber doch keine gestandenen Männer», sagte Robert kopfschüttelnd.

Basti hörte ihm gar nicht zu. Es war, als wäre sein schmachtender Blick am Chefarzt festgetackert worden. «Wenn ich mal einen Herzinfarkt hätte, der dürfte mich gerne wiederbeleben.»

Robert verzog das Gesicht. «Was haben nur alle mit dem?»

«Sind Sie blind? Der Mann ist ein absoluter Traumtyp.» Plötzlich rückte Basti näher an Robert heran. Es wurde konspirativ. «Könnten Sie da eventuell was machen?»

Robert verstand nicht. «Was machen?»

«Ich kann dem doch hier nicht vor allen Leuten meine Nummer geben», flüsterte Basti.

«Aber ich, oder was?»

«Sie finden schon eine passende Gelegenheit. Sie liegen hier doch sozusagen an der Quelle.»

Das war ein Gefallen, der Robert eindeutig zu weit ging. Sosehr er Basti mittlerweile auch mochte, er hatte keine Lust, sich für ihn zum Affen zu machen. «Und wenn der Herr Doktor gar nicht an Männern interessiert ist? So was soll's ja geben.»

Basti schüttelte den Kopf. Er hatte nicht die geringsten Zweifel. «Mein Instinkt sagt mir was anderes. So wie der mir die Hand geschüttelt hat. Er hätte sie am liebsten behalten.»

«Ja, als Forschungsobjekt», sagte Robert, der sich dieses Gesülze nicht länger anhören wollte. Zum Glück gab es eine Sache, mit der er das Gespräch im Nu beenden konnte. «Was soll das überhaupt? Sie sind verheiratet.»

Bastis Miene änderte sich. Robert sah ihm deutlich an, dass die nächste Nachricht keine gute sein würde.

«Nicht mehr lange», sagte Basti.

«Was heißt das? Ich denke, Sie haben sich versöhnt?»

«Dennis hat mir gesagt, er muss erst rauskriegen, was da dran ist.»

«Wo dran?»

«Na, an der Sache mit dem anderen. Er ist sich über seine Gefühle nicht im Klaren.»

Robert konnte es nicht fassen. Warum machten die Menschen es so kompliziert? Man spürte doch, ob man jemanden liebte oder nicht. Was musste man da herausfinden?

«Und Sie? Sollen Sie etwa so lange warten und Däumchen drehen, bis er's herausgefunden hat?», fragte er Basti, der mit hängendem Kopf vor ihm saß und sich tapfer zusammenriss.

«Soll er doch, aber ohne mich, habe ich ihm gesagt.»

«Und was heißt das jetzt?»

«Dass Dennis nächste Woche auszieht.»

Kaum hatte Basti das Weite gesucht, stattete Miriam ihm einen Besuch ab. Und das, obwohl sie in der Galerie alle Hände voll zu tun hatte. Sie schien sich ernsthaft Sorgen um ihn zu machen, und das rührte Robert. Er war ihr nicht egal, und das war ein gutes Gefühl. Allein schon deswegen riss er sich zusammen und verbannte seine aus Hilflosigkeit und Angst gespeiste Wut in die zweite Reihe.

Diesmal brachte Miriam auch Jonas mit, und die Veränderung, die mit seinem Enkel vor sich ging, war augenscheinlich. Jonas ließ seine Haare weiter wachsen und konnte sie bereits zu einem Zopf binden. Robert und Miriam sprachen nicht groß darüber. Zumindest nicht verbal. Sie kommunizierten über Blicke, und beiden war klar, dass da eine Aufgabe auf sie wartete, die sie gemeinsam, als Familie, meistern mussten. Eine so harmonische Stunde hatten sie schon länger nicht mehr miteinander verbracht.

Noch am gleichen Tag besuchten ihn seine Freunde Karl und Frank und brachten Spielkarten mit. Robert hatte nichts gegen ein paar Runden Poker einzuwenden. Er war den beiden wirklich dankbar für die willkommene Ablenkung. Bis ihm auffiel, dass sie ihn mit Absicht gewinnen ließen. Ihre *Mitleidsnummer* hatte Robert so sehr auf die Palme gebracht, dass Karl und Frank Blut und Wasser schwitzten, weil sie für einen Moment fürchteten, dass Robert ihretwegen einen zweiten Anfall erleiden würde.

Am nächsten Tag gab es einen regelrechten Ansturm auf sein Krankenzimmer. Robert war geradezu überwältigt davon, wie viele Kunden und Kundinnen ihn besuchen kamen. Zum ersten Mal wurde ihm so richtig klar, was er in den letzten Monaten geschaffen hatte. Was für einen großen Kreis an Bekannten er sich aufgebaut hatte, von denen nicht wenige mittlerweile zu einer Art Freunde geworden waren. Viele brachten Blumen mit oder Zeitschriften. Und einige, was ganz besonders Joseph freute, selbst gebackene Kuchen. Am meisten Aufsehen erregte jedoch eine von Roberts besten und treusten Kundinnen, die Travestiekünstlerin Dolores L'Amour. Mit ihrem Auftritt wurde sogar der nüchterne Krankenhausflur zum Laufsteg. Und als sie an Roberts Krankenbett saß und mit ihrer Bassstimme lauthals Witze aus ihrem neuen Bühnenprogramm zum Besten gab, genoss Robert die vielen interessierten Blicke des Klinikpersonals und der Mitpatienten, die in sein Zimmer lugten.

Obwohl Robert kein Typ war, der großes Aufheben um seine Person machte, genoss er es, einmal im Mittelpunkt zu stehen. Er war fast ein wenig stolz darauf, was er sich aufgebaut hatte. Nein, nicht nur *fast*. Er war stolz auf sich.

Oberschwester Tilda blieb der Trubel in Roberts Krankenzimmer nicht verborgen. Und als Robert, dessen Zimmer bereits einem Blumenladen glich, sie nach einer weiteren Vase fragte, platzte ihr schließlich der Kragen. Mit harschem Ton scheuchte sie seine Besucher davon und erlaubte ab sofort nur noch zwei Besucher pro Tag. Robert hatte widersprochen: Ob das überhaupt in Einklang mit der Hausordnung stehe. Da hatte Oberschwester Tilda endgültig rotgesehen. Es hieß, man habe ihre Schreie bis in den Keller gehört.

Einen Tag später kamen schließlich auch Marleen und Karen vorbei. Robert freute sich über den Besuch, aber gleichzeitig erinnerten ihn die beiden schmerzhaft an Lillis Schweigen. War sie tatsächlich sauer auf ihn, weil er schon wieder unangemeldet an ihrer Tür aufgetaucht war? Wenn einer sich danebenbenommen hatte, dann doch wohl ihr Mann. Robert wollte einfach nicht verstehen, warum Lilli ihr Leben von seiner krankhaften Eifersucht bestimmen ließ. Das passte so gar nicht zu ihr. Er hätte gerne mit ihr darüber gesprochen und ihr zugehört. So wie sie früher ein Ohr für ihn gehabt hatte, als er es brauchte. Aber dieses Bedürfnis schien sie nicht mit ihm zu teilen.

Basti trieb sich mittlerweile den ganzen Tag im Krankenhaus herum. Zu Roberts Leidwesen hatte er gerade keine Abgabefrist für ein Drehbuch, die ihn an den Computer zwang. Denn Robert wusste, dass Basti nicht nur seinetwegen kam. Er interessierte sich nur bedingt für Roberts Herz, dafür umso mehr für das von Dr. Friedman. Davon ließ er sich auch nicht abbringen, als Robert ihm von seinen Beobachtungen erzählte. Robert hatte schnell herausgefunden, dass Dr. Friedman ganz genau wusste, was für eine Wirkung er auf andere ausübte. Und die schien er vor allem beim jüngeren weiblichen Klinikpersonal einzusetzen. Basti wollte nichts davon hören und war immer noch beleidigt, weil Robert sich standhaft weigerte, bei dem attraktiven Arzt ein Wort für ihn einzulegen.

Als Robert die nächste Visite über sich ergehen lassen musste, fiel ihm eine der jungen Krankenschwestern auf, die für seinen Geschmack eine viel zu kräftige Foundation und deutlich zu dunklen Lippenstift trug. So wie sie Dr. Friedman anschmachtete, war ihm sofort klar, dass diese Kriegsbemalung einzig dazu dienen sollte, seine Aufmerksamkeit zu erregen. Eigentlich hatte Robert gedacht, dass der Tross schon weit genug entfernt war, als er sich kopfschüttelnd über dieses stümperhafte Make-up ausgelassen hatte. Tatsächlich hatte die junge Krankenschwester selbst nichts von seinen Tiraden mitbekommen. Oberschwester Tilda, die immer noch an Roberts Bett herumwuselte, hingegen schon. Robert erntete einen so bösen Blick, dass er für einen Moment glaubte, sein Herz höre auf zu schlagen. Für immer.

Robert war kein Unmensch. Er wusste, wann er einen Fehler gemacht hatte. Also hatte er Basti gebeten, ihm seinen Kosmetikkoffer ins Krankenhaus zu bringen, um sich bei der jungen Krankenschwester zu entschuldigen. Wobei sie anfangs gar nicht verstand, was er von ihr wollte. Sie hatte ja nicht gehört, wie er sich über sie lustig gemacht hatte. Aber Robert hatte ein Gewissen. Und er wollte Reue zeigen. Am besten mit einer Nachhilfestunde in Sachen «Schminken». So hatte nicht nur die junge Krankenschwester etwas davon. Doch die sah das völlig anders. «Was weiß ein weißer, alter Cis-Mann wie Sie schon von Kosmetik?», hatte sie ihm an den Kopf geworfen. Sie vertraute lieber auf ihren Videokanal und die Wellness-, Fashion- und Schminktipps ihrer Lieblingsinfluencerin. Robert wusste, dass man, um im Geschäft zu bleiben, immer wissen musste, was die Konkurrenz trieb. Er hatte sich zahlreiche dieser Videos angeschaut. Die meisten fand er öde und dilettantisch. Es ging hauptsächlich darum, Produkte zu bewerben, wofür die Influencerinnen mit gutem Geld bezahlt wurden. Als die Krankenschwester sich immer noch bockig zeigte, hatte Robert schließlich die Trumpfkarte aller männlichen AVON-Berater ausgespielt. Er war ein Mann ... Dr. Friedman war ein Mann ... Wer sollte ihr wohl besser erklären können, was Cis-Männer wollten?

Als Robert sein Werk vollendet hatte, war die junge Krankenschwester total aus dem Häuschen. Auch Robert war mit sich zufrieden, doch er ahnte nicht, was er losgetreten hatte. Nur wenige Stunden später tauchten ein paar andere Pflegerinnen bei ihm auf, die ihn verschämt darum baten, ihnen ebenfalls ein paar Tipps zu geben. Und schließlich kamen auch einige Patientinnen dazu. Robert missfiel dieser Andrang an seinem Krankenbett. Er wollte in Ruhe genesen, damit er schnellstens wieder nach Hause konnte. Was er nicht wollte, war, liebestolle Pflegerinnen und Patientinnen zu verschönern, damit sie Chancen bei Dr. Friedman hatten.

«Was regen Sie sich überhaupt so auf? Ist doch Ihr Job, Kosmetik zu verkaufen», hatte Basti gesagt. Er verstand nicht, warum Robert sich so sträubte. Und je mehr Robert darüber nachdachte, desto mehr musste er ihm recht geben. Wieso war er da nicht früher draufgekommen?

KAPITEL 21

Robert schritt im Bademantel über den belebten Krankenhausflur, in der einen Hand das Smartphone, in der
anderen den Griff des Kosmetikkoffers, den er hinter sich
herzog.

«Sie sollten sich lieber ein wenig ausruhen», hörte er
Rosemarie von der AVON-Bestellhotline sagen. Dass er
so kurz nach seinem Infarkt schon wieder ans Arbeiten
dachte und eine große Bestellung bei ihr aufgab, machte
ihr Sorgen. Robert hatte sie beruhigt. Er fühlte sich so gut,
als hätte er plötzlich zwei Herzen. Dass er mehr oder weniger durch Zufall einen komplett neuen Markt erschlossen
hatte, beflügelte ihn.

«Die Damen fressen mir aus der Hand. Kein Wunder.
Wer würde sich in dieser klinischen Atmosphäre nicht
nach ein wenig Farbe sehnen», sagte Robert mit gedämpf-
ter Stimme. Er konnte sich denken, was Oberschwester
Tilda von seinen Unternehmungen hielt, und wollte keine
schlafenden Hunde wecken. Er wusste auch genau, wie er
das anstellte. Solange er niemandem vom Personal im Weg
stand, war er für sie unsichtbar.

«Sie können ganz entspannt sein, Herr Winter. Das
Hochdruckgebiet hat das Tiefdruckgebiet verdrängt und
sorgt für eine lang anhaltende Schönwetterphase.»

Robert lächelte zufrieden. Draußen wollte es kaum noch hell werden, und der Schneeregen klatschte gegen die Scheiben. Aber er wusste ihre Worte zu deuten. Dass es gut aussah mit seinen Umsätzen, brachte ihn allerdings nicht dazu, alle viere von sich zu strecken. Es stachelte ihn eher noch an.

«Umso wichtiger, dass ich auf den letzten Metern nicht …» Robert brach ab und blieb stehen. Oberschwester Tilda kam aus einem der Krankenzimmer und schenkte ihm einen Blick, als wäre er ein Tier, dem sie lieber nicht zu nahe kommen wollte. Robert lächelte ihr demonstrativ zu, doch sie verschwand ohne jegliche Regung in ihrem Gesicht im Personalraum.

«Wie lange müssen Sie noch im Krankenhaus bleiben?»

Erst als er Rosemaries Stimme hörte, fiel Robert wieder ein, dass sie immer noch telefonierten. Oberschwester Tilda hatte Telefonate auf dem Gang strengstens untersagt. Sie musste es bemerkt haben. Wahrscheinlich hatte sie nur einfach keine Lust mehr auf weitere Gemetzel mit ihm.

«Ich würde Sie gerne einmal besuchen, Herr Winter.»

Darüber musste Robert nachdenken. Er war sich nicht sicher, ob ihm die Idee eines Krankenbesuchs gefiel. Es war nicht so, dass er sich über ihre Anteilnahme nicht freute. Aber das Bild, das er sich von ihr gemacht hatte und das nur in seiner Fantasie existierte, wollte er sich nicht zerstören lassen. Ihre Beziehung hatte etwas Besonderes und Vertrautes, gerade weil sie auf Distanz beruhte. Er wollte nicht, dass Rosemarie einfach nur eine normale Bekannte würde.

«Das ist sehr nett von Ihnen, aber das lohnt sich nicht

mehr. Ich werde morgen bereits entlassen», sagte er abwiegelnd und hoffte, dass er sie nicht enttäuschte.

«Dann schicke ich Ihnen wenigstens ein paar Blumen.»

Robert lachte amüsiert. Er konnte sich denken, was Oberschwester Tilda dazu sagen würde. «Bitte nicht. Ich kann jetzt schon einen Blumenladen eröffnen.»

Rosemarie lachte ebenfalls. «Ich bestehe darauf. Und was Ihre Bestellung betrifft, die geht heute noch raus.»

Er steckte sein Smartphone weg und kam vor einem Krankenzimmer zum Stehen. Robert sah sich um wie ein Dieb, der kurz davor war, durch ein eingeschlagenes Fenster in ein fremdes Haus zu steigen. Von Stationsschwester Tilda war keine Spur zu sehen. Dann sah er an sich herunter. Normalerweise hätte Robert es für unpassend gehalten, eine Kosmetikparty im Bademantel auszurichten. Zumal es noch nicht mal sein bester war. Aber die Umstände waren schließlich nicht normal. Als er die Filzpantoffeln betrachtete, in denen seine Füße steckten, war er nun doch erleichtert, dass Miriam ihm die ohne das Plüschfutter mitgebracht hatte. Er fand, dass sie ihm ein wenig mehr Würde verliehen.

Das Krankenzimmer war so voll, dass man mit Fug und Recht von einer krassen Überbelegung sprechen konnte. Der Mangel an Sitzgelegenheiten zwang die zahlreichen Patientinnen dazu, sich auf den Bettkanten niederzulassen, von wo aus sie interessiert dabei zuschauten, wie Robert zu Demonstrationszwecken einer älteren Dame Lidschatten auftrug.

«Die Farben sind zur einfachen Schritt-für-Schritt-Anwendung durchnummeriert. Tragen Sie den Lidschatten für Ihren professionellen Augen-Look einfach nach den Zahlen auf oder mischen Sie die Töne nach Wunsch», erklärte er und reichte einer Patientin eine Probe, die reihum weitergereicht wurde.

«Ist sowieso zwecklos, Paula. Der knackige Chefarzt gehört mir», warf eine Patientin der Dame zu, die Robert gerade geschminkt hatte, und löste damit unverhohlene Heiterkeit aus.

Paula schoss schlagfertig zurück. «Vergiss es, Schätzchen. Herr Winter kann zwar schminken, aber nicht zaubern.»

«Meine Damen», rief Robert in die Runde. «Sie dürfen eins nicht vergessen: Sie schminken sich niemals für andere, sondern immer für sich selbst. *Sie* müssen sich wohlfühlen.»

«Ja, wir sind im Krankenhaus, weil wir uns alle so wahnsinnig wohlfühlen, Herr Winter», rief eine der Patientinnen lachend.

Robert lachte mit. Da ging es ihm genau wie den anderen. Doch was das Leben im Allgemeinen anging, hatte er mittlerweile seine ganz eigene Meinung: Jeder hatte mal schlechte Zeiten. Trotzdem sollte man sich niemals gehen lassen, sondern dem Leben stets mit Haltung begegnen.

Robert erinnerte sich daran, wie er noch vor wenigen Monaten ungepflegt und unrasiert in seinem Haus vor sich hinvegetiert hatte. Anders konnte man das nicht nennen. Er wusste, was es hieß, am Ende zu sein. Wie schwer es war, sich am eigenen Schopf aus dem Unglück zu ziehen. Auch er hatte nur ins Leben zurückgefunden, weil Lilli ihm einen gehörigen Tritt in den Hintern verpasst hatte. Nun hoffte er, dass er das Gleiche für die Damen tun konnte, die vor ihm saßen. Also, nicht unbedingt ein Tritt in den Hintern. Aber womöglich eine kleine positive Anschubhilfe.

«Und wenn es Ihnen schlecht geht, schminken Sie sich auch, Herr Winter», witzelte eine Patientin. Wieder wurde gelacht. Robert sah wohlwollend in die Gesichter. Die Frauen genossen die kleine Auszeit vom Krankenhausalltag, die er ihnen schenkte. Für einen Augenblick vergaßen sie ihre Malaisen, Operationen und Therapien. Einige von ihnen dachten einmal nicht über das Schicksal nach, das sie ereilt hatte. Robert wusste, dass auch hoffnungslose Fälle vor ihm saßen. Umso glücklicher machte es ihn, dass er ihre Sorgen für einen Augenblick zerstreuen konnte.

Robert sah auf seine Uhr. Er kannte den Tagesablauf auf der Station inzwischen so gut, dass er genau wusste, wann der ideale Zeitpunkt für seine Kosmetikparty war: zwischen der Visite und dem Mittagessen. Er hatte noch eine halbe Stunde, und die wollte er nutzen.

«Dürfte ich mal den Super Edition Eyeliner ausprobieren?», fragte eine der Patientinnen.

«Super Definition», korrigierte Robert und schob den Nachttisch, auf dem er seine Kosmetikprodukte aufgebaut hatte, an ihr Bett.

Der Nachttisch hatte sich aufgrund seiner Rollen als äußerst praktikabel erwiesen. Einige Patientinnen waren schlecht zu Fuß oder gingen an Krücken. Robert machte es ihnen so leicht und angenehm wie möglich. Zumal er langsam zum wichtigsten Teil seiner Veranstaltung kam: dem Verkauf und der Entgegennahme von Bestellungen.

«Der Super Definition Eyeliner zeichnet sich durch seine feine Spitze aus, die präzise und lang haltende Linien zeichnet, die nicht ...» Er brach irritiert ab, als er die ernsten Gesichter der Patientinnen bemerkte. Die Stimmung hatte sich schlagartig verändert. Niemand lachte mehr. Und als er sich umdrehte, entdeckte auch er Oberschwester Tilda, die in der Tür stand. «Was ist hier los?», fragte sie im Ton einer gestrengen Rektorin, die ihre Schülerinnen in flagranti mit ein paar Jungs erwischt hatte. Und im Grunde war die Situation sehr ähnlich, dachte Robert. Nur dass es nicht um erste sexuelle Erfahrungen von Pubertierenden ging, sondern um Kosmetik.

«Es ist nicht das, wonach es aussieht», antwortete Robert lächelnd. Doch er ahnte bereits, dass die Oberschwester über seinen Witz nicht lachen konnte.

«Betreiben Sie hier etwa eine Verkaufsveranstaltung?»

Robert versuchte, der Oberschwester ein wenig den Wind aus den Segeln zu nehmen. «Nennen wir es eine Beratung.»

Da meldete sich eine Patientin per Handzeichen zu Wort. Nun fühlte Robert sich endgültig in alte Schulzeiten zurückversetzt. Und daran hatte er nicht gerade die besten Erinnerungen.

«Ich dachte, wir können die Schminke anschließend bei Ihnen bestellen, Herr Winter?» Die Frau klang enttäuscht, und am liebsten hätte Robert ihr auf der Stelle versichert, dass sie natürlich recht hatte. Dass er anschließend herumgehen und ihre Bestellungen aufnehmen würde. Aber das hätte Oberschwester Tilda gar nicht gerne gehört. Er befand sich in einem klassischen Dilemma.

«Herr Winter, das wird ein Nachspiel haben», sagte Oberschwester Tilda, ohne die Stimme zu erheben. Aber auch so klang sie bedrohlich. Robert fand, dass sie über trieb. Und er wollte sich diesen schulmeisterlichen Ton nicht bieten lassen.

«Was wollen Sie tun? Mich mit Ihren Spritzen foltern?» Robert hörte einige Patientinnen leise kichern. Die Oberschwester musterte ihn mit scharfem Blick. Er rechnete damit, dass sie jeden Moment aus der Haut fuhr. Aber sie beherrschte sich.

«Keine Sorge. Ich bin es leid, mich mit Ihnen herumzuschlagen. Das sollen jetzt andere übernehmen.»

Langsam ärgerte Robert sich richtig. Er hatte nichts Schlimmes getan. Um sich herum sah er nur zufriedene und glückliche Gesichter. Das musste sie doch auch bemerken. Stattdessen kam sie ihm mit ihrer Prinzipienreiterei.

«Wenn Sie uns nicht gerade mit Spritzen, Einläufen oder, noch schlimmer, Ihren sogenannten Mittagsmahlzeiten quälen, hängen wir hier rum und langweilen uns zu Tode. Warum gönnen Sie uns nicht ein wenig Spaß?», fragte Robert.

Aber seine Argumente perlten an der Oberschwester ab wie Wasser an einer Teflonpfanne. «Sie hängen hier rum, weil Sie krank sind. Einige von Ihnen schwer. Und meine Kolleginnen und ich schuften den lieben langen Tag und die Nächte durch, damit es Ihnen wieder besser geht.»

Robert deutete mit großer Geste in die Runde. «Sehen Sie hier irgendjemanden, dem es schlecht geht?», fragte er und wusste, dass sie das nur als Provokation auffassen konnte. Die Luft im Raum hätte man schneiden können. Niemand lachte oder kicherte mehr. Alle Augen waren gebannt auf Robert und die Oberschwester gerichtet.

«Heißt es nicht immer, Lachen ist die beste Medizin?», fragte er. Die Oberschwester schenkte ihm einen weiteren tödlichen Blick. Sie schien immer noch unschlüssig zu sein und über ihren nächsten Schritt nachzudenken. Robert vermutete, dass sie ihm nur deswegen nicht an die Gurgel ging, weil zu viele Zeugen im Raum waren. Dann ließ sie Robert links liegen, als wäre er Luft, und wedelte vor den Patientinnen mit der Hand.

«Bitte alle zurück auf Ihre Stationen. Diese kleine Versammlung ist hiermit aufgelöst.»

Aber Robert dachte nicht daran, sich so einfach geschlagen zu geben. Und dabei ging es ihm nicht um sein Geschäft. Hier ging es um etwas ganz Grundsätzliches. «Was ist eigentlich Ihr Problem?»

Oberschwester Tilda drehte sich zu ihm um. «*Sie* sind mein Problem, Herr Winter. Ansonsten bin ich mit meinem Leben sehr zufrieden.»

«Das wage ich zu bezweifeln.»

Nun herrschte Totenstille im Raum. Man hätte eine Stecknadel zu Boden fallen hören können. Oder in diesem Fall eher eine Kanüle. Die Patientinnen dachten nicht im Traum daran zu verschwinden. Sie spürten, dass der Streit auf seinen Höhepunkt zulief, und den wollten sie nicht verpassen. Was hatten sie auch zu verlieren? Man konnte sie ja schlecht vor die Tür setzen.

Oberschwester Tilda sah sich nun doch genötigt, Robert die Meinung zu geigen. Sie baute sich vor ihm auf. «Was Sie denken, ist mir völlig egal, Herr Winter.»

Ihre Antwort kam ihm ungewohnt hilflos vor. Er ahnte, dass er einen wunden Punkt getroffen hatte. Diese ständige Unzufriedenheit, die fast zwanghafte Suche nach Ordnung und Struktur kannte er von sich selbst. Genau wie das Gefühl, das in einem ausgelöst wurde, wenn die eigene

Ordnung, das Leben, in dem man sich eingerichtet hatte und in dem alles an seinem Platz bleiben sollte, gestört wurde. Während die beiden sich taxierten, hatte Robert das Gefühl, als könnte er für einen Moment in ihre Seele blicken. Als wüsste er, was in ihr vorging. Er sah nicht ihr konkretes Problem, aber er verstand die Mechanismen, die es auslöste. Oberschwester Tilda schien zu bemerken, dass er sie durchschaute. Und das konnte sie auf keinen Fall zulassen.

«Sie packen jetzt Ihre Sachen und gehen auf der Stelle zurück in Ihr Zimmer.» Damit drehte sie sich um und ließ ihn stehen.

Ein paar Stunden später kam Robert Kekse kauend vom Krankenhaus-Shop zurück und lief den Flur entlang zu seinem Zimmer. Er musste immer noch darüber nachdenken, was passiert war. Und allmählich setzte sich ein schlechtes Gewissen bei ihm durch. Er war zu weit gegangen. Er hatte die Autorität von Oberschwester Tilda untergraben. Diese Station war ihr Reich. Sie sorgte aufopferungsvoll für einen reibungslosen Ablauf. Und ja, auch dafür, dass es ihnen gut ging und sie gesund wurden. Robert verspürte den Wunsch, Danke zu sagen und sich bei ihr zu entschuldigen. Aber als er am Personalraum vorbeiging und durch die große Glasscheibe sah, dass Oberschwester Tilda nicht anwesend war, war er trotzdem erleichtert. Womöglich war es für eine Entschuldigung noch zu früh. Die Wogen mussten sich erst ein wenig glätten.

Als Robert in sein Krankenzimmer kam, spürte er einen kalten Luftzug. Verärgert stellte er fest, dass die Schwestern wieder einmal das Fenster offen gelassen hatten, während der Heizkörper auf Hochtouren lief und so heiß war, dass man sich daran glatt Verbrennungen zuziehen konnte. Er legte die Kekspackung aufs Bett und schloss das Fenster. Dabei sah er in den kleinen Park, der hinter dem Krankenhaus lag und den die Patienten und Angestellten des Krankenhauses zum Rauchen aufsuchten. Robert entdeckte Oberschwester Tilda, die mit einem Telefon am Ohr auf und ab tigerte, ihren Mantel lose übergeworfen. Er hing ihr nur über den Schultern.

Das Gespräch, das sie führte, war kein freundliches. Das konnte Robert an ihren Gesten und ihrer Mimik klar erkennen. Nachdem er sie eine Weile beobachtet hatte, legte sie auf und zündete sich eine Zigarette an, an der sie nervös zog. Die Oberschwester wirkte aufgewühlt, und Robert bereute seine Attacke auf sie nun noch mehr. Er wusste nicht, um was es in ihrem Telefonat gegangen war, aber trotzdem hatte er zum ersten Mal nicht die strenge, verbiesterte Oberschwester gesehen, sondern eine Frau mit einer eigenen Geschichte.

Da schaute Oberschwester Tilda hoch zum Fenster und Robert erschrocken in die Augen. Sie fühlte sich ertappt, das sah Robert ihr sofort an. Dennoch unterdrückte er den Impuls, zurückzuweichen und hinter den Vorhängen zu verschwinden, wie ein neugieriger Hausmeister, der seine Nachbarn beschattete. Stattdessen lächelte er ihr freundlich und offen zu und hoffte, dass sie sein versöhnliches Zeichen annahm. Vergeblich. Sie verzog keine Miene, warf ihre Zigarette weg und ging davon.

Zehn Tage waren vergangen. Robert war gut auf seine Medikamente eingestellt. Sein Herz schlug ruhig und regelmäßig und sollte in nächster Zukunft keine Probleme bereiten, hatte Dr. Friedman gesagt, der ihn mit den besten Wünschen entlassen hatte.

«Vergiss das obere Fach nicht», bat Robert Miriam, die damit beschäftigt war, seine Kleidung aus dem Schrank zu holen und in die Reisetasche zu packen. Robert selbst kontrollierte ein weiteres Mal seinen Nachttisch und lupfte die zerwühlte Bettdecke an, um sicherzustellen, dass sich nicht doch noch irgendeine seiner Habseligkeiten in einer Falte versteckt hatte.

Dann klappte er seinen Kosmetikkoffer zu und stellte ihn neben die Reisetasche. Er war abmarschbereit. Zumindest beinahe. «Guck noch mal in den Schubfächern nach», bat er Miriam. Sie kannte seinen Kontrollzwang zu gut, um sich noch darüber ärgern zu können. Jahrelange Schulung zahlte sich aus.

«Papa, der Schrank ist leer. Aber wenn du mir nicht glaubst, schau selber nach», antwortete Miriam gelassen.

«Schon okay. Wenn du's sagst», entgegnete Robert betont lässig. Er wollte ihr beweisen, dass er dazugelernt hatte.

Miriam fingerte den Autoschlüssel aus ihrer Jackentasche und ließ ihn vor seiner Nase baumeln. «Du oder ich?»

Robert blickte auf den Schlüssel und zögerte mit der Antwort. Die Rolle des Beifahrers war immer eine Herausforderung für ihn gewesen. Und das wusste auch Miriam. Sie musste ihre Frage als Prüfung gemeint haben: Ganz eindeutig wollte sie herausfinden, ob er mittlerweile wirklich bereit war, anderen zu vertrauen.

«Fahr du», sagte Robert mit der Inbrunst eines Märtyrers, der in einer antiken Arena vor einer Horde hungriger Löwen stand. Miriam musste lachen. Ehrlich und aus tiefstem Herzen, wie Robert fand. Das machte ihn glücklich.

«Geh doch schon mal vor, ich komme gleich nach.»

Miriam schnappte sich die Reisetasche. Und kaum dass sie das Zimmer verlassen hatte, überprüfte Robert noch einmal sämtliche Schränke und Schubladen und hob auch die Bettdecke noch ein letztes Mal an.

Dann sah er zu seinem neuen Bettnachbarn, einem Herrn in seinem Alter, der die Tage damit verbrachte, die Rätsel in seinen Rätselzeitschriften zu lösen. Joseph war vor wenigen Tagen entlassen worden. Sie hatten sich gegenseitig versichert, dass sie in Kontakt bleiben wollten. Robert hatte ihn sogar zur Pokerrunde eingeladen, und Joseph hatte begeistert zugesagt. Man würde sehen ...

Robert war im Begriff zu gehen. «Gute Genesung», rief er seinem Bettnachbarn zu, aber der reagierte nicht. Anscheinend ließ ihn eine besonders harte Nuss in seinem Rätselheft alles um sich herum vergessen.

Dann warf sich Robert den Mantel über und schnappte sich seinen Kosmetikkoffer. Er ging über den langen Flur und steuerte auf den Aufzug zu, als die Türen aufgingen und Lilli heraustrat. Robert blieb verdattert stehen. Sie sah blendend aus. Noch besser als sonst. Sie lachte strahlend wie nie und kam winkend mit einem Blumenstrauß auf ihn zu. Der Größe nach zu urteilen, war es ein prächtiger Strauß. Und obwohl er in Papier verpackt war, erkannte Robert am Duft, dass es sich um Lilien handeln musste.

Lilli musterte ihn von oben bis unten. Dass er in Straßenkleidung vor ihr stand, konnte auch für sie nur eins bedeuten. «Herr Winter, sind Sie etwa schon auf dem Weg nach Hause?»

«Na ja, nach zehn Tagen reicht's mir langsam.»

«Da hab ich ja noch mal Glück gehabt», sagte sie gut gelaunt. Robert fand sogar, dass sie richtig aufgekratzt wirkte, und er fragte sich, was der Grund dafür war. Hatte sie sich mit Patrick versöhnt?

«Nicht, dass Sie noch umsonst gekommen wären», meinte er. Er gab sich Mühe, aber er schaffte es nicht, seine Enttäuschung zu überspielen. Da fiel sie ihm in die Arme. «Ach, ich freue mich so, Sie zu sehen!»

Robert und Lilli saßen auf der Bank im Flur wie ein Fremdkörper, von dem keiner Notiz nahm, während der Krankenhausalltag um sie herum weitertobte. Seit sie ihm erzählt hatte, dass sie Patrick verlassen hatte, war bei Robert alle Enttäuschung verflogen.

«Es tut mir leid, aber es musste alles so schnell gehen. Und dann hatte ich so wahnsinnig viel um die Ohren ...»

Ein Anruf wäre trotzdem schön gewesen, dachte Robert. Aber das behielt er für sich. Er wollte nicht kleinlich sein und den Beleidigten spielen. Er wollte sich mit ihr freuen. «Und wie kam es zu der plötzlichen Entscheidung?»

«So plötzlich war die gar nicht. Was denken Sie, wie lange ich schon darüber nachgedacht habe? Aber es dann wirklich durchziehen?» Sie sah ihn ernst an. «Als dann das mit Ihnen passiert war, ich meine, worauf sollte ich noch warten?»

«Dann war mein Herzinfarkt ja doch zu was gut», sagte Robert lächelnd.

Lilli lächelte auch. Aber es war ein nachdenkliches Lächeln. «Patrick war nicht immer so. Ich weiß selber nicht, wann er zu diesem eifersüchtigen und besitzergreifenden ...» Sie suchte nach dem richtigen Wort.

Robert wollte ihr helfen und führte ihren Satz zu Ende: «... Arschloch geworden ist?»

Lilli schaute ihn baff an. «Ich wollte Kontrollfreak sagen.»

Er räusperte sich verlegen. «Entschuldigung. Ich wollte nicht ...»

Dann lachte sie los. «Sie haben vollkommen recht, Herr Winter. Er ist zu einem echten Arschloch mutiert. Da kann man nichts beschönigen.»

Erst jetzt fiel Robert auf, dass Lilli Farbspritzer im Haar hatte. Keine Strähnchen oder Glanzlichter, es sah aus wie richtige Wandfarbe, die zu kleinen Bröckchen getrocknet war, bloß war sie nicht weiß, sondern grellgelb, blau, pink und grün. Und als er sie genauer betrachtete, entdeckte er weitere Farbkleckse auf ihrer Kleidung.

«Diese Farbe haben Sie nicht von mir. Das wüsste ich», sagte Robert und deutete auf einen der Flecken auf ihrer Bluse.

Lilli sah an sich herunter und lachte. «Keine Sorge, ich kaufe nicht bei der Konkurrenz.» Mehr sagte sie nicht dazu. Sie lächelte Robert nur an und schwieg. Er fand, dass sie glücklich aussah. Irgendwie erleichtert.

«Und? Was haben Sie jetzt vor?»

«Ich ziehe erst mal zu Marleen. Und sobald ich zurück bin, suche ich mir eine Wohnung.»

Robert stutzte. «Zurück?»

«Ich nehme mir eine Auszeit und reise für ein paar Wochen durch Thailand. Das wollte ich immer schon.»

«Nach Thailand? Geht's nicht noch weiter?»

«Theoretisch ja. Ich könnte bis nach Australien. Oder Neuseeland.»

«Und wenn ich Ihren juristischen Rat brauche?»

«Dafür gibt's Telefon. Oder Computer. Wir könnten videotelefonieren?»

«Und die Zeitverschiebung? Das ist doch alles viel zu kompliziert.»

Sie lächelte versonnen. Es schien ihr zu gefallen, dass er sie vermissen würde. «Ist ja nur für ein paar Wochen. Aber Sie müssen mir unbedingt Bescheid geben, wenn Sie AVON-Berater des Jahres geworden sind.»

«Ja, wenn», entgegnete Robert. Er wollte den Tag nicht vor dem Abend loben, da war er abergläubisch.

Lilli zückte ihr Smartphone und hielt es ihm vors Gesicht. «Ich habe noch was für Sie. Das wird Ihnen gefallen.» Dann startete sie ein Video. Robert brauchte einen Moment, um zu erfassen, was er sah. Es war ganz eindeutig eine Aufnahme aus Lillis Haus. Robert erkannte die Designermöbel. Doch zu seiner großen Verblüffung waren die Wände in so grellbunten Farben gestrichen, dass es einem in den Augen wehtun konnte. Nicht nur im Wohnzimmer. Und um dem Ganzen die Krone aufzusetzen, erstrahlte die Küche in allen Regenbogenfarben.

«Ich habe noch einmal gründlich gestrichen. So macht man das doch vor einem Auszug», sagte Lilli und grinste triumphierend.

Robert sah Lilli staunend an. Und dann wieder auf das Video. Er konnte sich vorstellen, wie Patrick Fischer auf das neue Farbkonzept in seinem Haus reagieren würde. Mit blankem Entsetzen. Mindestens.

Dann war es endgültig Zeit für den Abschied. Auch wenn es kein Abschied für immer war, spürte Robert, wie Melancholie von ihm Besitz ergriff. Mit Glanz in den Augen lächelte er Lilli sanft an. «Ich hätte nie gedacht, dass sich in so kurzer Zeit so viel verändern kann.»

Lilli sah ihn bewegt an. «Aber Sie haben sich nicht verändert, Herr Winter.»

Robert verstand nicht. Er fand, dass er von allen Menschen in seinem Umfeld die wohl größte Veränderung durchlaufen hatte. Doch da war Lilli anderer Meinung.

«Ich habe das Gefühl, Sie sind nur der geworden, der Sie schon immer waren.»

Nachdem Lilli sich verabschiedet hatte, blieb Robert noch eine Weile auf der Bank sitzen. Der Blumenstrauß lag neben ihm und verströmte seinen Duft. Er hatte die Papierverpackung aufgerissen. Es waren Lilien, genau wie er vermutet hatte. Da klingelte sein Smartphone. Miriam war dran, die vor dem Krankenhaus auf ihn wartete und wissen wollte, wo er blieb.

Robert stand auf, nahm die Blumen und ging zum Fahrstuhl. Als er am Personalraum vorkam, sah er durch die große Glasscheibe Oberschwester Tilda, die dabei war, die Dienstpläne zu stecken. Sie ignorierte Robert so konsequent, als wäre das eine Technik, mit der sie ihn dazu bringen konnte, sich in Luft aufzulösen. Robert wusste, wie schlecht sie auf ihn zu sprechen war. Dennoch klopfte er gegen die Glastür.

«Herr Winter. Womit kann ich noch dienen?»

Robert spürte das dringende Verlangen, im Frieden mit ihr auseinanderzugehen. Keines seiner Worte sollte missverständlich rüberkommen. «Danke», sagte er und hielt ihr den Blumenstrauß hin, den Lilli ihm mitgebracht hatte. Die Oberschwester starrte ihn argwöhnisch an, als erwarte sie irgendeine Art von Hinterhalt.

«Die riechen stark, sind aber nicht giftig», sagte Robert und schenkte ihr ein Lächeln. «Auf Wiedersehen.»

Wortlos nahm sie die Blumen entgegen. Und als Robert schon beinahe den Aufzug erreicht hatte, rief Oberschwester Tilda ihm noch etwas hinterher.

«Herr Winter, tun Sie mir einen großen Gefallen. Bleiben Sie gesund!» Sie rief es mit einem Lachen.

KAPITEL 22

Draußen war es stockfinster. Sturm war aufgezogen, Böen peitschten gegen die Fenster. Robert hatte Feuer im Kamin gemacht, was er nur sehr selten tat. Er fand, dass die ganze Arbeit, die man anschließend mit der Reinigung hatte, den Aufwand nicht lohnte. Aber heute war ihm irgendwie danach. Und während das brennende Holz sanft knackte, steckten Robert und Basti ihre Köpfe über dem Laptop zusammen, wie zwei Schüler, die sich heimlich einen erotischen Film anguckten.

«Koffer oder nur Handgepäck?», fragte Basti, während er mit der Maus über die Webseite einer Fluggesellschaft fuhr.

Robert verstand die Frage nicht. «Koffer natürlich.»

«Das kostet dann noch mal fünfzig Euro extra.»

Robert legte die Stirn in Falten. «Seit wann kostet der Koffer extra?»

Basti rümpfte die Nase. «Sie sind lange nicht geflogen, was?»

«Fliegen jetzt etwa alle ohne Gepäck?»

«Bei diesen Billigfluglinien muss man alles extra dazubuchen. Dafür bieten sie auch die günstigsten Preise.»

«Was ist daran günstig, wenn man am Ende doch alles draufzahlen muss?»

Basti seufzte wie ein Nachhilfelehrer, der an seinem Schüler verzweifelte. «Dafür müssen Sie den Koffer *nicht* zahlen, wenn Sie ihn nicht brauchen.»

«Natürlich brauche ich ihn. Wie kriege ist sonst meine Sachen mit?»

Robert hätte nicht gedacht, dass es einmal Basti sein würde, dem als Erster der Geduldsfaden riss. Aber ganz offensichtlich stand sein Nachbar kurz davor. «Wissen Sie was? Ich buche den Koffer jetzt einfach dazu», sagte er entnervt. Er bewegte die Maus und scrollte sich weiter durch die Seite. «Wir können auch gleich Ihren Sitzplatz reservieren.»

Endlich mal eine sinnvolle Option. Es gefiel Robert, dass er sich den Platz schon im Vorfeld aussuchen konnte. «Auf jeden Fall am Gang.» Robert war tatsächlich ewig nicht geflogen, aber ihm war in Erinnerung geblieben, wie ungern er auf einem Mittelplatz saß. Eingeengt und von der Gnade seines Sitznachbarn abhängig, wenn er auf die Toilette musste. Früher hatte er zwangsläufig auf Mittelplätzen gesessen. Sophia wollte immer am Fenster sitzen und hatte darauf bestanden, dass er neben ihr Platz nahm.

«Welche Sitzplatznummer hat Miriam?», fragte Basti.

Robert hatte versucht, durch beiläufige Fragen möglichst unauffällig an ein paar Eckdaten ihrer Reise zu kommen. Das Flugdatum und den Namen der Fluggesellschaft in Erfahrung zu bringen, war ein Kinderspiel gewesen. Als er jedoch den Namen ihres Hotels wissen wollte und sich, um nicht gleich wieder alles zu vergessen, Notizen machte, wurde Miriam plötzlich misstrauisch. Zum Spion taugte er jedenfalls nicht. Aber das war ihm schon vorher klar gewesen.

«Keine Ahnung.»

Basti klickte mit der Maus einen Sitzplatz an. «Dann setze ich Sie erst mal hierhin. In der Reihe haben Sie auch größere Beinfreiheit.»

Robert wurde hellhörig. Er hatte schon so einen Verdacht. «Und was kostet die?»

«Neununddreißig neunzig», flötete Basti, als hätte er Robert gerade ein Sonderangebot unterbreitet. Doch Beinfreiheit war für Robert ein Menschenrecht, und er sah überhaupt nicht ein, dass man ihn dafür zur Kasse bat. Andererseits hatte er keine andere Wahl. Er war nicht unbedingt scharf auf eine Thrombose.

«Priority Boarding ist übrigens bei Ihrem Sitzplatz mit drin.»

Es ging zwar um Fliegen, aber Robert verstand trotzdem nur Bahnhof. «Was ist das schon wieder?»

«Sie dürfen als einer der Ersten an Bord gehen.»

Der Sinn erschloss sich Robert immer noch nicht. «Ich denke, ich habe einen Sitzplatz? Warum soll ich mich da früher reinquetschen als nötig?»

Basti schüttelte angestrengt den Kopf. Er schien etwas zu wissen, von dem Robert keine Ahnung hatte. Robert hakte trotzdem nicht nach. Er wollte nur endlich seinen Flug gebucht haben und beschloss, das Tempo in ihrem kleinen Frage-Antwort-Spiel ein wenig anzuziehen.

«Was ist mit Fast Track?», fragte Basti.

«Will ich nicht!»

«Mietwagen?»

«Brauche ich nicht!»

«Reiserücktrittversicherung?»

«Lohnt sich nicht!»

Basti klickte zielsicher hier und da, als hätte er nie etwas anderes getan. «Okay, dann gehen wir auf Warenkorb und schließen die Buchung ab.»

Robert seufzte erleichtert auf. Er schien kurz vor dem Ziel zu sein. «Ich bitte darum.»

Basti streckte ihm auffordernd die Hand entgegen. «Ich bräuchte Ihre Kreditkarte.»

«Habe ich nicht», antwortete Robert.

«Sie haben keine Kreditkarte?»

«Ich zahle für gewöhnlich in bar.»

Basti deutete echauffiert auf den Computer. «Ja, und wo stecken wir jetzt das Geld rein?»

Robert gewann den Eindruck, als käme es für Basti einem Affront gleich, dass er keine Kreditkarte hatte. «Es wird doch eine andere Bezahlmöglichkeit geben?»

Basti holte tief Luft. «PayPal oder Sofortüberweisung ginge auch», sagte er gnädig.

Robert war zufrieden. «Na bitte, geht doch. Ich überweise. Sobald ich eine anständige Rechnung bekommen habe.»

Basti zückte resigniert sein Portemonnaie. «Wir wollen das heute noch zu Ende bringen, oder?»

Robert verzog das Gesicht. «Was wird das?»

«Ich bezahle mit meiner Kreditkarte. Sie können mir das Geld später wiedergeben.» Eigentlich war das Robert gar nicht recht. Er hatte nicht gerne Schulden. Andererseits freute er sich über Bastis kleine Geste.

Während Basti seine Kreditkartennummer eintippte, dachte er bereits über den nächsten Schritt nach. «Jetzt müssen wir nur noch das Hotelzimmer buchen. Wo steigt Miriam ab?»

«So weit bin ich nicht gekommen.»

«Und was machen wir jetzt?»

«Erst mal gar nichts. Ich buche mir das Zimmer dann vor Ort.»

«Keine gute Idee. Über die Feiertage ist vieles ausgebucht.»

Robert dachte nach. Er wusste selber, wie viele Menschen inzwischen an Weihnachten verreisten. Basti könnte recht haben. Dennoch konnte er Miriam auf keinen Fall weiter mit Fragen löchern. Er wollte sich die Überraschung nicht nehmen lassen. «Dann schlafe ich eben in Miriams Zimmer.»

Basti lachte auf. «Sie wird begeistert sein.»

«Immerhin überrasche ich sie zu Weihnachten mit meiner Anwesenheit.»

Auch diese Begeisterung schien Basti nicht zu teilen. «Ein schöneres Geschenk kann man sich gar nicht vorstellen.»

Robert hatte genug davon, sich von Basti aufziehen zu lassen. «Ist der Flug endlich gebucht oder nicht?», fragte er energisch.

«Erledigt. Sobald wir Sie eingecheckt haben, können wir die Bordkarte ausdrucken. Wenn Sie wollen, lade ich Ihnen die App runter, dann können Sie ...» Basti hatte seinen skeptischen Blick bemerkt und brach ab. «Verstehe schon. Ausdrucken», sagte er und setzte einen Punkt dahinter.

«War mir wie immer ein Vergnügen», sagte Basti, als das Ticket aus dem Drucker kam. Er stand auf und zog sich seine Jacke an, die über der Stuhllehne hing. Fast war er schon zur Tür hinaus, als Robert ihn noch einmal aufhielt. «Wann zieht Dennis aus?»

Robert sah, wie Basti förmlich in sich zusammenfiel. Die Trennung schmerzte sehr. So wie jeder Verlust Schmerz bedeutete. Aber da musste er durch. Sie alle mussten da durch. Wenn sie weiterleben wollten, hatten sie keine andere Wahl.

Robert führte Basti die Treppe nach oben, und sie kamen vor einer der Türen zum Stehen.

«Wollen Sie mir nicht endlich sagen, was los ist?», fragte Basti.

Robert fand, dass die Sache sich selbst erklären konnte. Er brauchte keine blumigen Worte. Stattdessen schob er die Zimmertür auf. Es war Miriams altes Jugendzimmer. Das war auch Basti gleich klar. Er erkannte die Gesichter der Popstars auf den vergilbten Postern, die an den Wänden hingen. In der Mitte des Raumes stand ein Wäscheständer mit Wäsche drauf. Ein Bügelbrett war aufgebaut. Seit Miriam ausgezogen war, hatte Sophia den Raum als Wäschezimmer benutzt, und Robert hatte es dabei belassen.

«Warum zeigen Sie mir das?», fragte Basti, der immer noch keine Ahnung hatte, was Robert ihm mitteilen wollte.

«Für Sie alleine dürfte es schwierig werden, die Miete für das Haus aufzubringen.»

Basti sah ihn schief an.

«Und die Situation auf dem Wohnungsmarkt ist auch nicht gerade rosig.»

«Wem sagen Sie das», pflichtete Basti ihm bei.

Robert wollte ihn nicht länger auf die Folter spannen.

«Fürs Erste könnten Sie hier unterkommen.»

Basti fiel die Kinnlade runter. «Ist das Ihr Ernst?»

«Sehen Sie hier noch jemanden?»

Basti konnte es immer noch nicht richtig glauben. «Ich darf hier einziehen?»

«Vorübergehend», schob Robert eilig hinterher.

Basti schlug fassungslos die Hände vors Gesicht. Robert sah, wie ihm Tränen in die Augen stiegen. Aber Robert wollte jeglichen Anflug von Rührseligkeit unterbinden. «Jetzt bitte keine Opernarien.»

Basti hielt sich daran. Er nickte stumm. Und dankbar. Ein gutes Omen für das zukünftige Zusammenleben. Trotzdem gab es noch eine Sache, die Robert unmissverständlich klarstellen musste. «Wir sind Mitbewohner. Weiter nichts.»

Basti rümpfte die Nase. «Keine Sorge. Sie sind mir sowieso zu alt.»

Schneller als Robert dachte, war der alte Basti zurück. Vorbei war es mit der Demut.

«So taufrisch sind Sie auch nicht mehr», konterte Robert.

«Ich habe noch genug Chancen», entgegnete Basti stolz.

«Bei mir nicht. Also versuchen Sie es gar nicht erst. Ich schließe meine Schlafzimmertür nachts ab.»

Basti kicherte. «Keine Sorge.»

«Ich sage immer, Vorsicht ist die Mutter der Porzellankiste.»

Da musste Basti lauthals loslachen. Es war wie eine Befreiung. Freude und Trauer zugleich. Er wischte sich mit dem Ärmel ein paar Tränen aus dem Gesicht. Und mit einem Mal schloss er Robert in die Arme und drückte ihn.

Robert ließ ihn für einen Moment gewähren. Aber genug war genug.

«Was genau haben Sie nicht verstanden?»

Basti winkte lachend ab. «Alles klar. Nur Mitbewohner.»

Robert hatte Miriam und Jonas auf den Weihnachtsmarkt eingeladen, der in der Stadt, ganz in der Nähe von Miriams Wohnung, aufgebaut war. Ein paar hübsch dekorierte Holzbuden standen dort, an denen Weihnachtsschmuck verkauft, Lebkuchen und gebrannte Mandeln feilgeboten oder viel zu süßer Punsch ausgeschenkt wurde. Ein Duft nach Anis und Bratwurst lag in der Luft.

Jonas vergnügte sich auf einer künstlichen Rodelbahn, die in der Mitte des Platzes aufgebaut war und die man in aufblasbaren Ringen hinunterrutschen konnte. Robert musste an die Weihnachtsfeste seiner Kindheit denken, die er nie so richtig hatte genießen können. Trotz allem gab es weihnachtliche Details, die ihm in wunderbarer Erinnerung geblieben waren und die ein wohliges Gefühl in ihm auslösten. Das Marzipan, das er so liebte und das Sophia immer in Größenordnungen angeschleppt hatte, dass es bis in den Mai reichte. Die ellenlangen Wunschzettel, die Miriam geschrieben hatte, als sie noch ein Kind war. Und die sie immer wieder neu schrieb, weil ihr stets noch etwas anderes einfiel. Bis sie sich am Ende selber nicht mehr entscheiden konnte. Robert erinnerte sich an den Duft des Gänsebratens, der stundenlang im Ofen vor sich hin schmorte. An den Rotkohl, den Sophia zubereitete. Und er sah die Küchenfenster vor sich, beschlagen vom Wasserdampf aus dem Topf mit den Klößen. Der Gedanke, dieses Weihnachten zum ersten Mal ohne Sophia verbringen zu müssen, zerriss ihm das Herz. Aber wenigstens war er nicht alleine. Er hatte eine Familie.

«Für dich», sagte Robert, während er Miriam einen Umschlag hinhielt.

Sie sah ihn überrascht an. «Was ist das?»

«Dein Geschenk.»

«Jetzt schon?»

«Schließlich seid ihr Weihnachten nicht da.»

Miriam verzog das Gesicht. Robert sah ihr an, dass es gar nicht nötig war, ihr ein schlechtes Gewissen einzureden. Sie hatte auch so eins. «Papa, ich kann die Reise nicht stornieren. Aber nächstes Jahr ...»

Robert fiel ihr ins Wort. Normalerweise waren die Beschenkten ungeduldig. Aber diesmal war es der Schenkende: «Mach einfach auf.»

Miriam reichte ihm ihren Becher mit Punsch und riss den Umschlag auf. Bis vor Kurzem war Robert noch sicher gewesen, dass Miriam sich über sein Geschenk freuen würde. Doch nun überkamen ihn Zweifel. Sie waren sich im Laufe der letzten Monate nähergekommen, und darüber war er unendlich glücklich. Doch er war immer noch nicht sicher, wie weit sie ihn in ihr Leben lassen wollte.

Miriam faltete das Papier auseinander. «Ein Flugticket? Papa, was ist das?»

«Schau es dir genauer an.»

Miriam prüfte die Daten. Und dann fiel sie endgültig aus allen Wolken. «Du kommst mit?!»

Robert lächelte schüchtern. «Weihnachten unter Palmen. Es ist nie zu spät für eine neue Erfahrung.»

«Und die Ärzte haben wirklich gesagt, dass du vollständig gesund bist?»

«Nein, ich bin völlig verrückt. Sonst wäre ich nicht auf so eine Idee gekommen.»

Plötzlich wurde Miriam ganz ernst. «Eigentlich ist es ja eher ein Geschenk für dich.»

«Entschuldige bitte? Ich nehme das alles nur für euch in Kauf.» Er merkte selber, wie wenig überzeugend er klang. Natürlich beschenkte er sich mit dieser Reise auch selbst.

Miriam schloss ihn in die Arme. «Danke, Papa. Ich freue mich. Ganz ehrlich. Und Jonas wird durchdrehen.»

Sie blickten zu Jonas, der nicht genug davon kriegen konnte, die Bahn hinunterzurodeln. Er schrie vor Vergnügen. Die Lebensfreude seines Enkels löste in Robert ein wohliges Gefühl aus. Ihm wurde ganz warm ums Herz.

KAPITEL 23

Zuerst war Robert Basti dankbar gewesen, als der ihm angeboten hatte, ihm beim Styling für die große AVON-Gala unter die Arme zu greifen. Mittlerweile bereute er es, dass er das Angebot angenommen hatte. Ihre Geschmäcker hätten unterschiedlicher nicht sein können. Und als Basti zielgenau den einzigen nicht grauen, nämlich den royalblauen, Anzug aus dem Kleiderschrank gezogen hatte, stellte Robert endgültig auf stur. «Ich lauf doch nicht rum wie ein Papagei», sagte er entschieden.

Doch Basti gab nicht auf, und am Ende standen sie sich gegenüber wie zwei Hirsche, deren Geweihe sich beim Kampf verhakt hatten.

«Das ist der einzige Anzug, der einen vernünftigen Schnitt hat. Die anderen hängen an Ihnen wie Säcke», empörte sich Basti.

«Ich nenne es bequem», antwortete Robert, und Basti verzog das Gesicht, als hätte er einen süßen Apfel mit einer Zitrone verwechselt.

«Bequem?! Wir gehen zu einer Gala.»

Robert nahm seinen Lieblingsanzug vor der Stange. Er war so dunkelgrau, dass er fast schwarz war. Er fand, das war ein guter Kompromiss. «Was ist mit dem hier?»

Basti sah ihn an wie einen Wahnsinnigen. «Das ist nicht

Ihr Ernst, oder?» Er nahm Robert den Anzug mit spitzen Fingern aus der Hand und warf ihn so angewidert aufs Bett, als sei es ein Stück verschimmelte Wurst.

«Den können Sie zur nächsten Beerdigung anziehen.» Und dann hielt er ihm noch mal den royalblauen Anzug vor den Körper. «Vertrauen Sie mir.»

Robert hatte sich von Basti überreden lassen, für die Fahrt zum Kongresshotel ein Taxi zu nehmen. Eigentlich widerstrebte ihm derlei Prasserei, und er hätte das Geld lieber gespart. Wozu hatte er ein Auto vor der Tür stehen? Aber schließlich hatte er doch nachgegeben. Sie fuhren immerhin auf eine Gala mit Preisverleihung. Es gab etwas zu feiern. Und er wollte sich die Möglichkeit offenhalten, das ein oder andere Gläschen zu trinken.

Basti saß neben Robert auf der Rückbank. Er trug einen eng geschnittenen Anzug aus dunkelgrünem Samt, der Robert schwer an seine Konfirmation erinnerte. In der Brusttasche steckte ein leuchtend gelbes Einstecktuch, über das sie eine Weile diskutiert hatten. Und auch jetzt wurde sein Blick immer wieder davon angezogen, was Basti nicht entging.

«Was ist jetzt schon wieder?», fragte er.

Robert runzelte die Stirn und deutete auf das Einstecktuch. «Sieht aus, als hätten Sie sich einen Kanarienvogel da reingesteckt.»

Basti rollte genervt mit den Augen. «Wie oft soll ich Ihnen das noch erklären? Um das Styling perfekt zu machen, muss man es mit coolen Accessoires brechen.»

«Ja, brechen. Jetzt weiß ich wieder, an was mich das erinnert.»

Basti musste ein paar Sekunden über Roberts Worte nachdenken. Dann fiel der Groschen. Er stöhnte auf. «Sehr witzig.»

Robert lachte in sich hinein. Er fand das sehr wohl witzig. Und eine Sorge war er auch noch los: Ihm würde in seinem blauen Anzug keiner Beachtung schenken, weil alle Augen auf Basti gerichtet sein würden. Genauer gesagt, auf dieses Augenkrankheiten provozierende Einstecktuch.

Die Veranstaltung fand im großen Saal des Kongresshotels statt. Und auch wenn weder ein roter Teppich zu sehen war noch jubelnde Fans, die Spalier standen, so fand Robert doch, dass die Atmosphäre überraschend feierlich war. Inmitten des ganzen Trubels und während der Begrüßung der ein oder anderen Kollegin wurde auch er allmählich von der fiebrigen Stimmung im Raum angesteckt. In den letzten Tagen hatte Robert versucht zu verdrängen, dass er nur aus einem einzigen Grund auf diese Gala ging: um für Sophia den Titel AVON-Beraterin des Jahres in Empfang zu nehmen. Es sah gut aus, er rechnete sich echte Chancen aus. Wirklich sicher sein konnte er natürlich nicht. Zumal er seit Tagen nichts mehr von Rosemarie gehört hatte. Als er seine letzte Bestellung aufgegeben hatte, war er mit einer anderen Dame verbunden worden, die ihm erzählte, dass sie von nun an Rosemaries Aufgaben übernehmen würde. Die Veränderung hatte Wehmut in ihm ausgelöst, und er fragte sich, ob er wohl jemals wieder ihre Stimme hören würde.

«Guten Abend, Herr Winter», sagte Wilma Sangthong, die plötzlich wie aus dem Nichts vor Robert stand. Es war kein Geheimnis, dass sie beide sich nicht mochten. Und er fand, dass sie es sowohl mit der Kleidung als auch mit dem Make-up regelmäßig übertrieb. Aber er wollte nicht unfair sein. An diesem Abend hatte sie es irgendwie hinbekommen. Für ihre Verhältnisse sah sie regelrecht elegant aus.

«Frau Sangthong? Gut sehen Sie aus.»

So verblüfft, wie sie ihn ansah, hatte sie etwas anderes erwartet. «Und Sie erst», entgegnete sie, während sie Robert von oben bis unten musterte. Offensichtlich beeindruckt.

Robert traute ihrem Geschmack nicht. Aber nachdem bereits ein paar andere Damen ihn ganz verzückt auf sein Outfit angesprochen hatten, musste etwas dran sein. Basti hatte recht behalten.

«Ich wünsche Ihnen viel Glück, Herr Winter.»

Das war eine dreiste Lüge. Das wusste Robert. Diese Frau würde einen Pakt mit dem Teufel schließen, um zu gewinnen. «Sparen wir uns diesen Schmu. Wir beide wollen das Gleiche, und Sie wünschen mir gar nichts», sagte Robert, um die Unterhaltung abzukürzen. Er wollte sich seine gute Laune von ihr nicht verderben lassen.

Wilma Sangthong lächelte ihn triumphierend an. «Sie haben recht. Möge der Bessere gewinnen. Oder sagen wir lieber: die Bessere.» Damit ließ sie ihn stehen.

Robert sah ihr einen Augenblick nach. War sie wirklich so von sich überzeugt, oder wusste sie mehr als er? Doch was ihn viel mehr beschäftigte, war die Tatsache, dass Wilma Sangthong keinerlei Emotionen bei ihm auslöste. Nicht einmal die Vorstellung, dass sie ihn besiegt haben könnte, brachte ihn in Wallung, und Robert fragte sich, wieso er ausgerechnet in diesem alles entscheidenden Moment so ruhig blieb.

Robert saß mit Basti und ein paar anderen AVON-Beratern und -Beraterinnen samt Angehörigen an einem Tisch und verfolgte das Geschehen auf der Bühne. Wichtige Teile der Geschäftsführung waren aus der Zentrale angereist und hielten Lobeshymnen auf ihre Mitarbeiter. Es wurde gelacht, geklatscht, gejubelt. Robert ließ sich von dieser Stimmung anstecken. Sein Blick glitt durch den Saal, und er betrachtete wohlwollend seine zahlreichen Kollegen und Kolleginnen. Es rührte ihn, wie sehr sich alle in Schale geschmissen hatten. Er erkannte sogar das ein oder andere Kosmetikprodukt im Gesicht einer Dame. Er roch das Aroma verschiedener Parfums oder Eaux de Toilette, die auch er verkaufte. Und plötzlich hatte er ein Gefühl, das ihm fremd war. Das er so noch nicht kannte: Er war Teil einer Gemeinschaft. Er gehörte dazu.

«Herr Winter?», hörte Robert plötzlich eine Frau fragen, die sich vor ihm aufgebaut hatte.

«Ja?», fragte er zögernd, obwohl er bereits eine Ahnung hatte. Ihre Stimme war einfach zu markant. Robert erhob sich und reichte ihr die Hand. Er blickte auf das kleine Namensschild, das alle AVON-Mitarbeiter sich angesteckt hatten. Nun war er absolut sicher.

«Frau Schroeder, ich freue mich», sagte er.

Sie lachte. «Für Sie immer noch Rosemarie.»

«Natürlich. Rosemarie», schob er verlegen hinterher.

«Ich bleibe trotzdem bei Herr Winter. Nichts gegen Ihren Vornamen. Ich mag Robert. Aber Herr Winter klingt so schön melancholisch. Das gefällt mir.»

Robert versuchte, sich nicht anmerken zu lassen, wie perplex er war. Rosemarie sah genauso aus, wie er sie sich vorgestellt hatte. Sie war ungefähr so groß wie er, hatte leuchtend rotes Haar und ein absolut einnehmendes Lächeln. Nur in einem Punkt hatte er völlig danebengelegen. Rosemarie war um einiges älter als Miriam. Er schätzte sogar, dass sie nur unwesentlich jünger war als er selbst. Das fand Robert ganz wunderbar. Nun hatten sie erst recht eine Basis. Unabhängig von ihrer Arbeit für AVON. Sie würden viele gemeinsame Themen finden, über die sie sprechen konnten, die nichts mit Kosmetik zu tun hatten. In diesem Moment fiel ihm siedend heiß wieder ein, was er bei seiner letzten telefonischen Bestellung erfahren hatte.

«Ist es wahr? Hören Sie wirklich auf bei AVON?»

Rosemarie nickte. «Ich bin Oma geworden. Spät, aber immerhin. Das will ich genießen.»

Robert wollte ihr gerade gratulieren, als Basti ihm in die Parade fuhr. «Pssst ... Könnt ihr mal still sein?», zischte er und warf ihnen einen strafenden Blick zu.

Rosemarie senkte ihre Stimme. «Er hat recht. Das ist unhöflich. Ich gehe besser an meinen Platz. Wir sehen uns später.»

Robert hatte keine Ahnung, wie sich der Abend entwickeln würde. Aber er wollte auf keinen Fall ein Risiko eingehen. «Und wenn nicht?», fragte er.

«Dann haben Sie meine Nummer», sagte Rosemarie.

Damit war Robert zufrieden. Er nahm wieder neben Basti Platz. Und sprang gleich darauf wieder auf. «Nein, habe ich nicht», rief er ihr hinterher. Ihm war eingefallen, dass er bisher immer nur geschäftlich mit ihr gesprochen hatte.

Rosemarie drehte sich noch einmal zu ihm um und lachte. «Aber ich Ihre.»

Die Spannung im Raum stieg mit jedem weiteren Namen, den ein Mitarbeiter der Geschäftsführung vorlas. Wie in einem Countdown wurden die zehn umsatzstärksten Berater und Beraterinnen unter dem Jubel ihrer Kollegen nacheinander auf die Bühne gerufen, wo man ihnen die Hände schüttelte und einen Preis überreichte.

Robert schaute zu Basti, der die Preisverleihung so angespannt verfolgte, als wären sie auf einer Oscarverleihung und Robert wäre als bester Hauptdarsteller nominiert.

Sechs AVON-Berater und -Beraterinnen waren bereits aufgerufen worden. Der Mann am Mikrofon blätterte durch seine Notizzettel und las den nächsten Namen ab. «Kommen wir zu Platz vier. Sophia Winter. Bitte kommen Sie auf die Bühne.»

Noch bevor Robert realisieren konnte, was geschehen war, sprang Wilma Sangthong jubelschreiend von ihrem Platz auf. Natürlich nicht, weil sie sich für Robert freute, sondern weil damit feststand, dass sie ihn geschlagen hatte. Aus Gründen, die er selbst nicht verstand, blieb Robert nach wie vor absolut ruhig. Nicht einmal sein Herzschlag beschleunigte sich. Das Theater, das Wilma Sangthong aufführte, ließ ihn völlig kalt.

Der Mann am Mikrofon suchte mit seinem Blick den Saal ab. «Frau Winter war wohl leider verhindert. Wie bedauerlich», mutmaßte er.

Basti stieß Robert mit dem Ellenbogen in die Seite. «Was ist los?»

«Was soll los sein?»

«Wollen Sie nicht auf die Bühne und den Preis abholen?»

«Nicht nötig», wiegelte Robert ab. Aber Basti war nur noch konsternierter.

«Die ganze Mühe, und dann heimsen Sie nicht mal die Lorbeeren ein?»

«Ich will jetzt hier kein großes Aufsehen erregen», sagte Robert, der sich absolut entspannt fühlte. Es war, als hätte der Druck zu gewinnen sich in Luft aufgelöst. Basti legte tröstend einen Arm um seine Schulter.

«Was soll das?», sagte Robert und fegte seinen Arm weg.

«Sie müssen nicht den Harten spielen. Geben Sie sich ganz Ihren Emotionen hin», sagte Basti ernst.

«Wünschen Sie sich das lieber nicht», entgegnete Robert.

Da sprang Basti von seinem Platz auf. Robert wusste sofort, dass er mit dem Schlimmsten rechnen musste. Aber es war zu spät. Basti war nicht mehr zu halten.

«Ich bin ein Freund der Familie und nehme den Preis für Frau Winter entgegen», rief er. Der Mann am Mikrofon sah irritiert zu ihnen herüber.

«Ja, dann … Bitte kommen Sie im Namen von Sophia Winter auf die Bühne.»

Basti ließ sich nicht zweimal bitten. Und er machte aus seinem Auftritt eine ganz große Gala. Während er die Bühne erklomm, zückte er sein Anstecktuch und tupfte sich Tränen aus den Augen. «Danke, ich liebe euch alle. Und Sophia auch», rief er ins Publikum, das ebenso mitfühlend wie begeistert applaudierte. Nur Robert wäre am liebsten vor Scham im Erdboden versunken. Darüber würde er mit Basti später noch ein Wörtchen reden.

Auf der Bühne ging das Programm derweil weiter. Der Mann am Mikrofon kramte seinen nächsten Notizzettel hervor. «Platz drei geht an Wilma Sangthong.»

Wieder wurde applaudiert. Auch Robert klatschte verhalten und schaute zu Wilma, die große Mühe hatte, ihre Enttäuschung zu überspielen. Sie hatte sich eindeutig mehr ausgerechnet. Sie hielt sich mit Begeisterungsstürmen zurück und nickte ein paarmal dankend in die Runde, während sie zur Bühne schritt. Robert wusste, wie unendlich schwer ihr das fallen musste.

Nachdem Wilma Sangthong ihren Preis entgegengenommen hatte und wieder von der Bühne gestiegen war, konnte sie es sich nicht verkneifen, Robert den Autoschlüssel zu ihrem neuen Dienstwagen vor die Nase zu halten, den die Firma AVON ihr als Prämie für ihren guten Umsatz spendiert hatte. Aber Robert war nicht in der Stimmung, sich provozieren zu lassen. «Im nächsten Jahr werden die Karten neu gemischt», sagte er.

Wilma Sangthong sah ihn verblüfft an. Damit hatte sie am allerwenigsten gerechnet. «Ich kann es kaum erwarten, Herr Winter», entgegnete sie und unterstrich ihre Kampfansage mit einem Lächeln, das Robert ihr zum ersten Mal abnehmen konnte. Anscheinend hatte sie in Robert eine Herausforderung gefunden, an der sie ihre Freude hatte.

«Hallo? Wer ist da?», hörte Robert eine verschlafene Stimme am anderen Ende der Leitung sagen. Es war Lillis Stimme. Er hatte sie vorgewarnt. Der Zeitunterschied war ein Problem. Aber sie musste ja unbedingt nach Thailand. Das hatte sie nun davon.

«Ich bin's. Ich sollte Ihnen doch Bescheid geben», rief Robert ins Telefon, während er sich das andere Ohr zuhielt. Im Saal herrschte mittlerweile eine ausgelassene Stimmung. Die Preisverleihung war zu Ende gegangen. Die Party lief auf ihren Höhepunkt zu.

«Und? Wie ist es gelaufen?»

Robert lachte zufrieden in sich hinein. «Gut ist es gelaufen. Noch viel besser, als ich dachte.»

«Das heißt, Sie haben gewonnen?»

«Ich bin nicht Erster geworden, wenn Sie das meinen. Aber gewonnen habe ich trotzdem.»

Er musste sich nicht groß vor Lilli erklären. Sie verstand genau, was er meinte. «Das freut mich für Sie. Und das haben Sie sich alles selbst erarbeitet.»

Das sah Robert nur teilweise so. «Sie haben einen verdammt großen Anteil daran. Ohne Sie würde ich hier heute nicht stehen. Und dafür wollte ich Ihnen danken.»

Der DJ spielte den ersten Song an, und die Leute stürmten auf die Tanzfläche. Im Saal wurde es immer lauter.

«Herr Winter, ich kann Sie kaum verstehen», hörte er Lilli rufen.

«Kommen Sie mir gesund zurück», schrie Robert inbrünstig ins Telefon. «Aber jetzt schlafen Sie erst mal gut.»

Er steckte sein Telefon ein. Er fühlte sich wunderbar. Es war, als wäre sein ganzer Körper geflutet von Adrenalin. Denn nun war ihm klar geworden, warum er seine Niederlage mit so viel Gleichmut aufgenommen hatte. Weil es keine Niederlage war. Der Weg war das Ziel. Wie oft in seinem Leben hatte er sich den Kopf darüber zerbrochen, was mit dieser esoterischen Floskel eigentlich gemeint war. Und nun verstand er, dass es für ihn schon lange nicht mehr darum ging, AVON-Berater des Jahres zu werden. Er war noch nicht am Ende seines Weges angekommen. Noch lange nicht.

«Für Platz vier gab's nur einen Präsentkorb», sagte Basti, der mit einem großen Korb voller Delikatessen im Arm auf Robert zukam.

Robert sah ihn entsetzt an. «Was machen Sie da?»

«Na, hören Sie mal! Den hat Ihre Frau gewonnen. Der steht Ihnen zu.»

Da konnte Robert nicht widersprechen.

«Wobei mir die Kreuzfahrt lieber gewesen wäre», sagte Basti kauend und schob sich ein Stück Grissini in den Mund.

«Tut mir leid, Sie enttäuscht zu haben», sagte Robert.

«Die wäre für zwei Personen gewesen? Wissen Sie, wie lange ich keinen richtigen Urlaub mehr hatte?»

Robert sah ihn schief an. «Ja, genau. Und auf die Kreuzfahrt hätte ich natürlich ausgerechnet Sie mitgenommen.»

Basti nahm das locker. «So viele Freunde haben Sie nun auch wieder nicht.»

Robert lag bereits die nächste passende Replik auf der Zunge. Aber er beließ es dabei. Und beobachtete amüsiert, wie Basti den Präsentkorb durchsuchte. Dann sah Robert zur Tanzfläche, die sich mehr und mehr füllte, und auch er konnte sich der Lebenslust, die den ganzen Raum beherrschte, nicht länger entziehen. Er bewegte seinen Fuß zum Takt der Musik und dachte darüber nach, wie lange er keine heiße Sohle mehr aufs Parkett gelegt hatte, als er inmitten der Tanzwütigen Rosemarie entdeckte, die ihn lachend heranwinkte.

Es war schon spät, als Robert und Basti nach Hause kamen. Aber im Gegensatz zu seinem neuen Mitbewohner, der sich sofort in sein Zimmer verzogen hatte, war für Robert noch lange nicht an Schlaf zu denken. Er hatte in dem Präsentkorb zwischen italienischer Fenchelsalami, Döschen mit Pâté und Gebäckspezialitäten etwas entdeckt, das viel wertvoller war als alle Dienstwagen und Kreuzfahrten zusammen: eine Flasche Champagner. Vorsichtig zog Robert den Korken heraus und schenkte zwei Gläser ein. Dann schob er ein Glas an den Platz, an dem Sophia immer gesessen hatte. Das andere nahm er selbst in die Hand und betrachtete die feinen Perlen, die sich ihren Weg an die Oberfläche bahnten. Er stellte sich vor, dass Sophia vor ihm sitzen würde, die sich nichts weiter von ihm gewünscht hatte, als dass er Champagner mit nach Hause brachte. Tränen stiegen Robert in die Augen, als er plötzlich glaubte, ein Geräusch zu hören. Ja. Es klang, als käme jemand nach Hause, steckte den Schlüssel ins Schlüsselloch und drehte ihn herum. Und dann war Robert ganz sicher. Eine Tür ging auf.

ENDE

DANKSAGUNG

Ich danke meinem Agenten Dr. Sebastian Richter vom Verlag der Autoren, der nicht müde wurde, mich zu motivieren, und unendliche Geduld mit mir bewiesen hat. Auch wenn ich seine Kritik manchmal nicht mehr hören wollte: Er hatte bis zum Schluss ausnahmslos recht.

Mein besonderer Dank gilt Sünje Redies vom Rowohlt Verlag, die an meine Geschichte geglaubt und meine Vision geteilt hat. Danke, dass Sie diesen Roman möglich gemacht haben.

Meiner Lektorin Hanne Reinhardt bin ich sehr dankbar dafür, was sie mit ihrer tollen Arbeit aus meinem Text herausgeholt hat.

Wir brauchen Austausch, Anregung und Inspiration, aber vor allem brauchen wir Menschen, die einen von falschen Wegen abbringen. Wie meine liebe Freundin Giti Nourbakhsch, die sich beinahe täglich meine Erfolgserlebnisse und Fortschritte, aber auch Zweifel und Verzweiflung anhören musste und mir in langen und ausführlichen Gesprächen immer wieder neue Perspektiven eröffnet hat.

Und ich danke meiner anderen lieben Freundin Dr. Silke Gräser, der belesenste Mensch, den ich kenne, die mir mit ihrem ausgeprägten dramaturgischen Blick hilfreich zur

Seite stand und das Handeln meiner Figuren immer wieder hinterfragt hat.

Dank auch an Kirsten Ellerbrake, meine Produzentin und eine weitere liebe Freundin, mit der ich bereits zahlreiche Drehbücher entwickeln durfte und die mich, wenn ich wieder nicht weiterwusste, an die Hand genommen und mit kühlem Kopf nach pragmatischen Lösungen für mich gesucht hat.

Und ganz besonders danke ich Melanie Kalmbach von AVON, die mir und Herrn Winter streng und immer geduldig auf die Finger geschaut hat.